D1665474

DAVID MARTIN

DAS DICKICHT DER LÜGE

Roman

Aus dem Englischen
von Hans Schuld

Deutsche Erstausgabe

WILHELM HEYNE VERLAG
MÜNCHEN

HEYNE ALLGEMEINE REIHE
Nr. 01/8770

Titel der Originalausgabe
LIE TO ME

Redaktion: Beatrice Naucke

Immer für Arabel

Geheimnisse, schweigsam, versteinert, hocken in den dunklen Palästen unserer ... Herzen: Geheimnisse, müde ihrer Tyrannei: Tyrannen, die sich gern entthronen ließen.

– – James Joyce, *Ulysses*

1

Regungslos sitzt er im Wald und hält ihre Hand.

Es ist früh am Abend, ein heißer Julitag geht zu Ende, und gelegentlich sieht er einen von den Anwohnern flüchtig hinter den erleuchteten Fenstern. Hier unter den Bäumen wird er bleiben, bis die Lichter in diesem Haus auf der anderen Straßenseite erlöschen, dann hinübergehen und sich holen, was ihm gehört, so lautet sein Plan. Er ist quer durchs ganze Land gefahren, von Kalifornien bis hinüber nach Virginia in die Vororte Washingtons. Genau dieses Haus war sein Ziel, das er jetzt vom Wald aus beobachtet – und dabei die Hand einer fünfzehnjährigen Tramperin hält, die er gestern in Maryland aufgelesen hat.

Obwohl das Warten ihm in der Hitze mit all diesen Insekten schwerfällt, erträgt er es. Er drückt die Hand des Mädchens und sagt leise: »Ist ein bißchen Warten wert«, anschließend schluchzt er zweimal kurz und trocken.

Da er darauf gefaßt ist, noch etliche Stunden zu lauern, überrascht es ihn, als *sie* aus dem Haus kommt – mit schnellen Schritten und strahlend weiß an diesem frühen Sommerabend. Sie bewegt sich mädchenhaft, obwohl sie ganz und gar Frau ist, beinahe hüpft sie sogar in ihren hochhackigen Schuhen, deren lautes Klacken er bis zu seinem Platz unter den Bäumen gegenüber ihrem Grundstück hören kann. Sie trägt ein kurzes weißes Kleid aus irgendeinem schimmernden Stoff. Es reicht bis an ihre Knie, und ihre Beine sind sehr lang, sehr braun.

Eigentlich viel zu schnell für eine Frau mit solch hohen Absätzen läuft sie aus den doppelten Eingangstüren des weißen Hauses, vorbei an weißen Säulen, die Stufen hinunter, über den Weg aus Steinfliesen; er beobachtet sie in der Erwartung, daß sie hinfällt. Aber sie hat sich völlig in der Gewalt, bewegt sich mit feenhafter Anmut im abnehmenden Licht des Sommerabends, und nur der Rhythmus ihrer hohen Absätze durchbricht die Stille dieses reichen Villenviertels. Das Ganze wirkt auf ihn wie eine Filmszene, bei der jedes einzelne Detail haargenau stimmt.

Sie trägt eine weiße Handtasche, die zu ihrem Kleid paßt, und unglaublich lange Elfenbeinohrringe baumeln an ihrem Hals. Dann bleibt sie plötzlich stehen, wo der Weg aus Steinfliesen sich mit der Auffahrt kreuzt, und dreht sich um sich selbst. Dabei hebt sie ihre Hände und die Tasche hoch über den Kopf, und ihr Kleidersaum rutscht hinauf bis zur Mitte der Schenkel. Im Wald auf der anderen Straßenseite grinst er. Sie tanzt eine weitere Pirouette, und ihre Finger deuten nach unten. Es gleicht dem Tänzeln eines Matadors vor dem Todesstoß. Die ganze Vorstellung ist allein für den Mann bestimmt, der einen schwarzen Mercedes rückwärts aus der Garage fährt, die ans Haus angebaut ist.

Er kann nicht sehen, wer den Mercedes fährt, da der Wagen diese getönten Scheiben hat, die zwar das Hinausschauen erlauben, aber keinen Blick hinein gestatten. Doch der Mann im Wald weiß genau, wer dort hinter diesen getönten Fenstern sitzt.

Sie wartet, daß die Wagentür von Innen geöffnet wird. Ihr dickes, kastanienbraunes Haar ist im Nacken des langen Halses hochgesteckt; sie hat etwas aus weißer Spitze hineingeflochten. Er ist ganz entzückt darüber – was für eine ausgefallene Idee, etwas aus weißer Spitze im Haar zu tragen.

Ihr Lippenstift ist ebenfalls weiß. Es sieht aus, als habe sie Schnee gegessen. Ihre Lippen wirkten kühl und leicht geschwollen, so voll und frostfrei, daß der Mann jenseits der Straße sie überwältigend anziehend findet in dieser Hitze. Selbst aus der Entfernung kann er solch winzige Details erkennen. Und wenn sie lächelt, strahlen ihre Zähne so weiß wie alles an ihr.

Er nickt. *Jawohl.* Ein Heer von Insekten belagert sein Gesicht, und er schwitzt in seiner Armeejacke, aber dort drüben, wo die Frau in Weiß steht, scheint der Juli nicht mal zu existieren. Tatsächlich bietet sie im Abendlicht mit all diesem Weiß einen derartig *vollkommenen* Anblick, daß er die

8

Hand der Fünfzehnjährigen *drücken* muß, so fest, daß ihre Knöchel knacken.

Als die Wagentür aufgestoßen wird, hüpft die Frau hinein, sinkt auf den Sitz und greift dann wieder hinaus in die Welt, um lachend diese Tür zu schließen. Ein paar Töne ihres glasklaren Lachens kann er hören, ehe die Tür mit einem satten Laut zuschägt, der Mercedes rückwärts auf die Straße schießt und mit quietschenden Reifen bremst, ehe er abdreht und mit einem kehligen Brummen beschleunigt.

Er stellt sich vor, daß sie jetzt beide lachen über diese gesamte Inszenierung. Wie sie aus dem Haus stürmte, an der Auffahrt Pirouetten drehte, die quietschenden Reifen, der beschleunigende Wagen – das alles war ein solcher Spaß, daß sie aus vollem Herzen miteinander lachen. Genau das tun sie gerade, schon eine halbe Meile entfernt, so stellt der Mann im Wald es sich vor. Übermütig haben sie die Köpfe auf die Nackenstützen zurückgelegt, genießen die schnelle Fahrt und fühlen sich im absoluten Einklang miteinander.

Er lockert den Druck seiner Hand auf die des Mädchens, steht auf und streckt seine Beine, ehe er den Wald verläßt, die Straße überquert und den Besitz betritt.

Jetzt ist die Gefahr entdeckt zu werden am größten. Wenn zufällig gerade in diesem Moment ein Anwohner vorbeifährt und ihn sieht, wird man die Polizei rufen, weil er hier einfach nicht hingehört – in diese Gegend, wo die Reichen leben, auf eine Straße ohne Bordsteine oder Trottoirs, mit Häusern, die kunstvoll in weitläufige Grundstücke eingebettet sind, auf denen viele Bäume wachsen, und wo es Vertragsklauseln gegen Neubauten gibt, damit jeder, der bereits hier wohnt, weiterhin diese Illusion des Landlebens sechs Meilen von Washington entfernt genießen kann.

Allein schon sein Aussehen muß hier Verdacht erregen. Ein unrasierter Mann mit viel zu langem Haar, nicht modisch lang, sondern schäbig, der im Juli eine alte Armeejacke trägt, schmutzige Jeans und schwarze Motorradstiefel mit protzig schweren silbernen Reißverschlüssen; ein solcher Mann zu Fuß in dieser Nachbarschaft, auf einem dieser Grundstücke, ist hier fehl am Platz, auffallend fehl sogar, und die Leute, die hier ein Anwesen besitzen, haben viel zu verlieren. Wer ihn sieht, wird nicht zögern, die Polizei zu rufen.

Trotzdem beeilt er sich nicht, sondern schlendert gemächlich zur Garage und probiert die Tür, die jedoch verschlossen ist. Dann geht er weiter zur Rückseite des Hauses, wo hohe Hecken und dichtstehende Bäume, die den Besitz umgrenzen, jedes Risiko, entdeckt zu werden, ausschließen; dort inspiziert er verschiedene Türen und Fenster, die alle versperrt sind.

Für einen Moment steht er nun im letzten Licht des Tages und betrachtet die steinernen Mauern und die Gartenanlagen auf diesem Grundstück, das sich über einen Morgen oder so hinter dem Haus erstreckt. Sie hatte recht, denkt er. Die Frau, die diesen Plan in Gang gesetzt hat, hatte vollkommen recht damit, daß Jonathan Gaetan wohlhabend geworden ist.

Er bückt sich und zieht aus seinem Stiefel ein großes, schimmerndes Bowiemesser, mit dem er ein Kellerfenster aufstemmt.

Erst als er in ihrem dunklen Keller steht und auf die Stille im Haus lauscht, erinnert er sich an die Handschuhe, Handschuhe aus gelbem Latex, wie man sie zur Hausarbeit anzieht. Nachdem er sie aus einer Tasche gefischt hat, gibt er kurz die Hand des Mädchens frei, um sie überzustreifen, wobei er an alles denkt, was er bereits mit bloßen Händen berührt hat – die Garagentür und all diese Fenster an der Rückseite des Hauses. Aber er hat nicht die Absicht, nochmal den gleichen Weg zurückzugehen und die Fingerabdrücke abzuwischen. Seine Gleichgültigkeit solchen Kleinigkeiten gegenüber ist der Grund, warum er ein so erfolgloser Krimineller ist und ein Drittel seines Lebens in verschiedenen Gefängnissen verbracht hat.

Seine Augen haben sich an die Dunkelheit gewöhnt. Er entdeckt Stufen, die nach oben führen, steigt sie hinauf und öffnet eine Tür.

Hunde. Mit dem Messer in der Hand steht er in der Küche und wartet auf Hunde. Er wartet darauf, das Geräusch ihrer Krallen zu hören, die über polierte Holzböden scharren, nachdem sie von ihrem Lagerplatz irgendwo aufgesprungen sind und auf die Küche zuhetzen, um ihn rasend vor Wut zu stellen.

Er weiß genau, was er tun muß, es ist eine erprobte Methode. Dem ersten Hund, der ihn erreicht, bietet er einen Arm und hebt das Tier damit an, so daß er die andere Hand frei hat und dem Hund die Kehle aufschlitzen kann. Aber während er wartet, ohne daß etwas geschieht, vergißt er, worauf er so gespannt lauert. Nach einiger Zeit steckt er die Klinge zurück in seinen Stiefel und richtet sich auf.

Er hält noch immer die Hand des Mädchens und schlendert durch die Küche. Nie in seinem Leben hat er eine solche Küche gesehen. Dutzende Gerätschaften umrahmen diese laufenden Meter an Einbaumöbeln. Überall sind Vorrichtungen, deren Zweck er nur erraten kann; es gibt einen zweitürigen Kühlschrank, in der Mitte steht wie eine Insel ein großer Arbeitsblock. Trotzdem ist noch Platz genug für einen runden Eichentisch in einer Ecke. Wo er aufwuchs, waren die Küchen so eng, daß man in der Mitte stehend, eine Hand auf den Spülstein und die andere auf den Herd an der Wand gegenüber legen konnte, sogar ohne sich zu strecken. Diese Küche dagegen ist dermaßen groß und so wohlausgestattet, daß man täglich Mahlzeiten für zwanzig Personen herrichten könnte. Aber nur zwei Menschen leben hier – Jonathan und seine Frau.

Im Kühlschrank findet er Behälter, die er öffnet, beriecht, daraus ißt. Er trinkt Milch aus einer Tüte, ein Teil rinnt ihm aus den Mundwinkeln und auf die Schulter seiner Armeejacke, wo die weißen Tropfen schnell zu dunklen Flecken versickern. Als er genug hat, läßt er die Tüte auf den Boden fallen. Überall bilden sich Milchpfützen.

Durch eine Schwingtür kommt er in ein stilvolles Eßzimmer. Der große Tisch ist mit Leinen bedeckt, Schränke und Porzellanvitrinen stehen entlang der Wände, die Stühle haben gepolsterte Sitze und Rückenlehnen. Er zählt sie, es sind zwölf. Bei einer Wiederholung kommt er auf ein völlig anderes Ergebnis. Während er zum drittenmal zählt, verliert er das Interesse und verläßt den Raum durch eine weitere Tür.

Ihr Wohnzimmer ist groß genug, um mehreren separaten

Möbelgruppen Platz zu bieten. Er geht zu einer Sitzecke und setzt sich auf die Couch gegenüber dem massiven Kamin aus weißblau geädertem Marmor. Das Ding muß fünf oder sechs Tonnen schwer sein.

Er starrt auf den großen Messingschirm, der die offene Feuerstelle abgrenzt. Irgendwo riecht es nach ausgedrückten Zigaretten. An der Seite entdeckt er auf einem Beistelltischchen einen Kristallaschenbecher mit vier Stummeln. Alle tragen rote Lippenstiftspuren. Sie muß ihre Meinung geändert und den frostweißen Lippenstift erst aufgelegt haben, nachdem sie diese Zigaretten geraucht hat. Er bemerkt solche Dinge. Zum Beispiel wußte er, daß die fünfzehnjährige Tramperin, die er gestern traf, rauchte. Das war ihm in dem Moment klar geworden, als er ihre Zunge mit der seinen berührte.

Er zieht an dem Halsausschnitt seines T-Shirts unter der Armeejacke und bläst über seine Brust, um die Kratzer und Schrammen zu kühlen, die sie dort hinterlassen hat. »Du hast mich angelogen«, sagt er und betrachtet ihre Hand, die seine Finger in den gelben Handschuhen umklammern. Kurz überlegt er und steckt die Hand dann in eine seiner Jackentaschen.

Einen Moment später spaziert er vor dem Kamin hin und her, um die Bilder in dunklen Holzrahmen anzuschauen, die den Sims entlang aufgereiht sind: Fotos von Jonathan und seiner Frau in einem wundervoll restaurierten, schimmernd schwarzen Oldtimer mit offenem Verdeck, an einem Strand, beim Camping, auf einem Segelboot, oder in Kostümen – Jonathan als Pirat, samt Augenklappe und allem drum und dran; seine Frau als Südstaatenschönheit mit Blumen im Haar. Auf sämtlichen Fotografien lächeln die beiden wie professionelle Models, die ihre perfekten Zähne zeigen.

Er verläßt den Raum durch einen überwölbten Gang und betritt einen erleuchteten Korridor mit einem Dutzend Türen zu beiden Seiten, die alle geschlossen sind. Die Diele verläuft vom Eingang des Hauses zu einer Treppe, deren breite Stufen aus dunkler Eiche wie in einem herrschaftlichen Landsitz in den ersten Stock führen.

Er probiert eine der Türen, die vom Korridor abgehen, ein Bad. Nachdem er das Licht angeknipst hat, schaut er sich um und entdeckt sein Bild im Spiegel über dem Waschbecken. Regungslos starrt es ihm entgegen, doch dann sagt er: »Mexiko«, und das Gesicht im Spiegel verzerrt sich zu einem Lächeln. Die oberen Vorderzähne sind vor Monaten bei einer Rauferei im Gefängnis zerschlagen worden und im Lauf der Zeit abgestorben, wodurch sie täglich dunkler wurden. Das Lächeln im Spiegel ist nur flüchtig.

Er hebt den Toilettendeckel. Während er uriniert, bemerkt er eine zierliche Keramikschale auf dem Waschbeckenrand. Sie ist gefüllt mit leuchtend bunten Früchten in der Größe von Golfbällen. Er greift hinein, nimmt eine Orange und hält sie an seine Nase. Seife!

Dieses schrecklich blökende Lachen ertönt, das langgezogen und trocken tief aus seinen Lungen kommt; es klingt als schluchze er vor Qual. Lachend packt der Eindringling schnell mehrere Handvoll kleiner grüner Äpfel, blauer Birnen und roter Bananen, beriecht sie und stopft die Seife in seine Tasche.

Er reißt den Medizinschrank auf, findet wenig Interessantes außer Aspirin, wovon er vier hinunterschluckt, ehe er den Raum verläßt. Die Spiegeltüren des Medizinschranks bleiben offen, der Toilettendeckel hochgeklappt, die Schüssel nicht ausgespült, Seife fehlt.

Was ist, wenn sie in diesem Moment zurückkommen und mich finden?

Er erschaudert, nicht aus Angst, sondern vor Erregung, in einem fremden Haus herumzuwandern, nie zu wissen, was man entdeckt oder was als nächstes passiert. Sein ursprünglicher Plan, wonach er einbrechen wollte, wenn sie schlafengegangen waren, ist inzwischen überholt. Er muß sich eine neue Strategie ausdenken.

Eine weitere Tür im Korridor führt in einen Raum, der anscheinend Jonathans Büro ist. Die Wände sind so dicht mit gerahmten Fotografien gepflastert, daß man nur schmale Streifen der Holztäfelung sehen kann. Die Bilder zeigen Gebäude, Baustellen, Männer mit Schutzhelmen, Gruppen von förmlich gekleideten Menschen, die hinter breiten Bändern stehen, Männer in Anzügen, die Helme tragen und mit silbern oder golden angestrichenen Schaufeln symbolische Spatenstiche vollführen.

Er verweilt bei einem Foto von zwei Männern, die Seite an Seite breit lächelnd in die Kamera schauen. Einer davon ist Jonathan und der andere der Präsident der Vereinigten Staaten. Unter dem Foto stehen die sorgfältig mit Hand geschriebenen Zeilen ›Für Jonathan Gaetan, Freund, Bauunternehmer, Wohltäter, Patriot‹ gefolgt von der persönlichen Unterschrift des Präsidenten. Als der Einbrecher diesem Schnappschuß von Jonathan und dem Präsidenten zulächelt, sieht er seine braunen, zerbrochenen Zähne in dem Glas gespiegelt, hinter dem das Foto steckt. Sein dunkles Lächeln liegt wie das helle Grinsen einer Chester-Katze direkt über dem Gesicht des obersten Vertreters der Staatsgewalt.

Er schlendert durch das Zimmer, aber hier gibt es nichts, was er gerne in seine Tasche stecken möchte, nichts so faszinierendes wie wohlriechende Seife in der Form von Früchten. Schließlich setzt er sich an Jonathans großen Mahagonischreibtisch, dessen Oberfläche leer ist bis auf eine Lederauflage und eine Messinglampe in der Ecke oben rechts. Der Schreibtisch hat sechs Schubladen; er durchwühlt sie, wirft Aktenhefter heraus, Briefe und Aufzeichnungen, schmeißt alles auf den Boden, ohne überhaupt zu wissen, wonach er sucht.

Die Schublade ganz unten links läßt sich nicht öffnen, obwohl er heftig daran rüttelt. Er zieht das Messer aus seinem Stiefel und versucht sie aufzustemmen, doch er bezweckt nur, daß die dreißig Zentimeter lange Klinge jetzt verbogen ist. Fluchend drückt er die Klinge in die andere Richtung, um sie wieder zurechtzubiegen, dann steht er auf und drischt wütend mit dem Fuß gegen die verschlossene Lade. Sein Tritt ist so heftig, daß die Messinglampe umstürzt und preisgibt, was unter ihrem Sockel verborgen war: ein kleiner silberner Schlüssel.

Lachend schluchzt er in abgehackten Salven.

Er schließt die Schublade auf und findet vier Polaroidfotos, die er sofort hinaus in den Korridor trägt, um sie im Licht zu inspizieren. Es sind Bilder einer jungen Frau als Schulmädchen verkleidet. Der kurze Trägerrock über einer schlichten weißen Bluse bedeckt kaum ihre Schenkel. Dazu trägt sie Kniestrümpfe.

Den Kopf hält sie gesenkt, aber ihr Blick ist auf den Fotografen geheftet. Sie starrt direkt in die Augen des Betrachters. Ihr scheuer, unschuldiger Ausdruck steht in scharfem Kontrast zu dem, was der Rest des Bildes zeigt.

Er mustert mehrere Male hastig eine Aufnahme nach der anderen, wobei er Laute ausstößt wie sie Kinder von sich geben, die am Abend allein zu Hause sind, sämtliche Lichter gelöscht haben und versuchen, einander zu erschrecken.

Der Eindringling beginnt an sich herumzuspielen und denkt daran, wie er vor Jahren in ein Haus einbrach, die Treppe hinaufging und ein Mädchen im Teenageralter fand. Sie schlief in einem Zimmer voller Plüschtiere, die auf kleinen, pastellfarbenen Stühlen saßen. An den Wänden waren Poster von Rockstars und Kätzchen, eine Frisierkommode stand voller winziger Parfümfläschchen und Duftwässerchen, einem Dutzend Lippenstifte in verschiedenen Farben und sechs Sorten Nagellack. Sie schlief nur in T-Shirt und Slip auf dem Bett ohne eine Decke über sich. Das T-Shirt war bedruckt mit einem Bild von Minnie Mouse, die Höschen aus schlichter weißer Baumwolle. Als er sich zu ihr herabbeugte, roch er ihren Atem, der im Schlaf wie leicht angewärmte Milch duftete.

Er steht da in er Diele von Jonathans Haus, und seine Zunge kreist über den Gaumen. Es schmeckt nach Milch.

Noch heute kann er sich an den Ausdruck in den Augen des Mädchens erinnern, als sie aus dem Schlaf erwachte und ihn über sich gebeugt sah. Er wirft den Kopf zurück und öffnete die Lippen, ein Speichelfaden sickert aus dem linken Mundwinkel und tropft auf den schmutzigen Kragen der Armeejacke.

Einige ihrer Parfümfläschchen und mehrere Glasflakons ihres Make-ups hat er damals mitgenommen, nachdem er fertig war. Man hat ihn nie für diese Geschichte drangekriegt; es war keines der Verbrechen, für die er im Gefängnis landete. Eine Freifahrt, denkt er und betrachtet schluchzend wieder die vier Polaroids, wobei er zittert, so wie er es manchmal beim Pinkeln tut. Schließlich stopft er die

Schnappschüsse in seine linke Tasche, in der er die Hand der fünfzehnjährigen Tramperin aus Maryland verwahrt.

Vielleicht sollte ich mal nach der Uhrzeit schauen, überlegt er, während er durch die anderen Räume schlendert – eine Bibliothek, ein Wintergarten, der auf eine Terrasse hinausgeht, mehrere Schlafzimmer, noch ein Bad. Er trägt keine Uhr. Um welche Zeit er das Haus betreten hat, weiß er nicht; aber so wie sie angezogen waren, müssen sie zu irgendeiner Party unterwegs sein. Parties, folgert er, dauern wenigstens bis Mitternacht.

Er kehrt zurück in die Küche und sieht auf dem Mikrowellenherd eine Digitaluhr: 9.53. Mit geschlossenen Augen beginnt er auszurechnen, wieviel Zeit er hat, ehe sie zurückkehren; als er sie öffnet, um nochmal auf die Uhr zu schauen, zeigt sie 9.54. Fasziniert schließt und öffnet er wieder die Augen, aber jetzt ändert sich die Anzeige nicht, es ist immer noch 9.54. Er wiederholt das Spiel, doch dann verläßt er die Küche und macht sich auf den Weg nach oben.

In schnellem Lauf nimmt er keuchend zwei Stufen auf einmal. Es ist spannend, sich in diesem Haus aufzuhalten. Nach der heutigen Nacht hat er sich rund sieben Jahre lang gesehnt. Endlich ist er hier, heute passiert es, bald hat er, was mit Fug und Recht ihm gehört. Er öffnet Türen, hält Ausschau nach ... nach *was*, nach irgendeinem kleinen Mädchen, das in einem Zimmer voller Plüschtiere schläft, die auf kleinen Stühlchen sitzen. Nach einem kleinen Mädchen, das auf der Decke liegt und nichts trägt bis auf ein T-Shirt und schlichte weiße Baumwollhöschen, das milchsüß duftenden Atem hat und Augen, in denen ein solches Entsetzen steht, daß einem der Anblick das Herz zerreißt.

Er findet ihr gemeinsames Badezimmer, das größte und luxuriöseste, das er jemals betreten hat. Die massive, teils versenkte Badewanne befindet sich unter einem großen Fenster, das Aussicht auf die Rückseite des Hauses gewährt. Man könnte sich gut in einem heißen Bad aalen und dabei auf Gartenanlagen und Steinmauern hinausschauen.

Zwei Waschbecken sind in den Marmortisch unter einem großen Spiegel eingelassen, der rundherum erhellt ist von einer durchgehenden Leuchtstoffröhre. Wenn man hier etwas Musik machen würde, könnte dieser Raum bequem sechs tanzenden Paaren Platz bieten.

Jonathans Handtücher hängen ordentlich an beheizbaren Stangen, aber ihre sind überall verstreut – auf dem Boden, auf dem Rand der Wanne, zwei liegen zusammengeknüllt auf der Marmoreinfassung ihres Waschbeckens. Er weiß, daß es ihre sind, denn als er sie nimmt und an sein Gesicht hält, riecht er sie auf dem Frottee.

Am Spiegel bei *ihrem* Waschbecken zieht er die Zahnbürste aus einem Halter. Er drückt Zahnpasta darauf und denkt daran, daß sie erst vor ganz kurzer Zeit in ihrem Mund war. Jetzt putzt er *seine* Zähne damit. Dabei fällt ihm ein, was ihm mal eine Frau gesagt hat, die in einem Wohnwagen lebte, als sie ihn erwischte, wie er ihre Zahnbürste benutzte. »Nur weil ich mit dir ficke, will ich deshalb noch lange nicht, daß du meine Zahnbürste nimmst.«

Er spielt mit Gläschen herum, die er im Medizinschrank findet, nimmt ein paar der interessanteren Pillen, steckt die Fläschchen in seine Tasche und ist dann ganz plötzlich gelangweilt von ihrem sagenhaften Bad.

Neben der Wanne sieht er eine weitere Tür. Es ist nicht die, durch die er gekommen ist, sondern eine zweite, die in ihr gemeinsames Schlafzimmer führt.

Auch das ist riesengroß. Sämtliche Zimmer in diesem Haus sind so verdammt groß. Zwischen Fenstern, die vom Boden bis zur Decke reichen, steht ein enormes Doppelbett, es gibt Stühle hier und Tische, die Wände entlang stehen Schränkchen, Kommoden und ihr Schminktisch mit einem ovalen Spiegel. Er setzt sich an diesen Tisch und durchsucht ihre Make-up-Utensilien, bis er einen Lippenstift findet, dessen Farbton ihm gefällt und mit dem er sich den ganzen Mund beschmiert. Schluchzend betrachtet er sein Gesicht im Spiegel. Er legt bläulichen Lidschatten rund um die Augen auf und verreibt Rouge über seinen Nasenrücken. Nachdem er Mascara auf beide Augen aufgetragen hat, nimmt er einen Wimpernstift, um sich damit einen dünne Schnurrbart zu zeichnen.

Dicht zum Spiegel gebeugt, mustert er kritisch das Resultat und lächelt. Diese verdammten Zähne. Während er die Lippen hochzieht, nimmt er einen Stift und malt die obere Zahnreihe rot an. Er besprüht sich mit verschiedenen Parfüms und legt eine Perlenkette um seinen Hals, ehe er sich auf ihrem kleinen gepolsterten Hocker umdreht und das Zimmer in Augenschein nimmt.

»So eine Schlampe«, sagt er sanft und betrachtet ihre Kleidungsstücke auf dem Boden, die sie einfach fallengelassen hat, als sie sich überlegte, was sie heute abend tragen sollte. Aus einer Kommodenschublade hängt ein Slip heraus. Ihre Schuhe sind überall verstreut. Warum haben Frauen bloß so viele Schuhe? Er kann sich an jedes einzelne Paar erinnern, das er seit seinem vierten Lebensjahr besessen hat. Wahrhaftig, er könnte ohne weiteres hier und jetzt jedes Paar Schuhe beschreiben, das er als Kind trug. Selten besaß er mehr als zwei Paar auf einmal, und die trug er, bis sie solche Löcher hatten, daß er den Bürgersteig und das nasse Gras an seinen Füßen spüren konnte. Es ist nicht gerecht, daß sie so viele Schuhe hat und überall im Zimmer verstreut. Überhaupt findet er diese schlampige Art mancher Frau einfach widerlich. Der Frau aus dem Wohnwagen hat er einmal erklärt, sie brauche sich nicht zu wundern, daß ihr Ehemann sie wie ein Stück Dreck behandle, wo sie solch eine Schlampe sei; aber sie meine, für ihn bräuchte sie nur ein gewisses Ding sauberzuhalten, und um mehr müsse sie sich nicht kümmern.

Er geht zur Kommode und nimmt den Slip in seine behandschuhten Finger, hält ihn ans Gesicht und beschmiert den weißen Satin mit Make-up.

Als er hinüber zum Bett schaut, entdeckt er dabei eine Uhr auf einem kleine Tisch. Es ist 11.42. Wie ist es nur so spät geworden? Aber immer noch nicht Mitternacht, und er ist sicher, daß sie erst nach Mitternacht heimkommen.

Vom Bett nimmt er die beiden riesigen Kissen, legt sie nebeneinander in die Mitte und obendrauf den Slip aus Satin. Er knöpft seine Jeans auf, zieht den Reißverschluß herunter und läßt sie fallen. Unterwäsche trägt er keine.

Er manövriert sich auf die Kissen und den Slip, zieht die

Polaroids aus der Tasche und versucht, sie aufrecht vor sein Gesicht zu stellen. Dauernd fallen sie wieder um. Es ist so vertrackt schwierig, in dieser Lage auch noch die Fotos zu halten. Schließlich kramt er die abgetrennte Hand heraus, um sie als Stütze zu benutzen. Energisch biegt er die Finger zurecht, die Knöchel brechen knackend wie junges Holz, bis sie eine perfekte Staffelei für die Schnappschüsse bilden.

Den Blick auf die vier unanständigen Schulmädchenposen geheftet, beginnt er sich gegen ihren Slip zu reiben. Er vögelt die Kissen und stellt sich vor, daß sie unter ihm liegt, daß sie mag, was er mit ihr tut, daß sie ihn dabei anschaut mit diesen scheuen Augen.

»Das gefällt dir, was, Baby?« flüstert er. Es ist die gleiche Frage, die er damals dem Teenager stellte, der nur T-Shirt und Unterhose trug.

Außer daß sie diesmal *ja* sagt, sie mag es.

»Du willst es handfest, nicht wahr?«

Sie sagt, sie will es sogar ordentlich feste.

»So sollst du's auch kriegen, Hure – und wie!«

Sie sagt »gut, gib's mir richtig«.

Also pumpt er stärker gegen den Slip und die Kissen. Seine Gedanken wandern zurück zu der Tramperin gestern. Sie hat ihn genauso angebettelt wie jetzt diese Kindfrau auf den Polaroids, so stramm und fest will sie es. Exakt auf diese Weise hat er es der fünfzehnjährigen Hure gestern besorgt. Dermaßen ordentlich, daß ihr Handgelenkknochen seine Brust aufriß und sie ihm die Knöchel mit den Zähnen zerschrammte.

Er ist fast soweit, als ihn plötzlich etwas in dem Gesicht auf den Bildern stört, etwas an der Art, wie diese mädchenhafte Frau zu ihm aufschaut. Es ist so beunruhigend, daß er sofort vom Bett aufsteht, die Jeans hochzieht und zuknöpft, ohne allerdings den Reißverschluß zu schließen. Er steckt die Schnappschüsse zurück in seine Tasche und schlingt die Finger der Tramperin um seine eigenen in den gelben Handschuhen. So mit ihr Händchen haltend, schlendert er von neuem durch das Schlafzimmer.

Am Schminktisch sieht er wieder sein Gesicht. Er schluchzt, lächelt und findet diese Bemalung seiner Zähne hinreißend. Hin und her wendet er den Kopf und versucht sich im Profil zu betrachten, aber so ganz gelingt es ihm nicht: er begnügt sich schließlich mit einer dreiviertel Ansicht. Das Kinn hoch, die Augen rechts, so steht er in Positur und ist entzückt über sich.

Als er hinüber zum Bett schaut, sieht er sie dort liegen, in ihren weißen, schimmernden Sachen mit diesem Stück weißer Spitze im Haar. Jetzt zieht sie ihr Kleid hoch, um ihm zu zeigen, was für Unterwäsche sie trägt. Der Einbrecher greift in seinen offenen Reißverschluß und packt seine plötzliche Erektion, nimmt die Hand des Mädchens und legt sie ...

Unten ist jemand!

Erstarrt lauscht er auf die gedämpften Stimmen und blickt zur Uhr neben dem Bett. 12.34. Wie ist das bloß möglich, wo ist *Mitternacht* geblieben?

Er kann sich nicht mal dazu aufraffen, einen Finger zu rühren. Der Mann bleibt auf diesem kleinen Hocker vor ihrem Schminktisch sitzen, eine Hand weiter um seinen Schwanz, und fühlt sich lächerlich. Während er sie unten reden hört, versucht er sich zu erinnern, wie sein Plan gewesen war. Er hatte doch einen. Jahrelang hat er daran gefeilt und auf der Fahrt durch das Land seine Rede geprobt. Geplant war, mit dem Einbruch zu warten bis sie schliefen, in ihr Schlafzimmer hinaufzuschleichen ... aber dann kam sie herausgelaufen in diesen weißen Sachen, ihr Wagen fuhr mit kreischenden Reifen davon, und er nutzte ihre Abwesenheit. Der neue Plan verlangte, daß er ...

Die verschüttete Milch fällt ihm ein – und der Zustand von Jonathans Büro, die umgestoßene Lampe, die geöffneten Schubladen, die Papiere auf dem Boden. Sie werden das alles entdecken und die Bullen rufen, ehe er die Chance hat, Jonathan zu sagen, worauf er sieben Jahre gewartet hat, weswegen er dreitausend Meilen gefahren ist.

Nicht daß er Angst hat, nur verwirrt ist er, was als nächstes zu tun ist. Wenn er das Messer zieht und auf der Stelle hinunterrennt, kann er Jonathan und seine Frau jederzeit erwischen, ehe einer von ihnen das Telefon nimmt und anruft ...

Das war es! Jetzt fällt es ihm wieder ein. Sämtliche Telefonleitungen hatte er durchschneiden wollen, sobald er im Haus war. Er schüttelt den Kopf, lacht einen kleinen, erstickten Schluchzer und amüsiert sich über sein hervorragend unzuverlässiges Gedächtnis.

Da kommt jemand, eine Männerstimme, Jonathan ist auf der Treppe und redet dabei weiter mit ihr. Der Eindringling kann weder die Worte verstehen noch erkennen, ob irgendein Anzeichen von Furcht in ihren Stimmen liegt; er weiß nicht, ob sie schon die Milch bemerkt haben oder das zerwühlte Büro. Und ich, denkt er, ich sitze immer noch hier und halte meinen stocksteifen Schwanz, das ist zum Schreien, ehrlich. Er beißt sich wimmernd auf die Unterlippe, um jeden Laut zu unterdrücken.

Was wird Jonathan denken, wenn er hereinkommt und mich so vorfindet, was wird er tun? Mir die Hosen runterziehen und mich übers Bett legen, um mir den bloßen Hintern zu versohlen? Er muß mit aller Kraft weitere Schluchzer ersticken, so urkomisch findet er die Vorstellung. Es ist wie beim Kirchenbesuch mit der Mutter, wo man verzweifelt und meistens umsonst versucht, sich gegen die Lachkrämpfe zu wehren.

Jonathan kommt die Stufen hoch, jetzt ist er bereits im ersten Stock, wo er stehenbleibt und hinunterruft.

»Mary! Schatz, hast du die Lichter hier oben angelassen?«

Obwohl der Eindringling ihre Antwort nicht hört, bemerkt er, daß Jonathans Tonfall lediglich verwundert klingt, keineswegs beunruhigt. Gut, denkt er, sie wissen nicht, daß ich hier bin.

Trotzdem bewegt er sich *immer* noch nicht. In aller Seelenruhe sitzt er da, während Jonathan pfeifend den Gang entlang kommt, sich dem Schlafzimmer nähert, fast an der Tür ist und im nächsten Moment einen Mann finden wird, der in sein Haus eingedrungen ist, sein Refugium geschändet hat. Was wird er dann tun, wie wird er reagieren?

Irre. Einfach dazusitzen, Make-up auf dem Gesicht, Perlen um den Hals, Schwanz in der Hand, in der Erwartung, Jonathans Gesicht zu sehen und zu überlegen, ob er ihn nach all diesen Jahren erkennen wird. *Tag, Jonathan, ich bin's!* Einfach saukomisch, Mann, und hier ist er, dort an der Tür …

... und erst im denkbar letzten Moment hastet er los, rennt in einen Schrank, schafft es kaum hinein, hat nicht mal die Chance, die Tür ganz zu schließen, ehe Jonathan pfeifend in sein Schlafzimmer schlendert.

Weit muß der Mann im Schrank den Mund aufreißen, damit die aufgestauten Laute in seiner Brust nicht herausplatzen. Er versucht ganz ruhig zu bleiben und gleichzeitig zu lauschen. Was macht er wohl gerade da draußen, hat er schon die Kissen und den Satinslip mit Lippenstiftflecken gefunden?

Er hüpft beinah im Schrank, als er hört, wie Jonathan sein Kleingeld herausnimmt und es in irgendeine Schale legt, den Gürtel öffnet, die Schuhe abstreift. Gleich wird er zum Schrank kommen, um seine Kleider aufzuhängen, und dann, o Gott, sieh dir das an, mein Ding ist immer noch steif, echt zu viel!

Er löst seine Hand, steckt die der Tramperin weg und bückt sich langsam, um das Messer zu ziehen. Wenn Jonathan diese Tür öffnet, werde ich ... *aber so war das nicht geplant!* Jonathan zu töten, war nicht vorgesehen, ihn *jetzt* zu töten würde alles verderben. Trotzdem weiß er genau, was passiert, wenn Jonathan in diesem Moment die Schranktür öffnet. Er wird ihm die große Klinge geradewegs in seine Därme rammen und ihm dabei direkt in die Augen starren. Er betrachtet gerne die Augen, ihr Ausdruck ist oft einzigartig.

Aber Jonathan kommt nicht zum Schrank.

Was macht er da draußen? Der Einbrecher lauscht in fiebriger Erwartung. Komm schon, Jonathan, vorwärts. Ich hab' was für dich hier im Schrank, komm schon, alter Junge. Ungeduldig öffnet er die Tür ein paar Zentimeter. Er sieht Jonathan beim Bett, den Rücken zum Schrank gewandt steht er da, hat den Slip in der Hand und betrachtet die nebeneinandergelegten Kissen.

Der Eindringling fragt sich, was um alles in der Welt Jonathan wohl gerade durch den Sinn geht. Er wartet, daß Jonathan etwas *tut*, und dieses Warten bringt ihn um. Er hat in seinem Leben schon zu viel Warterei hinter sich, länger kann er es unmöglich aushalten; es geht nicht mehr, keine einzige Sekunde mehr, oder er explodiert. Mit einem Ruck stößt er die Schranktür auf und platzt heraus – das Messer in der Hand, den Penis entblößt und lauthals keuchend.

Jonathan steht mit dem Rücken zu ihm am Bett. Er hat Schuhe und Hose ausgezogen, trägt aber noch sein weißgemustertes Hemd, die blaugestreifte Krawatte, eine kurze Unterhose und schwarze Socken, die bis über die Waden hinaufreichen.

Ein Götterbild! Im allerletzten Moment hat er sich umgedreht, ehe der Eindringling ihn anspringt und aufs Bett stößt. Außer sich vor Lachen schluchzt er über Jonathans Gesichtsausdruck in diesem winzigen Sekundenbruchteil, bevor er ihn erwischt. Seine Miene war einfach eine Wonne, unbezahlbar, sagenhaft.

Er liegt auf Jonathans Rücken und kann das Stöhnen nicht abstellen. Wie komisch das ist, was für ein totaler Irrwitz diese Vorstellung ist, wie Jonathan so völlig ahnungslos in der Geborgenheit seines eigenen Hauses steht, dem beschissenen Allerheiligsten seines Schlafzimmers und sich gerade auszieht, um ins Bett zu gehen, als plötzlich ein Wahnsinniger aus dem Schrank stürmt, Jonathan sich halb umdreht, kurz bevor er aufs Bett gestoßen wird und gerade noch rechtzeitig sehen kann, wer ihn dann anspringt, dieser *Irre* – lachend, schluchzend, die Lippen geschminkt, die Augen bemalt, geschmückt mit Perlen, einem dünnen Schnurrbart, mit gelben Handschuhen und einem Messer. Direkt aus dem verdammten Schrank! Aber halt mal, Sekunde. Das Beste und Stärkste überhaupt, was ihn vor Lachen beinah umbringt, ist nämlich Jonathans allerletzte Reaktion; direkt als er gepackt wurde, dieser hastige Blick nach unten auf den entblößten Penis des Irren – attackiert von einem Schwanz!

Der Mann schluchzt hemmungslos, während er Jonathan ein Knie in den Rücken drückt und mit dem Gesicht nach unten auf dem Bett festhält. Der Eindringling kann kaum noch Atem holen und röchelt keuchend. »Tut mir leid.« Zwischen den Worten schnappt er nach Luft. »Tut … mir leid … aber … der Ausdruck … auf … deinem … Gesicht …«

Aus dem Erdgeschoß ruft Mary die Treppe hinauf: »Jonathan! Ist alles in Ordnung?«

Um nicht völlig die Kontrolle zu verlieren, muß er sich wieder auf die Lippen beißen, diesmal so fest, daß er sein eigenes Blut schmeckt.

»Jonathan. Was machst du da oben? Bist du okay?«

Er flüstert Jonathan den Befehl ins Ohr, seiner Frau zu sagen, daß alles in Ordnung sei. Dann lockert er etwas den Druck auf seinem Rücken, bis er das Gesicht anheben und seiner Frau zurufen kann: »Mir geht's gut! Alles okay!«

Sie warten beide auf irgendeine Antwort, aber es kommt keine.

Jonathan liegt regungslos unter dem Gewicht des Einbrechers, noch immer benommen und verwirrt nach diesem Schock, ein erregtes Monster aus seinem Schrank springen zu sehen.

»Rühr keinen Muskel«, flüstert er ihm jetzt zu. Es klingt wie eine freundliche Warnung vor einer ganz anderen Gefahr als sich selbst, vor irgendeiner dritten Gewalt im Zimmer. »Wenn du dich bewegst, lasse ich dieses große Messer direkt deinen After hinaufgleiten.« Er lacht eine Salve von erstickten Schluchzern. Seine Ausdrucksweise direkt deinen *After* hinauf begeistert ihn über alle Maßen. »Ich hab' mal einem Kerl einen Eispickel in den Arsch gerammt. Der war ein geschlagenes Jahr lang verstopft, konnte einfach nicht die Quälerei aushalten, zu scheißen.« Er sagt es nicht wie eine Drohung, sondern so beiläufig, als teile er ihm wichtige Informationen mit.

Jonathan liegt mit dem Gesicht nach unten auf dem Bett und versucht, sich über die Situation klarzuwerden. Er hat offensichtlich einen Einbrecher überrascht, der sich im Schrank versteckte, einen besonders gewalttätigen und geistesgestörten Einbrecher. Anscheinend hat er sich über Marys Schmuck hergemacht; eine ihrer Perlenketten trägt er schon um den Hals. Dieser Perverse hat außerdem in Marys Wäscheschrank herumgewühlt und sich mit ihrem Make-up das Gesicht geschminkt. Und jetzt, denkt Jonathan, jetzt muß ich tun, was immer dieser Irre sagt, ihm geben, was immer er will, ich kann nur abwarten und erst, wenn er verschwunden ist, die Polizei anrufen.

Jonathan hofft, daß Mary nicht nach oben kommt. Bei all dem Lärm, den dieser Verrückte macht, hat sie vielleicht gemerkt, daß hier oben jemand ist. Sie wird die Polizei anrufen oder genug Verstand haben, hinüber zu einem Nachbarn zu laufen. Wenn sie erst einmal in Sicherheit ist, kümmert es Jonathan nicht, was weiter passiert oder was dieser Kerl stiehlt. Und dann, gelobt er sich, wird morgen früh die Alarmanlage installiert, über die wir kürzlich geredet haben. Er verflucht sich selbst, daß er sie nicht schon vor Wochen hat einbauen lassen. Ganz egal, wieviel es kostet oder wie lästig die falschen Alarme sind, *nie* wieder soll ihm so etwas wie heute nochmal passieren ... Plötzlich wird das Knie in seinem Rücken angehoben.

»Ich will, daß du jetzt schön still liegst, während ich dich fessle. Falls du irgendwelche Mätzchen versuchst, dann weißt du, was dir blüht, nicht?«

Jonathan bleibt ruhig.

»Bowiemesser das Spundloch hoch, heißt es dann nämlich. Meine große Klinge fährt die Schokoladenchaussee rauf und reißt dir die Windleitung aus.« Der Mann steht auf, Jonathan bleibt flach auf dem Bauch liegen. Ärgerlich merkt der Eindringling, daß er kein Seil hat, es muß im Auto geblieben sein. Doch als er über die Gesäßtasche seiner Jeans tastet, findet er es dort. »Ich dachte, ich hätt's vergessen«, sagt er und rollt ein Stück von der Nylonleine ab. »Aber siehst du, ich hab' doch dran gedacht.« Er zerschneidet das Seil und bindet Jonathan die Hände hinter dem Rücken.

Anschließend schleppt er ihn zu einem Stuhl und schiebt ihm die Lehne zwischen Arme und Schulterblätter. »Eben auf dem Bett war ich drauf und dran, dir die Unterhose runterzuziehen und deinen blanken Hintern zu versohlen. Das hätte dir gefallen, nicht wahr, Jonathan? Ich weiß über dich und das Prügeln Bescheid.«

»Sind wir uns schon mal begegnet?« fragt Jonathan.

Der Einbrecher lacht. Nachdem er Jonathans Arme angebunden hat, geht er um den Stuhl herum und schaut ihm direkt in die Augen. »Nun? *Kennst* du mich?«

Jonathan starrt in dieses bizarre Gesicht und versucht, sich zu konzentrieren. Ich muß mich an die Beschreibung erinnern für die Polizei denkt er. Anfang dreißig, durchschnittlich gebaut, knapp einsachtzig, leidlich normale Züge unter diesem Make-up. Sein Haar ist fettig, und die fanatischen Augen scheinen die eines Drogensüchtigen auf einem Trip. Tatsächlich ist es bei all diesem Make-up schwer zu sagen, wie es normalerweise aussieht. Er ist nicht sicher, ob er diesem Mann schon einmal begegnet ist.

»Ich habe ungefähr siebzig Dollar in meiner Brieftasche dort auf der Kommode«, sagt Jonathan schließlich.

»Siebzig Dollar?« erwidert der Mann geistesabwesend, während er sich hinkniet, um Jonathans Knöchel an den Stuhl zu binden.

»So ungefähr, ich weiß nicht genau. Sie müßten nachsehen. Ich habe nie viel Bargeld bei mir. Da sind natürlich die üblichen Kreditkarten ...«

»Die üblichen Kreditkarten?«

»Sagen Sie mir, was Sie suchen. Ich bewahre kein Geld im Haus auf.« Scheiße, denkt Jonathan – meine Münzen. Irgendwie hat dieser Kerl von meiner Münzsammlung gehört, und hinter *denen* ist er her. Aber *das* sage ich ihm nicht, wo diese Münzen sind. »Ich könnte Ihnen einen Scheck ausschreiben, einen Barscheck. Sie können ihn gleich als erstes morgen früh auf eine Bank bringen. Ich werde die Auszahlung nicht verhindern.«

Keine Antwort.

»Wirklich nicht, Sie können mir glauben. Und die Schlüssel zu meinem Wagen, *einem Mercedes,* liegen auch auf der Kommode.«

Aber der Mann hantiert weiter stumm mit den Seilen und bindet ihn so fest an den Stuhl, daß ihm bereits das Blut in den Händen stockt.

»Sagen Sie mir, was Sie wollen, und ich tue, was immer ich kann. Es lohnt sich doch nicht, daß irgend jemand verletzt wird.« Mist, denkt Jonathan, wenn er sowieso von den

Münzen weiß, sag ich ihm, wo sie sind. Münzen sind es nicht wert, daß mir die Kehle durchgeschnitten wird. »Wenn nötig garantiere ich Ihnen, keine Polizei einzuschalten, bis Sie hinreichend Gelegenheit haben zu fliehen.«

»Hinreichend Gelegenheit?« Der Eindringling kichert.

»Dann also überhaupt keine Polizei. Ganz wie Sie wollen.« Der Mann ist ungewöhnlich stark und hebt ihn mitsamt dem Stuhl hoch. Dann dreht er sich herum, so daß Jonathans Gesicht dem Bett zugewandt ist, auf dem er jetzt sitzt, und zieht ihn dicht heran. »Ein Barscheck?« fragt er in gönnerhaftem Ton. »Also wirklich, Jonathan, für was für einen Narren hältst du mich?«

Jonathan kommt zu dem Schluß, daß dieser Kerl wohl in den Zeitungen über ihn gelesen hat. Vermutlich ist er einer dieser Irren, die sich einbilden, jemand wie Jonathan, der so viel Geld für wohltätige Zwecke spendet, habe mehr als er braucht. Sein Anwalt hatte ihn vor solchen Verrückten gewarnt, nur behauptete er, sie würden Briefe schreiben, in seinem Büro anrufen oder versuchen, ihn auf der Straße anzusprechen. Wer konnte schon ahnen, daß einer ins Haus einbricht, Lippenstift und Perlen anlegt und mit heraushängendem Schwanz aus dem Schrank springt?

»Jonathan?«

»Ja?«

»Du hast mir nicht geantwortet.«

»Geantwortet?«

»Was für ein Narr bin ich?« Er singt die Worte. »*Was für ein Narr bin ich?*« Dann stöhnt er.

Jonathan erkennt, daß dieses Schluchzen Gelächter ist.

»Du hast mir immer noch nicht geantwortet.«

»Was für ein Narr Sie sind?«

»Stimmt genau.«

»Ich weiß nicht.«

»Stimmt genau! Aber das wirst du schon noch sehen, Jonathan. O ja, verlaß dich drauf. Bloß eins nach dem anderen – und du weißt, was das heißt, nicht?«

Jonathan schüttelte den Kopf.

Der Eindringling legt sich zurück aufs Bett. Er scheint so

wenig in Eile, daß Jonathan sich fragte, ob er auf jemanden wartet. Hat er einen Komplizen, der bereits unten bei Mary ist?

»Wo waren wir?« fragte der auf dem Bett ausgestreckte Mann.

Jonathan weiß nicht, was er sagen soll.

Er setzt sich auf. »Stimmt. Eins nach dem anderen. Und zunächst mal müssen wir deine Frau herholen, damit sie auch was davon hat, das ist der erste Schritt.«

Jonathan überlegt verzweifelt nach einer Möglichkeit, sie zu retten. »Es ist jemand bei ihr. Wir haben ein befreundetes Ehepaar mitgenommen, das wir zu Hause absetzen wollten. Sie sind noch auf einen Drink hereingekommen. Der Mann ist Polizist und …

»Und hat eine große Knarre und zwei Polizeihunde bei sich, o weia, und ich klettere besser schleunigst aus einem dieser Fenster und verdufte so schnell ich kann – etwa so in der Art, Jonathan?«

»Tun Sie ihr nichts, bitte.«

»Zehn Minuten erst dauert unser kleines Gespräch, Jonathan, und schon hast du mich angelogen. Sie ist allein unten, nicht?«

»Ja.«

»Lüg mich weiter an, und du bist tot.«

»Hören Sie, ich habe eine Münzsammlung. Mexikanische Goldstücke, sie sind wertvoll, ich weiß nicht genau, eine ganze Menge, jeder Münzhändler im Land würde Ihnen dafür …«

Er versetzt Jonathan eine Ohrfeige und beugt sich dicht zu ihm. »Erinnerst dich das an was, Schätzchen?«

Der Schlag war hart genug, um Tränen in Jonathans Augen zu treiben. Seine Stimme bleibt allerdings fest. »Sagen Sie mir doch einfach, was Sie wollen.«

Sein Gesicht ist so nah, daß Jonathan den üblen Atem riechen kann, als er spricht. »Findest du, daß ich hübsch bin?«

Jonathan weiß keine Antwort.

Der Mann steht auf und klopft ihm sanft auf die Schulter. »Zerbrich dir nicht *deinen* süßen kleinen Kopf, Jonathan, denn ich *werde* dir sagen, was ich will, ganz genau sogar. Ich habe lange darauf gewartet. Das ist der ganze Sinn dieser Nacht, dir haarklein zu erzählen, was ich will. Aber eins nach dem anderen – deine Frau muß her und bei der Party mitmachen. Ich habe da irgendwo Klebeband ... ja, siehst du, etwas Klebeband für deinen Mund, bloß damit du nicht in Versuchung kommst, Dummheiten zu machen, während ich weg bin. Sie ist wirklich wunderschön, Jonathan. Da hast du einen Glücksgriff getan. Ich schätze, jeder alte Kacker mit genug Geld kann bei den Frauen nach Lust und Laune wählen, wie?«

Jonathan sagt nichts.

»Wie?« Er schlägt ihm ins Gesicht. »Jonathan, wenn du meine Fragen nicht beantwortest, wird das eine sehr lange Nacht, glaub mir.« Er wartet einen Moment. »Nun?«

»Ja, sie ist sehr schön.«

»Das habe ich nicht gefragt.«

»Es tut mir leid, was haben Sie gefragt?«

Vor sich hinmurmelnd schneidet er zehn Zentimeter weißes Band ab und klebt es Jonathan über den Mund. »Wenn du mich nochmal anlügst, reiße ich dir den Arsch auf.« Nach einer letzten Überprüfung der Fesseln verkündet er: »Dies ist die Nacht der Wahrheit, Liebster.«

Er verläßt das Schlafzimmer, überquert bedächtig den Korridor und wartet kurz an der Treppe, um zu lauschen, aber er hört nichts. Was *macht* sie da unten?

Er nimmt eine Stufe nach der anderen und bleibt auf halbem Weg stehen, als er ihre Zigarette riecht. Natürlich, das ist es, sie raucht noch eine, ehe sie ins Bett kommt. Jonathan erlaubt ihr vermutlich nicht, im Schlafzimmer zu rauchen, denkt er; ihm fällt ein, daß er dort nirgends einen Aschenbecher gesehen hat. Gut für Jonathan. Ich werde sie ihre Zähne putzen lassen, beschließt er, und erinnert sich daran, wie er ihre Zahnbürste benutzt hat – und dann kommt ihm die Rede in den Sinn, die er Jonathan halten wollte, die Rede, die er auf der Fahrt hierher eingeübt und auswendig gelernt hat. Eine Bibel brauche ich auch noch.

Er ist jetzt im Erdgeschoß, in diesem langen Korridor, und schleicht zu dem Bogengang, der sich in das weitläufige

Wohnzimmer öffnet. Eis klirrt in einem Glas. Ja, sie nimmt einen Drink und raucht eine Zigarette, ehe sie zu Bett geht.

Grinsend zieht er das Messer und klopft mit dem Griff sanft gegen die polierte Holzverkleidung.

»Jonathan?« fragt sie.

Nein, denkt er, jemand viel schrecklicheres, Liebchen.

Klopf, klopf.

»Da sind wir, Jonathan!« verkündet er fröhlich, als sie das Schlafzimmer betreten. Er führt Mary zum Bett und läßt sie dort ihrem Ehemann gegenüber Platz nehmen. »Hast du dir Sorgen gemacht?« Zu Mary gewandt sagt er: »Jonathan kann nicht antworten, weil er momentan gewissermaßen stillgelegt ist.« Als er sein schluchzendes Lachen herausbellt, schaut Mary mit fassungslosem Gesicht zu ihm auf.

»Eins nach dem anderen«, meint er. »Wir müssen Jonathan dieses Band vom Mund nehmen, weil er vielleicht irgendwas Intelligentes beizutragen hat.« Seinen ungeschickten Fingern in den gelben Handschuhen gelingt es mit einiger Mühe, eine Ecke zu lösen. »Wenn ich das jetzt ordentlich mache, wenn ich ganz, ganz sanft bin, tut es ihm überhaupt nicht weh.«

Aber Jonathan ahnt schon im voraus, was er beabsichtigt – er reißt das Band mit einem gewaltsamen Ruck ab. Mary zuckt zusammen.

»Hat's wehgetan, Schätzchen?« Er reibt Jonathans gerötete Wangen.

Jonathans erste Worte gelten seiner Frau. Er fragt Mary, ob sie okay sei.

»Mir geht es gut. Alles in Ordnung. Und du?«

Er nickt.

»Ich liebe dich«, sagt sie.

Jonathan nickt wieder. »Ich liebe dich auch, Baby.«

»Oh, fick mich mit einem Kirchturm«, ruft der Mann theatralisch. »Weißt du, Jonathan, ich hasse es, der Überbringer von schlechten Neuigkeiten zu sein, aber als wir unten waren, hat Mary angeboten, mit mir nach Mexiko davonzulaufen. Sie sagte, sie wolle *meine* Freundin sein und *mir* dreimal am Tag einen blasen, morgens-mittags-nachts. Ich bräuchte bloß raufzugehen und dich zu töten, damit sie eine reiche Witwe wäre. Dann könnten wir beide wie die Fürsten von all deinem Geld leben. Was hältst du davon?«

»Sagen Sie uns einfach, was Sie wollen?« bittet er. »Sagen Sie uns, was Sie wollen, und dann gehen Sie, bitte.« Es wäre für jeden Mann frustrierend, gefesselt einem Wahnsinnigen ausgeliefert zu sein vor den Augen der eigenen Frau, unfähig, sie zu beschützen, gezwungen, die Narrheiten dieses Idioten anzuhören und dann noch bitten zu müssen. Es ist allerdings eine besondere Qual für Jonathan Gaetan, diesen wohlhabenden Mann, der große Macht in der Geschäftswelt ausübt und an Respekt gewöhnt ist. Dem Angestellte, Politiker, Oberkellner und zahllose Bittsteller nur mit Ehrerbietung begegnen.

Die drei warten schweigend, bis der Mann schließlich sagt: »Wir müssen das richtig machen.« Er preßt den Knauf des Messers fest gegen seine Stirn. »Ich habe massenhaft darüber nachgedacht, glaubt mir, und ich will nichts vergessen. Wirklich, das wird möglicherweise der glücklichste Tag meines Lebens. Ihr müßt mir verzeihen, wenn ich zu *emotional* bin.« Er legt den Kopf zurück und umschlingt sich selbst mit beiden Armen.

Sie wissen nicht, ob er scherzt oder was das alles soll.

»Ich muß mich ganz genau erinnern …« Wieder klopft er mit dem Messergriff an seine Stirn, fester und fester. »Erinnern, erinnern … erinnern.« Er fällt in einen monotonen Singsang. »*Erinnern, erinnern*«, aber plötzlich verliert er völlig die Fassung, wirbelt herum und tritt mit solcher Gewalt gegen eine Kommode, daß die kleinen Figuren darauf umstürzen. Einige fallen zu Boden, wo er mit seinen schweren Stiefeln auf den Porzellanstücken herumstampft und sie zu Staub zermalmt.

Abrupt hört er auf. Als er sich langsam zu ihnen umdreht, grinst er, und seine Stimme klingt spöttisch. »Komm schon, nun beruhig dich, es gibt doch keinen Grund, gewalttätig zu werden.« Er schluchzt und schluchzt.

Nachdem er wieder zu Atem gekommen ist, geht er zum Bett und setzt sich neben Mary. Beiläufig legt er einen Arm um ihre Schultern. »Das war ein Zitat«, berichtet er Jonathan. »Das mit dem beruhigen, kein Grund, gewalttätig zu werden – genau das hat Mary zu mir gesagt, als wir beide unten waren.« Er drückt sie kurz an sich. »Sie hat mir außerdem gezeigt, wo du deine Bibel aufhebst. Ich habe sie mitgebracht, weil wir sie gleich brauchen.« Er klopft auf die Tasche, in der die Bibel steckt. »Deine Münzsammlung hat sie mir auch gegeben. Ich habe sie auf die Treppe gelegt, damit ich dran denke sie einzustecken, wenn ich gehe. Schrecklich großzügig von dir, Jonathan. Ich schätze, damit bleibt nur noch eins übrig. »Ein Gedicht.« Er räuspert sich. »Mary, Mary, scharf wie Curry … lutsch meinen Schwanz!« Unvermittelt packt er sie im Nacken und drückt ihr Gesicht in seinen Schoß.

»Nein!« schreit Jonathan.

Blitzschnell gibt er Mary frei und versetzt ihm eine Ohrfeige. »Nun, Liebster«, sagt er mit übertriebener Betonung auf einzelne Worten; »wenn *Mary* mir keinen bläst, dann mußt *du* es tun, weil *einer* meinen Schwanz lutschen muß, und ich kann's nicht.« Er hält inne. »Das weiß ich. Ich hab's probiert!« Seine Bemerkung findet er überaus komisch, und lauthals lachend wirft er sich zurück aufs Bett.

Jonathan und Mary schauen sich an.

»Halt mal!« brüllt er und setzt sich mit einem Ruck auf. »Halt mal eine klitzekleine Sekunde. Haben wir schon alle Telefonleitungen durchgeschnitten?«

Mary nickt. »Ehe wir hochgingen, haben Sie das gemacht.«

»Bist du sicher, das daß alle Telefone im Haus waren?«

»Ja, außer dem Apparat in diesem Zimmer.«

»Danke, Mary. Siehst du, was für eine Hilfe sie mir ist, hm?« meint er zu Jonathan. Er steht auf und zerschneidet die Schnur des Telefons auf dem Nachttisch. »Was jetzt?«

»Sie sind verrückt«, sagt Mary.

»Gott ist noch nicht soweit mit mir«, antwortet er.

Jonathan schaut ihn verständnislos an und wendet seinen Blick zu Mary mit der stummen Frage, ›kapierst *du* das hier alles?‹ Wortlos streckt sie beide Hände aus und berührt seine Wangen. Tränen schimmern in ihren Augen.

»Du würdest ihn nicht so zärtlich hätscheln«, sagt der Mann, »wenn du wüßtest, daß er ein ehebrecherischer Hurenbock ist, was?«

Sie lacht nur bitter.

»Na, dann schau dir die mal an.« Er nimmt die vier Polaroids aus seiner Tasche und zeigt sie ihr auf beinah komisch verstohlene Weise. Wie Pokerkarten hält er sie in der rechten Hand, während er sie mit der linken abschirmt, damit Jonathan nicht sehen kann, was er seiner Frau da zeigt. Er wirkt wie ein Kind, das nur einem einzigen Freund den Blick auf einen geheimen Schatz erlaubt und es dem anderen verwehrt.

»Ich habe sie in deinem Schreibtisch gefunden«, berichtet er Jonathan. »In der Schublade, die du mit dem Schlüssel abgesperrt hast, der unter deiner Lampe versteckt ist.«

Jonathan schaut zu seiner Frau. »Ich möchte Sie bitten, diese Bilder hier zu lassen, wenn Sie gehen«, sagt Mary ruhig.

Er äfft ihren ernsten Ton nach. »Ich möchte Sie bitten, diese Bilder hier zu lassen, wenn Sie gehen«, und zieht ihr eine Grimasse.

Obwohl sie stumm bleibt und keinen Laut von sich gibt, rinnen Tränen über ihre Wangen.

»Du amüsierst dich nicht gerade, oder?« fragt er Jonathan. »Ich habe mich so lange darauf gefreut, aber du hast nicht mal ein Lächeln zustande gebracht, seit ich hier bin. Komm schon, Liebster, schenk uns ein Lächeln.«

Jonathan versucht, sich zu beherrschen, und seine Miene bleibt ausdruckslos.

Der Eindringling fordert ihn wieder auf zu lächeln, und jetzt bemerkt Jonathan, daß der Mann in einer Hand die Bibel hält, in der anderen das Messer. »*Jonathan*«, sagt er warnend, hebt das Messer und tritt näher zu Mary.

Jonathan versucht es, er zwingt sich, die Lippen zu verziehen, doch es ist eher eine Grimasse als ein Lächeln.

Er versetzt ihm mit der Bibel einen Schlag ins Gesicht, der hart genug ist, daß Jonathan mit dem Stuhl umstürzt. Mary schreit auf, und der Mann kreischt: »In der Kirche wird nicht gelacht! Dafür brennst du in der Hölle, junger Mann!«

Mary kauert am Boden und bemüht sich, Jonathan und den Stuhl aufzurichten. Der Ehemann benutzt die Gelegenheit, um ihr zuzuflüstern: »Sag ihm, er soll die Fesseln lockern, *bitte*.«

Als sie es geschafft hat, verlangt Mary, daß er ihn losbindet, und zwar sofort.

»Natürlich«, stimmt der Einbrecher zu, »klar. Außerdem wird ihn die Geschichte, die er erzählen will, sowieso an den Stuhl nageln.« Er durchschneidet einige Fesseln, läßt aber die Knöchel weiter gebunden.

»Jetzt hör zu, wie das läuft. Ich lese einen Vers aus der Bibel, und du, Jonathan, wirst ihn für mich beenden. Mary, du bist das Publikum. Geh, setz dich dort aufs Bett und schau das alte Dreckschwein an, so ist es brav. Nur eins noch, Jonathan, wenn du einen Fehler machst, schneide ich Mary ein Ohr ab.«

Jonathans Stimme zittert. »Ich fürchte, ich kenn die Bibel nicht sehr gut.«

»Ein Jammer, daß du nicht meine Erziehung hattest.«

»Keine Sorge«, sagt Mary, »er wird mir nichts tun.«

»So, meinst du? Hm.« Er nimmt die abgetrennte Hand aus seiner Tasche und wirft sie in ihren Schoß. Als Mary erkennt, was es ist, beginnt sie zu schreien.

»Wenn dich dein Auge zum Bösen verführt.« Er hält inne und schaut Jonathan an. »Wenn dich dein Auge zum Bösen verführt, Jonathan. Punkt, Punkt, Punkt.«

Jonathan sitzt noch immer in Blickrichtung zum Bett, aber jetzt ist es der Eindringling, der dort auf dem Rand hockt, Knie an Knie mit ihm. Mary steht an der Wand und bedeckt mit beiden Händen ihr Gesicht.

Als der Mann fragend die Augenbrauen hebt, antwortet Jonathan: »Reiß es aus.«

»Genau.« Er beugt sich vor und klopft ihm auf die Schulter. »Und wenn deine Hand dich zum Bösen verführt ...«

»Hau sie ab.«

»Jawohl!«

Mary weint leise vor sich hin.

»Und wenn dein Fuß dich zum Bösen verführt?«

»Hack ihn ab.« Jonathans Stimme klingt inzwischen so erschöpft, daß sie kaum hörbar ist.

»Lauter, bitte.«

»Hack ihn ab!«

»Lauter!« Das Gesicht des Mannes ist hellrot. »Schrei es heraus, Jonathan, daß alle Welt es hören kann!«

»HACK IHN AB!«

»Halleluja!« Er hebt das große Messer und rammt es kräftig in den Sitz des Stuhls, wo er es aufrecht zwischen Jonathans Beinen stehen läßt. »Gott liebt dich *so* sehr«, sagt er, beugt sich vor und küßt ihn direkt auf den Mund, hart und fest. Jonathan wehrt sich gegen diese Obszönität und versucht mit beiden Händen, das grell bemalte Gesicht wegzuschieben.

Laut schmatzend löst der Mann seine Lippen. Mit geschmeidigen Bewegungen, ganz ruhig und sachlich, bindet er Jonathans Hände wieder fest, holt Mary von ihrem Platz an der Wand und drückt sie auf einen Stuhl neben ihren Ehemann. Er selbst setzt sich schließlich auf den Bettrand und verkündet: »Zeit für eine Geschichte, Kinderchen.«

Es ist kurz nach Tagesanbruch, als er das Haus durch die Eingangstür verläßt, zwischen den weißen Säulen hindurchgeht, die Treppen hinunter, über den Weg aus Steinfliesen, zur Auffahrt. Er fühlt sich innerlich wie ausgehöhlt und schleppt sich müde die Straße hinunter.

Bei einem kleinen Einkaufszentrum hat er seinen Wagen abgestellt. Er steigt ein und startet. Planlos fährt er durch die Gegend und schläft fast am Lenkrad ein. Menschen sind unterwegs zur Arbeit oder zur Schule. Er erscheint ihm seltsam, daß diese vielen Männer, Frauen und Kinder so ganz selbstverständlich ihrem Alltagsleben nachgehen, ohne etwas zu ahnen von den abgrundtiefen, alles verändernden Vorfällen der letzten Nacht. Er müßte es ihnen irgendwie erzählen, ihnen klarmachen, daß er wie ein Hund ist, der sein ganzes Leben lang fest angekettet war, aber nun befreit ist, unter ihnen umherstreift, sich endlich der Kette entledigt hat. Er fährt zu einem Motel, trägt sich ein und geht in sein Zimmer.

Gläserne Schiebetüren führen zu einem kleinen Balkon, der Ausblick auf einen Swimmingpool und den Parkplatz bietet. Auf einem identischen Balkon gegenüber warten ein Junge und ein Mädchen ungeduldig darauf, daß der Swimmingpool geöffnet wird. Sie müssen Bruder und Schwester sein. Ganz bestimmt.

Der Junge trägt rote Badehosen und hat eine Taucherbrille mit schwarzem Schnorchel dabei, die er im Motelpool gar nicht benutzen darf; ein Schild am Beckenrand verbietet es. Er ist neun. Seine zwei Jahre jüngere Schwester neben ihm ist stolz auf ihren nagelneuen zweiteiligen Badeanzug, blau mit weißem Besatz, den sie extra für diese Reise bekommen hat. Das Mädchen hält einen kleinen, aufgeblasenen Schwimmreifen in der Hand, auf dem fröhliche Seepferdchen lächeln. Der Junge zeigt zum Sprungbrett, von dem er ihr einige Kunststücke vorführen will, und auf die Leine, die den tiefen Bereich abgrenzt, der für sie verboten ist. Das kleine Mädchen stellt ihm einen Schwall von Fragen – wieviel Uhr ist es jetzt, wann macht der Pool auf, wie lange müssen wir noch warten, glaubst du, wir können jetzt endlich reingehen und Mom und Dad wecken?

Regungslos beobachtet er sie, bis die Kinder ihn schließlich entdecken. Er winkt ihnen. Da man sie vor Fremden gewarnt hat, ziehen sie sich in ihr Zimmer zurück wie kleine Tiere, die ins Nest flüchten.

Nach einer Weile gibt er auf, verläßt den Balkon und sinkt aufs Bett. Jonathans Goldmünzen klirren in seinen Taschen.

Mittwoch. Eine Wartezeit hatte er nicht eingeplant. Mittwoch hat Jonathan gesagt, und das ist erst in zwei Tagen. Er hat keine Ahnung, was er bis dahin tun soll. Sein ursprünglicher Plan sah anders aus.

Ein neuer Plan. Nein. Noch nicht. Einen neuen Plan hat er sich noch nicht ausgedacht, aber ein Bild ist in seinem Kopf, ein ganz bestimmtes Bild, das sich zu einem Plan entwickeln könnte. Mit dieser Vision vor Augen sinkt er in den Schlaf – helle Goldmünzen sind einen Pfad entlang gestreut, der von dort, wo Kinder spielen, zu einer Stelle führt, wo er auf Mittwoch wartet, auf Mittwoch und die Ankunft der Kinder.

2

Bis Dienstagnachmittag hatte es sich herumgesprochen, daß Captain Land mich im Fall Gaetan hinzuzog. Einige der jüngeren Detectives machten mir im Vorbeigehen aufmunternde Zeichen und rissen ihre Sprüche. Nur Mut, altes Schlachtroß, auf zu einem letzten Feldzug! Im Grunde hielten sie es für einen enormen Witz. Ich nahm ohne Proteste oder Beschwerden den ganzen gutgemeinten Mist hin, den ich zu hören bekam. *Zu meiner Zeit,* hätte ich ihnen sagen können, aber wer will schon was über die alten Zeiten hören, nicht mal ich selbst. Um vier hieß es dann schließlich, daß Land mich in seinem Büro sehen wolle, und zwar *pronto.*

Er saß hinter seinem übergroßen Schreibtisch und deutete auf einen Stuhl. Es war typisch für Land, nicht aufzuschauen, wenn man das Büro betrat und zu tun, als sei man eine lästige Unterbrechung, die er sich eigentlich nicht leisten könne. Ganz typisch war auch, daß er plötzlich anfing, irgendwas laut vorzulesen, ohne zu sagen, was Sache war. Er hielt eine Personalakte in der Hand. »Detective Sergeant Theodore Camel«, begann Land, und ich kapierte schnell, was Sache war. »Mit fünfunddreißig sammelten Sie die dritthöchste Anzahl lobender Erwähnungen in der Geschichte des Reviers und wurden in diesem Jahr Lieutenant.« Er hielt inne und schaute kurz zu mir. »Im gleichen Jahr Degradierung zum Sergeant. Seit ungefähr acht Jahren war jetzt nichts mit lobenden Erwähnungen.« Schwungvoll klappte er den Hefter zu. »Von einem der jüngsten Lieutenants der Dienststelle sind Sie zu unserem ältesten existierenden Detective-Sergeant geworden. Dreiundfünfzig Jahre alt und schiebt nur Dienst.« Er schaute mich erwartungsvoll an.

Ich sagte nichts. Wer harte Zeiten hinter sich hat und oft genug nur mit knapper Not davongekommen ist, hat gelernt, keine Antwort zu geben, wenn man von einem Arschloch angemacht wird, es sei denn auf eine direkte Frage.

»In den drei Jahren, die ich hier bin«, sagte Land, »haben Sie nichts anderes getan als den Steuerzahler zu bescheißen.«

Auf Harvey Land passen viele bezeichnende Adjektive: sarkastisch, anmaßend, überheblich.

»Wenn die Leute Sie fragen, was Sie für Ihren Lebensunterhalt leisten, möchte ich gern mal wissen, was Sie in Gottes Namen bloß antworten.«

Da er mir immer noch keine direkte Frage gestellt hatte, schwieg ich weiter.

»Sie *waren* mal ein Polizist, aber ich weiß nicht, was zur Hölle Sie jetzt sind.«

Da war ich mir selbst nicht sicher. Ich erinnere mich, wie ich mal in irgendeiner Zeitschrift die Klage eines Schriftstellers las über die gegenwärtige Inflation von Büchern und Filmen, in denen Bullen die Hauptpersonen waren, und er behauptete, wenn Arthur Miller heute über Willy Loman schriebe, müßte er dessen Beruf ändern und das Stück *Tod eines Bullen* nennen. Aber ich heize längst nicht mehr die Faszination an, die viele Leute in der Arbeit der Polizei sehen. Ich erzähle immer, ich sei Angestellter bei der Bezirksverwaltung. Das erspart mir blödsinnige Unterhaltungen.

Land meinte, ich sei ausgebrannt.

Richtig. Ich weiß noch ganz deutlich, wie ich meinen fünfzigsten Geburtstag zum Anlaß nahm, um mir mein bisheriges Leben und die voraussichtliche Zukunft zu betrachten und nur die gleichen Dinge auf mich zukommen sah, die ich bereits hinter mir hatte. Beim besten Willen konnte ich darin keinen Sinn erkennen. *Scheiß drauf*, das nahm ich von da an als meine Lebensphilosophie.

»Ich habe Sie geerbt, Camel. Wie oft habe ich schon darum gebeten, Sie zwangsweise in den vorzeitigen Ruhestand zu versetzen, aber die da oben machen sich in die Hosen, jammern wegen Ihres ehemaligen Rufs und meinen, ich soll Ihnen nochmal sechs Monate geben, um zu sehen, ob Sie sich nicht doch wieder aufrappeln. Aber das ist vergebliche Hoffnung. Sie schieben nur Dienst, bis Sie die fünfundfünfzig geschafft haben und mit vollen Bezügen in Pension gehen können.«

Wieder richtig. Man kann mit vollen Bezügen in Pension gehen, wenn das Alter und die Anzahl der Dienstjahre zusammen achtzig beträgt, was bei mir exakt an meinem fünfundfünfzigsten Geburtstag der Fall sein wird. Fünfundzwanzig Jahre Dienstzeit, fünfundfünfzig Jahre alt, macht auf den Kopf achtzig, und ich hab's gepackt. Alles andere ist auch schon geplant. Mir gehört ein Stück Land in der Gegend des Northern Neck. Ich habe vor, einen kleinen Teilzeitjob als Polizist für eine der Stadtverwaltungen dort anzunehmen und ansonsten viel auszuruhen, zu angeln und nachzudenken. Seit ich fünfzig wurde, habe ich stur auf dieses Datum geschielt wie ein schiffbrüchiger Seemann, der sich auf einen Streifen Land am Horizont konzentriert: ich kann's schaffen, ich muß bloß noch das letzte Stückchen durchhalten.

»Aber wenn ich Ihnen jemals einen Befehl gebe und Sie sich weigern, ihn auszuführen«, fuhr Land fort, »dann gehe ich zum Chef und bestehe auf Ihre vorzeitige Pensionierung und zwar mit halben Bezügen. Ich werde solange einen Riesenzirkus veranstalten, bis man zustimmt, und Sie sind mit Ablauf des Jahres weg – ehe Sie die achtzig Punkte haben.«

Ich verzog keine Miene.

Die falsche Schlange grinste. »Stimmt's?«

»Haargenau, Captain.«

Captain Arschloch. Er war Sicherheitsexperte in der Marine gewesen und hatte sich, wie viele andere, die nach zwanzig Jahren ausscheiden, die Gegend von Washington für seine Rückkehr ins zivile Leben ausgesucht. Vermutlich steckte dahinter die Hoffnung, etwas von dem Geld einzusacken, das aus den Regierungsstellen sickerte wie ein Eiterfluß aus punktierten Wunden. Seine Zeugnisse verschafften ihm den Job eines Captains in unserer ruhigen kleinen Dienststelle, aber für Harvey Land war es nur eine Startrampe. Er entwarf jetzt schon Sicherheitssysteme für Firmen, die mit der Regierung Geschäfte machten, und deren Leiter in unserer gepflegten Vorstadt lebten. Es war ein sechsundvierzig Jahre alter Raffke. Im Gegensatz zu mir würde er ein reicher Mann sein, ehe er fünfzig wurde.

Dreimal pro Woche spielte er morgens Tennis oder spazierte in grünen Bundfaltenhosen und einem rosa Designerhemd auf dem Golfplatz herum mit seinen reichen Freunden, die es amüsant und möglicherweise nützlich fanden, einen Polizeicaptain zu ihren Bekannten zu zählen. Captain Aalglatt.

»Selbst Ihr alter Kumpel, der Pirat Bodine, hat sich aufgerappelt. Er arbeitet jetzt am Computer, wußten Sie das? Mit seinem neuen Partner zusammen hat er dreiundzwanzig Fälle von Einwohnern aufgespürt, die mit Nummernschildern von außerhalb die Steuern hier im Kreis umgehen wollten.«

»Wie schön.«

Land wollte etwas sagen, aber dann ließ er es bleiben. Er lehnte sich in seinem großen Sessel zurück und grinste wie eine Eidechse. »Sie dagegen tun überhaupt nichts als ein bißchen zu handlangern für Ihre *arbeitenden* Kollegen oder Berichte zu tippen, und jeden Tag um Schlag fünf sind Sie verschwunden. Warum, Teddy?«

»Weshalb leckt ein Hund seine Eier?«

»Was?«

»Weil's mir so paßt.«

»Sehr witzig.«

Ich hielt den Mund. Es war leicht, sich mit einem solchen Arschloch in die Haare zu kriegen, aber ich wußte, daß es eigentlich nicht an Harvey lag. Er war nur einer der vielen Ehrgeizlinge, genauso wie ich es mal gewesen war, und daß ich ihn abstoßend fand, lag hauptsächlich daran, weil er alles besaß, was ich verloren hatte. Er war frech, eingebildet, selbstsicher und bekam vom Leben exakt was er wollte. In diese Kategorie hatte ich selbst auch mal gehört.

»Teddy?«

»Ja, Harv?«

Er lachte leise. »Wenn Sie je zur Besinnung kämen so wie Bodine, könnten wir beide nur davon profitieren.«

Ich blieb stumm.

»Als ich Bodine fragte, warum alle ihn Alfred Allmächtig nennen, wissen Sie, was er mir da erzählt hat?«

»Irgendeine schweinische Geschichte mit der Königin des Abschlußballs in der Highschool?«

»Nein. Er sagte, er wird so genannt, weil er aller Stilarten mächtig ist, die unsere Sprache hat und selbst elisabethanisches Englisch spricht.«

Wir lachten beide – wie dicke Freunde in bestem Einvernehmen. Diese Vorstellung war so widerlich, daß ich sofort verstummte und auf die Uhr schaute.

»Sie haben es eilig, Teddy?«

In diesen letzten drei Jahren bin ich tatsächlich zu einem Uhrwerk geworden. Punkt fünf bin ich raus aus dem Büro, immer in meinem Apartment um zwanzig nach und regelmäßig beim ersten Wodka um Schlag halb sechs. Es war viertel nach vier, und ich konnte spüren, wie es in mir tickte.

»Zeit ist Geld«, sagte ich.

Land klopfte mit einem Bleistift gegen seine teuren Zahnkronen. »Als sie und Bodine auseinandergingen, wurde er ein richtiger Wikinger.«

Mein früherer Partner, Alfred Bodine, schleppte bei seinen einsdreiundachtzig ein Gewicht von zweihundertvierzig Pfund mit sich herum, das meiste davon an Oberkörper und Bauch. Sein Gesicht, das bei einem Autounfall vor zehn Jahren zerfetzt worden war, sah aus, als sei es auf der Party eines betrunkenen Flickschusters wieder zusammengestoppelt worden. Er hatte weit auseinanderstehende kleine Augen, von denen das linke durch eine Nervenlähmung, die er bei dem Zusammenstoß davongetragen hatte, schlaff herunterhing, so daß es fast geschlossen war. Seine spärlichen schwarzen Haare standen wie eine stramm aufgerichtete Bürste über seinem runden Kopf. Pirat oder Wikinger, beides war eine gute Beschreibung. Er war zweiundvierzig, ein wüster Bursche, und die Vorstellung, daß er inzwischen zu Verstand gekommen war, machte mich richtig versonnen.

»Ich nehme an, Sie haben gehört, was mit Jonathan Gaetan passiert ist.«

Bingo.

»Nun?«

»Nun was?«

Land grinste. »Ein Jammer, daß Sie nicht unter mir in der Marine gedient haben.«

»Tja, das habe ich auch schon oft bedauert.«

Das Eidechsengrinsen erstarrte zu einer Grimasse, aber ich schaute ihn nur weiter ungerührt an. Wenigstens das funktionierte bei mir so gut wie früher, jedem Blick standzuhalten, ohne zu blinzeln.

Land nahm meine Personalakte auf, las eine Weile und legte sie dann wieder hin. »Nennt man Sie immer noch den wandelnden Detektor?«

»Manchmal.«

»Es heißt, niemand könne Sie anlügen. Sie wüßten stets, ob ein Verdächtiger oder ein Zeuge die Wahrheit sagt und hätten sich nie geirrt. Ich selbst habe festgestellt, daß man in neunzig Prozent der Fälle schon von Anfang an ahnt, wer der Schurke ist, aber dann muß man es erst mal beweisen. Auf Ihre Fähigkeit kann man zwar keine solide Anklage gründen und bei Gericht damit durchkommen, aber es ist gelegentlich ganz nützlich, wenn man weiß, wer die Wahrheit sagt oder lügt. Es heißt, Sie hätten bei Ihren Verhören jedesmal eine gewaltige Vorstellung geliefert.«

Jawohl, es war ein richtiges Schauspiel gewesen. Aber es ist kein angenehmes Talent, wenn man jede Lüge sofort spürt, denn das hat mich meine Ehe, eine Tochter, ein Enkelkind eine gute Geliebte und im Alter von fünfzig auch noch mein inneres Gleichgewicht gekostet.

»Ich brauche Sie, Teddy. Sie müssen diese Fähigkeit noch mal ausgraben und den alten Detektor spielen. Wollen Sie das für mich tun?«

»Was tun?«

Er grinste wieder. Ich fragte mich, welche Gans ihm wohl damals, als er noch jung und beeinflußbar gewesen war, erzählt hatte, daß er ein bezauberndes Lächeln habe. Ich wünschte, sie hätte ihr Maul gehalten. »Mit Mary Gaetan reden, Teddy, und herausfinden, ob sie lügt oder nicht. Sie kommt um fünf her. Mein Angebot lautet – Sie arbeiten bei diesem Fall mit mir zusammen und können problemlos bis fünfundfünfzig Ihre Zeit hier absitzen, okay?«

Ich schüttelte den Kopf, als täte es mir maßlos leid. »Um fünf bin ich schon weg, Harv.«

»Wissen Sie, Teddy, meine Freunde fragen mich manchmal, ob ich einen Detective in der Abteilung habe, der so wie diese Burschen im Kino ist. Einen, der dauernd die Regeln bricht, Autos zu Schrott fährt, auf eigene Faust ermittelt, die Vorgesetzten in Aufruhr bringt – so ein richtiger Teufelskerl. Dann erzähle ich von Ihnen, und daß es mein größtes Problem sei, Sie an Ihrem Schreibtisch wachzuhalten. Damit ernte ich immer einen Lacherfolg.«

Ich grinste ihm zu. »Es ist wahr, Captain, ich habe tatsächlich ein Talent, jederzeit einzunicken.«

Seine Augen wurden wässrig. Land hatte sich nie an seine Kontaktlinsen gewöhnt, und wenn er sich aufregte, sah er aus wie ein Mann, der mit verzweifelter Qual versucht, nicht zu schielen. »Reden Sie mit Mary Gaetan, wenn sie um fünf herkommt, das ist ein Befehl, Sergeant.«

»Okay.«

Plötzlich war er wieder ganz kumpelhaft. »Sie wissen, was ich meine, Teddy. Nicht nur mit ihr reden, sondern den inneren Detektor ankurbeln und herausfinden, ob sie lügt.«

»Keine Ahnung, ob das noch funktioniert.«

Er kam um den Schreibtisch herum und reichte mir die Akte. Als ich sie öffnete, sah ich das großformatige Hochglanzfoto eines nackten Mannes in einer Badewanne voll Blut. Ich klappte den Hefter zu und warf ihn auf den Tisch.

»Nein, nein«, sagte er und reicht ihn mir wieder. »Sie müssen diese Akte studieren, damit Sie sich Ihre Fragen überlegen können.«

»Lassen Sie mich in Ruhe damit, ja?«

»Ruhe? Sie hatten die letzten drei Jahre lang nichts anderes als permanente Ruhe.« Er warf den Hefter auf meinen Schoß.

»Ich kann mich mit einer solchen Scheiße nicht mehr beschäftigen«, entgegnete ich angewidert.

»Warum nicht?«

»Das wissen Sie. Jeder hier weiß es.«

»Sagen Sie's mir.«

Ich zuckte die Schultern.

»Keine witzigen Bemerkungen mehr, Teddy?«

»Was wollen Sie?«

»Die Wahrheit.«

»Die Wahrheit ist, daß ich zu weich geworden bin, seit ich fünfzig wurde. Wollten Sie das von mir hören? Ewig bekam ich diesen ganzen widerlichen Scheiß zugeteilt, aber meine Quote ist erfüllt, Captain. Ich kann es nicht mehr, allein schon mein Magen spielt dann verrückt. Zwingen Sie mich, diese Akte anzuschauen, und ich kotze Ihnen auf den Teppich.«

Er lachte. »Ich schlage Ihnen ein Geschäft vor, Teddy. Sie kurbeln nochmal den alten Detektor bei Mary Gaetan an, und ich zwinge Sie nicht, diese hübschen Fotos zu betrachten. Okay?« Als ich nickte, grinste er. »Ich wußte, daß wir uns einigen würden.« Er blickte auf seine Uhr. »Ich gebe Ihnen eine kleine Übersicht, was wir bisher wissen. Jonathan Gaetan war der größte Bauunternehmer hier im Distrikt und unser reichster Einwohner. Geld wie Heu und genauso alt wie Sie, Teddy, dreiundfünfzig. Verheiratet war er mit einer Frau, die fünfundzwanzig Jahre jünger ist, eine richtige Zuckerpuppe. Ich war nämlich mal privat bei ihnen zum Dinner eingeladen.« Bei diesen Worten strich er wahrhaftig sein Haar mit beiden Händen zurück, und ich fragte mich, womit ich bloß dieses Arschloch in meinem Leben verdient hatte.

»Wie fühlen Sie sich dabei, Teddy? So alt wie Sie, aber ein Multimillionär, der in einem Jahr mehr Geld verdient, als Sie in Ihrem ganzen Leben je sehen werden, verheiratet mit einer echten Schönheit. Haben Sie da nicht das Gefühl, als seien Sie ohne Schwanz geboren?«

»Und wo ist er jetzt?«

»Im Leichenschauhaus.«

Ich nickte.

Land nahm den Ordner und begann ihn durchzublättern. »Es hieß sogar mal, er solle irgendwo zum Botschafter ernannt werden. Warum bringt so ein Kerl, der ganz oben steht, sich wohl um? Ich meine, wenn ich eines Morgens herkomme und höre, daß Detective Sergeant Teddy Camel sich in der vergangenen Nacht die Kehle aufgeschlitzt habe, *das* könnte ich glauben. Aber nicht Jonathan Gaetan.«

»Sie meinen also, es war kein Selbstmord?«

»Interessante Frage.«

»Sie denken, seine Frau hat ihn getötet?«

»Ebenfalls eine interessante Frage.«

Ich hatte bereits den Punkt hinter mir, wo ich mich nicht mehr nur einfach auf den ersten Drink des Tages freute; ich gierte förmlich danach. Jedenfalls war ich nicht in der Stimmung für diese albernen Spielchen. »Warum sagen Sie mir nicht klipp und klar, was ich herausfinden soll?«

»Die einzige Aussage hat sie bisher gegenüber den Beamten am Tatort gemacht, gleich nachdem Jonathan gefunden wurde. Sie war natürlich völlig erschüttert, deshalb hat sie in ihrer Verwirrung vielleicht so einiges durcheinanderge-bracht.«

»Was genau?«

»Es war am Montag früh, gegen sieben Uhr. Nach dieser Aussage war Jonathan auf dem Lokus, er gab keine Antwort, die Türen waren verschlossen, und als sie jemanden zu Hilfe rufen wollte, entdeckte sie, daß alle Telefonleitungen durchgeschnitten waren.«

»Durchgeschnitten?«

»Jawohl.«

»Irgendwelche Anzeichen von einem Einbruch?«

»Keine. Das Haus wurde überprüft, nichts Auffälliges, was auf einen Selbstmord deutet, stimmt's? Nur tat Mary etwas Ungewöhnliches, nachdem sie die zerschnittenen Telefonleitungen entdeckte. Statt zu einem Nachbarn hinüberzu-laufen, um anzurufen, fährt sie zum Haus ihres Anwalts, das zwanzig Minuten entfernt liegt. Er folgt ihr dann in sei-nem Wagen zum Haus zurück. Aber auch er kann nichts ausrichten, also geht er wieder zu seinem Wagen und ruft vom Autotelefon aus die Polizei an. Zwei Streifenbeamte fahren hin, heben eine der Türen aus den Angeln und finden den toten Jonathan. Einen sehr toten sogar.«

»In der Badewanne.«

»Genau, und zwar nicht nur einfach tot. Die Handgelenke aufgeschlitzt, die Kehle durchgeschnitten, und sein Schwanz hing bloß noch an einem Faden.«

»Sein …«

»Offensichtlich hatte er versucht, dieses empfindliche Kör-

45

perteil zu amputieren, ehe er die Besinnung verlor und verblutete.«

»Meine Fresse.«

»Laut vorläufigem Obduktionsbericht spricht nichts gegen die Annahme, daß er sich die Wunden an den Handgelenken, der Kehle und dem Penis selbst zugefügt hat. Nur gibt es da noch eine gewisse Kleinigkeit. Er hatte Fesselspuren an Handgelenken und Knöcheln, Quetschungen an Gesicht und Kopf, und die muß er sich mehrere Stunden vor seinem Tod geholt haben. Ein zweiter Punkt ist das Messer, das er benutzte. Es war eine billige verchromte Imitation eines Bowiemessers, wie man es in jeder Pfandleihe für zehn Kröten findet, mit Sicherheit jedenfalls keins, das zu Jonathan Gaetan paßt. Ich war oft genug mit ihm zum Tontaubenschießen und habe sein Gewehr gesehen, ein wundervolles Stück von Purdy. Wenn er sich mit aller Gewalt umbringen wollte, warum dann nicht damit?«

Ich zuckte die Schultern. »Vorübergehender Mangel an gutem Geschmack.«

»Also, ich stehe mit vorübergehendem Mangel an guten Ideen da. In der Pathologie ist man zwar zu dem Schluß gekommen, daß die eigentliche Todesursache die selbstzugefügten Messerverletzungen waren, aber sie wissen nicht, was sie zu den Fesselspuren sagen sollen. Im Grunde bin ich mehr als bereit, es als Selbstmord durchgehen zu lassen, nur was passiert, wenn sich herausstellt, daß Mary *doch* irgendwie dabei mitgemischt hat? Dann sieht es aus, als hätte ich sie wegen unserer persönlichen Bekanntschaft gedeckt. Auf der anderen Seite haben die Gaetans eine Menge einflußreicher Freunde, und der Rummel um den Selbstmord ist schon schlimm genug. Wenn ich jetzt das Maul aufreiße, es stecke mehr dahinter – und falsch liege – dann habe ich mit einem Schlag haufenweise sehr mächtige Feinde. Verstehen Sie mein Dilemma?«

Ich nickte.

»Deshalb muß ich wissen, ob sie die Wahrheit sagt.«

»Nehmen Sie den Lügendetektor.«

»Sind Sie verrückt? Das würde ihr Anwalt nie zulassen.

46

Wir führen ja keinerlei Ermittlungen gegen sie durch. Glauben Sie mir, das ist keine Frau, die man gerne beleidigt.«

»Wenn ich sie so befrage wie ich früher verhört habe, wird sie beleidigt sein, das garantiere ich Ihnen.«

»Na ja …«

Eben. Land hatte eine Zukunft, die er berücksichtigen mußte, ich nicht.

Er schaute wieder auf die Uhr. »Sie ist um fünf hier. Was müssen Sie sonst noch wissen?«

»Eigentlich ist es ja nie sehr kompliziert, nicht wahr, Captain? Bei einem Mord steckt meistens entweder Geld, Sex oder eine Familiengeschichte dahinter.«

»Nun. Geld ist es nicht. Jonathan hatte ein paar dicke Versicherungspolicen, aber das ist nichts außergewöhnliches bei seinen Vermögensverhältnissen. Mary ist sowieso Mitinhaberin des Gaetan-Unternehmens und brauchte ihn nicht umzubringen, um an sein Geld heranzukommen.«

»Dann Sex. Vielleicht hatte die wunderschöne junge Ehefrau einen wunderschönen jungen Freund.«

»Nein. Sieben Jahre waren sie verheiratet, und sie benahmen sich immer noch wie in den Flitterwochen. Ich kannte sie ja privat. Sie hat Jonathan angebetet.«

»Vielleicht hatte er dann eine Freundin, und seine Frau fand heraus …«

»Nein, nein, da liegen Sie meilenweit daneben. Jonathan war kein Schürzenjäger, glauben Sie mir. Es hieß, er habe vor seiner Heirat nie auch nur irgendeine Verabredung gehabt. Es gab sogar Gerüchte, daß er möglicherweise schwul sei. Wie das so ist, ein gutaussehender Kerl um die Vierzig und nie verheiratet gewesen, aber dann traf er Mary und …«

»Da haben Sie's. Ein früherer Freund von *ihm* taucht auf und droht, ihn zu erpressen. In panischer Angst bringt Jonathan sich um und versucht sogar, das anstößige Körperteil abzuschneiden.«

Land schien flüchtig diese Theorie zu überdenken. »Und die Fesselspuren und Prellungen? Meinen Sie, dieser Freund hat damit versucht, seine Erpressung etwas Nachdruck zu verleihen?«

»Könnte sein.«

Er schüttelte den Kopf. »Wenn er sich umgebracht hat und es ein anständiger Selbstmord ist, bin ich entzückt. Ich gehe die Witwe trösten, und Sie können sich wieder Ihren Schläfchen am Schreibtisch widmen.«

»Was ist mit dem Erpresser?«

»Überlassen Sie die Spekulationen mir, Teddy. Sie braucht an diesem Fall nur eins zu interessieren: war Mary Gaetan in die Sache verwickelt? Weiß sie, wie Jonathan zu diesen Fesselspuren und Prellungen gekommen ist. Das ist Ihr Auftrag. Machen Sie das für mich, Teddy, und ich lasse Sie die nächsten zwei Jahre weiter die Steuerzahler bescheißen, so daß Sie mit vollen Bezügen in Pension gehen können, okay?«

Ich nickte. Genau mein Plan.

Mary Gaetan erschien nicht zur verabredeten Zeit. Ihr Anwalt rief an und versicherte Captain Land, daß sie um sechs da sein würden, aber es war fast sieben, ehe Land mich in sein Büro bestellte. Zum erstenmal eilte ich dorthin wie ein braver kleiner Soldat. Ich lechzte nach meinem überfälligen Drink. Wenn ich zu lange nüchtern bleibe, fange ich immer mit sinnlosen Grübeleien an, warum jemand wie ich, der so reich gesegnet war, derart verkommen kann.

Diesmal stand Land auf, als ich eintrat. »Hallo, Teddy. Mary, das ist Detective Sergeant Teddy Camel. Teddy, Mary Gaetan.«

Wir schüttelten die Hände und musterten einander kritisch. Ihr kastanienbraunes Haar wirkte, als habe sie es schlicht mit den Händen aus dem Gesicht gestrichen. Zu ihren Jeans trug sie einen blauen Baumwollpullover mit V-Ausschnitt und nichts darunter. An den Ausschnitträndern wurden die schwellenden Rundungen ihrer vollen Brüste sichtbar. Sie hatte graue Augen und sah aus, als habe sie lange Zeit heftig geweint.

Als sie die Beine übereinanderschlug, baumelte ihr weißer Schuh locker an den braungebrannten Zehen. Sie rauchte.

»Teddy, Sie kennen Mrs. Gaetans Anwalt, George Trenter.«

»Lange nicht gesehen, Tedd«, sagte er und streckte seine Hand aus, was ich peinlicherweise erst gar nicht bemerkte.

Sie war die erste Frau, bei der ich je Augen von solcher Farbe gesehen hatte. Es war ein ganz besonderer Ton, ein Schiefergrau. Seit ich ins Büro gekommen war, schaute sie mich unverwandt an.

»Ich habe George und Mrs. Gaetan versichert, daß es ganz schnell geht«, säuselte Land, »und wie sehr wir es zu schätzen wissen, daß sie hergekommen sind so kurz nach einer solch tragischen …«

Aber ich hörte gar nicht zu. Sie muß daran gewöhnt sein, dachte ich, daß Männer sie anstarren. Mary Gaetan war keine umwerfende Schönheit, doch sie besaß beeindruckende Augen und einen vollen Mund. Allein das genügte an sich schon. Außerdem wirkte ihr eindringlicher Blick, als versuche sie, mir stumm etwas zu sagen. Sie trug kein Make-up, und ihr Mund erinnerte mich an irgendeine Berühmtheit.

»Ich schlage vor, wir setzen uns alle hin und bringen die Sache so entspannt wie unter diesen Umständen möglich hinter uns. Es wird natürlich aufgezeichnet und …«

Ich hörte immer noch nicht zu. Reiche Frauen – reiche, elegante Frauen mit Stil und Klasse wie Mary Gaetan – hatten schon immer leichtes Spiel bei mir. Meine eigene Frau gehörte auch in diese Kategorie.

»Sind Sie soweit, Sergeant?«

Land hantierte hinter dem Schreibtisch mit dem Kassettenrecorder; Mary, ihr Anwalt und ich saßen ihm gegenüber. Alles wartete darauf, daß ich anfing, aber ich dachte an Jonathan Gaetan. In meinem Alter und ganz oben, wie Land gesagt hatte. Warum schlachtet so jemand sich regelrecht ab, vor allem wenn er ein Prachtstück wie Mary hat, neben dem er jeden Morgen aufwachen kann? Egal, was für ein Dämon ihn trieb, es mußte schlimmer gewesen sein als alles, was ich mir vorstellen konnte.

»Sergeant Camel?«

Es sei denn, Mary war sein Dämon.

»Teddy?«

Ich hörte aus Lands nervösem Tonfall, daß er langsam befürchtete, ich würde ihn vor den beiden in Verlegenheit bringen. Also versuchte ich, mich in die nötige Stimmung zu versetzen, die ich für den Zirkus brauchte. Doch ausgerechnet in diesem Moment fing ich plötzlich die Botschaft auf, die sie mir die ganze Zeit zu übermitteln versuchte. Mit ihrem bemüht tapferen Lächeln bat Mary mich, behutsam mit ihr zu sein. Bitte, tu mir nicht weh. Ich mußte mich ernstlich zusammennehmen und mir klar machen, daß sie sechs Jahre jünger als meine eigene Tochter war.

»*Der Kassettenrecorder läuft.*«

»Ja.« Alles wartet, nun vorwärts, Teddy – zeig, was du kannst. Wenn ich in Lands Augen nicht bestand, käme er zwar nicht unbedingt damit durch, mich zur vorzeitigen Pensionierung zu zwingen, aber er könnte mir in den nächsten beiden Jahren tagtäglich das Leben zur Hölle machen. Bis Alfred zu Verstand gekommen war, ließ Land ihn Bierkästen im Supermarkt bewachen.

Ich bat, die Stühle umzustellen. Dann dirigierte ich den Anwalt hinter Lands Schreibtisch und zog meinen Stuhl zu Mary heran, so dicht, daß unsere Knie sich fast berührten. Ich war überrascht, als ich merkte, wie schnell mein Herz klopfte. Früher hatte ich einen Heidenspaß an solchen Verhören, ich kam richtig in Fahrt dabei, und gut war ich obendrein.

Man fängt ganz langsam an, ruhig und verständnisvoll. »Ich weiß, Sie haben bereits gestern morgen ausgesagt, was passiert ist«, wandte ich mich an Mary, »aber ich möchte Sie bitten, es noch einmal zu erzählen – und nur mit einem Unterschied.«

Sie nickte so ernsthaft wie ein Schulmädchen, das ins Büro des Direktors gerufen worden ist.

»Lügen Sie mich nicht an.«

Ihr Anwalt begann zu protestieren. »Ich glaube kaum, daß es nötig ist …«

Aber Mary unterbrach ihn. »Es ist in Ordnung, George. Ich habe keineswegs die Absicht, irgend jemanden anzulügen.«

»Falls es etwas gibt, das Sie mir nicht sagen wollen«, fuhr ich fort, »ist das okay, schütteln Sie einfach den Kopf oder schweigen Sie, mir ist das egal. Überhaupt kümmert es mich nicht, wie viel oder wie wenig Sie während dieses Gesprächs sagen. Mich kümmert nur eins, daß Sie mich nicht anlügen.«

Ihre grauen Augen weiteten sich, und der Anwalt plärrte erneut los, aber ich redete weiter, ganz ruhig, doch mit immer drohenderem Unterton in meiner Stimme. Ohne auch nur eine Sekunde den Blick abzuwenden, schaute ich ihr in die Augen und versicherte Mary, ich sei ein friedlicher, alter Knabe und herzensgut dazu, außer in einem Punkt – ich haßte Lügen. Sie seien eine Beleidigung für mich, ich witterte sie schon, ehe sie ausgesprochen seien, und eine Lüge mache mich richtig wild. »Also tun Sie es nicht. Lügen Sie mich nicht an.«

»Ich denke, wir haben verstanden«, sagte George Trenter. Er kannte meinen Ruf.

Ich legte meine Hände auf die Knie und lehnte mich dicht zu ihr. »Was ist gestern morgen passiert, Mrs. Gaetan?«

»Mein Mann hat sich umgebracht.«

»Warum?«

»Ich weiß nicht.«

Lüge. Die zweite Frage erst, und schon belog sie mich. Eigentlich hätte ich jetzt sofort reagieren müssen so wie früher – aufstehen, einen Stuhl umtreten und sie anbrüllen, ihr zeigen, daß ich ihre gottverfluchte Lügerei durchschaute. Ich musterte sie lange und entschied mich dann für einen anderen Weg. »Was haben Sie und Ihr Ehemann am Sonntagabend gemacht?«

»Wir besuchten eine Wohltätigkeitsveranstaltung.«

»Was für eine?«

»Zugunsten des öffentlichen Zoos.«

Ich lächelte. »Und als Sie heimkamen?«

»Jonathan ging nach oben und wollte ins Bett. Ich blieb noch unten, um einen Drink zu nehmen. Eine alte Gewohnheit von mir, eine Zigarette und ein Drink vor dem Zubettgehen.«

Keine Zigaretten und jede Menge Drinks vor dem Zubettgehen war *meine* augenblickliche Gewohnheit, die ich momentan immer stärker vermißte. »Ist Mr. Gaetan noch mal nach unten gekommen?«

»Nein. Nach meinem Drink ging ich hinauf in unser Schlafzimmer.«

»Und wo war er da? Im Bett?«

»Ja.«

»Und schlief?«

»Nein. Jonathan wartete immer auf mich.«

»Was haben Sie dann gemacht?«

»Ich verstehe nicht …«

»Haben Sie miteinander geredet, im Bett gelesen, Radio gehört, ferngesehen, sind Sie gleich eingeschlafen – oder was?« Ich ließ sie meine Ungeduld spüren, erhöhte das Tempo, und meine Stimme wurde schärfer.

»Wir hatten Sex.«

Ich nickte und mußte stumm anerkennen, wie überaus gefaßt Mrs. Gaetan blieb. »Und danach?«

»Wir sind eingeschlafen.«

»War etwas Ungewöhnliches im Verlauf der Nacht? Ist Ihr Ehemann aufgestanden, hat er vielleicht mit jemandem telefoniert oder mit Ihnen geredet?«

Sie schüttelte den Kopf.

»Und am Morgen?«

Ich sah die Tränen in ihren Augen. »Irgend etwas weckte mich auf. Jonathan war nicht mehr im Bett. Ich sah Licht im Bad. Es schimmerte unter der Tür hindurch, weil es noch ziemlich dunkel war. Ich nahm an, daß er früh zur Arbeit wollte. Ich lauschte, aber es war nichts zu hören. Vielleicht bin ich noch mal eingeschlafen, ich erinnere mich nicht, aber schließlich fand ich es etwas merkwürdig, daß kein einziger Laut aus dem Bad zu hören war. Deshalb ging ich zur Tür und rief seinen Namen. Er antwortete nicht, und die Tür war versperrt, ebenso die andere, die vom Korridor aus ins Bad führt. Als ich um Hilfe telefonieren wollte, entdeckte ich, daß Jonathan sämtliche Telefonleitungen im Haus durchgeschnitten hatte.«

»Jonathan hatte sie durchgeschnitten?«

»Ich nehme an, daß er es war. *Ich* jedenfalls nicht.«

»Und niemand sonst war an diesem Morgen oder in der Nacht vorher im Haus?«

Sie schüttelte den Kopf.

Ich schaute ihr fest in die Augen. »Warum hat er die Telefonleitungen durchgeschnitten?«

»Ich weiß nicht.«

»Was haben Sie getan, nachdem Sie das entdeckten?«

»Ich fuhr zu George.« Sie weinte lautlos. Nur die Tränen liefen über ihr Gesicht.

»Warum sind Sie nicht statt dessen zu einem Nachbarn? Wenn Sie annehmen mußten, Ihr Ehemann sei in diesem Badezimmer und habe einen Herzinfarkt, einen Schlaganfall oder sonstwas. Warum, verdammt noch mal, diese Zeitverschwendung, erst Ihren Anwalt zu holen?«

»So hatte es Jonathan gewollt.«

»Ich dachte, er hätte Ihnen nicht mehr geantwortet.«

»Hat er auch nicht. Aber er hatte mir vor längerer Zeit schon gesagt, falls ihm jemals irgendwas zustieße, sollte ich mich als allererstes mit George in Verbindung setzen.«

»Warum?«

George antwortete für sie. »Die Gaetan-Development-Company ist mit heiklen Projekten beschäftigt. Projekte, bei denen große Geldsummen auf dem Spiel stehen. Viele Investitionen sind nur wegen Jonathans persönlicher ...«

Ich unterbrach ihn, indem ich Mary fragte, was passiert sei, als sie und George zurückkehrten. Ihre Antwort entsprach dem, was Land mir bereits erzählt hatte: George rief vom Autotelefon aus bei uns an, zwei Streifenpolizisten erschienen, hoben die Badezimmertür aus den Angeln und fanden Jonathan in einer Wanne voll Blut.

Noch während sie weinend und stockend berichtete, fragte ich rüde: »Woher, zum Teufel, hatte er diese Fesselspuren?«

»Was?«

»Haben Sie geglaubt, wir würden diese Kleinigkeit übersehen, Mrs. Gaetan? Ihr Ehemann ist etliche Stunden vor seinem Tod gefesselt worden. Sie wollen mir doch nicht erzählen, daß Sie nichts davon wissen? Er hatte außerdem Prellungen am Kopf, und die hat er sich *nicht* selbst zugefügt. Was ist da passiert? War diese Wohltätigkeitsveranstaltung, die Sie besuchten, ein wenig ausgeflippt? Wenn Sie keine Erklärung haben, dann gehen Sie besser hinaus in den Flur und reden mit Ihrem Anwalt, weil ...«

»Ich habe ihn gefesselt.«

»*Sie?*«

Mary wischte sich die Tränen ab und suchte in ihrer Tasche nach Zigaretten.

Ich hielt ihre Hand fest. »Kommen Sie, Mrs. Gaetan, Sie brauchen keine Zigaretten, um die Wahrheit zu sagen.«

»Lassen Sie sie los, Camel«, fuhr der Anwalt mich an und teilte Land mit, daß jetzt Schluß sei mit diesem Verhör.

Aber Mary winkte ab. Sie fischte eine Zigarette heraus, entzündete sie hastig und nahm einen tiefen Zug. Mit einem schwermütigen Blick schaute sie mich an. »Sind Sie verheiratet, Detective Camel?«

»Ich war's mal.«

»Haben Sie und Ihre Frau je Spiele gespielt?«

»Spiele?«

»Schlafzimmerspiele.«

Überraschenderweise spürte ich eine gewisse Verlegenheit.

»Nun, wenn Sie und Ihre Frau solche Spielchen getrieben hätten, würden Sie das bestimmt nicht gern bei laufendem Kassettenrecorder beschreiben. Und ich will das auch nicht.«

»Was sagen Sie da?«

Sie schaute mich nur regungslos an und rauchte.

»Wollen Sie damit behaupten, als Sie und Jonathan Sonntagnacht Sex hatten, benutzten Sie dazu ein Seil?«

Mary nickte.

»Können Sie uns dieses Seil zeigen?«

»Ich habe es weggeworfen.«

»Warum?«

»*Warum?* Weil ich es wohl kaum mehr brauche. Wollten Sie es sich borgen?«

Aber ich erkannte, daß ihre plötzliche Härte nur gespielt war und ihr schwer genug fiel. Lange hielt sie nicht mehr durch. »Wie kam Ihr Ehemann zu diesen Prellungen am Kopf?«

»Ich liebe Jonathan. Ich hätte alles für ihn getan. Manchmal … mochte er eine rauhe Behandlung. George, muß ich diese Fragen beantworten?«

»Das müssen Sie ganz und gar nicht.« Er verließ seinen Platz hinter Lands Schreibtisch.

Jetzt mußte ich Dampf machen. »Also kamen Sie und Jonathan am Sonntagabend von einer Wohltätigkeitsveranstaltung für den Zoo nach Hause, und offenbar hatte ihn der Gedanke an all diese eingesperrten Tiere so erregt, daß er sich von Ihnen fesseln und durchprügeln ließ. War das die übliche Methode, damit er in Fahrt kam?«

»Das reicht.« George nahm Marys Arm.

»Am nächsten Morgen«, sagte ich mit erhobener Stimme, »steht diese ehrenwerte Säule der Gemeinde nach einer Nacht voll sadomasochistischer Fesselspielchen auf, kappt sämtliche Telefonleitungen, schließt sich im Bad ein, füllt die Wanne ein und fängt damit an, sich selbst abzuschlachten – und dazu kein Wort der Erklärung, kein Abschiedsbrief, nichts. Das nennen Sie die Wahrheit, Mrs. Gaetan?«

»Dieses Gespräch ist beendet«, verkündete George und wollte Mary mit sich ziehen.

»Kommen Sie, Mary, erzählen Sie mir, was *wirklich* passiert ist! Woher hatte Jonathan dieses billige Messer, das er benutzte? Oder benutzte er es gar nicht selbst, sondern ein anderer?«

Sie schluchzte.

»Haben Sie ihn getötet?«

Sie nannte mich einen Bastard.

»Waren Sie's?« brüllte ich.

»Nein!« schrie sie zurück.

»Captain«, zischte der Anwalt, »Sie bringen Ihren Detective besser zum Schweigen, oder Sie haben beide eine Klage am Hals.«

»Camel …«

»Er hat sich selbst umgebracht!« rief Mary.

»*Warum?*«

»Ich weiß nicht!« Sie gab George nach und ließ sich zur Tür führen.

»Lügen Sie mich nicht an!«

»Lebendig oder tot, Jonathan war mehr Mann als Sie es je sein werden!«

»Ich bin sicher, das war er, Mary.« Meine Stimme, die ganz sanft klang nach dieser Schreierei, schien alle im Raum zu überraschen. Marys Verhalten änderte sich plötzlich. Ihr Zorn war verflogen, und zurück blieb diese Verletzlichkeit in ihren Augen, mit denen sie mich wieder anbettelte, so wie eine Frau, der nur noch die Fähigkeit zu bitten geblieben ist. Genau diesen Ausdruck hatte auch meine Tochter einmal in den Augen gehabt.

Land war hinter ihnen hergeeilt und blieb fast fünfzehn Minuten verschwunden. Ich saß immer noch genauso da wie vorher, als er zurückkehrte. »Wurde ein bißchen heikel, nicht wahr, Teddy?«

Ich schwieg.

»George hat ausgiebig mit allen möglichen Beschwerden und Klagen gedroht, aber Mary wollte nicht, daß er etwas unternimmt. Ich habe erklärt, daß Sie vielleicht etwas übereifrig waren, aber im Grunde ein guter Detective sind.«

»Danke, Harv.«

»Warum sollen wir riskieren, daß uns eine Klage angehängt wird, wenn ein paar besänftigende Worte …«

»Natürlich.«

»Das war eine Vorstellung. Wie lautet das Urteil?«

»Urteil?«

»Hat sie die Wahrheit gesagt? Ich konnte sie nicht durchschauen. Manchmal dachte ich, sie sei ganz aufrichtig, aber die Geschichte über diese Fesselspielchen, also wirklich. Wenn Sie Jonathan gekannt hätten, wäre Ihnen klar, daß es nicht zu ihm paßt.« Er schaute mich erwartungsvoll an. Als ich weiter schwieg, fragte Land. »Na?«

»Glasklar, Harv. Sie hat die Wahrheit gesagt.«

»Ausnahmslos?«

»Jawohl.«

»Diese perversen Spielchen, daß sie nicht weiß, woher er das Messer hatte, daß es keinen Abschiedsbrief gibt und sie keinen Schimmer über sein Motiv hat – das *alles* war die Wahrheit?«

»Ja.«

»Sicher?«

»Hab' mich noch nie geirrt.«

»Jonathan Gaetans Tod war ein Selbstmord.«

»Jawohl.«

»Und ich stehe nicht plötzlich doch noch angeschmiert da?«

»Ich garantier's.«

Er atmete mit sichtlicher Erleichterung tief durch. »Großartig. Einfach wunderbar! Dann gebe ich die gute Nachricht gleich weiter. Hand in Hand mit dem Gerichtsmediziner, dem Staatsanwalt und jedem, der mitmachen will, können wir also nun singen: *Selbstmord, Selbstmord.*«

»Freut mich für Sie, Harv.«

»Mensch, Teddy, wissen Sie, daß es jede Menge Möglichkeiten gibt, bei denen wir beide zusammenarbeiten könnten? Gehen wir und reden bei einem Drink darüber.« Der Kerl strahlte über beide Ohren.

Für einen Moment dachte ich, hier ist deine Chance, Teddy. Du hast noch zwei Jahre vor dir, in denen du mit diesem ehrgeizigen Arschloch arbeiten mußt, warum machst du es dir da nicht etwas leichter? Ein paar Drinks, Land zahlt die Rechnung, morgen kommst du etwas später ... »Ich denke, ich passe, Captain.«

»Wieso?« Er grinste immer noch.

»Ich trinke nicht gern mit Leuten, die ich nicht leiden kann.« Völlig unnötig.

Lands Lächeln verschwand. »Ganz wie's beliebt.«

Ich wollte sein Büro verlassen, aber er hielt mich zurück.

»Morgen früh liegt als erstes dieser Bericht auf meinen Tisch.«

Ich fragte, was für ein Bericht.

»*Ihr* Bericht natürlich. Einer der Gründe, warum ich ein so gutes Gefühl dabei habe, Jonathans Tod als Selbstmord zu deklarieren, ist, daß einer meiner altgedienten Detectives die Angelegenheit kritisch geprüft hat und ebenfalls zu dem Schluß gekommen ist, daß nichts daran faul ist. Und das hätte ich gern von Ihnen schriftlich – um neun morgen früh auf meinem Schreibtisch.« Er nahm die Kassette aus dem Recorder. »Die hier werden Sie brauchen.«

Ich stand einfach da.

»Sie gehen wohl besser gleich an Ihren Schreibtisch.« Er zog sein teures Jackett an. »Da kommen ein paar Überstunden auf Sie zu.«

Es war fast zehn vor neun bis ich endlich das letzte Wort meines sinnlosen Berichts mühselig in die Maschine gehackt hatte. Dabei verfluchte ich mit jedem Tippfehler Land und meine eigene Blödheit. Als ich am Kopiergerät stand, umschlangen mich zwei riesige Arme. »Alfred Allmächtig«, sagte ich, ohne mich umzuschauen, »du verdammter Pirat, du.«

»Was treibst du hier um diese nachtschlafende Zeit, Teddybär?«

»Kopieren.«

»Hab' schon gehört, daß Land dir den Gaetan-Fall geben will.«

»Einen Dreck hat Land mir gegeben.«

Alfred nahm eine der Kopien und begann den Bericht durchzublättern. »Ist es wahr, daß Gaetan sich den Pimmel abgeschnitten hat?«

»Hat's wenigstens versucht.«

»Warum?«

»Weiß keiner.«

»Prellungen und Fesselspuren.« Er warf mir einen Seitenblick zu. »Und wir lassen das als Selbstmord durchgehen?«

»Seine Frau hatte ihn in der Nacht vorher gefesselt. Schlafzimmerspiele nannte sie es.«

»Wirklich?« Sein intaktes Auge blitzte interessiert. »Kannst du mich vielleicht mit ihr bekannt machen?«

»Sie ist außerhalb deiner Preisklasse, Kumpel.«

»Du mußt es ja wissen.«

»Das heißt?«

Er antwortete nicht. Obwohl ich genau wußte, was er meinte – es war eine Preisklasse, in der ich mich mal getummelt und alles verloren hatte – drängte ich auf eine Antwort. »Was soll das heißen, ich müßte es ja wissen?«

Alfred tat, als sei er ganz vertieft. »Du glaubst tatsächlich, was diese Frau dir erzählt hat?«

»Was steht denn da, Alfred?«

»Ich kann lesen, besten Dank, aber ich frage dich, ob du tatsächlich glaubst, daß sie die Wahrheit gesagt hat.«

Wir schwiegen eine Weile, Alfred gab mir die Seiten zurück und wartete, bis ich fertig war. Der Bruch unserer Partnerschaft war eine schäbige Geschichte gewesen. Wer genau wem das angetan hatte, waren Sachen, die wir beide immer noch nicht ganz verdaut hatten.

Als ich den Kopierraum verließ, folgte er mir. Ich schob ein Exemplar des Berichts unter Lands verschlossener Tür durch, ein weiteres wanderte auf den Stapel von Schriftstücken, die für das Aktenarchiv bestimmt waren. Dann ging ich in meine Nische, und Alfred trottete schweigend hinter mir her.

Erschöpft und elend nüchtern setzte ich mich auf meinen Stuhl. »Du hast Land erzählt, daß man dich Alfred Allmächtig nennt, weil du aller sprachlichen Stilarten mächtig bist und sogar elisabethanisches Englisch sprichst?«

Sein Narbengesicht verzog sich zu einem Grinsen; jedenfalls könnte man es dafür durchgehen lassen. »In Wahrheit bekam ich meinen Spitznamen bei unserer Abschlußfeier in der Highschool.«

»Ich weiß, die Story kenne ich.«

»Loribeth und ich schlichen uns von der Tanzerei weg und …«

»Und als du deine Hosen runtergelassen hast, kreischte Loribeth: *Alfred, Allmächtiger*, du willst doch nicht dieses häßliche dicke Ding in mich stopfen! Ich *kenne* die Story.«

»Du bist ein Ekel, Teddy.«

»Schon klar. Ich muß gehen, Alfred. Bin sowieso viel zu spät dran für die Verabredung mit meinem Drink. Du machst heute die zweite Schicht?«

»Ja, ich treffe mich hier mit meinem Partner zu ein paar Übungsstunden.«

»Natürlich. Land hat mir erzählt, daß du endlich zu Verstand gekommen bist. Kannst jetzt sogar mit Computern umgehen, was?«

Alfred geriet gleich wieder in Wut. »Darauf kannst du deinen Arsch wetten, daß ich zu Verstand gekommen bin. Land sagt: spring. Ich frage: wie weit. Land sagt: scheiß. Ich frage: wie braun. Und bin ich erst mal für den Computer qualifiziert, dann bin ich auch fällig für eine Beförderung. Wenn du also findest, das sei ...«

»Nicht doch, ich finde es wundervoll.«

Er beäugte mich mißtrauisch. »Hast du schon meinen neuen Partner kennengelernt?«

»Nur flüchtig gesehen. Ein nettes Bürschchen.«

»Nett? Hör mal, der Typ ist hübscher als zwei meiner Ex-Frauen zusammen. Ich habe, ehrlich gesagt, schon dran gedacht, mit ihm als Köder auf Miezenfang zu gehen. Weißt du, ich setz' mich mit ihm in irgendeine Bar und warte, bis die Weiber anschwirren, und nachdem er sich entschieden hat, habe ich freie Auswahl unter dem Rest. Aber Melvin Kelvin ist echter Pfadfinder. Bei ihm gibt's keine Barhockerei und keine Jagd auf Röcke. Er will unbedingt seiner Frau treu sein.«

Ich lachte. »Was ist bloß mit der heutigen Jugend?«

»Kannst du laut sagen. Komm, ich bringe dich runter zu deinem Wagen.«

Auf dem Weg zum Fahrstuhl fragte ich, was er jetzt so in seiner freien Zeit treibe mit einem Partner, der weder in Kneipen hocken will noch hinter den Weibern her ist. Er behauptete, er widme sich ganz der Literatur.

»Literatur?«

»O ja. Ich habe gestern abend ein neues Buch angefangen: *Geile Hausfrauen und der liebestolle Klempner.* Allerdings ist die Rohrlegerei im Klempnerhandwerk doch als Metapher ein bißchen aufdringlich.«

»Kritik wird's immer geben.«

Er wollte zur Kostprobe die erste Zeile zitieren, aber ich lehnte dankend ab, was ihn nicht weiter störte. Im Fahrstuhl packte Alfred mich am Ärmel. »Es beginnt mit einem Ausspruch des Helden DeWitt: ›Willkommen in meiner bescheidenen Bleibe, du Tunte, knurrte DeWitt bedrohlich, und sein verhätschelter Kampfhund Penelope urinierte in nervöser Erfahrung einer Keilerei‹.«

Ich wollte wissen, was das mit Rohrverlegern und geilen Hausfrauen zu tun habe, aber Alfred meinte nur, es sei ein ziemlich dickes Buch.

Der Fahrstuhl hielt im Erdgeschoß. »Meine herzlichsten Grüße an Melvin Kelvin«, sagte ich.

»Es ist nicht seine Schuld, daß er einen komischen Namen hat.«

Ich winkte und ging.

»Hey, Teddybär.«

»Ja?«

»Da du kein Interesse mehr hast, in deinem Job was auf die Beine zu stellen, würdest du mir doch die Chance lassen, wenn du mal über irgendeine heiße Sache stolperst wie diesen Gaetan-Fall, nicht wahr, Kumpel?«

»Für Land ist es ein Selbstmord und damit vom Tisch.«

»Meine Akte könnte ein paar Pluspunkte gebrauchen.«

»Ich schreibe bloß Berichte.«

Er trat wieder in den Fahrstuhl, drückte einen Knopf, und die Türen schlossen sich.

In meinem Apartment bemühte ich mich ganz bewußt, die Dinge ruhig und gelassen anzugehen. Es gehört sich nicht, dachte ich, hineinzustürzen, gleich die Flasche zu packen, Wodka in ein Glas zu gießen und dabei vor lauter Gier nach diesem elend verspäteten ersten Drink des Tages die Hälfte zu verschütten. Ich war überzeugt, das alles könnte ich auch mit etwas mehr Anstand meistern.

Also schaltete ich das Licht an und sah die Post durch, überlegte, daß ich mir vielleicht ein Sandwich mit Spiegeleiern machen könnte, aber dann entschied ich, *Scheiß drauf*. Ich nahm die Flasche und goß ein Glas halbvoll, setzte mich damit an den Küchentisch und fühlte mich bereits besser. ... Ein paar Gläser von diesem Zeug, sagte ich mir, und du hast Mary Gaetans graue Augen vergessen.

3

Gebannt beobachtet er das herumspringende Mädchen.

Als er aufwachte, war es schon dunkel geworden. Jetzt steht er an den gläsernen Schiebetüren und schaut hinüber in dieses Zimmer jenseits des Parkplatzes, das hell erleuchtet ist. Die Vorhänge sind offen. Die Mutter arbeitet an einem Bügelbrett, Vater und Sohn sitzen auf Plastikstühlen vor einem Fernseher, und die Tochter turnt endlos auf einem Bett herum. Er ist überrascht, daß keiner brüllt, sie solle damit aufhören und überlegt wie es wäre, wenn so ein kleines Mädchen auf seinem Bett herumspringen würde. Immer stärker fasziniert ihn der Gedanke, sie mit nach Mexiko zu nehmen. Ja, er kann sich gut vorstellen, jeden Morgen in seinem Haus am Meer aufzuwachen neben dem kleinen Mädchen, das auf seinem Bett herumspringt, den Strand mit ihr entlangzuspazieren und die warmen Wellen des Ozeans zu spüren, rund um ihre Augen Sonnenstrahlen zu malen und sie in sein kleines Puppenmädchen zu verwandeln.

Das ginge, denkt er – ich könnte einfach rübergehen und anklopfen, den Mann packen, wenn er öffnet, ihm die Kehle durchschneiden, die Frau und den Jungen gefesselt im Badezimmer einschließen, das Mädchen nehmen und sie zu mir holen ...

Aber als er nach seinem Messer greift, entdeckt er, daß es nicht da ist, und ihm fällt wieder ein, daß er bis Mittwoch warten muß, ehe er das Mädchen holen kann.

Er haßt diese Warterei. Jonathan sagte, er müsse sich drei Tage gedulden, so lange würde es dauern, um soviel Geld in bar aufzutreiben. Zwei Tage hat er jetzt schon hinter sich, und das Herumsitzen im Motel macht ihn genauso kribbelig wie das Lauern in Jonathans Schrank.

Zwei beschissene Tage warten, Pizza bestellen, in den Fernseher starren und tagsüber pennen, damit er nachts wachbleiben kann. Die meiste Zeit verbringt er damit, diese glückliche Familie von gegenüber zu beobachten, das kleine Mädchen und seinen Bruder im Swimmingpool, die ewig freundlich lächelnden Eltern. Dauernd umarmen und küssen sich alle vier. Hätte er bloß sein Messer – es wäre eine Wonne, dort hinüberzugehen und sie ein bißchen von dem Entsetzen spüren zu lassen, das in ihm steckt.

Er wandert durchs Zimmer wie ein verdrießliches, todbringendes Kind, das nicht länger auf seine Belohnung warten will, aber keine andere Wahl hat. In wachsendem Zorn tritt er fluchend gegen die Wände und fragt sich, ob wirklich drei Tage nötig sind, um das Geld aufzutreiben. Am Ende hat Jonathan es nur behauptet, um die Polizei einzuschalten, die ihm dann auflauert, wenn er am Mittwoch kommt, um sich zu holen, was Jonathan ihm schuldet? Er weiß nicht genau, ob er damit rechnen muß, aber immerhin ist es *sein* Geld. Selbst wenn die Bullen dort schon auf ihn warten, können sie ihm gar nichts. Er hat nichts zu befürchten, bloß weil er sein eigenes Geld abholen kommt. Hellwach liegt er auf dem Bett. Die verschorften Wunden über seiner Brust sind aufgeplatzt und schmerzen. Diese Hure, mir so die Haut aufzureißen! Plötzlich fällt ihm ein, daß es *doch* etwas gibt, weswegen er in Schwierigkeiten geraten kann, natürlich, darüber würde die Polizei bestimmt nur allzu gern mit ihm reden – diese verfluchte Tramperin.

Er muß sich also einen neuen Plan ausdenken, um rechtzeitig zu verschwinden, ehe sie ihn mit dieser Anhalterin in Verbindung bringen.

Morgen ist Mittwoch, ganz bestimmt. Mittwoch ist das Geld da, hat Jonathan gesagt. Ihm fehlt nur noch ein Plan, wie er an dieses kleine Mädchen herankommt und … Die Münzen! Dieses Bild steigt wieder vor ihm auf. Genau das wird er morgen tun, ehe er zu Jonathan fährt – einen Pfad aus glitzernden Münzen legen vom Swimmingpool aus den Abhang hinunter, weg vom Parkplatz bis zu diesem betonierten Weg, wo drei Müllkübel stehen. Eine Stelle, die vor sämtlichen Blicken verborgen ist. Wenn die Kinder den Münzen dorthin folgen, wird er dem Jungen das Genick brechen und das Mädchen in dem kleinen blauen Badeanzug mitnehmen.

Es ist ein guter Plan, zu dem er nicht mal ein Messer braucht. Und morgen ist Mittwoch, dann geht es los nach Mexiko, das paßt perfekt. Er wird sich unten bei den Müllkübeln das Mädchen schnappen, direkt zu Jonathan fahren, sein Geld holen und sofort weiter nach Mexiko. Bis sie den Jungen finden und das Mädchen vermissen, ist er schon halbwegs da. Mit soviel Geld kann er sie wie eine Prinzessin behandeln und ganz für sich allein behalten. Mal sehen, ob Mommy und Daddy dann immer noch mit diesem ewigen Lächeln herumlaufen wie in den letzten drei Tagen, wenn sie erst mal ihren kleinen Jungen mit gebrochenem Genick finden und sehen, daß ihr kleines Mädchen verschwunden ist. Mal sehen, ob das nicht das gottverdammt glückliche Lächeln vertreibt.

Die Klimaanlage des Zimmers dröhnt, aber er schwitzt, sein Kopf schmerzt, und die Hitze macht das Warten nur noch schwerer. Morgen. Dieses jahrelange Warten im Gefängnis hat ihn nicht gerade geduldiger gemacht.

Er geht zu der Kühlbox im Zimmer, öffnet die kleine Tür und späht hinein. Schwarzverfärbte Finger umkrallen eine Dose Pepsi. Im ersten Moment ist er erschrocken, doch jetzt lacht er schluchzend auf, als ihm wieder einfällt, daß er selbst ihre Hand um diese Dose geschlungen hat und es wahnsinnig komisch fand.

Heute wünscht er sich, er hätte gar nicht erst angehalten, um diese Hure mitzunehmen, dann bräuchte er auch keine Angst zu haben, daß die Bullen ihn bei Jonathan erwarten. Höchstens wegen Mißachtung der Bewährungsauflagen wäre er vielleicht dran, aber diese Zeit könnte er mit links abreißen, und wenn er rauskäme, wartete das Geld auf ihn. Aber falls sie ihn mit der Tramperin in Verbindung bringen …

Als er sich aufrichtet, spürt er wieder dieser ziehenden Schmerz auf der Brust. Er öffnet seine Jacke und entdeckt, daß die Wunden eitern; unter den Krusten sickert Flüssigkeit hervor. Warum sind sie nicht verheilt wie die Schrammen in seinem Gesicht? Er rollt die eiskalte Dose über seine Brust und zieht scharf den Atem ein.

Sie hat ihn angelogen und ausgelacht – diese Hure verdiente genau das, was sie bekommen hat. Er setzt sich auf einen Stuhl, legt den Kopf zurück und versucht zu schlafen, aber es geht nicht, weil er den ganzen Tag geschlafen hat. Erst jetzt merkt er, daß er die Hand mitgenommen hat und wirft sie nach einer kurzen Musterung gegen den kleinen Kühlschrank, wo sie aufspringt wie ein Gummiball. Er trinkt einen Schluck. Diese Warterei ist ungeheuerlich. Normalerweise wäre er schon in Mexiko und könnte leben wie ein König.

Er greift vorne in seine Hosen und spielt an sich herum. Ich hätte Jonathans Frau ficken sollen, als ich die Chance hatte, denkt er und weiß selbst nicht, warum er sich die Gelegenheit entgehen ließ. Aus einer Tasche zieht er die Polaroids, die er lange betrachtet, während er weiter an sich herumspielt. Dann steckt er die Bilder wieder ein und denkt daran, wie er sich vor ein paar Tagen irgendwo in Maryland verfahren hatte und auf eine kleine zweispurige Straße geriet. Da stand sie mit ausgestrecktem Daumen. Eigentlich wollte er bloß anhalten, um nach dem Weg zu fragen und sie bis zur nächsten Abzweigung mitnehmen, mehr nicht. Er hatte fest vor, keinerlei Dummheiten zu machen, die seinen großen Plan gefährden könnten, auf dessen Durchführung er sieben Jahre lang gewartet hatte.

Sie war ein magerer Teenager mit einem viel zu losem Mundwerk, zerfranstem rotem Haar und schlechtem Teint, was sie mit pfundweise Make-up zu überdecken versuchte. Als sie ihm erklärt hatte, wie er nach Washington kam, bot er an, sie an der nächsten Straße abzusetzen, aber sie sagte, sie komme mit ihm.

»Direkt nach Washington will ich eigentlich nicht«, meinte er.

Es war ihr egal, sie wollte ihn trotzdem begleiten.

»Ich hab' keine Zeit, mit dir rumzumachen«, murrte er.

Sie sagte, sie kenne einen Platz ganz in der Nähe, nur die

Straße runter und dann ein Stück in den Wald rein, wo er sie ficken könne – für vierzig Mäuse. Er dachte einen Moment darüber nach, gab ihr zwei Scheine zu zwanzig Dollar und ließ sich dorthin dirigieren.

Nachdem sie fertig waren, saß sie unter einem Baum und nahm sich eine Zigarette. Sie trug nur ein T-Shirt; ihre Jeans, in der seine Dollarscheine steckten, lagen zerknüllt neben ihr.

»Ich dachte, du rauchst nicht«, sagte er. »Das war das erste, was ich dich gefragt habe, als ich dich einstiegen ließ, und du hast gesagt, du rauchst nicht.«

Grinsend zündete sie die Zigarette an. »Ich hab' dir auch gesagt, du seist der Größte, den ich je hatte. Du glaubst wohl alles?«

»Jedenfalls war es keine vierzig Dollar wert«, meinte er ruhig.

Sie lachte.

Er wollte wissen, was so komisch sei.

»Du warst nicht mal steif. Ich mußte ganz schön schuften für diese vierzig Kröten.«

»Du hast gesagt, es war gut.«

Sie lachte wieder. »Hatte schon bessere.«

»Erzähl mir davon.«

Sie nahm einen Zug und blies im spöttisch den Rauch ins Gesicht. »Stehst du auf so was? Das ist Klasse. Hör zu, für noch mal vierzig Dollar beschreib ich dir die fünf besten Ficks, die ich je hatte.« Das Angebot war ernstgemeint, aber gleichzeitig machte sie sich über ihn lustig.

Als er sich vorbeugte und ihr Haar berühren wollte, schob sie seine Hand weg. »Wie alt bist du?« fragte er.

»Alt genug.«

Er zog das große Messer aus seinem Stiefel. »Gib mir deine Hand.«

»Hey, komm schon, ich hab' dich nicht ausgelacht.«

»Klar hast du das. Ich sei nicht mal steif gewesen, hast du gesagt, ich sei ein mieser Ficker.«

»Das habe ich nicht. Los, steck das Messer weg und laß uns weiterfahren. Ich rauche auf den ganzen Weg bis nach Washington nicht mehr, versprochen.«

»Versprochen?«

»Ja.«

»Was glaubst du, was mir schon alles versprochen worden ist. Wie alt bist du?«

»Fünfzehn.«

»Jetzt gib mir deine Hand.«

Sie reichte ihm ihre linke.

»Nein, ich will die mit der Zigarette.«

Sie drückte die Zigarette auf dem Boden aus. »Hör zu, wenn du noch mal bumsen willst, einverstanden. Wirklich, diesmal umsonst. Und ich kenne Tricks, wie du richtig in Schwung kommst.«

»Erzähl's mir.«

»Steck erst das Messer weg. Ich erzähl's dir unterwegs.« Ihr Lächeln war unsicher.

»Nancy«, sagte er.

Sie stand auf und drückte sich gegen einen Baumstamm. »Bleib weg! Bitte!«

»*Bitte!*« äffte er sie nach und packte ihre rechte Hand.

»Hör auf mit dem Blödsinn, ja?«

»Ich mache keinen Blödsinn.«

Einen Moment lang schienen beide unsicher, ob er wirklich mit diesem Messer auf sie losgehen würde, doch plötzlich fuhr das Mädchen ihm kratzend übers Gesicht und versuchte mit aller Kraft, sich zu befreien. Er packte sie noch fester, hob die Klinge und stieß mit voller Wucht zu.

Sie schrie.

Das Messer hatte ihr Handgelenk halb durchgeschnitten; weiß schimmerte der Knochen in dem plötzlich sprudelnden Blut. »Siehst du!« rief er. »Ich wußte ja, wenn du nicht stillhältst, kriege ich sie nicht gleich ab.«

»O Gott, bitte!«

Beim zweiten Hieb mit der schweren Klinge blutete es noch stärker. Das Mädchen kämpfte schreiend und zerkratzte sein Gesicht. Er hackte weiter, beide waren jetzt voll Blut, sie zerrte, um sich loszureißen, während er immer weiter hackte – und plötzlich hatte sie sich befreit. Er hielt nur noch ihre rechte Hand, sie torkelte zurück und starrte auf ihren verstümmelten Arm, aus dem ein zackiger Knochen hervorstach.

»O Gott«, stöhnte sie und schaute hilflos zu ihm auf. Zitternd überlegte sie, ob sie versuchen sollte, zu flüchten.

Er musterte regungslos den abgetrennten Körperteil und war ganz verblüfft darüber, wie er das geschafft hatte.

Sie war wieder gegen den Baum gesunken, drückte den blutigen Armstumpf an sich und glitt zu Boden. Halbnackt saß sie nach Atem ringend da und starrte wie gebannt auf diese Stelle, an der einmal ihre Hand gewesen war.

Er wußte nicht genau, was er als nächstes tun sollte.

Schließlich schaute sie zu ihm auf. »Ein Arzt. Du muß mich ... in ein Krankenhaus bringen. Bitte, ich will nicht hier draußen sterben, du mußt mich in ...« Sie wurde hysterisch.

»Willst du sie wiederhaben?« fragte er und streckte ihr die abgetrennte Hand hin.

Völlig verwirrt griff sie in ihrem Schockzustand tatsächlich danach. Aber er versteckte sie hastig hinter seinem Rükken. »Sag erst bitte.«

Sie begann zu würgen.

Er kniete sich neben sie und strich mit der abgetrennten Hand über ihr fransiges Haar. Blut tropfte ihr ins Gesicht. »Lieb' mich«, flüsterte der Mann.

»Krankenhaus.« Benommen starrte sie auf den blutigen Stumpf. Ihre Lippen bewegten sich, aber es kam kein Wort mehr heraus.

Plötzlich war er über ihr und griff ihr zwischen die Beine.

Wie aus einem Alptraum aufgeschreckt, riß sie den Kopf hoch, starrte ihn an und schrie: »NEIN!« Mit beiden Armen schlug sie nach ihm, kratzte wild über sein Gesicht, während die zackigen Knochen, die aus ihrem rechten Arm ragten, tiefe Risse auf seiner Brust machten. Fauchend wie eine Katze rollte sie von einer Seite zur anderen und kämpfte gegen diese letzte Demütigung.

Aber es gelang ihm, zwischen ihren Beinen zu bleiben. Er schob seine Faust in ihren Mund, als er in sie eindrang. Dann drosch er mit der Faust auf sie ein und brüllte: »So gefällt dir das, nicht wahr, du Hure?« Er stieß so hart er konnte. »Stimmt's, Nancy?« Schreiend rammte er wie von Sinnen weiter und zerschlug ihr Gesicht.

Als er fertig war, zog er sich hastig zurück und rollte von ihr herunter. Dann setzte er sich auf, um zu sehen, was er mit dem Mädchen gemacht hatte. Wie tot lag sie da, aber sie atmete; das Blut tröpfelte jetzt nur noch aus ihrer zackigen Handwurzel.

Er stand auf und nahm das Messer. »Jetzt wollen wir mal nachschauen, was du deinen Lungen angetan hast.«

Sie öffnete die Augen. »Ich heiße nicht Nancy.«

Er hielt das Bowiemesser mit beiden Händen wie eine Axt hoch über den Kopf, kreischte wilde Verwünschungen aus und begann zu hacken.

In seinem Motelzimmer hat die drückende Hitze nachgelassen, und plötzlich ist ihm kalt, so kalt, daß er zittert.

Wie hieß sie *dann?*

Als er aufsteht, überläuft ihn wieder ein Fieberschauer. Ich hab' mir eine Infektion geholt flucht er – diese Hure hat mich krank gemacht.

Er geht ins Bad und durchwühlt seine Taschen, da ihm die Seife eingefallen ist, die er bei Jonathan mitgenommen hat. Schließlich findet er das kleine Bündel roter Trauben, das er im Wasser reibt, damit es schäumt. Diese Risse auf meiner Brust müssen gesäubert werden, denkt er, aber das Wasser bleibt kalt, und die Trauben schäumen einfach nicht.

Schließlich läßt er die Seife ins Waschbecken fallen. Er geht wieder zur Balkontür. Drüben ist das Licht ausgeschaltet worden, sie schlafen jetzt. Er muß jetzt warten bis Mittwoch. Dann wird er sein Geld abholen und mit dem Mädchen nach Mexiko aufbrechen.

Er setzt sich aufs Bett. Schlafen kann und will er nicht. Besser ist es, nur tagsüber hin und wieder etwas zu dösen, denn wenn er nachts einschläft, fangen bloß die Alpträume an. Er schaltet das uralte Radio des Motels ein. Irgend jemand verkündet gerade fröhlich, es sei Mitternacht.

4

Ich war überrascht, als es im Radio plötzlich hieß, es sei Mitternacht. Um mehr als eine Stunde hatte ich meine übliche Schlafenszeit verpaßt und saß immer noch vor dem unberührten Glas Wodka am Küchentisch. Man muß schon ziemlich lange und stocknüchtern dasitzen, um herauszufinden, wie alles so schieflaufen konnte.

»Heirate eine Frau, die ihren Daddy liebt«, hatte mir mal ein Onkel geraten, »die geben die besten Ehefrauen ab.« Und meine Frau betete tatsächlich ihren Vater an, aber leider haßte dieser Dreckskerl mich auf den ersten Blick.

Linda und ich lernten uns im College kennen. Ich war verrückt nach ihr und hatte keine Ahnung, daß die Familie stinkreich war. Von beiden Seiten hatten sie mehrere Generationen lang ein Vermögen zusammengescheffelt. Ihr alter Herr besaß ein Bauunternehmen in Florida.

»In vielerlei Hinsicht ist Linda noch ein Kind«, erzählte er mir bei meinem Jungfernbesuch auf ihrem Landsitz. Ich hatte so den Verdacht, daß es nicht die erste Plauderei dieser Art war, die er mit einem ihrer Verehrer führte. »Wenigstens hat sie immer noch typische Anwandlungen jugendlicher Aufsässigkeit. Letztes Jahr war es ein selbsternanntes Genie von Schriftsteller, der ›Erfahrungen‹ sammeln wollte und dafür das College geschmissen hatte.« Der alte Mann, weißhaarig und aristokratisch, lächelte maliziös. »Dann bändelte sie mit einem Hafenarbeiter an, den sie in Louisiana während der Sommerferien traf. Verstehen Sie, was ich Ihnen sagen will?«

»Nicht genau.« Ich war erst neunzehn.

Er schloß die Augen und blinzelte wie ein Uhu. »Ihr Vater ist Polizist, richtig?«

Ich nickte und erzählte ihm, ich sei im juristischen Vorkurs und wolle Strafverteidiger werden. Er lachte nur und beendete wortlos meine Audienz, indem er einfach davonschlenderte.

Du überheblicher Mistkerl.

Ein paar Monate später war Linda schwanger, wir waren verheiratet, und bei meinem zweiten Besuch in Florida fand Daddy meine Pläne für die Zukunft nicht annähend so erheiternd. Er wollte, daß ich nach Harvard überwechselte oder zumindest an die Universität von Virginia, zu beiden hatte er Verbindungen. Er würde sämtliche Kosten übernehmen. »Mach deine Ausbildung anständig und behandle meine Tochter gut«, sagte der Alte, »dann wird möglicherweise doch was aus dieser leidigen Geschichte.«

Und da rückte ich damit raus, daß ich bereits die Schule abgebrochen hatte und in die Armee eingetreten war. Wortlos preßte er die Lippen zusammen und ließ mich stehen, genauso wie bei unserem ersten gemeinsamen Besuch. Nur lachte er diesmal nicht.

Ja, dachte ich und betrachtete das Glas auf dem Küchentisch, ich hab's ihm gezeigt. Hab' ihm was gehustet auf sein vollfinanziertes Jurastudium mit anschließendem dolce vita in Florida, nur um mir den Spaß zu machen, diesem alten Bastard das Lächeln auszutreiben.

Linda fand meine rebellische Natur nicht mehr ganz so lustig. Nach zwei turnusmäßigen Dienstzeiten in der Armee ging ich also wieder zurück aufs College. Dann starb mein Vater, als ich dreißig war. Ich brach das College ab und fing in dem Polizeirevier an, wo ich immer noch arbeite.

Drei Tage lang hatten Linda und ich einen riesigen Krach, ob wir ihren Vater um das nötige Geld bitten sollten, um ein großes massives Haus zu kaufen, in das sie sich verliebt hatte. Schließlich setzte sie sich hinter meinem Rücken mit ihm in Verbindung. Er rief mich eines Abends an und verkündete, er würde uns das Geld geben, wenn ich mit meiner Ausbildung weitermachte. Ich entgegnete, ich sei ganz zufrieden als Polizist. »Ich wollte mit zehn Jahren Feuerwehrmann werden«, schnaubte er, »aber wie die meisten Jungen bin ich schließlich aus diesen Kindereien herausgewachsen. Du weißt, was ein Polizist ist, nicht wahr, Teddy? Ein Staats*diener*.«

Ich sagte ihm, was er mit seinem Geld anstellen könne. Er

versicherte, wir würden nie auch nur einen Pfennig von ihm sehen, und Linda und ich mußten uns mit einem hübschen kleinen Häuschen begnügen, das wir uns leisten konnten. Die überhebliche Behandlung meines Schwiegervaters kotzte mich an, aber sie beflügelte mich auch. Mit dreiunddreißig war ich Detective, mit fünfunddreißig Detective Lieutenant, und meine Woche hatte sechzig Stunden. Selbst wenn mein Soll an Überstunden längst erfüllt war, arbeitete ich ohne Bezahlung weiter – es kümmerte mich nicht, weil ich damals vor Ehrgeiz brannte. Genauso egal war mir, daß die Fälle selten spektakulärer waren als Einbrüche und Autodiebstähle; ich war wild entschlossen, der beste Detective weit und breit zu werden.

Vorsichtig packte ich das Wodkaglas und befahl mir, jetzt endlich dieses elende Zeug zu trinken. Schließlich war es einfach idiotisch, hier mit diesen alten Geschichten zu sitzen, über die ich schon viel zu oft nachgegrübelt hatte.

Linda kümmerte sich ums Haus, um die Finanzen und zog unsere Tochter Margaret auf; ich war für das alles zu beschäftigt. Linda und Margaret wurden wie Schwestern. Sämtliche Ferien und drei Monate jeden Sommer verbrachten sie mit der Familie meiner Frau in Florida. Mir war das egal; ich hatte das Ziel, es zum Captain zu schaffen, ehe ich vierzig war.

Ich hob das Glas halb an meine Lippen und stellte es wieder ab. Diesen Teil der Geschichte haßte ich.

Auch wenn ich kaum zu Hause war und nur zum Essen und Schlafen auftauchte, hatte ich einen guten Riecher für Verschwörungen, für Geflüster und verstohlene Blicke.

»Okay, was geht hier vor sich?« fragte ich Linda eines Sonntagnachmittags, als ich zufällig daheim war.

»Was meinst du?«

»Tu nicht so. Jedesmal wenn ich Margaret sehe, weint sie. Komme ich ins Zimmer, hört ihr auf, miteinander zu reden. Also sag schon, was ist?«

Linda klappte die Illustrierte zu, in der sie gelesen hatte und verschränkte ihre Hände. »Margaret ist schwanger.«

»Schwanger? Sie ist kaum sechzehn!«

Linda lachte. Als ich sie heiratete, hielt ich ihr Gesicht für wundervoll aristokratisch, aber im Lauf der Jahre war es plump geworden.

»Wer war das?«

Sie lachte wieder. »*Wer war das?* Ein normaler Mensch würde fragen, wer ist der Vater? Aber du willst wissen, wer es war – wie bei einem Kriminalfall.«

»Okay, wer ist der Vater?«

»Wir haben beschlossen, es dir nicht zu sagen.«

Das reichte. Ich fegte die Illustrierte von ihrem Schoß und beugte mich dicht zu ihr. »Ihr habt beschlossen, es mir nicht zu sagen? Was glaubst du, wie viele ihrer Freunde ich mir vorknöpfen muß, bis einer den Namen rausrückt?«

Margaret, die im Flur gelauscht hatte, kam hereingestürzt und flehte mich an, nicht mit ihren Freunden zu reden. »Du willst mich doch nicht so blamieren, Daddy.«

»Dann erzähl du's mir, Schatz. Wer hat ... wer ist der Vater?«

»Jetzt brauchst du auch nicht mehr anzufangen, dich für mein Leben zu interessieren.« Sie weinte. »Mom und ich können allein damit fertigwerden.«

»Baby, du kannst vor deinem Vater keine Geheimnisse haben, das müßtest du doch wissen.«

Linda lachte erneut. Ich fragte, was so verflucht komisch sei. »Nur die Vorstellung, daß keiner vor dir ein Geheimnis haben kann. Eigentlich wollten wir das heute noch gar nicht zur Sprache bringen, aber du kannst es ebensogut gleich erfahren. Margaret und ich ziehen nach Florida.«

»Den Teufel werdet ihr.«

Margaret hielt meinen Arm fest. »Ich will nicht, daß meine Freunde es wissen. Mom und ich haben uns das gründlich überlegt. Bitte, bring nicht alles durcheinander, Daddy.«

Ich schickte sie schließlich in ihr Zimmer, und dann wollte ich von Linda hören, wann diese ganzen Entscheidungen gefällt worden seien.

»Das hat sich über längere Zeit entwickelt, Teddy. Du warst einfach viel zu beschäftigt damit, ein Superbulle zu sein, um etwas zu merken.«

Ich versuchte, einigermaßen logisch zu denken. »Sie soll

also das Baby unten in Florida kriegen, danach kommt ihr zurück und ...«

»Wir kommen nicht zurück. Ich lasse mich scheiden.«

»Was?«

»Mach dir nichts vor, Teddy. Du hast keinen Schimmer von Geheimnissen. Ich habe schon die ganze Zeit eine Beziehung mit einem anderen Mann, den ich schon lange kenne. Im vergangenen Sommer haben er und ich ...«

»Verfluchte Scheiße, langsam, was war das? Im Sommer? Also ist Margaret in den Ferien schwanger geworden?«

Meine Frau nickte.

»Da habt ihr zwei wohl gemeinsam den Strand abgegrast? Sie war zuständig für alles unter zwanzig, und du hast die von dreißig aufwärts übernommen, ja? Was ist das bloß für eine Sauerei? Hör zu, hier geht niemand nach Florida, dieses kleine Geheimnis verrate ich dir jetzt schon.«

»O doch, Teddy – es ist alles arrangiert.«

»Scheißdreck. Wer ist es Linda, jemanden, den ich kenne?«

»Wen meinst du?« fragte sie kühl. »Meinen Liebhaber oder Margarets?«

Ich schlug ihr ins Gesicht.

Linda stand auf und hielt eine Hand an ihre Wange. »Keiner kann vor dem großen Detective Teddy Camel etwas geheimhalten, ja? Dann erzähl mir doch mal, wieviel Geld meine Familie uns zugesteckt hat, seit wir verheiratet sind?«

»Geld? Nicht einen verdammten Pfennig, soweit ich weiß.«

»Genau, soweit du weißt. Hast du dich je gefragt, warum wir keine Schulden haben wie alle deine Kollegen? Glaubst du wirklich, ich könnte von deinem Gehalt leben? Hast du tatsächlich gedacht, ich wäre glücklich, für den Rest meines Lebens in dieser Hütte zu hocken?«

»Mit wem bumst du da unten in Florida? Kenne ich ihn?«

»Jetzt ist es für Fragen zu spät, Teddy.«

»Du hast mich von Anfang an belogen, nicht wahr?«

»Es ist keine Kunst, einen Mann anzulügen, der nie zuhört.«

»Ich will wissen ...«

»Was denn? *Alles?* Zu spät, Teddy. Du wußtest nicht, daß Margaret schwanger ist, du wußtest nicht, daß ich eine Affäre habe, daß meine Familie uns andauernd Geld gegeben hat, nicht mal, daß ich die ganze Zeit, als du in der Armee warst, mit jemand anderem gefickt habe. Bemitleidenswert, wirklich!«

Der zweite Schlag, den ich ihr versetzte, schleuderte sie zu Boden.

Ich stand vom Küchentisch auf und ging ins Bad, wobei ich sorgsam jeden Blick in den Spiegel vermied.

Anwälte kümmerten sich um alle Details. Es ging ziemlich schnell: ich erhielt das Auto, das Haus und was wir an Geld auf der Bank hatten. Als Gegenleistung zog Linda die Klage wegen Körperverletzung zurück. Ich kämpfte einige Zeit um Besuchsrechte, aber Margaret ließ mir mitteilen, daß sie mich nie wiedersehen wolle und dafür sorgen würde, daß ich auch niemals ihr Kind sah.

Ein Jahr nachdem sie mich verlassen hatten, erreichte mich die endgültige Demütigung anonym per Post: Ein Zeitungsausschnitt, der die Doppelhochzeit von Mutter und Tochter beschrieb, deren Ehemänner beide in der Firma meines Ex-Schwiegervaters beschäftigt waren. Ich bin überzeugt, daß er der Bastard war, der mir diesen Wisch schickte. Ein weiteres Foto zeigte meine Tochter mit ihrem neugeborenen Sohn im Arm, dem Untertitel entnahm ich, daß er David heißt. Das ist das einzige Bild, das ich je von ihm gesehen habe.

Ich verkaufte das Haus und zog in ein Apartment um. Genau das war die Zeit, in der ich meine Spezialität entwickelte, mein besonders Talent – es konnte mich einfach niemand mehr anlügen. Jede Lüge traf mich dermaßen tief, daß ich sie sofort erkannte auf den Gesichtern von Männern, die wir wegen Einbruchs verhafteten, bei Teenagern, die sich ein Auto zu einer Spritztour unter den Nagel gerissen hatten und besonders bei Frauen, die des Ladendiebstahls beschuldigt wurden. »Ich hatte es eingesteckt, weil ich keinen Einkaufswagen dabei hatte, aber ich wollte es natürlich bezahlen. Es war nur ein Versehen.« Sobald sie mit dieser Nummer anfingen, drehte ich regelrecht durch, daß Alfred mich zurückhalten mußte. Und das war nicht gespielt, ich war wirklich bösartig.

Bösartig genug, um zum Detective Sergeant degradiert zu werden, und ich wäre wahrscheinlich gefeuert worden, wenn sich mein Ruf als lebender Lügendetektor nicht herumgesprochen hätte. Andere Dienststellen riefen mich immer öfter, wenn sie wissen mußten, ob bestimmte Zeugen oder Verdächtige logen, und ich behielt meinen Job.

Ungefähr ein Jahr lang lebte eine Frau mit mir zusammen, die beste Geliebte, die ich je hatte, aber auch sie fiel diesem Talent zum Opfer. Als Experte für das Aufspüren von Lügen bei mutmaßlichen Kriminellen war es weiter kein Kunststück zu sehen, wann die eigene Geliebte log. *Mit wem hast du dich heute getroffen, worüber habt ihr geredet? Und dieser Kerl, der gestern abend zum Essen kam, ein alter Schulfreund, sagst du, hast du je mit ihm geschlafen, komm schon, lüg mich nicht an.*

Schließlich verließ sie mich ebenfalls, und mit fünfzig entschied ich – Scheiß drauf. Aber jetzt, drei Jahre nach diesem Entschluß, saß ich wieder mal weit nach Mitternacht hier am Küchentisch und kaute wieder einmal die ganze Sache durch.

Mary Gaetan hatte mich angelogen. Jonathans Tod mochte ein Selbstmord sein, aber daß sie nicht wußte, warum er sich umgebracht hatte, war genauso gelogen wie die Geschichte mit diesen Fesselspuren. Und was tat ich? Ich redete Land ein, sie habe in allen Punkten die Wahrheit gesagt.

War ich so gefühlsduselig geworden, daß ich eine Frau davonkommen ließ, nur weil sie so rührend jung war, jünger als meine Tochter, nur weil an ihren braunen Zehen dieser weiße Schuh baumelte und ihre grauen Augen mich baten, ihr nicht wehzutun? Bemitleidenswert war das richtige Wort.

Und dumm. Einfach idiotisch, hier die halbe Nacht zu sitzen und mich mit der Frage zu beschäftigen, wie mein Enkel sich entwickelt hatte, ob er groß ist, ob er Sport treibt, und was, in Gottes Namen, sie ihm über mich erzählt haben.

Dumm war ich ganz bestimmt, aber als ich mich schließlich ins Bett schleppte, fühlte ich mich vor allem nüchtern – grauenvoll nüchtern und verwundbar.

5

Den Kopf in die Hände gestützt, die Ellbogen auf irgendeinem geöffneten Bericht, mit dem Rücken zur Tür machte ich Mittwochmorgen um zehn gerade ein Nickerchen am Schreibtisch. Letzte Nacht nüchtern zu bleiben hatte mir nicht gut getan, aber wie ich schon zu Land sagte, habe ich ein atemberaubendes Talent, am Schreibtisch zu pennen.

»Detective Camel?«

Die Frauenstimme setzte bei mir sofort sämtliche Mechanismen in Bewegung. Ohne mich umzuwenden, hob ich hastig die Hand. »Nur eine Sekunde, bin sofort fertig.« Ich griff nach meinem Stift und kritzelte etwas auf die Blätter, die ich angeblich las. Erst dann drehte ich mich, zufrieden mit meiner Vorstellung, um.

Sie kam entschlossen in meine kleine Nische marschiert und setzte sich betont gerade auf den Stuhl neben meinem Schreibtisch.

»Bemitleidenswert.«

Ja, ich hatte schon öfter gehört, daß man mich so nannte.

»Heute morgen sah ich auf dem Weg hierher einen Penner, der auf einer Parkbank schlief, aber er bekommt dafür wenigstens kein Gehalt.«

Ich konnte nicht aufhören zu blinzeln. Wer war diese Frau? Und warum hatte mich niemand vorgewarnt? Ein Blick hinaus in den Gang beantwortete die zweite Frage; drei liebe Kollegen standen dort und grinsten. Die Mistkerle hatten die Frau zu mir geschickt, ohne sie anzumelden, weil sie genau wußten, daß ich gerade schlief. *Ha, ha*, ihr Arschlöcher.

»Was kann ich für Sie tun?« fragte ich schließlich und riß mich zusammen.

»Ich habe einige Informationen«, verkündete sie. Ihr Tonfall war genauso entschlossen wie ihr Auftreten.

Ich nickte und wartete. Sie war Ende dreißig, trug ihr dunkelbraunes schulterlanges Haar auf eine Art, die viel zu jugendlich für sie war, und ihr herzförmiges Gesicht endete in einem spitzen Kinn, aber wirklich häßlich war nur ihre Nase, auf deren Ende eine dicke kleine Knolle prangte. Davon abgesehen war sie gar nicht übel. Sie hatte braune Augen, große Brüste und war mit einem dunkelblauen Kostüm bekleidet, dessen Jacke sie über den Arm gelegt hatte. Die schlichte weiße Bluse war hochgeschlossen und bändigte nur mühsam den Inhalt. Wirklich enorme Brüste.

»Mein Name ist Jo-Jo Creek. Ich bin, vielmehr ich war Jonathan Gaetans persönliche Sekretärin. Wie ich höre, leiten Sie diesen Fall.«

O Jonathan, du arme Sau: hast Mary Gaetan, die dir zu Hause sämtliche Wonnen bereitet, und diesen Zerberus mit solchen Eutern, der dich während der Arbeitszeit behütet. Warum hast du dich bloß derartig abgeschlachtet?

Ich räusperte mich. »Eine schreckliche Tragödie, Miß Creek.«

Sie warf mir einen kühlen Blick zu. »Ihre routinierten Beileidsbekundungen können Sie sich sparen. Jonathan Gaetan hat sich nicht umgebracht.«

»Ach ja?«

Sie schnaubte. Obwohl sie fünfzehn Jahre jünger war als ich, machte diese Frau mich irgendwie nervös. Bei Nonnen war mir das früher mal ähnlich ergangen. Ich setzte mich aufrecht hin, legte meine Hände auf den Schreibtisch und hoffte, sie würde nicht plötzlich losbrüllen, während ich betont unschuldig fragte: »Sie glauben nicht, daß es ein Selbstmord war?«

»Er wurde ermordet, Sie Witzbold.«

Warum sitze ich eigentlich hier und lasse mir das gefallen, dachte ich plötzlich. Jonathan Gaetans Tod war nicht mein Fall, sondern Lands Angelegenheit, und der hatte ihn bereits als Selbstmord zu den Akten gelegt. »Gibt es auch Beweise für Ihre Behauptung?«

»Dann wäre ich jetzt im Büro des Staatsanwalts, Detective, und nicht bei Ihnen. Soviel ich weiß, gehört das zu Ihrem Job – Beweise sammeln, Verhaftungen vorzunehmen und so weiter und so fort.«

»Natürlich.« Ich mußte ein Grinsen unterdrücken. Komischerweise fing diese kleine Walküre an, mir zu gefallen. »Haben Sie irgendwelche Anhaltspunkte oder eine besondere Theorie, stichhaltige Vermutungen und so weiter und so fort?«

Sie schnaubte wieder. »*Cherchez la femme.*«

Ich muß sie ziemlich verständnislos angeschaut haben.

»Kein Französisch in der Highschool gehabt, Detective Camel?«

»Hab' an dem Tag gerade gefehlt.«

Sie holte Atem, wobei ihre Brüste geradezu beängstigend gegen die Blusenknöpfe drückten, und ließ eine offensichtlich eingeübte Rede vom Stapel. »Ich begann mit zweiundzwanzig als Sekretärin und Buchhalterin für Jonathan Gaetan zu arbeiten. Das war vor fünfzehn Jahren. Sein Geschäft war damals nicht mehr als eine fahrbare Baubude. Mit geliehener Ausrüstung und Tagelöhnern fingen wir an. Ich stand *alles* mit ihm durch, die Kämpfe und schließlich die Erfolge, selbst die Zeiten, in denen ich Geld von meinem eigenen Sparbuch nehmen mußte, damit wir die Löhne zahlen konnten. Ich besitze Anteile an der Gaetan-Development-Company, aber ich habe weiter als Jonathans Sekretärin gearbeitet, weil ich den Mann bewunderte.«

Und weil du in ihn verliebt warst, dachte ich.

»Vor zwölf Jahren hatte die Firma es dann endgültig geschafft. Wir zogen um in unsere neuen Büroräume in Washington. Ich war Jonathans Privatsekretärin, als *sie* vor acht Jahren bei uns anfing.«

»Mrs. Gaetan.«

Bei Jo-Jo Creeks Gesichtsausdruck hätte man meinen können, ihr sei gerade das Frühstück wieder hochgekommen. »Es war schamlos, wie sie hinter Jonathan her war. Aber sie hatte Erfolg. Ein Jahr darauf waren die beiden plötzlich auf und davon nach Las Vegas, wo sie heirateten, obwohl sie erst einundzwanzig war. Wußten Sie das?«

»Nein, aber …«

»Ich war sicher, die Ehe würde nur so lange halten, bis sie berechtigt war, einen dicken Batzen Unterhalt zu fordern. Aber ich muß zugeben, das war ein Irrtum.«

Ich lehnte mich zurück und klopfte mit einem Bleistift gegen meine Zähne, bis ich mich daran erinnerte, wie ich diese Geste bei Captain Land gesehen hatte. Ich warf den Stift weg und setzte mich auf. »Was glauben Sie, welche Rolle hat nun Mrs. Gaetan beim Tod ihres Ehemanns gespielt?«

Sie schnaufte wieder, als ob sie meine Dummheit unerträglich finde.

»Miß Creek?«

»Ja?«

»Seien Sie vorsichtig mit irgendwelchen Anschuldigungen?«

»Ich habe nichts gesagt, *noch* nicht.«

»Was wollen Sie dann eigentlich von mir?« Ich mußte es wissen, weil ich schließlich Land vorgemacht hatte, daß Mary Gaetan die Wahrheit gesagt habe.

Ihre Stimme klang nicht mehr ganz so energisch wie vorher. »Es gibt viele Leute, die mich für eine dieser spröden, überkorrekten Sekretärinnen halten, die heimlich in ihren Chef verliebt sind und natürlich dessen Ehefrau hassen, die glauben, ihr Chef ist ein Held und seine Frau eine Furie. Ich kenne diese Sorte, und es wäre mir nicht sehr angenehm, wenn Sie meinen würden, ich gehörte auch dazu.« Sie schaute mir direkt in die Augen. »Ich habe sehr lange überlegt, ehe ich zu Ihnen kam, weil mir klar war, daß dadurch gewisse Angelegenheit ans Licht kommen. Ich bin in Oklahoma aufgewachsen und habe vier ältere Brüder. Ich *weiß*, wie es zugeht auf dieser Welt. Es ist nicht so, daß es mir übermäßig peinlich wäre, was bei dieser Untersuchung herauskommen wird, aber Jonathan hat immer meine Diskretion geschätzt.«

Ich schwieg. Sie sollte es ruhig auf ihre Weise erzählen.

»Ich bewunderte Jonathan sehr, aber ich machte mir keine Illusionen über ihn. Er hatte die gleiche Schwäche wie alle Männer für Frauen wie Mary, solche sonnigen kleinen Geschöpfe, die ewig lächeln und immer glücklich sind, die ein Talent dafür haben, die Männer zum Lachen und um den Verstand zu bringen. Aber hinter diesem berüchtigten Lächeln steckte bei ihr etwas anderes, Detective Camel – etwas Schlechtes.«

»Ich verstehe nicht, was Sie meinen.«

Ihr kühler Blick schien anzudeuten, ich würde es gleich merken. »Mary hat Jonathan glücklich gemacht, das weiß ich. Damit muß ich leben, daß er weit glücklicher war mit ihr als er es je … als er je war, ehe sie daherkam. Aber ich kannte ihn länger und besser als irgend jemand sonst. Er war ein psychisch ausgeglichener, sehr disziplinierter Mann und hat sich bestimmt nicht umgebracht.«

Ich lieferte meinen Spruch über einen Mann und seine Dämonen.

»Ja«, nickte sie, »aber wenn das bei Jonathan der Fall war, wußte ich nichts davon, und falls ihn *wirklich* irgend etwas zum Selbstmord getrieben hat, hätte er es ganz bestimmt nicht auf diese Weise getan, in einer solchen Raserei, daß es praktisch ein Abschlachten war. Das war die Tat eines anderen.«

»Wessen?«

»Ich glaube, Mary wollte diese Ehe beenden. Vielleicht langweilte es sie, mit einem Geschäftsmann verheiratet zu sein, denn genau das war nämlich Jonathan mit Leib und Seele. Ein Geschäftsmann. Möglicherweise hatte sie jemand anderen, den sie aufregender fand, ich weiß es nicht, aber ich denke, sie hat Geld verlangt, und zwar bar auf die Hand als Gegenleistung für eine Blitzscheidung. Dann lief irgendwas schief, und sie hat ihn getötet oder ließ ihn umbringen und inszenierte das Ganze wie einen Selbstmord.«

Ich schüttelte den Kopf. »Ich habe versucht, Sie zu warnen, Miß Creek. Ihnen ist vermutlich nicht klar, in was für Schwierigkeiten Sie sich bringen können, wenn Sie jemanden des Mordes beschuldigen. Es gibt da einige Informationen, die ich Ihnen gleich hätte mitteilen sollen. Der Abschlußbericht des Gerichtsmediziners liegt vor. Die Untersuchung hat eindeutig und überzeugend ergeben, daß Jonathan Gaetan sich die Verletzungen, die zu seinem Tod führten, selbst zugefügt hat. Da ist nichts dran zu rütteln. Was ihn dazu getrieben hat, was oder wer auch immer ihn in eine derartige selbstzerstörerische Raserei versetzte, weiß ich nicht, aber er hat Selbstmord begangen. Okay?«

Sie blieb völlig ungerührt. »Ich habe auch einige Informationen, Detective. Jonathan hat mich am Montagmorgen kurz vor seinem Tod angerufen.«

Ich richtete mich interessiert auf. »Tatsächlich?«

»Wenn Sie auf Mord ermittelt hätten, statt den Fall so schnell wie möglich abzuschließen, um nur nicht die arme Witwe in Unannehmlichkeiten zu bringen, dann hätten Sie seine Telefonverbindungen überprüft und dabei diesen Anruf entdeckt. Ich habe darauf gewartet, daß Sie sich bei mir melden.«

»Wie soll er Sie angerufen haben, wenn alle Leitungen im Haus durchgeschnitten waren?«

»Von seinem Autotelefon aus.«

»Aha.« Warum hatte Mary dann nicht dieses Telefon benutzt, und war statt dessen losgefahren, um ihren Anwalt zu holen? »Das muß so kurz nach Tagesanbruch gewesen sein.«

»Ja. Jonathan klang furchtbar.«

»Was hat er gewollt?«

»Geld.«

»Geld?«

»Ich sollte sofort, wenn ich ins Büro käme, Geld von den verschiedenen Geschäftskonten auf sein Privatkonto transferieren. Dann sollte ich alles abheben, und zwar *in bar*, und es von einem unserer Sicherheitsleute in einem Koffer zu ihm nach Hause bringen lassen.«

»In einem Koffer?«

»Jawohl. Äußerst ungewöhnlich, nicht wahr? Jonathan hatte noch nie zuvor etwas Derartiges verlangt. Ich hätte die Summe ohne weiteres im Lauf des Tages zusammenhaben können, aber er wollte nicht, daß irgend jemand Fragen stellte. Ich sollte deshalb einige Wertpapiere zu Bargeld machen, ein paar Aktien verkaufen und die Beträge nach und nach auf sein Privatkonto transferieren. Das alles würde wenigstens ein paar Tage dauern, aber er bestand darauf, daß diese Sache so unauffällig wie möglich abgewickelt wurde. Am Mittwochmorgen sollte ihm das Geld nach Hause geliefert werden, also *heute*.«

»Um wieviel Geld ging es dabei?«

Sie machte eine effektvolle Pause. »Einhundertfünfundvierzigtausendsechshundert Dollar.«

Ich war tatsächlich beeindruckt. »Exakt diese Summe? Einhundertfünfundvierzigtausendsechshundert Dollar.«

»In Zwanzigern, Fünfzigern und Hundertern und in einen Koffer gepackt, so lauteten seine Anweisungen.«

»Jesus.«

»Jawohl. Ich weiß, daß Sie jetzt garantiert annehmen, er sei in irgend etwas Illegales verwickelt gewesen, Schmiergelder oder ein Drogengeschäft vielleicht, aber da liegen Sie falsch. Ich habe fünfzehn Jahre für diesen Mann gearbeitet, und ich weiß alles über ihn. Das gilt für sein persönliches Leben genauso wie für seine geschäftlichen Unternehmungen. Jonathan war von Grund auf ehrlich. Mit irgendwelchen zweifelhaften Geschichten hatte er nie zu tun, wenigstens mit keinen, bei denen er einen Koffer voller Bargeld brauchte.«

»Was vermuten Sie also?«

»Es war für Mary. Vielleicht war *sie* in irgendwas Illegales verwickelt, und er mußte sie aus der Klemme holen. Ich weiß nicht, aber Sie werden mir sicher zustimmen, daß die Sache eine Untersuchung wert ist.«

»Und wo ist das Geld jetzt?«

»Wahrscheinlich noch auf ihrem gemeinsamen Konto. Nachdem ich hörte, was Jonathan passiert war, wäre mir nicht im Traum eingefallen, es in sein Haus zu schicken. Ich hätte früher zu Ihnen kommen sollen, aber wie ich schon sagte, ich war hin und her gerissen zwischen meiner Loyalität Jonathan gegenüber und meiner Pflicht, etwas zu unternehmen, damit sein Tod nicht als Selbstmord abgehakt wird – denn das war es nicht. Er hatte mich ausdrücklich bei diesem Telefonanruf darauf hingewiesen, niemandem von dem Geld zu erzählen. Ich habe darauf gewartet, daß Sie sich mit mir in Verbindung setzen.«

»Weiß Mrs. Gaetan von dem Geld?«

»Das wäre eine interessante Frage an sie, nicht wahr?«

Ich wollte protestieren, aber sie ließ mich nicht zu Wort

kommen. »Diese Frau ist eine Verführerin, und ich rede hier nicht von Sex – wenigstens nicht ausschließlich. Sie hat ein geradezu unheimliches Talent, sich genauso darzustellen, wie ein anderer sie sehen möchte. Ich habe Mary in Aktion erlebt, glauben Sie mir.«

Das hatte ich ebenfalls. Ich versicherte Miß Creek, daß die Sache gründlich untersucht würde, und falls Mary Gaetan in irgendeine illegale …

Sie unterbrach mich wieder und schnaubte. »Tut mir leid, aber ihr Männer glaubt immer, ihr wärt für Frauen wie sie nicht empfänglich und könntet mit ihnen so spielen wie sie mit euch spielen. Ihr bildet euch ein, niemals in solche Fallen zu tappen. Jonathan hat das auch gedacht. Und letzten Endes steht ihr doch als die angeschmierten da.«

Ich nickte. »Ich muß Ihnen jetzt einige Fragen stellen.«

»Das habe ich erwartet.«

»Anscheinend gab es vor seiner Ehe Gerüchte über Jonathan … offensichtlich hatte er keine Frauenbekanntschaften, und es wurde gemunkelt, daß er homosexuell sei.«

»Unsinn.«

»Hier könnte möglicherweise der Schlüssel für diese Geldgeschichte liegen, wissen Sie. Ein ehemaliger Freund taucht plötzlich auf und droht, ihn in eine peinliche Lage zu bringen, falls er nicht zahlt.«

Sie holte tief Atem. »Bis zu seiner Heirat arbeiteten Jonathan und ich zehn Stunden am Tag, sechs und manchmal sieben Tage die Woche. Nur so bringt man es nämlich von einer Baubude zu einem Unternehmen mit Umsätzen von etlichen Millionen Dollar. Er hatte keine Zeit für Affären.«

»Vielleicht auch keine Neigung dazu.«

»Das würde Ihnen gefallen, ihn als schwul zu enttarnen, was?«

»Ich suche nur nach einem möglichen …«

»Selbst wenn er Zeit für andere Frauen gehabt hätte, Detective Camel, er *brauchte* sie nicht. Er hatte mich, und ich war bequem verfügbar.« Sie hob den Kopf, als wehre sie sich gegen aufsteigende Tränen. »Und da ich damals ebenfalls mit einer Menge Schwierigkeiten zu kämpfen hatte, könnte man wohl sagen, daß unsere Beziehung für beide Seiten bequem war.«

»Hören Sie, Miß Creek, ich will ja nicht behaupten, daß ich es merkwürdig finde, wenn ein Mann in den Vierzigern keinerlei Bekanntschaften hat, nie verheiratet war und ...«

»Haben Sie mich nicht verstanden? Er brauchte niemanden, weil er es mit mir trieb – in der Baubude, in seinem Büro, auf dem Fußboden, auf dem Schreibtisch – glauben Sie mir, ich weiß wovon ich rede. Da gab es keine homosexuellen Beziehungen.«

Ich hatte endlich kapiert: der Kerl war ein scharfer Hund gewesen. »Waren Sie in ihn verliebt?«

»Nachdem er *sie* geheiratet hatte, habe ich Jonathan geliebt *und* gehaßt. Ich konnte nicht übersehen, wie er sich veränderte, sie machte ihn glücklicher als er je zuvor in seinem Leben ... Ich weiß nicht, was mein Fehler gewesen war, vermutlich war ich zu leicht verfügbar. Als die beiden Hals über Kopf heirateten, hätte ich mich umbringen können, aber ich behielt meine Stelle, weil ich ihn so wenigstens während der Bürostunden sehen konnte, und das war besser als nichts. Er war ein Bastard, wie es alle Männer manchmal sind. Ihretwegen hatte er mich fallengelassen ohne ein Wort der Erklärung, aber – ja, ich liebte ihn. Ja.«

»Ging Ihre Affäre danach weiter?«

»Nein. Ich machte zwar einige Male den Vorschlag, aber Jonathan liebte sie viel zu sehr.«

»Was glauben Sie, warum wollte er dieses Geld zu sich nach Hause gebracht haben und dazu noch eine so merkwürdige Summe?«

»Ich habe keine Ahnung.«

»Hat er je Schwierigkeiten mit seiner Frau erwähnt, daß er sie vielleicht im Verdacht hatte, ein Verhältnis mit einem anderen Mann zu haben?«

»Nein. Über seine Ehe hat er nie mit mir gesprochen, soviel Anstand hatte er wenigstens. Ich war natürlich voller Mißtrauen Mary und ihren Motiven gegenüber und habe auf eigene Faust ein wenig herumgeschnüffelt, um herauszufinden, ob sie nebenbei noch jemand andern hatte.«

»Und?«

»Soweit ich das abschätzen konnte, war sie ihm treu.«

»Hat Jonathan während der Affäre mit Ihnen jemals Spaß daran gehabt, ein bißchen herumzuexperimentieren?«

»Was meinen Sie damit?«

»Schlafzimmerspiele«, sagte ich und benutzte Marys Ausdruck. »Mochte er es, gefesselt oder geschlagen zu werden, haben ihn solche Sachen erregt?«

»Was für eine ungewöhnliche Frage.«

»Es ist wichtig.«

»Er mochte Sex, ordentlich und oft. Allein schon die Vorstellung, daß Jonathan mit Fesseln und Peitschen herummachte, ist lächerlich. Mein Gott, er war ein seriöser Geschäftsmann.«

Ich lachte.

»Was ist?«

»Nichts, tut mir leid.« Vielleicht war es Mary gewesen, die ihn mit einigen solcher exotischen Praktiken bekannt gemacht hatte, und möglicherweise hatte sie ihn dadurch in der Hand.

Als ich zu Jo-Jo blickte, merkte ich, daß sie errötete. »Ist Ihnen doch etwas eingefallen?«

»Manchmal machte er es gern zwischen meinen Brüsten«, sagte sie ruhig. »Zählt das auch?«

Ich spähte auf ihren Busen und schüttelte den Kopf.

Sie fragte mich, was ich sonst noch wissen müsse.

»Nichts im Augenblick. Aber ich wäre dankbar, wenn Sie keinem anderen gegenüber erwähnen würden, worüber wir gesprochen haben, bis ich ein paar Dinge überprüft habe.«

»Natürlich. Ich sagte doch, Diskretion ist eine meiner Tugenden.«

»Gut, Miß Creek, ich danke Ihnen, daß Sie zu mir gekommen sind. Sie haben das Richtige getan.«

»In Anbetracht der Unterhaltung, die wir gerade hatten, finde ich, Sie könnten mich ruhig Jo-Jo nennen.«

»Und ich heiße Teddy.«

»Dann warte ich darauf, von Ihnen zu hören.«

»Das weitere ist jetzt Sache der Polizei, das verstehen Sie doch, nicht wahr?«

»Natürlich. Seien Sie nur auf der Hut bei ihr. Irgend etwas Bösartiges steckt in dieser Frau. Auch wenn ausgerechnet ich das sage, glauben Sie mir. Wenn Sie nicht aufpassen, werden Sie ebenfalls von ihr eingewickelt und merken es nicht mal. Ich habe erlebt, wie sie das macht.«

Als ich sagte, ich würde vorsichtig sein, schnaubte Jo-Jo nur, stand auf und verabschiedete sich – und ich saß mit der Frage da, was, zum Teufel, ich *jetzt* tun sollte.

Das gescheiteste wäre natürlich, sofort in Lands Büro zu marschieren und ihm alles zu erzählen, besonders, daß der Fall angesichts dieses merkwürdigen Telefongesprächs wieder neu aufgerollt werden sollte. Ich würde einräumen, daß ich mich möglicherweise bei Mary geirrt und sie doch nicht die Wahrheit gesagt hatte. Danach könnte ich zurück an meinen Schreibtisch und weiterschlafen. Das wäre das gescheiteste gewesen.

Statt dessen rief ich bei Alfred Allmächtig zu Hause an.

Das Telefon läutete achtmal, ehe er abnahm. »Hoffentlich gibt's einen guten Grund für die Störung«, krächzte er und räusperte sich gehörig.

»Hier ist Teddy. Wie wär's, wenn du heute nachmittag mal vorbeikommst?«

»Hab' gestern nacht gearbeitet.«

»Ich hätte vielleicht doch was für dich im Fall Gaetan.«

»Was?«

»Das erzähl' ich dir, wenn du herkommst.«

»Vor Mittag brauche ich nicht dazusein.«

»Schon gut, dann vergiß es. Aber du warst es schließlich, der mich gebeten hat, ihm …«

»Okay, okay. Ich gehe nur schnell unter die Dusche und bin in einer halben Stunde da. Hat Land dir die Sache überlassen?«

»Ich habe noch nicht mit ihm geredet.«

»Warum tust du so geheimnisvoll?«

»Hör zu, Alfred, ich finde, dieser Fall müßte noch mal aufgerollt werden. Auch wenn Gaetan Selbstmord begangen hat, steckt dahinter vermutlich weit mehr. Eigentlich sollte ich Land die ganze Geschichte auf den Tisch legen, aber wenn du damit zu ihm gehst, gibt er dir vielleicht den Fall.«

»Womit soll ich zu ihm gehen?«

»Das wirst du schon sehen.«

»Okay.«

»Wohlgemerkt, ich tue dir hiermit einen Gefallen.«

»*Okay.*«

Nachdem ich aufgelegt hatte, saß ich an meinem Schreibtisch und wunderte mich, warum ich so aufgeregt war. Dieser ganze Mist bräuchte mich doch gar nicht mehr zu kümmern. Mary Gaetan hatte mich angelogen, und ich hatte sie gedeckt, aber jetzt wird noch einmal von neuem ermittelt, und ob es Land selbst übernahm oder Alfred die Chance gab, war egal. Mich ging das jedenfalls nichts an. *Cherchez la femme*, das würde ein anderer tun müssen, ich nicht. Diesmal nicht.

6

Der Junge treibt mit dem Gesicht nach unten im Swimmingpool.

Jeden Moment müssen ihn seine Eltern jetzt sehen und losschreien, und dann wird er übermütig lachend den Kopf heben, weil er bloß toter Mann gespielt hat, wie er es bei den Pfadfindern gelernt hat. Wenn er nur die Luft ein bißchen länger anhalten könnte.

Seine Mutter sieht tatsächlich schon ganz besorgt aus und will aus ihrem Liegestuhl am Pool aufstehen, als ihr Ehemann sie zurückhält und den Kopf schüttelt. Er lächelt. Ihn bringt so leicht nichts aus der Ruhe. Seine heitere Gelassenheit verdankt er einer Mischung aus innerer Ruhe und einem Mangel an Fantasie. Die ganze Welt ist gut aus seiner Sicht. Er weiß, daß sein Sohn nur einen Streich spielt und unmöglich länger den Atem anhalten kann.

Dann hört der Junge seinen Namen, sogar halb unter Wasser hört er es deutlich. Er hebt den Kopf, schnappt nach Luft und schaut grinsend zu seinen Eltern. Sie sitzen immer noch auf ihren Stühlen und lesen friedlich in den Büchern, die sie für diese Ferien gekauft haben. Die Mutter schaut auf, lächelt und winkt, ehe sie weiterliest. Wer hat da gerufen?

»Billy!«

Er schaut zum flachen Teil des Pools. *Seine Schwester.* Den ganzen Streich hat sie ihm verdorben. Ärgerlich paddelt er davon.

»*Billy!*« drängt sie. »Komm und schau dir das an, Billy.«

Er wünscht, sie wäre ein Junge.

»Billy!«

Ein Glück, daß keine anderen Leute hier am Pool sind, vor denen sie ihn mit dieser dauernden Schreierei blamieren würde. »Was ist?«

»Komm her, Billy! Das mußt du sehen.«

Widerstrebend klettert er aus dem Pool und geht zu ihr an den Zaun. Wahrscheinlich ein Schmetterling, denkt er. Mädchen finden die albernsten Sachen aufregend. »Was denn?« fragt er so gelangweilt wie möglich.

»*Da*«, flüstert sie aufgeregt und deutet ins Gras auf der anderen Seite des Zauns. »Siehst du? Und da noch eine. Glaubst du, die sind echt?«

Er schaut hastig zum Pool. Der Vater hat sein Buch bereits auf die Brust sinken lassen und schläft, während die Mutter, die sich jetzt entspannen kann, nachdem beide Kinder aus dem Wasser sind, ihren Stuhl zurückgeklappt hat und die Sonne genießt. »Du bleibst hier«, befiehlt er seiner Schwester, »ich gehe um den Zaun rum und hole sie.«

Aber davon will das kleine Mädchen nichts wissen. Die Mutter hat ausdrücklich gesagt, daß sie in der Nähe des Pools bleiben sollen, erinnert sie ihren Bruder, und außerdem hat *sie* es zuerst gesehen; wenn also jemand geht, dann sie und nicht er.

Billy seufzt. Mit seinen neun Jahren sieht er sich um einiges weltgewandter und erfahrener als seine siebenjährige Schwester. Er erklärt, die Mutter habe nur gemeint, daß sie nicht hinaus auf den Parkplatz rennen sollten. Mal schnell auf die andere Seite des Zauns laufen und ein paar Münzen aufheben hat kein Mensch verboten.

»Warum fragst du dann nicht Dad?«

Weil ich sie überraschen will, denkt Billy. Und diese Überraschung ist noch besser als der Streich mit dem toten Mann. »Da vorne ist das Tor«, sagt er. »Du bleibst hier, damit sie dich sehen, wenn sie aufwachen, und ich lauf schnell raus und hole die Münzen.«

Sie schüttelt energisch den Kopf. »Nein«, sagt sie, damit er sie auch ja richtig versteht. »*Ich* hab' sie zuerst entdeckt.«

Er versetzt dem Zaun einen kleinen Tritt mit den bloßen Zehen. »Okay, gehen wir zusammen.«

Sie schaut hinüber zu den Eltern.

»Komm schon«, drängt er. »Wir sind zurück, ehe sie überhaupt was merken.«

Penny folgt ihm, denn das ist beinah zu schön, um wahr

zu sein – mit dem geliebten älteren Bruder auf ein Abenteuer zu gehen.

Dort im Gras liegen die beiden Münzen, die Penny vom Zaun aus erblickt hat. Sie heben sie auf und sehen dabei drei weitere ein Stück tiefer die Böschung hinunter. Der Abhang ist sehr steil, jedenfalls scheint es so einem neunjährigen Jungen und einem siebenjährigen Mädchen. Dort unten stehen in einem schmutzigen Winkel drei Mülleimer. Natürlich will Billy sich auch diese Münzen holen, aber wenn sie weitergehen, können die Eltern sie nicht mehr sehen. Er sagt Penny, sie solle warten, während er rasch hinunterläuft.

Entschlossen schüttelt sie den Kopf. Wenn er geht, kommt sie mit.

»Ich hätte sie jetzt schon längst.«

»Dann gehen wir«, erwidert sie ruhig und drängt ihn mit einer ungeduldigen Handbewegung voran. Solange ihr großer Bruder bei ihr ist, hat Penny keine Angst.

Sie laufen los, heben die drei Münzen auf und untersuchen fasziniert ihren Schatz.

»Wieviel sind die wert?« flüstert sie beinah ehrfürchtig.

»Ich weiß nicht, aber ich glaube, ganz schön viel.« Die fünf Münzen scheinen ihm ungewöhnlich schwer. »Das sind ausländische«, verkündet er und betrachtet die unbekannten Buchstaben. Gold!

Penny schlägt staunend die Hände vor den Mund. *Gold!*

Ihr Bruder dreht und wendet die Münzen mit einem Kennerblick. »Die können Millionen wert sein«, meint er aufgeregt. »Vielleicht hat irgendein Drogenhändler aus Südamerika sie fallengelassen, als die Polizei hinter ihm her war.« Billy sieht so etwas schließlich alle Tage im Fernsehen.

Plötzlich horchen beide auf. Unten bei den Abfallkübeln ist etwas. Es klingt, als weint ein Mann, und Billy glaubt sogar, bei der letzten Tonne eine flüchtige Bewegung zu sehen. Vielleicht eine Ratte. Sein Vater hat ihnen Geschichten über große Ratten in Washington erzählt, und sicher gibt es die auch hier draußen.

Penny packt seinen Arm. »Da!« ruft sie und deutet auf den letzten Müllcontainer. »Billy, das ist *wirklich* ein Schatz!«

Er sieht es ebenfalls. Ein ganzer Haufen von Goldmünzen liegt dort, das müssen Dutzende sein.

Als Penny wieder seinen Namen ruft, hält Billy ihr hastig den Mund zu. »Du läufst zurück und sagst es Mom und Dad. Ich passe hier solange auf, falls jemand kommt und sie uns klauen will.«

Sie schiebt seine Hand weg. »Ich gehe aber nicht!«

»Warum denn? Wir teilen natürlich alles gerecht.«

»Aber ich will mit dir da runter und sie holen.«

Ehe er noch etwas sagen kann, ist Penny bereits losgerannt. Der steile Abhang zieht sie fast hinunter, und sie läuft immer schneller auf den Schatz zu, der dort neben dem letzten Kübel in der Morgensonne glitzert.

Er läuft ihr hinterher, um seine kleine Schwester vor Ratten oder anderen Gefahren zu beschützen, die dort auf dem Müllplatz lauern. Außerdem ist das auch für ihn wie ein Traum, der plötzlich Wirklichkeit wird: einen richtigen Schatz aus Goldmünzen zu entdecken.

Penny ist schon unten. Langsam und vorsichtig geht sie näher und bückt sich, um die Münzen aufzuheben. Eine Hand, übersät mit verschorften Wunden, schlängelt sich hinter dem Müllkübel hervor und packt nach ihrem Knöchel.

Sie schreit auf. Genau in diesem Moment erscheint ihr Vater oben auf der Böschung. »Penny!«

Der Junge ist nach einem kurzen Blick zu seinem Vater stehengeblieben und schaut zu ihr. Was hat sie bloß?

Sie zappelt wie ein Tier, das in einer Schlinge steckt. Als der Vater ein zweites Mal ruft, ist das Bein plötzlich wieder frei, und Penny rennt so schnell sie kann den Abhang hinauf, vorbei an ihrem Bruder in die Arme des Vaters. Die Goldmünzen sind ganz vergessen.

Billy folgt ihr. Beide reden gleichzeitig wild drauflos. Der Vater legt ihnen die Hände auf die Schultern und versucht sie zu beruhigen: »Sachte, sachte, einer nach dem anderen.«

Penny behauptet steif und fest, daß jemand sie dort unten am Fuß gepackt hat.

Billy berichtet, daß er vorhin ganz bestimmt eine Ratte gesehen hat.

»Guter Gott.« Der Mann bückt sich, um seine Tochter zu untersuchen. Er sieht nirgends Bisse oder Verletzungen, ihren ganzen Körper mustert er und fragt immer wieder, ob sie irgendwo verletzt ist, ob sie gespürt hat, daß sie gebissen wurde, aber Penny verneint.

Hinter dem Zaun steht die Mutter und hält zum Schutz gegen die Sonne eine Hand über ihre Augen. Sie will wissen, was los sei, aber die Kinder zeigen gerade dem Vater ihre Entdeckung und berichten, daß dort unten noch ein ganzer Berg davon liegt.

Er befiehlt ihnen streng, sich nicht vom Fleck zu rühren, ehe er die Böschung hinuntergeht, die Münzen aufhebt und vorsichtig die drei Kübel umrundet. Schließlich kommt er zurück und führt seine Kinder zur Mutter.

Aufgeregt wiederholen sie die ganze Geschichte. Sie schaut ungläubig zu ihrem Ehemann, der ihr die Münzen zeigt. »Guter Gott«, sagt sie.

Als sie wieder in ihrem Zimmer sind, müssen die Kinder sich hinlegen. Die Mutter drückt ihnen nasse Waschlappen auf die Stirn, weil sie überzeugt ist, daß sie viel zu lange in der Sonne waren. Der Vater breitet die Münzen auf dem Fernseher aus und untersucht jede einzelne. Schließlich erklärt er, daß sie aus echtem Gold und sicher wertvoll sind. Vielleicht hat ein Händler sie verloren.

»Oder ein Dealer hat sie gestohlen!« mischt Billy sich ein. Seine Mutter drückt ihn unwillig wieder auf das Bett, legt ihm den Waschlappen auf die Stirn und sagt, er solle sich ausruhen.

»Wir werden sie zur Polizei bringen«, verkündet der Mann. Während seine Kinder sich ausruhen und seine Frau auf einem Stuhl daneben sitzt, hält er ihnen leise, aber nachdrücklich eine Predigt über den Gehorsam gegenüber den Eltern, die Gefährlichkeit von Ratten und Ungeziefer und die Verantwortung eines älteren Bruders für seine jüngere Schwester. »Ihr wußtet beide, daß ihr nicht vom Pool weggehen sollt, und du durftest sie schon gar nicht allein dorthin gehen lassen, Billy, sie ist doch noch ein Baby.«

»Ich bin *kein* Baby«, protestiert Penny leise und schon beinah im Halbschlaf.

In seinem Zimmer knallt er eine geöffnete Coladose auf den Tisch, daß sie überschäumt und das braune Zeug eine klebrige Pfütze bildet. Er hatte sie! Er hatte wahrhaftig schon die Hand um ihren hübschen kleinen Knöchel. Und dann kommt der große Held. *Daddy*, dieser Scheißer. Wenn ich mein Messer bei mir gehabt hätte, denkt er, dann hätten wir mal gesehen, was du für ein Held bist – warte nur, bis ich ein neues habe, warte nur, du Held!

Und wie sie sich alle abdrückten, als sie wieder am Pool waren und *seine* Münzen herumzeigten! Er flucht wütend. Sie bilden sich ein, sie sind was Besseres, weil sie so beschissen glücklich sind, aber wenn ich ein neues Messer kriege, dann wollen wir mal sehen!

Diese Hitze bringt ihn noch um. Er streift sich das Unterhemd über den Kopf, wobei der Schorf auf seiner Brust sich löst. Es kommt ihm vor, als hätte man ihn mit Benzin übergossen und in Brand gesetzt. Gottverdammt, denkt er, ich schlitze ihnen allen die Kehle auf, und das Mädchen nehme ich mit nach Mexiko, dann ist es vorbei mit dieser ewigen Umarmerei und dem idiotischen Glücklichsein!

Er entdeckt die schwarzverfärbte Hand auf dem Boden und versetzt ihr einen Tritt, daß sie durchs Zimmer fliegt. Die ganze Luft ist erfüllt von diesem fauligen Gestank, der von ihr ausströmt.

Sie war eine Hurenschlampe und eine Lügnerin – genau wie Nancy. Es war *ihre* Idee, zu diesem Platz im Wald zu fahren und für vierzig Dollar gefickt zu werden. Er dreht sich um und brüllt eine wüste Verwünschung, weil ihm gerade eingefallen ist, daß er seine beiden Geldscheine in ihren Jeans vergessen hat. *Verdammt!* Warum geht bei ihm bloß immer alles schief? Hätte sie ihn nicht ausgelacht, hätte er sie nicht umbringen müssen, und die Bullen könnten ihm nichts. Dann könnte er heute direkt in Jonathans Haus marschieren, sein Geld abholen und hätte überhaupt nichts zu befürchten.

Aber sie mußte ihn ja auslachen, bloß weil er nicht steif genug war! Dabei hat er noch nie was anfangen können mit schlichtem, normalem Sex. Ohne diesen Kitzel, den Angst und Entsetzen ihm verschaffen, ging es nur so halbwegs. Er fummelte zwischen ihren Beinen herum und kam schon, ehe er ganz drin war, und dann zündete sie diese Zigarette an und …

Nancy hat auch dauernd geraucht. Ewig kam sie in sein Zimmer und qualmte eine nach der anderen. Dabei erzählte sie lauter *Lügen*, wie sie gemeinsam abhauen würden aus dieser schäbigen Wohnung, in der sie damals hausten. Sie würde ihn bald wegholen von dieser verrückten Frau und mit ihm zusammen in irgendeinem hübschen Apartment leben. Er liebte diese Lügen. Aber dann wurde sie alt genug, um mit Jungen herumzumachen und fickte durch die Gegend. Immer seltener tauchte sie auf und kam in sein Zimmer, um Zigaretten zu rauchen und ihre wundervollen Lügen zu erzählen. Schließlich kam sie überhaupt nicht mehr, obwohl er dauernd auf sie wartete, jede Nacht.

Er geht ins Bad und spritzt Wasser auf seine Brust. Heute ist Mittwoch, ganz bestimmt. Und jetzt hat er auch einen neuen Plan – er fährt zu Jonathan, holt sein Geld, kommt zurück, packt das Mädchen, und dann macht er sich so schnell er kann nach Mexiko davon. Er konnte es nicht fassen, als eines Tages die verrückte Frau erschien und ihm erzählte, wie er in Mexiko von hundert Dollar die Woche leben könnte wie ein König.

Hier stinkt's, denkt er und setzt sich aufs Bett, wo er überlegt, ob er das Ding wegwerfen soll. Vielleicht hat er noch irgendwas anderes als Erinnerung an diese Tramperin? Ihr Schminkzeug? Er schaut zu seiner Jacke, aber dann fällt ihm ein, daß er den Lippenstift neben ihr auf dem Boden liegengelassen hat. Ja, das hat er. Nachdem er ihren Brustkorb ordentlich aufgehackt hatte, nahm er den Lippenstift aus ihrer Handtasche. Rund um die Augen malte er strahlenförmige Linien, und auch ihren zerschlagenen

Mund schminkte er. Genau wie Nancy es immer bei ihm gemacht hatte.

Er verläßt das Zimmer und steigt in sein Auto. Es ist Zeit, daß er sich sein Geld holt. Aber dann biegt er ganz plötzlich bei einer Tankstelle ein. Es ist besser, Jonathan zuerst mal anzurufen, um zu hören, ob das Geld auch da ist. Er geht zu einem Telefon und wählt. Keine Antwort. »Komm schon, du Mistkerl, geh an das verdammte Telefon!« Es läutet und läutet, nichts. Er hängt ein und versucht es wieder, wählt und lauscht auf das endlose Tuten. Fluchend schlägt er mit der flachen Hand gegen den Kasten. Diese Hitze ist unerträglich, er will jetzt auf der Stelle nach Mexiko, wo immer eine leise Brise vom Ozean her weht. Wenn er bloß nicht dieses Mädchen getötet hätte, wenn Nancy doch nur zurückgekommen wäre, um ihn zu holen, wie sie es versprochen hatte, wenn, wenn … Der wilde Haß in ihm zerreißt ihn fast, sein verfluchter Kopf schmerzt so sehr, daß er heulen könnte, Gott verdamme sie allesamt …

»Hallo?«

7

Er versucht sich zu erinnern.

»Hallo?«

Diese höllischen Schmerzen in seinem Kopf! Er verlangt, daß sie Jonathan ans Telefon holt.

Ihre Antwort ist ein kurzes Auflachen, trocken und erstickt.

»Was ist?« fragte er.

»Das weißt du genau.«

»Ich weiß nichts.«

Wieder dieses bittere Lachen.

Verärgert will er wissen, was los ist.

»Erinnerst du dich nicht?«

»Hol Jonathan an diesen gottverfluchten Apparat. Ich will mein Geld. Es ist Mittwoch!«

»Er ist tot.«

In seinem Kopf wirbeln die Gedanken. Das ist doch garantiert ein Trick!

»Hallo?«

»Was für ein faules Ding versuchst du da abzuziehen?«

»Es stand gestern auf der Titelseite der *Post*.«

»Was denn?«

Sie schweigt.

»Wovon redest du?« Schweiß rinnt über sein Gesicht.

»Jonathan ist tot.«

»Das glaube ich nicht.«

»Glaub was du willst, es ändert nichts an der Tatsache, daß Jonathan tot ist.«

Er versucht sich zu erinnern. »Ich hab' ihm nichts getan.«

Erneut dieses kurze, klägliche Auflachen.

»Ich war's nicht!«

Sie schweigt.

»Verdammter Mist, ich habe ihn nicht umgebracht, und das weißt du genau, du warst ja dabei und ...« Ganz plötzlich kommt ihm die Erleuchtung. »*Du* warst es, du hast ihn getötet.«

Keine Antwort.

»Du hast es getan, nicht wahr?«

Immer noch keine Reaktion.

Er reibt sich die Schläfen. »Das ändert gar nichts, du kennst die Abmachung. Jonathan schuldet mir trotzdem das Geld. Es ist deine Sache, es zu beschaffen.«

»Keine Sorge.«

»Sonst bring ich dich um, darauf kannst du Gift nehmen. Ich hab' diese Scheiße satt.«

»Du kriegst ja dein Geld. Aber du mußt bis Freitag warten, so lange brauche ich mindestens, um …«

»Freitag!« schreit er, und einige Leute schauen von den Zapfsäulen zu ihm herüber. »Scheiß auf Freitag!« Das Warten auf diesen Mittwoch hat ihn bis an den Rand des Wahnsinns getrieben, zwei Tage länger hält er es auf keinen Fall mehr aus, nie im Leben! Panik steigt in ihm auf, er sieht seine ganze Welt zusammenfallen – Jonathan tot, kein Geld, alles zerbröckelt mit einem Schlag.

»Hör mir zu«, sagt sie.

»Ich kann nicht bis Freitag warten!«

»Beruhig dich und hör mir zu.«

»Ich will dir nicht zuhören! Ich will mich nicht beruhigen! *Ich will mein Geld!*« Das ist alles, was zählt. »Ich komme rüber und schlitz dir deinen beschissenen Bauch auf!« Ja, das ist eine gute Idee. »Ich sollte heute mein Geld kriegen.« *Heute.*

Sie bleibt stumm.

»Ich habe ihn nicht umgebracht«, wiederholt er etwas ruhiger.

»Erinnerst du dich nicht?«

»Ich habe ihn nicht umgebracht!«

»Das spielt jetzt keine Rolle mehr, was zählt ist, daß du dein Geld kriegst. Du sollst es haben – am Freitag.«

»Ich komme!« brüllt er. »Ich komme rüber und zwar jetzt sofort!« Wütend hält er den Hörer ein Stück von seinem Gesicht weg, um besser schreien zu können.

Sie behauptet, daß sie das Geld nicht hat und es ihm gar nichts nützt, wenn er jetzt zu ihr kommt. »Wäre Jonathan nicht gestorben …«

»Ich habe ihn nicht getötet, gottverdammt, ich war's nicht!«

»Wenn er noch leben würde, hättest du heute dein Geld, wie er es versprochen hatte, aber durch seinen Tod ist alles blockiert. Ich habe im Moment nur Zugang zu unserem Privatkonto, und darauf sind bloß ein paar Tausend. Verstehst du, was ich sage?«

Er atmet schwer in den Hörer.

»Du sollst dein Geld haben«, wiederholt sie. »Ich kenne die Abmachung und will es dir nicht vorenthalten, glaub mir. Aber ich brauche etwas Zeit. Jonathan wird morgen beerdigt, danach kann ich sicher … hör zu, ein paar Tausend könnte ich dir jetzt sofort geben, wenn du heute noch nach Mexiko willst. Dann würde ich den Rest überweisen.«

»Halt mal!« Sein verdammter Kopf bringt ihn um! Außer sich hämmert er wild mit einer Hand gegen die Schläfe. »Halt mal, verdammte Scheiße, ja!« Seine Gedanken sind ein wirres Durcheinander. Bis Freitag warten, ein paar Tausend heute, den Rest überweisen … »Woher weißt du das mit Mexiko?«

»Du bist wirklich ein Schwachkopf, was?« Ihre Stimme klingt richtig besorgt.

»Woher weißt du, daß ich nach Mexiko unterwegs bin?«

»Du hast es ihm erzählt, erinnerst du dich nicht mehr?«

Er schweigt einen Moment. »Doch«, lügt er. Aber er erinnert sich nicht, und wenn er das nicht mehr weiß, hat er vielleicht auch vergessen, daß er ihn getötet hat. Diese Tramperin und jetzt Jonathan, *Scheiße*, aus dem Mist kommt er nie mehr raus, jedenfalls nicht, wenn er hier noch zwei Tage länger rumhängen muß. Die Bullen werden … »Ich kann nicht bis Freitag warten«, sagt er schließlich leise und erschöpft.

»Dann fahr sofort los.«

»Nicht ohne mein Geld.«

»Also warte bis Freitag.«

»Du kannst mich mal«, murmelt er.

»Egal wo du bist, bleib in deinem Zimmer und warte. Mach keine Dummheiten, vor allem nichts, was dir die Polizei auf den Hals bringt. Hock dich zwei Tage an den Fernseher. Am Freitag gegen Mittag kannst du dir hier das Geld abholen. Versprochen!«

»Versprochen?« fragt er ungläubig.

»Und bring diese Fotos aus Jonathans Schreibtisch mit. Ich will sie wiederhaben.«

Er ist plötzlich sehr müde. »Deine Bilder sind mir egal, ich will nur mein Geld.«

»Natürlich.«

»Ich kann nicht bis Freitag warten«, zischt er frustriert. Alle lassen ihn ständig nach ihrer Pfeife tanzen, verfluchte Scheiße, zur Hölle mit ihnen.

»Du *kannst* bis Freitag warten, und das wirst du auch«, entgegnet sie streng. »Und versuch bloß nicht, diese Münzen, die du mitgenommen hast, hier in der Gegend zu verkaufen. Du willst doch nicht, daß man dadurch auf Jonathan kommt? Warte damit, bis du weiter weg bist, okay?«

»Ich habe sie schon verschenkt.«

»Verschenkt?«

»Ja, an meine Freundin.«

»Du hast jemanden bei dir?« fragt sie nervös.

»Sie fährt mit mir nach Mexiko.«

»Weiß sie von dir und Jonathan. Hast du es ihr erzählt?«

»Noch nicht.« Er schluchzt. Das gefällt mir, mal zur Abwechslung Mary zum Zappeln zu bringen.

»Du verdirbst noch alles. Beruhig dich, stell keine Dummheiten an, erzähl niemandem von Jonathan – und in zwei Tagen kannst du nach Mexiko. Wenn du dieser Frau nicht bereits alles erzählt hast, halt um Himmels willen den Mund.«

»Keine Frau«, sagt er. »Ein Mädchen. Eine hübsche kleine Freundin.«

»Mach keine Dummheiten, *bitte.*«

»Ich hatte auch noch eine andere Freundin«, erzählt er,

»aber sie konnte nicht mit nach Mexiko, weil sie eine Brust-operation hatte!« Er schluchzt lauthals. »Und sie hatte einen kleinen Unfall beim Rauchen, da ist ihr die Hand abgefallen!«

»O Gott«, flüstert Mary.

Er läßt sie wissen, daß er geil ist.

»Was ist mit deiner Freundin?«

»Sie spare ich mir noch für Mexiko auf. Aber ich könnte rüberkommen und dich ficken.«

»Ach, Philip.«

Es trifft ihn wie ein Blitz als sie plötzlich seinen Namen ausspricht. Hastig hängt er den Hörer ein, hält eine Hand über sein Ohr und starrt auf das Telefon.

Besessen von der Idee, jemanden zu ficken, fährt er in Richtung Stadt und gerät in den Feierabendstau. Ziellos läßt er sich im Strom der anderen Wagen treiben, bis er in einen Kreisverkehr kommt und eine Gruppe farbiger Prostituierten sieht. Er fährt dreimal im Kreis, ehe er an den Bürgersteig biegt. Sie haben ihn beobachtet, und eine schlendert gleich auf den Wagen zu.

Sie lehnt sich zum Beifahrerfenster herein und fragt, ob er ein bißchen Gesellschaft sucht.

»Ein Stück Arsch«, erwidert er mürrisch.

Sie trägt ein aufgesetztes Lächeln zur Schau. »Ich hab' ein kleines Zimmer zwei Block weiter. Sechzig Mäuse machen dich zu einem neuen Mann.«

Er mustert die Farbige – Mitte dreißig, zwanzig Pfund Übergewicht, große Brüste, die aus einem knappen orange-farbenen Top quellen. Sie schwitzt, ihr Haar ist fettig, und trotz dieses gezwungenen Lächelns wirken ihre Augen, als sei sie ganz weit weg.

Er weiß nicht, wieviel er noch übrig hat. Weil er so sicher war, daß er heute schon reich sein würde, hat er sich nicht weiter um sein Geld gekümmert. Als ihm wieder die vierzig Dollar einfallen, die er in den Jeans der Tramperin steckengelassen hat, flucht er.

»Bist du'n Bulle, Schatz?«

»Vierzig beschissene Dollar«, murmelt er in Gedanken an diese beiden Scheine.

»Na gut, für vierzig Dollar kriegst du auch, was du brauchst.« Sie öffnet die Beifahrertür.

Er beobachtet sie beim Einsteigen. »Ich geb dir zwanzig, und du bläst mir direkt hier einen.«

Sie lacht. »Ich habe ein Zimmer.«

»Wieviel kostet das?«

»Zwanzig.«

»Und damit sind wir wieder bei sechzig, was? Hör zu, ich geb dir vierzig, und wir gehen da runter in diese Gasse für eine Nummer im Stehen.«

Sie lacht wieder und greift ihm an die Hose, direkt und ohne Gefühl. »Nach 'ner schwarzen Puppe ist dir jede Weiße schnuppe.« Auch dieser dahergeleierte Spruch gehört zu ihrem Ritual. »Komm schon, kleiner Weißer, zwanzig für mich und zwanzig für das Zimmer, ja?«

Er läßt sich von ihr zu einem heruntergekommenen zweistöckigen Haus dirigieren. In einem der unteren Fenster prangt ein Pappschild: Zimmer frei.

Nachdem er geparkt hat, sagt sie, daß ohne Gummi nichts läuft. Sie hat welche dabei. »Für deinen eigenen Schutz«, fügt sie lachend hinzu.

Er grinst. Sobald er sie in diesem Zimmer hat, ist *er* es, der hier die Befehle gibt, und sie muß machen, was er sagt. Als sie aussteigt, betrachtet er ihren breiten Hintern in den weißen Shorts, die so stramm sitzen, daß sich jede Falte abzeichnet. Der Anblick zieht ihm den Mund zusammen.

Er steigt aus und bleibt auf dem Bürgersteig stehen. »Ich will einen geblasen haben.«

»Läuft trotzdem nicht ohne Gummi.«

»Weshalb?«

»Ich mag den Geschmack.«

Er lacht.

»Du mußt mir die zwanzig für das Zimmer jetzt schon geben, weil ich den Mann drinnen bezahlen muß.«

»Scheiß drauf.« Wofür hält sie ihn?

»Dann geh nach Hause und kau dir selbst einen ab,

Schätzchen.« Sie ist das Theater leid. »Kommst wohl frisch von der Farm, oder was?«

»Frisch aus dem Bau.«

»Mm.« Zum erstenmal schaut sie ihn richtig an und beschließt, es bleibenzulassen.

Aber da zieht er einen Packen Geldscheine heraus, gibt ihr zwei Fünfer und einen Zehner und schiebt den Rest wieder in seine Tasche.

Sie steigt die vier Treppenstufen hinauf, aber bis *er* die Tür erreicht hat, ist sie geschlossen. Ihn packt das niederschmetternde Gefühl, wieder mal angeschmiert zu sein. Mit der flachen Hand schlägt er dagegen.

Ein riesiger Schwarzer öffnet. »Ja?« fragt er lässig.

»Ich bin mit dieser Frau hier.«

»Welche Frau?«

»Komm mir nicht mit dieser Scheiße! Du hast sie eben reingelassen. Ich hab' ihr schon zwanzig Mäuse gegeben.«

»Hast du das?« Er hebt versonnen die Augenbrauen. »Und warum haben Sie ihr zwanzig Dollar gegeben, Sir?« Die besondere Betonung auf *Sir* wirkt direkt bedrohlich.

»Für eine beschissene Nummer, was glaubst du denn, Glatzkopf?«

Der Mann rollt seine dunklen Augen und streicht sich mit einer Hand über den haarlosen Kopf. »Eine Frau für sexuelle Handlungen zu bezahlen«, lächelt er, »ist illegal im Distrikt von Columbia.«

Philip bückt sich, um sein Messer zu ziehen, aber da ist natürlich nichts. »Sag dieser Hure, sie soll mir mein Geld wiedergeben, ich hab' meine Meinung geändert.«

»Ich weiß gar nicht, wovon Sie reden, Sir.«

»Diese Hure hat zwanzig Dollar von mir kassiert, und ohne die gehe ich nicht von hier weg.«

»Wenn Sie eine Klage einreichen wollen, darf ich vorschlagen, daß Sie sich an die Polizei wenden? Bei Notfällen gilt die Nummer neun-eins-eins.« Dann schließt er immer noch lächelnd die Tür.

Philip rüttelt die Klinke und tritt ein paarmal mit seinen schweren Motorradstiefeln dagegen.

Als der große Schwarze wieder auftaucht, lächelt er nicht mehr. »Rühr noch einmal diese Tür an, und ich breche dir dein verfluchtes Bein.«

»Ich hab' keine Angst vor dir.« Wenn du im Knast Angst hast, reichen sie dich herum wie ein Stück Fleisch. Die Hände fest zu Fäusten geballt, geht Philip einen Schritt zurück, um richtig auszuholen. In seiner Wut merkt er zu spät, daß er den Halt verliert und stürzt rückwärts die Betonstufen hinunter.

Der Schwarze reibt sich den kahlen Kopf und lacht laut und herzlich. Dann schließt er die Tür.

Während Philip sich aufrappelt, bleiben drei Passanten stehen. »Was glotzt ihr so dämlich, ihr Arschlöcher!« Sie gehen weiter.

Er starrt auf die Tür. »Ich jag diesen verfluchten Kasten in die Luft!« Außer sich vor Erbitterung steigt er ins Auto, schlägt mit beiden Händen auf das Lenkrad und brüllt Flüche aus dem Fenster, ehe er entschlossen losfährt.

An der Tankstelle will man ihm nur Benzin in den handelsüblichen Dosen zu vier Litern geben, die er für 7.95 Dollar kaufen kann. Er besteht darauf, daß sie ihm die leere Whiskeyflasche füllen, die er gefunden hat – wozu soll er acht verdammte Mäuse blechen für eine Büchse, die er nur einmal benutzen will? In dieser Stadt sind alle nur drauf aus, ihn reinzulegen! Er brüllt herum, bis ein wilder Streit im Gange ist und Philip von zwei Mechanikern mit großen Schraubenschlüsseln in den Händen vom Gelände gejagt wird.

Daß Mary gesagt hat, er solle sich bis Freitag aus Schwierigkeiten raushalten, kümmert ihn nicht mehr. Wie besessen von einem einzigen Ziel kreuzt er durch die Gegend – wie ein Raubtier, das frei auf den Straßen umherstreift auf der Suche nach Beute.

Sie ist jung und hat ein hübsches schmales Gesicht, obwohl ihre große blonde Perücke etwas lächerlich wirkt. Ein viel zu enges T-Shirt spannt sich über den gepolsterten BH. Sie wiegt sicher kaum hundert Pfund und offeriert die üblichen Dienstleistungen.

Er betrachtet sie durch das Fenster auf der Beifahrerseite. »Hör zu, weil ich's nur einmal sage. Ich geb dir hundert Dollar, wenn du mit mir für einen Fick im Stehen da hinten in die Gasse gehst. Komm mir jetzt bloß nicht mit irgendwelchem Mist über mehr Geld für ein Zimmer oder so was. Ja oder nein. Wenn du den Hunderter nicht willst, gibt's jede Menge anderer, die's gern nehmen.«

Sie überlegt. Hundert Dollar wären nicht schlecht. Sie könnte nach Hause, sich an den Fernseher setzen, mal selbst ihr Kind ins Bett bringen und das Geld für den Babysitter sparen. Gebrauchen könnte sie es wahrhaftig. Der einzige Grund, warum sie noch zögert, ist, daß dieser Kerl nicht ganz dicht zu sein scheint. »Einen Hunderter, ja?«

Er zieht kurz die aufgerollten Scheine heraus und stopft sie schnell wieder in seine Tasche, ehe sie erkennen kann, wieviel es ist. »Ja oder nein?«

»Ist immer noch schrecklich hell für eine Nummer im Freien, Schatz.«

»*Ja oder nein!*« Er läßt den Motor aufheulen.

»Aber nur mit Gummi.«

»Klar.«

Sie lächelt. »Dann park schnell dein Auto, Schatz – wir haben eine Verabredung.«

Er lächelt ebenfalls und schluchzt auf.

8

Bis Alfred am Nachmittag erschien, hatte ich meine Meinung geändert. Ich wollte den Fall nicht mehr abgeben, sondern *selbst* herausfinden, warum Jonathan Gaetan diese merkwürdige Geldlieferung arrangiert hatte, und ich wollte Mary Gaetan noch einmal befragen. Okay, vielleicht hoffte ich auch auf eine letzte Chance zu einer Schlagzeile.

Eigentlich hätte ich gegen dieses alte Jagdfieber immun sein müssen, aber so geht es einem, wenn man die halbe Nacht stocknüchtern dahockt und wieder mal über all die alten Fehler nachdenkt: man fängt an zu fantasieren, wie man sich aus eigener Kraft aus dem Dreck zieht, ein Held wird, nach Florida zu seinem Enkel fährt, den man noch nie gesehen hat, und zwar mit erhobenem Kopf, weil in allen Zeitungen dein Name steht. Sogar mit dreiundfünfzig glaubt man immer noch ans Happy End.

Um Alfred zu überzeugen, daß es unnötig war, Land in diese Sache hineinzuziehen, nahm ich meinen ehemaligen Partner mit in ein leeres Büro und erzählte ihm von Jo-Jo Creeks Besuch, von ihren Verdächtigungen was Mary anging, und von Jonathan Gaetans letzter Bitte, daß ein Koffer voller Zwanziger, Fünfziger und Hunderter zu ihm nach Hause gebracht werden sollte, und zwar *heute*.

Alfred meinte, das Geld könnte für einen Drogenhandel bestimmt sein oder irgendein anderes Geschäft. Vielleicht frisierte Jonathan auch seine Bücher oder brauchte es als Schmiergeld. Ich erklärte, daß Jo-Jo erzählt hatte, er sei durch und durch ehrlich gewesen, außerdem hatten Lands flüchtige Ermittlungen ergeben, daß sein Unternehmen grundsolide war.

»Hilft uns nicht gerade weiter«, meinte Alfred.

Ich nickte nur.

»Was ist mit deinem eingebauten Detektor? Du hast Mary verhört. Hat sie dich angelogen oder nicht?«

Ich zuckte die Schultern.

Alfred strich sich mit der Hand über sein vernarbtes Gesicht und schaute mich abwartend an.

»Was ist?« fragte ich.

»Du bist nicht sicher, stimmt's?«

»Na ja, ich habe keine festen Theorien, wenn du das …«

»Nein, ich meine, du bist nicht mehr sicher, ob sie dich angelogen hat oder nicht. Hab' ich recht?«

Ich zuckte wieder die Schultern. »Ich glaube, es geht um Erpressung. Jemand hatte was gegen Jonathan in der Hand, und er wollte zahlen, aber dann brachte er sich vorher um. Mary schweigt, weil sie entweder nicht will, daß Jonathans Geheimnis ans Licht kommt oder aus Angst vor dem Erpresser.«

»Wenn er so ein grundehrlicher Kerl war, weshalb wurde er dann erpreßt?«

»Ich spiele immer noch mit dem Gedanken, daß er früher vielleicht doch schwule Beziehungen hatte. Einem seiner ehemaligen Freunde fällt irgendein Artikel über den angesehenen und steinreichen Jonathan Gaetan in die Hände, der sogar einmal für einen Botschafterposten in Betracht gezogen wird – … beschließt … noch nachträglich etwas abzukassieren. Klingt plausibel, nicht? Jonathan ist einverstanden, aber vor lauter Scham, daß Mary etwas von seiner Vergangenheit erfahren könnte, schlachtet er sich in der Badewanne ab. Ein gewöhnlicher Selbstmörder will die Sache einfach hinter sich bringen, aber bei Jonathan sieht es eher so aus, als habe er sich regelrecht bestrafen wollen. Er hat sogar versucht, sich den Schwanz abzuschneiden. Möglicherweise hat dieser Freund Aids, und Jonathan ist in dieser Nacht einfach durchgedreht, weil er glaubte, er habe es auch und am Ende sogar Mary angesteckt. Land hat mich darauf gebracht, als er die Gerüchte erwähnte, die es vor Jonathans Heirat gab.«

»Und Marys Rolle bei der ganzen Sache?«

»Ich denke, wenn das Geld heute wie vereinbart ins Haus gebracht worden wäre, hätte Mary einfach stillschweigend die Zahlung erledigt. Der Selbstmord allein hat schon reichlich Staub in der Öffentlichkeit aufgewirbelt, besonders nachdem jetzt die ganzen Einzelheiten durchgesickert sind. Warum also die Sache noch schlimmer machen und zugeben, daß Jonathan einem ehemaligen Freund Schweigegeld zahlen wollte?«

»Ich weiß nicht, Teddy. Es ist doch heute keine so große Sache mehr, wenn herauskommt, daß jemand schwul ist. Außerdem glaube ich, Mary hätte dann ganz anders reagiert, auf den Rummel in der Öffentlichkeit gepfiffen und uns sofort informiert, damit dieser Kerl eingelocht wird, der Jonathan soweit getrieben hat. Überhaupt klingt es nach dem, was Jo-Jo Creek dir erzählt hat, als sei er ein ausgemachter Weiberheld gewesen.«

»Ich bin trotzdem überzeugt, daß es *irgendwas* in seiner Vergangenheit gibt, mit dem er Sonntagnacht plötzlich konfrontiert war.«

»Warum sollte Jo-Jo ausgerechnet diese ganz spezielle Summe für ihn zusammenbringen – einhundertfünfundvierzigtausendsechshundert Dollar?«

»Wie wäre es damit? Jonathan stand früher schwer auf Sadosex, nehmen wir mal an, daß Mary in dem Punkt die Wahrheit gesagt hat. Eines Nachts wurde es ein wenig zu derb, und jemand kam dabei um. Er ist einverstanden, irgendeinem Dritten eine gewisse Summe zu zahlen, der die Sache vertuscht, die Verantwortung übernimmt oder so etwas in der Art – nur rückt Jonathan dann nie mit der Bezahlung raus. Der andere macht ihn schließlich ausfindig und will sein Geld plus Zinsen.«

Alfred lachte und fragte mich, wann ich all diese Spekulationen Captain Land präsentieren würde.

»Er ist für den Rest des Tages weg. Ich dachte, ich fahre noch mal zu Mary. Vielleicht kriege ich heute eine bessere Antwort; dann kann ich es immer noch Land erzählen.«

Alfred stand auf und griff sich an die Hosen, um seinen Sack zu richten, eine seiner Gewohnheiten, die viele Leute nicht gerade entzückend fanden. »Und was soll ich dann hier?«

»Ich dachte, wir beide könnten uns der Sache annehmen, sozusagen *inoffiziell*. Wenigstens bis wir etwas mehr wissen.«

Er schüttelte den Kopf. »Inoffiziell, du bist wohl nicht ganz dicht. Du mußt Land melden, was diese Jo-Jo Creek dir erzählt hat.«

»Mache ich.«

»Wann?«

»Morgen, hab' ich doch gesagt.«

»Das ist nicht mal dein Fall. Jo-Jo Creek kam mit den Informationen bloß deshalb zu dir, weil ein paar Burschen sie zu deinem Schreibtisch schickten, um dich aufzuwecken. Wenn du jetzt anfängst, bei Leuten herumzuschnüffeln, die Land persönlich kennt, bist du dran.«

»Das hatte ich vergessen.«

»Was?«

»Daß du inzwischen so überaus vernünftig geworden bist. Du hältst dich ja heutzutage strikt an die Vorschriften, nicht wahr? Wunderbar, Alfred, wirklich. Tu einfach so, als habe es diese Unterhaltung nie gegeben. Du hast keine Silbe von mir gehört. Ich mache es allein. Wenn ich dann Schwierigkeiten mit Land kriege, ist deine Zukunft am Computer wenigstens nicht gefährdet.«

Er fluchte mürrisch. »Hör zu, Teddy, ich spiele mit, bloß um mal zu sehen, wo diese ganze Sache endet. Aber morgen früh gehen wir zu Land. Wenn wir bis dahin einige Spuren haben und er uns weitermachen läßt, gut. Aber wenn er entscheidet, daß er den Fall noch mal aufrollen und es selbst übernehmen will, ist mir das auch recht. Okay?«

»Ja.«

»Das sagst du, aber in Wirklichkeit denkst du was anderes.«

»Ja«.

Alfred lachte und wollte wissen, worüber wir mit Mary reden würden.

»Ich dachte, wir teilen uns sozusagen die Arbeit. Du klemmst dich hinter die Akte über Jonathans Selbstmord und siehst, ob dir irgend etwas auffällt, vor allem, was Jo-Jo Creeks Theorie angeht, daß er nur *vorgetäuscht* sei. Ich rede in der Zwischenzeit mit Mary, dann treffen wir uns wieder hier und ...«

Er grinste. »Du bist scharf auf sie, was?«

»Schwachsinn, Alfred. Bei mir hat sich nichts mehr geregt seit letztem Januar, als die Heizung ausfiel und ich mitten in der Nacht in einem frostklirrenden Apartment mit voller Blase aufwachte.«

»Komm schon, du Blödmann, ich war lange genug dein Partner, um zu wissen, worauf du abfährst. Du kriegst ganz verträumte Augen bei solchen überzüchteten, reichen Klasseweibern, nicht wahr?«

»Mary ist nicht so.«

Er grunzte ungläubig.

Mit solchen und ähnlichen Beschuldigungen, Lügen und Kraftausdrücken ging es weiter, bis das Telefon läutete. Es war Jo-Jo Creek.

»Mary ist heute nachmittag ins Büro gekommen«, berichtete sie. »Das heißt, sie ist immer noch hier, erkundigt sich nach Jonathans verschiedenen Konten und will wissen, ob sie irgendwo Geld abheben kann.«

»Das bedeutet, sie weiß nichts von seinem letzten Anruf bei Ihnen und daß das Geld bereits auf dem gemeinsamen Privatkonto liegt.«

»Offensichlich.«

»Haben Sie es ihr erzählt?«

»Das sollte mir einfallen.«

»Kennen Sie jemanden in der Bank? Ich würde gern wissen, wann dieses Geld abgehoben wird.« Sie sagte, das ließe sich machen. »Großartig. Noch was, geben Sie mir Bescheid, wenn Mary das Büro verläßt, okay?«

Ich informierte Alfred, der nur meine Hälfte des Gesprächs gehört hatte. Um von weiteren Anspielungen abzulenken, daß mich der Fall nur interessiere, weil ich scharf auf Mary Gaetan sei, schlug ich vor, daß wir *beide* zu ihr fuhren, nachdem sie Jonathans Büro verlassen hatte. »In der Zwischenzeit überprüfst du die Akte, ob …«

»Ob es irgendeinen Anhaltspunkt gibt, daß ein anderer ihn abgeschlachtet und es wie einen Selbstmord hingebogen hat.«

»Genau. Ich telefoniere mal ein bißchen herum. Vielleicht

hat es in den anderen Bezirken in letzter Zeit irgendwelche Morde oder Überfälle gegeben, bei denen ein großes Messer eine Rolle spielte. Land scheint der Ansicht, ein so billiges Bowiemesser wie das am Tatort hätte niemals Jonathan Gaetan gehört.«

Alfred wollte gern einen Blick darauf werfen, aber soweit ich wußte, war es immer noch unten bei der Spurensicherung. Dann trennten wir uns, und ich ging in mein Kämmerchen, um zu telefonieren.

Was ich erfuhr, war nicht gerade ermutigend. Im Gebiet von Washington hatte es in den vergangenen Wochen massenhaft tätliche Angriffe, Vergewaltigungen und Raubüberfälle gegeben, bei denen große Messer im Spiel waren, und sämtliche Opfer sprachen ausdrücklich von *großen* Messern. Wir würden einen Monat brauchen, um zu überprüfen, ob es dabei irgendwo eine Verbindung zu der Geschichte gab, die in der Nacht von Sonntag auf Montag im Haus der Gaetans passiert war.

Bei meinem achten Anruf, diesmal im Hauptquartier der State Police von Maryland, fragte mich ein Kollege, den ich von früher kannte, ob ich eine Spur im Fall des Lippenstiftmords verfolge.

»Des was?«

»Herrgott, Teddy, selbst wenn du diese Meldungen nicht liest, die wir euch schicken, mußt du es doch wenigstens in den Zeitungen gesehen haben. Ein solcher Fall ist für jeden Reporter ein gefundenes Fressen. Wir stehen ganz schön unter Druck. Wir arbeiten an nichts anderem mehr, bloß haben wir absolut nichts in der Hand.«

»Hab's wohl übersehen, Mack. Ich habe so eine gewisse Allergie gegenüber schlechten Neuigkeiten, also halte ich mich meistens an die Comics und die Sportseiten.«

»Ich sollte dich zwingen, die Meldung rauszusuchen.«

»Komm schon, Mack, ich bin ein alter Mann.«

Nach einer bissigen Bemerkung erzählte er mir, was einer ihrer Streifenpolizisten letzten Sonntag entdeckt hatte. »Sie war erst fünfzehn, Teddy. Man schätzt die Todeszeit auf Samstagnachmittag. Sie war so oft von zu Hause weggelaufen, daß ihre Mutter es diesmal gar nicht erst meldete. Jetzt braucht sie sich keine Sorgen mehr zu machen, daß sie noch mal ausreißt.«

»Und sie ist mit einem Messer getötet worden?«

»Vergewaltigt, zusammengeschlagen, der gesamte Brustkorb aufgehackt und …«

»Jesus.«

»Außerdem hat er eine Hand abgeschnitten und mitgenommen.«

»*Jesus.*«

»Die Zeitungen reden vom Lippenstiftmord, weil der Täter ihr Gesicht bemalt hat. Wirklich eine widerliche Geschichte, Teddy. Mit ihrem eigenen Lippenstift hat er lauter Strahlen rund um die Augen gezeichnet, ich hab' die Fotos gesehen.« Er hielt inne und wartete auf eine Bemerkung. »Teddy?«

»Habt ihr die Waffe entdeckt?«

»Nein. Ich sagte ja, wir haben gar nichts Greifbares.«

»Läßt sich abschätzen, was für ein Messer es war?«

»Ein sehr großes, das schwer genug war, um die Rippen des Brustkorbs durchzuhacken.«

»Ein Bowiemesser?«

»Du hast *doch* eine Spur, gib's zu, Teddy!«

»Nein.«

»Wieso kommst du dann auf ein Bowiemesser?«

»Scheint mir offensichtlich, oder?«

»Wenn du etwas weißt, Teddy, rückst du besser gleich damit raus. Du ahnst nicht, was hier deswegen los ist.«

»Ich mache bloß eine Statistik für Land und vergleiche Verbrechen, die mit Schußwaffen begangen werden, mit solchen, bei denen Messer eine Rolle spielen.«

»Seit zwanzig Jahren bist du Bulle, und er läßt dich so einen Papierkram machen?«

»Ja.«

»Hör zu, vielleicht stolperst du über etwas, das ich gebrauchen könnte, einen besonders brutalen Fall oder einen Täter, der seine Opfer regelrecht schlachtet und mit Lippenstift beschmiert, das vor allen Dingen. Wenn dir irgend so was unterkommt, dann rufst du mich an, ja?«

»Mack, du kennst mich doch. Noch zwei Jahre, und ich ziehe mich in eine Fischerhütte zurück. Ich …«

»Es ist in unserem Distrikt passiert.«

»Das weiß ich.«

Als ich aufhängte, merkte ich, daß meine Handflächen naßgeschwitzt waren.

Zwanzig Minuten später erzählte ich Alfred von dem Gespräch. Er kannte natürlich den Polizeibericht und hatte auch in den Zeitungen darüber gelesen. »Aber Jonathans Tod ist ein Selbstmord«, sagte er.

»Vielleicht hat dieser Kerl Jonathan das Messer in die Hand gedrückt und …«

»Es ist ein Selbstmord!« beharrte Alfred. »Wenn du dir den Bericht wirklich angeschaut hättest, wüßtest du das auch.«

»Es wäre nicht das erstemal, daß jemand vortäuscht …«

Alfred schlug mit einer Hand auf den Tisch. »Hör mir zu. Als Jonathan Gaetan anfing, in der Badewanne an sich herumzuschnitzen, verspritzte er überall auf dem Boden Blut und Wasser. Der Beamte, der die Leiche fand, hatte soviel Verstand, niemanden reinzulassen, bis die Spurensicherung dort war. Die einzigen Fußabdrücke in dem ganzen Dreck waren die des Polizisten. Mit anderen Worten, du Schwachkopf, wenn jemand Jonathan getötet hat und dann aus dem Bad verschwunden ist, ohne irgendwelche Spuren zu hinterlassen, muß er fliegen können.«

Wir schwiegen beide, bis Alfred meinte, vielleicht habe *Jonathan* das Mädchen am Samstagnachmittag getötet und sei dann, außer sich vor Entsetzen darüber, was er getan hatte, mit dem gleichen Messer über sich selbst hergefallen. Aber anhand der Akte sahen wir, daß er am Samstag ab Mittag bis um vier Uhr Golf gespielt hatte, unter anderem mit einem Bundesrichter und einem Kassierer der Riggs Bank.

Alfred lachte. »Womöglich gibt es da eine Bande von perversen reichen Kerlen, die sich gegenseitig Alibis liefern, so daß sie losziehen und junge Mädchen zerhacken können.«

»Ja, oder vielleicht waren es Außerirdische vom Planeten

Xerox. Auf jeden Fall müssen wir das Bowiemesser rüber nach Maryland schicken.«

Alfred stand auf und richtete seine Eier. »Geht nicht.«

»Was heißt das?«

»Mary Gaetans Anwalt hat es heute morgen abgeholt.«

»Und man hat es ihm gegeben?«

»Warum nicht? Der Fall ist als Selbstmord abgeschlossen. Das Messer ist Eigentum der Witwe.«

»Aber warum, zur Hölle, will sie es bloß wiederhaben?«

»Wir werden sie fragen. Ist sie schon zu Hause?«

Ich sagte, Jo-Jo hätte sich noch nicht gemeldet. »Weißt du, wenn das Geld heute vorbeigebracht werden sollte, dann kommt auch der Erpresser ...«

»Falls es überhaupt einen gibt.«

»Vielleicht will er trotzdem heute zu ihr kommen – und deshalb hat Mary im Büro versucht, was aufzutreiben. Sie weiß weder, daß Jonathan vor seinem Tod Jo-Jo angerufen hat, noch, daß das Geld bereits auf ihrem Konto liegt. Irgendein Typ will seinen Koffer mit Knete haben, und Mary sitzt mit leeren Händen da.«

Alfred schlug vor, gleich zu ihr zu fahren.

»Laß mich erst Jo-Jo anrufen.« Ich telefonierte und erfuhr, daß Mary noch immer im Büro war; Jo-Jo versicherte, sie würde mir sofort Bescheid geben, wenn sie ging.

Während wir warteten – ich mußte schon den zweiten Tag auf meinen Drink um halb sechs verzichten – tauchte Alfreds Partner auf.

»Ihr beiden kennt euch doch, nicht wahr?« fragte Alfred und stellte uns trotzdem vor. »Teddy, dies ist der aufregende Melvin Kelvin. Melvin Kelvin, das ist der unscheinbare Teddy Camel.«

Er war dreißig, genauso alt wie ich gewesen war, als ich hier angefangen hatte. Ich war überzeugt, daß ich nie so unschuldig ausgesehen hatte wie dieses Bürschchen mit seinem geradezu atemberaubend exakt gescheitelten Haar.

»Melvin Kelvin bringt mir alle Tricks am Computer bei«, verkündete Alfred wie ein stolzer Vater, der mit seinem Sohn prahlt.

»Ja, bloß haben wir die Sitzung heute nachmittag versäumt. Wo warst du?«

»Ich muß vielleicht heute abend passen«, entgegnete Alfred.

Das Bürschchen schaute mich an. »Ihr beiden arbeitet zusammen an einer Sache?«

Ich schüttelte den Kopf.

»Melvin Kelvin war auf der Universität von Princeton, nicht wahr, Melvin Kelvin?« strahlte Alfred.

»So nennt er mich immer«, sagte er. »Nie einfach bloß den Vornamen. Gehört zu seinem ständigen Bemühen, mich kleinlaut zu halten, damit ich bescheiden bleibe.« Er lächelte.

»Ach, Melvin Kelvin, du weißt, daß ich dich liebe.« Alfred grinste ebenfalls, und ich fühlte mich wie ein armer Verwandter, der aus New Jersey zu Besuch ist.

»Keiner der anderen wollte mit ihm arbeiten«, erklärte mir der Junge. »Ich habe mich freiwillig gemeldet, weil ich glaube, daß man selbst bei all den rasanten Neuerungen in unserem Beruf immer wieder so manche Sachen von Veteranen wie Ihnen und Alfred lernen kann.«

Der kleine Scheißer.

Alfred entschuldigte sich bei ihm, daß er heute nachmittag die Übungsstunde verpaßt hatte.

»Schon okay. Ich hatte sowieso zu tun. Jemand hat ein paar Münzen abgegeben, und ich mußte sie identifizieren.«

»Sie sind Numismatiker?« fragte ich.

»Sachte!« bellte Alfred. »Ich laß meinen Partner von niemandem mit derartigen Ausdrücken beschimpfen!«

Melvin Kelvin lachte und meinte: »Er ist schon eine faszinierende Persönlichkeit, Ihr Ex-Partner, aber ich durchschaue ihn. Da er in einer Umgebung aufgewachsen ist, die bei einem Mann nicht gerade übermäßige Intelligenz oder Sensibilität schätzte, spielt er heute noch den doofen Burschen vom Land und gibt sich alle Mühe, seine Empfindsamkeit zu verbergen. Das sind dann die Männer, die sich nach Treue und Kameradschaft sehnen, aber dauernd nur flüchtige Affären haben, die Poesie schreiben wollen, aber statt dessen pornographische Bücher lesen – ein hochinteressantes Thema.«

Alfred wippte auf den Fußspitzen und strahlte. »Ist das nicht ein gescheites Bübchen?«

Ich konnte nur zustimmen.

Kurz nachdem Melvin Kelvin gegangen war, um mit seinem Computer weiter hinter den verlorenen Münzen herzuspüren, rief Jo-Jo Creek an. Mary hatte gerade das Bürogebäude verlassen. Ich fragte, ob sie das Geld auf ihrem Privatkonto entdeckt habe, und Jo-Jo verneinte. »Sind Sie sicher?«

»Ich habe die Bank bei Geschäftsschluß angerufen. Sie hat nichts abgehoben.«

Auf dem Weg zu Alfreds Wagen gestand ich ihm, daß mich irgendwas an diesem Fall nervös mache. Natürlich wisse ich, daß Mary mich gestern in Lands Büro angelogen habe, aber ich sei nicht mehr sicher, wo bei ihr die Lügen aufhörten und die Wahrheit anfing. »Vielleicht ist mein einziges Problem auch nur, daß ich heute seit zwei Tagen nüchtern bin. Was glaubst du?«

»Hm«, erwiderte er und kratzte sich gedankenvoll am Sack.

9

Sie bereut ihre Dummheit.

Wie idiotisch, in diese Gasse zu gehen mit einem Mann, der sich derart komisch benimmt. Ich bin auf den billigsten Trick der Welt reingefallen, denkt die junge Prostituierte. Da wedelt einer mit einem großen Schein, und du landest in der hintersten Ecke einer dunklen Gasse an einer dreckigen Backsteinmauer.

»Komm schon, Baby«, drängt sie und bemüht sich trotz ihrer wachsenden Angst um einen unbefangenen und einschmeichelnden Ton. Solche Nummern im Stehen hat sie schon öfter gemacht, aber gewöhnlich sind die Männer so aufgeregt, daß es schnell erledigt ist.

Nicht so bei diesem Kerl. Halb steif fummelt er herum und wird immer wütender, als sei es ihre Schuld, daß er ihn nicht anständig hochkriegt. Einfach bescheuert, denkt sie, mitzugehen, ohne erst zu kassieren und sich einzubilden, mal früh nach Hause zu meinem Jungen zu kommen. Der Typ macht mir die ganzen Kleider dreckig und tut mir weh.

Ihre Freundin Annie hat immer gepredigt, laß dich nie anfassen, ehe du nicht das Geld in der Hand hast; aber sie hat vierzig Dollar akzeptiert statt der versprochenen hundert, weil sie keine andere Wahl mehr hatte. Der Kerl schob ihr die Scheine zu und stieß sie im nächsten Moment schon gegen die Mauer. Jetzt fingert er an ihr herum, während sie versucht, diesen Job hinter sich zu bringen. Sie hat den Rock gehoben und müht sich, mit der anderen Hand den Gummi über seinen halbsteifen Penis zu streifen, wobei sie ihn bearbeitet, damit er endlich funktionsfähig wird. Die härtesten vierzig Dollar, die ich je verdient habe, denkt sie.

»Komm schon, Baby, das wird erste Sahne, wenn du ihn mir so im Stehen reinschiebst. Vielleicht kommt jemand daher und sieht uns, aber das ist uns egal, Baby, was? Wir kümmern uns nicht drum, wer uns ficken sieht, ja, komm schon, drängel nicht so wild, warte bis ich den Gummi drüber hab', und dann wirst du was erleben, Baby, o ja, das garantier' ich.«

Sein Gesicht ist an ihrem Hals vergraben, wo ihn die künstlichen Strähnen ihrer weißblonden Perücke in der Nase kitzeln. Er greift nach ihren kleinen Brüsten, aber es nützt nichts, so kann er nicht richtig, wenn er nicht ...

Er tritt zurück, und beide schauen hinab auf das schlaffe Glied, das wie eine reglose Schnecke in ihrer Hand liegt.

»Gib mir den Rest von meinem Geld, Baby«, schlägt sie vor, »und ich mach's dir mit dem Mund, versprochen.« Als er schluchzend auflacht, verliert sie die letzte Hoffnung, die sechzig Dollar je zu sehen. »Was ist?«

Er flüstert etwas.

»Was?«

Seine Stimme klingt überraschend schüchtern. »Tu so als hättest du Angst vor mir.«

»Angst vor dir?« Dazu brauche ich nicht viel zu schauspielern, denkt sie.

»Als hätte ich dich an diese Wand gedrückt, um dich zu vergewaltigen.«

Sie lacht ein wenig gezwungen. »Gib mir das restliche Geld, und ich kreische wie eine weiße Mieze.«

Aber er hat nichts mehr. Er fängt an, sie zu beschimpfen, und jetzt klingt seine Stimme ganz und gar nicht mehr schüchtern. Fest drückt er sie an die dreckige Mauer und rammt voller Wut mit den Hüften gegen sie.

»Du tust mir weh«, keucht sie, und es ist kein Theater. Sie schaut über seine Schulter. In der dunklen Gasse, die mit stinkendem Abfall übersät ist, sind schon seit ewigen Zeiten sämtliche Lampen zerbrochen.

Aber plötzlich spürt sie, wie sein Schwanz sich regt. Na gut, wenn's nur so geht, beschließt sie, bringen wir es hinter uns. Wenigstens stecken die vierzig Dollar sicher in der kleinen roten Handtasche, die sie neben sich auf den Boden gelegt hat. »O Gott, du tust mir *weh!*« stöhnt sie ihm ins Ohr. Alles ist Schauspielerei, sagt ihre Freundin Annie immer. Du machst deinem Freund vor, was für ein prima Ficker er ist, also kannst du genausogut irgendeinen weißen Macker belügen und dafür auch noch abkassieren. Sie hatten beide ausgiebig gekichert über diese weiblichen Erkenntnisse. »Bitte, tu mir nicht weh!« Endlich! Er ist steif und der Gummi drüber. Es wird nicht lange dauern.

Er hat ihr Handgelenk gepackt, preßt es gegen die Wand und stößt in sie. »Im Knast hab' ich einen Niggerjungen gefickt.«

Sie vergißt ihre Rolle und erstarrt. Ihr achtzehnjähriger Bruder ist gerade im Gefängnis.

»Ich habe ihn hinknien lassen und über seine eigene Pritsche gedrückt, ihm die Arme festgehalten und mich auf seine Beine gekniet, daß er sich nicht bewegen konnte. Spät nachts war's, weißt du, und ich brauchte eine halbe Flasche Haaröl, ehe ich genug eingeschmiert war, daß es ging, aber dann hab' ich dieses kleine schwarze Bürschchen wirklich anständig zugeritten.«

Sie schließt ihre Augen vor Entsetzen.

»Und die ganze Zeit jault er und heult und bettelt mich an, ihm doch bitte nicht das Ding in den Arsch zu stecken.« Er schluchzt. »Aber ich habe gesagt, wenn ihn jemand quieken hört, wird er dadurch bloß noch wertvoller, denn nichts macht ein Stück Arsch wertvoller, als wenn es quiekt.«

Sie haßt diesen Dreckskerl, aber es gibt nur einen Weg, ihn endlich loszuwerden. Sie muß zusehen, daß er schleunigst seine Ladung abspritzt. Also übernimmt sie wieder ihre Rolle, wimmert, daß er ihr wehtut – und um ihn noch weiter anzustacheln und die Angelegenheit etwas voranzutreiben, züngelt sie in sein Ohr.

Wie vom Blitz getroffen, springt Philip zurück und reißt die Hand ans Ohr. Heftig reibt er daran, als ob sich irgendein boshaftes, bissiges Insekt dort eingenistet habe. Mit der anderen Hand schlägt er ihr hart ins Gesicht.

Jetzt ist es kein Spiel mehr. Die schmächtige Frau sinkt in die Knie, ihr Kopf dröhnt, die Augen tränen, und ihr Kinn schmerzt teuflisch. Während sie sich aufzurichten versucht, hat sie genug Geistesgegenwart, ihre kleine rote Tasche zu packen.

»Ich bring dich um, du verdammtes Scheißstück!« schreit er.

Er denkt an Nancy. Jedesmal kam sie in sein Zimmer geschlichen nach einer ihrer ›Verabredungen‹, umgeben von dem ihr eigenen Geruch nach Parfüm, Alkohol und Zigaretten. Sie kniete sich an sein Bett, betrachtete ihn im Schlaf, und um ihn aufzuwecken steckte sie ihm immer die Zunge ins Ohr. Er fuhr hoch und rieb heftig daran, während sie lachte. Sie sah so wunderschön aus, wenn sie lachte, und er mußte auch über den Streich lachen und sagte, sie solle das nie wieder tun, was sie stets treuherzig versprach, obwohl beide es besser wußten. Er hat sie damals angebetet.

Als sie aufstehen will, trifft sie ein weiterer Schlag. Noch auf den Knien zieht sie aus ihrer Tasche ein Allzweckmesser, das sie immer bei sich trägt, weil es mit seinem handlichen Griff besseren Halt bietet als ein Rasiermesser. Die dreieckige Klinge ist extrem scharf und sitzt durch eine Schraube gut fest. Ehe er sie wieder schlagen kann, stößt sie zu und trifft sein rechtes Bein.

Ein heftiger Schmerz durchzuckt ihn. Er greift sich an den Oberschenkel und stolpert zurück. Seine Stimme klingt, als fühle er sich bitter enttäuscht. »Du *Hure!*«

Sie ist hastig aufgesprungen und hält ihm das Messer entgegen. »Einen Schritt näher, und ich schneide dir die Kehle durch.« Ohne ihm den Rücken zuzuwenden, schiebt sie sich langsam an ihm vorbei.

Er richtet sich auf. Sein Grinsen, bei dem sogar in dem Dämmerlicht die zerbrochenen verfärbten Zähne sichtbar sind, macht sie nervös. Er sagt, daß er auf Messer steht und bewegt sich ein Stück zur Seite, um ihr den Fluchtweg abzuschneiden.

Sie überlegt. Wenn sie ein bißchen Vorsprung hat, erwischt er sie nie mit diesem verletzten Bein, aber wenn sie sich zu früh umdreht, wird er sie packen. Sie muß also zusehen, daß sie erst noch ein paar Schritte weiter wegkommt, ehe sie losläuft. Mit erhobenem Messer schaut sie diesem Teufel in die Augen.

Aus lauter Angst begeht sie jedoch den Fehler aller Opfer,

verliert die Nerven und rennt. Trotz seines Beins gelingt es ihm, sich auf sie zu stürzen. Sie hat in instinktiver Abwehr die Hand hochgerissen. Die Klinge fährt ihm von der rechten Hüfte quer über den ganzen Oberkörper. Der Schnitt ist nicht tief, aber er ist lang und hat die schwärenden Wunden wieder aufbrechen lassen. Es brennt wie Feuer.

Er preßt ein Knie auf ihre Brust und verdreht ihr Handgelenk, bis ihr das Messer entgleitet. Er hebt es auf und hält ihr die Klinge vors Gesicht.

Sie schaut direkt in seine irren Augen. »Bitte, Freund, ich habe einen kleinen Jungen, der zu Hause auf mich wartet.«

Philip zögert. Daß sie ihr Kind erwähnt, berührt ihn nicht, aber er ist verwirrt, daß sie ihn *Freund* nennt. Es klingt so sonderbar und vertraulich unter diesen Umständen.

»Sein Daddy ist in St. Louis, und außer mir hat dieser kleine Junge niemanden in der Welt, der für ihn sorgt.«

Er wartet, was sie sonst noch sagen will.

»Hör zu, du nimmst dir einfach dein Geld zurück, und dann können wir …«

Der plötzliche Druck um ihre Kehle raubt ihr den Atem. Mit beiden Händen greift sie nach seinen Fingern und versucht verzweifelt, ihn wegzustoßen. Ihr Kopf fliegt hin und her in wilden, ruckhaften Bewegungen. »Bitte«, keucht sie erstickt.

Er sagt, sie soll die Zunge rausstrecken.

In ihrer Panik will sie schreien, aber es geht nicht, und als er sie immer stärker würgt, erscheint tatsächlich ihre Zunge zwischen den dick geschminkten Lippen – nur kann er sie nicht richtig greifen.

»Streck sie raus, du gottverdammtes Miststück!« kreischt er.

Mit aller Kraft versucht sie, sich gegen seinen Würgegriff zu wehren.

Er beginnt sie mit dem Messer zu bearbeiten und zerfetzt ihre Wangen, bis *sogar ihm* vor diesem Anblick graust. Ihr ganzes Gesicht ist geöffnet, als sie schreien will. In dieser scheußlichen Mundhöhlung, die er geschaffen hat, sind all ihre Zähne sichtbar, selbst die Backenzähne mit den Goldplomben ganz hinten. Ein Schwall von Blut strömt warm über seine Hand.

Damit sie endlich aufhört, diese schrecklichen Laute zu machen, drückt er mit seinem ganzen Gewicht zu und zerquetscht ihre Luftröhre, bis die Augen hervorquellen.

Dann nimmt er seinen Mut zusammen und faßt in diese düstere Höhlung, packt ihre Zunge zwischen Daumen und Zeigefinger, zieht ...

Jemand ist hinter ihm!

Philip dreht sich um. Zwei farbige Jungen kommen auf ihn zu. Noch haben sie ihn nicht erblickt, aber er zischt fauchend wie ein aufgestörtes Raubtier: »Verpißt euch!«

Die beiden Teenager sehen den Mann über einem Frauenkörper in scheinbar eindeutiger Aktion und lachen.

»Verpißt euch!«

Lachend schlendern sie davon und lassen das Ungeheuer seine Tat vollenden.

Aber zehn Minuten später erwarten die beiden Jungen ihn am Eingang der Gasse. Der eine hat ein kurzes Stück Rohr in der Hand, der andere einen Holzkeil – Sachen, die sie aus dem Müll gefischt haben, denn geplant war das Ganze nicht. Dieser weiße Kerl ist nur eine günstige Gelegenheit, die ihnen über den Weg läuft.

Aus der Dunkelheit der Gasse heraus tönt plötzlich seine Stimme. »Kommt schon, Kinder. Zeigt mir, was ihr da habt.« Er tritt ins Licht. Lässig hält er das kleine Messer in der rechten Hand, winkt und flüstert unheimlich. »Kommt nur, Kinder.«

Es ist nicht die Waffe, die sie erschreckt, nicht seine herausfordernde Gelassenheit oder die deutliche Bereitschaft zu kämpfen; allein sein Anblick genügt, daß sie davonrennen. Mit dem ganzen Blut auf der Jacke und im Gesicht wirkt er wie ein Vampir, der aus einem Schlachthaus tritt und sich nach seinem letzten Opfer noch nicht den Mund abgewischt hat.

Er ruft ihnen ein wüstes Schimpfwort hinterher und hinkt zu seinem Wagen, satt und befriedigt.

Vom Boden hebt er einen alten Lappen auf, um sein Bein zu bandagieren, aber der Schnitt über der Brust schmerzt viel schlimmer. Fest preßt er einen Unterarm dagegen und lenkt mit einer Hand.

Doppelt so lange wie normalerweise, dauert die Fahrt, bis er schließlich zum Motel zurückgefunden hat, so oft ist er falsch abgebogen. Er sitzt in seinem Wagen. Die Wunden brennen jetzt noch stärker, als sie abzutrocknen beginnen. Er kann sich kaum bewegen, aber er weiß, daß er in sein Zimmer muß, ehe ihn jemand derart blutbeschmiert sieht.

Einmal in seinem Leben hat er Glück und schafft es, ohne einem Menschen zu begegnen. Er sitzt auf dem Bett, drückt ein Kissen gegen seine Brust und schluckt ein paar Tabletten, die er in seiner Tasche findet, Pillen aus Jonathans Haus. Er versucht zu denken.

Wenn sie die Wahrheit gesagt hat und Jonathan wirklich tot ist, dann war das der letzte von ihnen: Nancy, die verrückte Frau und jetzt Jonathan. Alle weg, alle lassen ihn allein. Er sitzt da und weiß, daß er so lange nicht schlafen wird, bis er bekommen hat, was ihm gehört.

Vielleicht springt drüben in diesem Zimmer wieder das kleine Mädchen auf dem Bett herum. Er würde sich besser fühlen, wenn er ihr dabei zuschauen könnte, ganz bestimmt. Er versucht aufzustehen, aber es geht nicht, es tut viel zu weh.

10

Unterwegs zu Mary zerbrach ich mir den Kopf, wie ich es bloß sagen sollte. Ich wußte, Alfred würde es falsch verstehen und wäre beleidigt. Außerdem würde ich sowieso gleich wieder einen Rückzieher machen und behaupten, ich hätte es eigentlich ganz anders gemeint. Obwohl ich das alles wußte, fing ich schließlich an zu reden.

»Du hältst dich am besten etwas zurück bei Mrs. Gaetan, Alfred.«

»Wieso?« fragte er fröhlich.

»Dein Hinterwäldlercharme wird bei ihr nicht wirken, glaub mir. Sie ist eine Frau, mit der man sehr behutsam umgehen muß.«

Er zog eine Grimasse, aber ich konnte nicht den Mund halten. »Bei ihr braucht man ein gewisses ... ein gewisses Feingefühl, *Stil*, verstehst du. Das gilt natürlich für uns beide, ich rede nicht nur von dir.«

Er drehte seinen runden Kopf langsam in meine Richtung, bedachte mich mit einem grimmigen Blick und wandte seine Aufmerksamkeit wieder auf die Straße.

»Ich sage ja nur ...«

»Ja, ich weiß schon.«

»Ich meinte damit nicht ...«

»Ich werde mich bemühen, nicht in ihrer Gegenwart zu furzen.«

»Ach, komm schon.«

»Das Reden überlasse ich völlig dem eleganten, stilvollen Teddy Camel mit seinem grandiosen Feingefühl.«

»Ich wußte, daß du es in den falschen Hals kriegst. Es soll bloß heißen, daß wir beide, du genauso wie ich, manchmal ein wenig ungehobelt sind.« Ich hoffte, Alfred wußte die Untertreibung zu schätzen.

Aber jetzt spielte er den Beleidigten. »Keine Sorge, *Partner*, ich bringe dich schon nicht in Verlegenheit.«

»Darum geht es doch nicht, ich überlege nur, was am besten ...«

»Sicher, sicher. In Wirklichkeit willst du dich liebend gern mit ihr allein treffen, damit ihr beiden bei einem Gläschen edlen Brandy dasitzen und bedeutungsvolle Blicke austauschen könnt. Du hast schon immer diesen Komplex gehabt gegenüber Leuten aus den besseren Kreisen und eine Heidenangst, ich würde alles verderben, indem ich womöglich schweinische Witze erzähle.«

»Kennst du einen neuen?«

»Leck mich, Teddy.«

»Ebenfalls, Alfred.«

Wir fuhren den Rest der Strecke in verbissenem Schweigen.

Das stattliche Haus mit weißen Säulen entlang der Vorderseite lag ein gutes Stück von der Straße entfernt auf einem Grundstück mit großzügig verteilten Gehölzgruppen. Es wirkte nicht, als habe Jonathan mit seinem Wohlstand protzen wollen, sondern fügte sich zwanglos in die Umgebung, die eher ländlich als vorstädtisch wirkte. Das Refugium eines Gentlemans.

Alfred bog in die Auffahrt ein. Ich stieg aus, er blieb hinter dem Lenkrad sitzen.

»Was ist?«

»Ich warte hier.«

Mein Lachen machte die Sache nicht besser, aber immerhin war dieser Mann zweiundvierzig Jahre alt, der dort im Wagen saß und genauso schmollte wie meine Tochter mit zwölf, als sie gerade lernte, sich Launen anzugewöhnen.

»Komm schon«, drängte ich.

»Nein, geh du allein. Ich bin ganz zufrieden so, wirklich.«

Ich sagte, er benehme sich wie eine zickige Ehefrau, aber er verzog keine Miene. »Wenn du nicht mitkommst, erzähle ich Mary, daß mein Partner ein bißchen schüchtern ist und bitte sie, ob sie nicht mal zu dir gehen will, um dir deine Schüchternheit auszureden. Wäre dir das lieber, ja? Und du weißt, daß ich es mache, Alfred, das weißt du.«

»Arschloch«, murmelte er, stieg aus und folgte mir zur Eingangstür.

Sie öffnete nur einen Spalt breit und spähte mit großen Augen wie ein verängstigtes Waisenkind hinaus.

»Es tut mir leid, daß wir hier unangemeldet erscheinen«, sagte ich.

Mary trug ein schlichtes weißes Kleid mit einer roten Schärpe um die Taille im Stil einer spanischen Senorita, Augen und Nase waren vom Weinen gerötet, sie war ungeschminkt, und in der Hand hielt sie ein kleines, zusammengeknülltes Taschentuch. Sie biß sich auf die Unterlippe, und ich dachte, daß ich mir sorgfältiger hätte überlegen sollen, was ich sagen wollte.

Nachdem ich Alfred vorgestellt hatte, setzte er ein schiefes Grinsen auf und streckte seine große Pfote aus. »Nett, Sie kennenzulernen, Mrs. Gaetan.«

Ich fragte, ob wir für einen Moment hereinkommen könnten, und etwas ›plaudern‹, ganz inoffiziell, rein privat und so weiter.

Sie dachte kurz nach, nickte dann und drehte sich um. Wir folgten ihr durch den langen Korridor. Der Hauch eines süßen, irgendwie vertrauten Dufts umgab sie, als sie uns in ein großes Wohnzimmer führte, wo wir genau wie eben an der Eingangstür, in unbehaglichem Schweigen herumstanden.

Da Alfred mir wahrscheinlich immer noch grollte, entschied ich, es wiedergutzumachen und ihm ein Stichwort zu liefern. »Wissen Sie, Mrs. Gaetan, bei uns im Revier ist dieser Gentleman als Alfred *Allmächtig* bekannt.«

Sie betupfte ihre Nase mit dem Taschentuch. »Wieso das?«

Er schüttelte nur den Kopf.

Ich versuchte es ein zweites Mal. »Eine ziemlich irre Geschichte, wie er seinen Namen bekam.«

»Wirklich?«

»Oh, Theodore«, erwiderte Alfred mit betont verschämter Stimme, »ich glaube nicht, daß Mrs. Gaetan an solchen Histörchen interessiert ist.«

Ich murmelte nur etwas Unverständliches.

»Sie müssen es mir erzählen, Alfred Allmächtig.« Es lag mehr Höflichkeit als echtes Interesse in ihrem Ton.

»Ich bezweifle, daß Sie es amüsant finden werden, Gnädigste.«

Mary meinte, sie könne etwas Aufheiterung wahrhaftig gebrauchen.

Mir zog sich der Magen zusammen, als Alfred grinsend den Kopf zurücklegte, mit beiden Händen seinen Bierbauch patschte und anfang, den einfältigen Dorftrottel herauszukehren. »Na ja, war'n richtiger Bengel damals in Possum Holler, da unten im Süden von West Virginia. Sie wissen schon, Gnädigste, und meine gute Mama hab' ich arg gepiesackt …«

Meine gute Mama!

»… hat ziemlich was mitgemacht mit mir, und wenn ich mir wieder mal was geleistet hatte, kam sie immer aus unserer alten Hütte raus …«

Alte Hütte? Er war wirklich schamlos.

»… und hat dann gebrüllt: Alfred, Allmächtiger, du bist noch mein Tod! So war's auch, als ich ihre Gänse aufgefädelt hatte.«

»Was haben Sie mit den Gänsen gemacht?« fragte Mary.

»Aufgefädelt, Gnädigste. Wissen Sie, hab' damals immer ran gemußt und Mamas Gänse auf die Weide treiben. Klar sind die Viecher mordsmäßig doof, aber die Disteln kurzhalten, das können sie. Gänse hüten is' nicht leicht, ehrlich, und da fiel mir was ein. Ich weiß nicht, ob Sie sich mit Gänsen auskennen, Gnädigste …«

»Nennen Sie mich Mary, bitte. Meine Erfahrungen mit Gänsen sind beschränkt.«

Alfred brüllte, als habe sie einen umwerfend komischen Witz gemacht, und Mary lächelte, während ich mich fragte, was ich da bloß angerichtet hatte.

»Na ja«, fuhr er fort, »wenn du 'ner Gans 'n Stück fetten Schweinespeck gibst, rutscht es direkt durch, Sie verstehen schon, was ich meine, Mary? Ehrlich wahr, du gibst denen dieses Speckstück und kannst zusehen, wie's gleich wieder rauskommt.«

»Außergewöhnlich«, sagte sie.

»Na, da hab' ich mir 'ne ordentlich lange Kordel an diesen

Speck gebunden und's dem ersten alten Ganser gefüttert. Und siehe da, im Nu war's wieder draußen. Ich hab' die Schnur ganz durchgezogen, bis gerade noch so'n halber Meter aus seinem Schnabel hing, der Rest war ja beim Hinterausgang wieder raus, wenn Sie verstehen.«

»Ich fürchte schon.«

»Jetzt geb ich's der nächsten Gans zu fressen, und wieder ging's so, und ich hab' immer weiter gemacht, gezogen und gefüttert, gezogen und gefüttert, bis die ganze Gänseherde aufgereiht war wie 'ne gefiederte Bimmelbahn. Hinter die letzte Gans habe ich dann ein Hölzchen gebunden, daß die Schnur nicht' durchrutscht. Bei der ersten greif ich mir das Stück, das aus dem Schnabel hängt, und was soll ich sagen – das Viehzeug watschelt brav, wohin ich will. Klar, als meine Mama das gesehen hat, ging's wieder los: ›Alfred, Allmächtiger, meine armen Gänse, meine armen Gänse!‹ Ja jedenfalls, so ging das dauernd mit mir, daß die Leute sich ganz von selbst angewöhnten, mich *Alfred Allmächtig* zu nennen.«

Mary und ich lächelten, auch wenn es bei mir reichlich gezwungen war. »Alfred, ich glaube, diese Geschichte hast du aus einem Buch über Errol Flynn geklaut, das ich dir geborgt hatte.«

Er grinste nur lässig.

»Egal, wo er es her hat«, sagte Mary, »das war im Moment genau das richtige für mich.«

Mit höchst selbstzufriedener Miene kratzte dieses Dreckstück sich doch tatsächlich hastig und verstohlen am Sack.

Mary schlug vor, einen Drink zu nehmen.

»Wir wollen Ihnen wirklich nicht die Zeit stehlen«, heuchelte ich. »Nochmals Entschuldigung, daß wir hier so unangemeldet aufgetaucht sind, aber ich wollte Ihnen sagen, wie leid es mir tut, daß ich gestern während der Unterredung so aggressiv war.«

Sie ging nicht darauf ein und wandte sich an Alfred. »Für Sie auch nichts?«

»Na ja, ein Schlückchen in Ehren«, säuselte er, »warum nicht? Ehe ich mich dreschen lasse.«

Kopfschüttelnd ging sie zu einer Bar in der Ecke des Zimmers und fragte, ob er Rum mit Tonic möchte.

»Klingt göttlich!«

»Ich muß etwas Eis holen.« Sie nahm einen Silberkübel und verließ den Raum durch eine Seitentür.

Ich saß auf der Couch dem Kamin gegenüber und trommelte mit den Fingern auf der Armlehne; Alfred saß am anderen Ende und pfiff tonlos vor sich hin. Eigentlich wollte ich den Mund halten, aber ich konnte nicht anders. »Ehe ich mich dreschen lasse – Gott!«

Er schaute mit einem Grinsen zu mir herüber, das irgendwo zwischen Ekel und Entzücken angesiedelt war.

Kurz bevor Mary zurückkehrte, meinte er, daß ihr Mund ihn sehr an den von Elvis Presley erinnere.

Während Alfred und Mary bei ihren Drinks plauderten, fiel mir wieder dieser Duft an ihr auf und erinnerte mich an die Zeit, als meine Tochter anfing, Parfüm zu benutzen. Ich kam eines Tages in Margarets Zimmer, und ihre kleine Kommode war übersät mit zahllosen dieser unglaublich winzigen Fläschchen. Ein paar der Namen waren mir noch im Gedächtnis, Tatiana, Stephanotis, Flirissa, und ich fragte mich, ob sie wohl eher diese Namen und die kleinen Fläschchen faszinierten als die Düfte. Wann war sie bloß in dieses Alter gekommen, daß sie Parfüm benutzte? Wie hatte ich das verpassen können? Eben noch war es Babypuder gewesen und jetzt Paris Twilight. »Wie gefällt es dir, Daddy, es heißt Paris Twilight.« Ich meinte nur, sie habe sich anscheinend darin gewälzt und belehrte sie, daß ein Duft lediglich ganz subtil sein dürfe. Dabei hätte ich sie mit einem bewundernden »O lala« fest in die Arme nehmen sollen, selbst wenn mir vor lauter Paris Twilight schlecht geworden wäre. Aber das sind die Fehler, die man aus purer Gleichgültigkeit macht.

Mary schien nervös und bemühte sich, ein Gespräch mit Alfred in Gang zu halten, obwohl ihre Gedanken sichtlich woanders waren. Sie beklagte sich über die Unhöflichkeit von Reportern, die sie zu interviewen versucht hatten, und über die haarsträubende Dummheit einiger Männer, die seit

Jonathans Tod ständig anriefen, angebliche Freunde, die wissen wollten, ob es irgendwas im Haus gebe, um das sich ein Mann kümmern müsse. »Wie bei einer armen Witwe, die sich keinen Klempner leisten kann«, sagte sie ruhig und warf mir verstohlene Blicke zu. Offenbar wunderte sie sich, warum ich nichts sagte. Alfred erzählte ihr, daß er kürzlich ein faszinierendes Buch über einen Klempner gelesen habe, aber ich hörte nicht mehr zu.

Statt dessen geriet ich ins Grübeln. Wenn ich damals wirklich herausgefunden hätte, wer meine Tochter mit sechzehn geschwängert hatte oder wer es mit meiner Frau trieb, wenn ich nach Florida gefahren wäre und diese Dreckskerle in einem Wutanfall getötet hätte – dann wäre ich mittlerweile wieder aus dem Gefängnis raus. Innerhalb der Familie hat man allerdings seine Strafe nicht so schnell abgebüßt. Fast achtzehn Jahre hatte mich meine Tochter nun aus ihrem Leben und dem ihres Sohns verbannt. Die Gesichter meiner Frau und meiner Tochter konnte ich mir schon lange nicht mehr vorstellen, und ich habe keine Ahnung, wie mein Enkel aussieht, der mittlerweile fast erwachsen ist. Ich hätte bereits vor Jahren nach Florida fahren und ihm sagen sollen, wer ich war.

Früher schrieb ich dauernd und bat um ein Foto von ihm, aber meine Tochter schickte mir nicht mal einen Schnappschuß. Das Interesse an meiner Familie kam zu spät, und Margaret erwies sich als genauso stur wie ich es gewesen war. Ich habe ein paarmal mit meiner Ex-Frau telefoniert und erfahren, daß sie alle glücklich seien. *Glücklich*, sagte sie und spricht das Wort betont sorgfältig aus, als gehöre es am Ende immer noch nicht zu meinem Vokabular. Ich habe nie gefragt, was sie dem Kind über mich erzählt haben. Ob er weiß, daß ich überhaupt existiere und hier als Detective arbeite?

»Teddy?«

Alfreds Stimme riß mich in die Wirklichkeit zurück.

»Ich habe Mary gerade versichert, daß sie sich keine Sorgen wegen dir machen muß, denn wie du mir vorher erst erzählt hast, hattest du das letzte Mal eine Erektion, als im Januar deine Heizung streikte und du in einem kalten Apartment mit voller Blase aufgewacht bist.«

Ich bedankte mich herzlich, daß er diese Information weitergeleitet hatte, und schaute zu Mary. »In meiner Vorstellung sind Sie eher so etwas wie eine Tochter.«

Sie lehnte sich zu mir herüber und berührte mein Knie. »Das haben Sie richtig süß gesagt.«

Alfred musterte uns mit einem merkwürdigen Ausdruck auf dem Gesicht. »Falls Sie in irgendeiner Klemme stecken«, meinte ich, »könnten Alfred und ich – also, das ist jetzt nicht so offiziell und vorschriftsmäßig, aber ich, oder vielmehr wir könnten Ihnen ganz diskret unseren Schutz zur Verfügung stellen.«

»Was für ein außergewöhnliches Angebot von einem Polizisten.« In Alfreds Miene las ich, daß er das gleiche dachte. »Vielleicht habe ich mich nicht sehr gut ausgedrückt«, sagte ich.

Mary fragte, ob ich wirklich keinen Drink wolle.

Ich schüttelte den Kopf. »Eigentlich müßte ich mal ins Bad.« Sie begann mir den Weg zu erklären, aber ich entgegnete, ich würde es schon finden.

Ich wußte, daß es im Erdgeschoß einige Badezimmer geben mußte, aber ich stieg die große Treppe hinauf und öffnete im ersten Stock die Türen entlang des Korridors, bis ich es fand: das Bad, in dem Jonathan starb. Was wollte ich hier? Ich würde nichts finden, was die Spurensicherung übersehen hatte. Jonathan hatte garantiert nicht ausgerechnet für mich eine Botschaft an der Wand hinterlassen, um mir zu erklären, von welchen Dämonen er getrieben wurde.

Der Raum war makellos sauber. Hatten das unsere Männer bewerkstelligt, oder hatte Mary ihrer Putzfrau eine Prämie gezahlt, damit sie all das Blut vom Kachelboden aufwischte und das Porzellan der großen Wanne blankscheuerte?

Warum hast du es getan, Jonathan? Wer hat dich erpreßt? Was für ein Geheimnis hattest du, das grauenvoll genug war, um dich in eine solch unmenschliche Wut zu versetzen, daß du dich selbst abschlachten mußtest? Hast du dabei geschrien, hat Mary dich schreien gehört? Oder hat jemand anderer dieses große Messer geführt?

Ich ging zur Wanne. Darüber war ein Fenster, knapp einen Meter hoch und zwei Meter lang mit drei verschiebbaren Glasflächen. Ich sah plötzlich, wie es möglicherweise gewesen sein könnte: Jonathan sitzt in der Wanne, er schlitzt ihm Handgelenke und Kehle auf, wobei er hinter ihm steht, daß es aussieht, als seien die Verletzungen selbst zugefügt, er zerfleischt den Penis, drückt Jonathans Hand um das Messer, damit es gute Fingerabdrücke gibt, und während er um sich schlägt und überall Blut und Wasser verspritzt, klettert der Killer aus dem Fenster. Mit Hilfe eines Seils, das er mit Lappen umwickelt hatte, damit es keine Abdrücke auf dem Rahmen hinterläßt, wäre es leicht zu schaffen. Er steigt daran hinunter und löst anschließend mühelos das durch einen Laufknoten befestigte Seil. War das Fenster offen, als Jonathan gefunden wurde? Hat irgend jemand draußen nach Fußspuren gesucht? Konnte es sich so abgespielt haben, daß jemand Jonathan in der Badewanne tötet und dann aus dem Fenster flüchtete, ohne daß Mary einen Laut gehört hatte?

Nein, Morde sind nie derart kompliziert. Wie ich schon zu Land sagte, steckt dahinter entweder Geld, Sex oder eine Familienangelegenheit – und in diesem Fall war durch Jo-Jo Creeks Aussage klar, daß es um Geld ging. So etwas wie Mord in einem verschlossenen Raum gibt es nicht, und letzten Endes würde sich herausstellen, daß hinter Jonathans Tod ein ganz schlichter, offensichtlicher Grund steckte. Ich ging wieder nach unten, ohne zu pinkeln.

Sobald ich ins Wohnzimmer kam, stand Mary auf. »Irgendwelche Anhaltspunkte gefunden?«

Ich hob die Augenbrauen, als hätte ich nicht verstanden.

Sie hatte Mühe, die Tränen zu unterdrücken. »Erst erzählen Sie mir, daß Sie sich entschuldigen wollen für Ihr Benehmen gestern und reden großartig daher, Sie wollten mir helfen, mich beschützen, und gleich darauf schleichen Sie nach oben, um sich heimlich den Tatort anzuschauen.«

Ich war drauf und dran, ihr zu sagen, daß ich nur nach ei-

nem Bad gesucht habe, nach irgendeinem Bad und nicht ...
aber dann hatte ich das Lügen satt. »Entschuldigung.«

»Bitte, gehen Sie.« Sie weinte.

»Was ich vorhin sagte, Mary, daß ich Ihnen helfen ...«

»Bitte, gehen Sie.«

Alfred stand auf und signalisierte mir, daß es besser wäre,
zu verschwinden.

»Es tut mir leid«, wiederholte ich. Ein passender Spruch
für meinen Grabstein. *Es tut mir leid, es tut mir leid.*

Mary ging den Korridor entlang voraus. »Warum haben
Sie nicht vom Autotelefon aus die Polizei angerufen? Als Sie
entdeckten, daß alle Leitungen im Haus durchgeschnitten
waren, warum haben Sie da ...«

»Raus!« Sie öffnete die Eingangstür. »Mein Auto hat kein
Telefon, nur Jonathans Wagen, aber das hatte ich vergessen.
Ich war in Panik. Das einzige, was mir in den Sinn kam, war
Jonathans Anweisung, die er mir vor langer Zeit gegeben
hatte, falls ihm je etwas zustoßen sollte, müsse ich ...«

»Wie kommt es, daß Ihr Anwalt das Messer abgeholt hat?
Wir hatten es bei unserem Beweismaterial, und er ...«

»Verlassen Sie mein Haus, *bitte.*« Sie schaute zu Alfred,
der auf seine Füße starrte. »Das Messer gehörte zu Jonathans
Sammlung.«

»Sammlung?« fragte ich. »In Lands Büro haben Sie gesagt,
Sie wüßten nicht, woher er es hatte.«

»Das weiß ich auch nicht. Aber Jonathan hat Verschiede-
nes gesammelt, und wahrscheinlich stammt das Messer aus
einer seiner Sammlungen.«

»Ich verstehe, daß Sie wütend auf mich sind. Natürlich
habe ich kein Recht, hierher zu kommen und Sie mit Fragen
zu überfallen, aber es ist sehr wichtig für mich ... Mary, bitte, hören Sie mir zu. Sie müssen mir das Messer unbedingt
wiedergeben.«

»Wozu in Gottes Namen?«

»Ich ...«

»Ich habe es weggeworfen. Ich habe alles weggeworfen,
die ganze Sammlung, der Gedanke an diese Messer im Haus
hat mich krank gemacht. Ich wollte sie nicht hier haben, sie

sollten alle verschwinden, deshalb bat ich George, es von der Polizei zurückzufordern. Ist das so schwer zu begreifen?«

Ich zog eine Karte heraus und hielt sie ihr hin. »Hier steht meine Privatnummer und die vom Büro. Wenn Sie in irgendwelchen Schwierigkeiten sind oder glauben, Sie sind in Gefahr, rufen Sie mich jederzeit an, egal ob Tag oder Nacht. Alfred gibt Ihnen …«

»Ist bereits geschehen«, sagte er ruhig.

Sie weigerte sich, meine Karte zu nehmen, deshalb legte ich sie auf ein Tischchen im Korridor. »Mrs. Gaetan, ich weiß, daß in dieser Nacht noch jemand hier war bei Ihnen und Jonathan.«

Ihre grauen Augen weiteten sich vor Erstaunen.

»Wenn Sie Angst haben vor dieser Person …«

»Er hat sich selbst getötet!« rief sie. »Warum können Sie das nicht einfach so akzeptieren? Warum belästigen Sie mich ständig? Ist Ihnen nicht klar, was ich in diesen vergangenen Tagen hinter mir habe? Können Sie mich nicht in Ruhe lassen?«

Genau solche Fragen hatte mir vor achtzehn Jahren meine Tochter gestellt.

»Wer war es, Mrs. Gaetan?«

Alfred packte meinen Arm, aber ich konnte nicht aufhören, ich mußte es wissen. »Wer war es? Jemand, mit dem Jonathan Geschäfte machte – oder ein alter Freund von Ihnen?«

Wieder kam dieser erstaunte, erschrockene Blick, dann lief sie davon und rannte die Treppe hoch. Alfred zog mich nach draußen und schloß die Tür.

»Wahrhaftig, du bist mit überaus eindrucksvoller Behutsamkeit vorgegangen«, sagte Alfred im Wagen.

»Und du warst eine verdammt große Hilfe!«

»Na, mir schien nicht, als bräuchtest du meine Hilfe. Hast du prima gemacht. Kommst daher mit diesem Gesäusel, wie leid dir die rüden Fragen tun, die du ihr gestern in Lands Büro gestellt hast und machst ihr weis, du dächtest an sie wie an eine Tochter – wirklich ganz rührend. Dann schleichst du nach oben, um dir anzusehen, wo Jonathan starb, und anschließend legst du los mit diesem Messer und wer bei Ihnen gewesen sei in dieser Nacht. Herrgott, mir ist zwar klar, daß es eine bewährte Methode ist, den Zeugen oder einen Verdächtigen aus dem Gleichgewicht zu bringen, aber verdammt noch mal Teddy, vor drei Tagen ist ihr Ehemann in einer Wanne voll Blut gefunden worden, und du gehst auf sie los als sei sie eine Kindsmörderin.«

»Leck mich.«

»Hat sie gelogen?«

»Verfluchte Scheiße, jawohl! Irgend jemand *war* bei ihnen. Mit dem Messer hat sie auch gelogen!«

»Okay, okay. Und jetzt?«

»Ich werde heute nacht ihr Haus überwachen für den Fall, daß er auftaucht und sein Geld holen will.«

»Ich melde mich krank.«

»Nein«, sagte ich. »Du machst deine Schicht und löst mich dann morgen früh um sieben ab. Wir müssen dieses Haus unter ständiger Beobachtung halten, weil wir keine Ahnung haben, wann der Kerl antanzt.«

»*Falls* er kommt und wenn es da überhaupt jemanden *gibt*.«

»Gut, dann laß es bleiben.«

»Ich habe ja nur gesagt, daß wir nicht wissen, *warum* Jonathan wollte, daß dieses Geld hierher gebracht wird. Er war offensichtlich außer sich und … Okay, ich fahre jetzt herum auf die andere Seite dieses Wäldchens und setz dich dort ab. Morgen um sieben bin ich wieder da und übernehme.«

Ich nickte nur stumm.

»Und was hast du dann vor?« fragte Alfred. »Nachdem ich dich abgelöst habe? Gehst du zu Land und erzählst ihm alles?«

»Ja.«

»*Teddy*.«

»Ich mache es!«

Er fuhr mich zu einem Platz, von dem aus ich ungesehen

in das Waldstück gegenüber Marys Haus kommen konnte. Ich bat ihn, mir etwas Kaffee und ein paar Sandwichs zu bringen.

»Was willst du tun, wenn tatsächlich irgendein Erpresser auftaucht, und du bist ganz allein hier?«

»Du kannst mir auch ein Funkgerät mitbringen. Wenn ich Hilfe brauche, melde ich mich.«

»Wir sollten das nicht auf eigene Faust machen.«

Ich zuckte die Schultern.

»Weißt du, trotz unseres kleinen Gesprächs auf dem Weg hierher, daß ich mich anständig benehmen soll – ich glaube, ich habe sie direkt bezaubert.«

»Ja, du warst der reinste beschissene Fred Astaire.«

11

Früher, als Alfred und ich so erfolgreich zusammenarbeiteten, glaubten manche, wir seien ein Gespann wie George und Lenny in dem Theaterstück ›Von Mäusen und Menschen‹, wobei ich die Rolle des gewitzten Kleinen spielte und Alfred den gutmütigen Blöden, der bei Bedarf gewalttätig wurde. Das stimmte allerdings nur, was unsere Größenverhältnisse anging. Ich war immer der aufbrausendere und gefährlichere. Er sah seine Arbeit eher als einen sportlichen Wettkampf. Natürlich wollte er gewinnen, aber er empfand keinen persönlichen Haß auf die Gegner. Siegen – ja, aber nach dem Spiel war Alfred stets zu einem freundlichen Händedruck bereit. Er wurde erst anders, nachdem unsere Partnerschaft in die Brüche ging, da er sich von mir verraten fühlte, gelangweilt war von seinen neuen Aufgaben und den neuen Partnern; außerdem litt er darunter, daß seine zweite und dritte Ehe gescheitert waren. Doch jetzt war er zu Verstand gekommen.

Im Wald gegenüber von Mary Gaetans Haus klappte ich eines der Sandwichs auf, die er mir gebracht hatte. Es war mit einem Stück undefinierbaren Fleisch belegt, das ruhig noch etwas in die Mikrowelle gehört hätte. Der Kaffee war lauwarm und dünn. Bei Mary brannte noch Licht.

Die schwersten Fälle, die man sich vorstellen kann, sind solche, bei denen jemand getötet worden ist und der Täter behauptet, es sei ein Unfall gewesen. »Ich wollte sie nicht erschießen. Ich habe nur mein Gewehr gesäubert, und da ging es einfach los.«

Manchmal entdeckt man ein handfestes Mordmotiv, und manchmal helfen die Ergebnisse der Spurensicherung bei der Lösung, aber oft weiß nur der Täter selbst, ob es ein Unfall war oder nicht. Es ist ein Geheimnis, das ihm allein gehört. Und wenn er keinen Lügendetektortest machen will oder die Ergebnisse nicht überzeugend sind, was dann? Einmal wurden Alfred und ich zu einem sechzehnjährigen Jungen gerufen, der seinen Vater im Hof überfahren hatte und behauptete, es sei ein Unfall gewesen, sein Fuß sei von der Bremse abgerutscht, auf dem Gaspedal gelandet, und es täte ihm furchtbar leid, aber so sei es nun mal gewesen.

Gottverdammt Junge, wag es bloß nicht, mich anzulügen – in diesem Stil ging ich auf ihn los. Ich bearbeitete ihn ganz genauso wie ich es mit Mary in Captain Lands Büro gemacht hatte oder damals mit meiner Frau und Margaret. *Lüg mich nicht an!* Eigentlich war es ja gar nicht mal mein Fall, und genutzt hatte es praktisch nur meinem Ruf, daß niemand mich anlügen kann.

Der Bursche brach schließlich zusammen und gestand, daß es vielleicht nicht *so ganz* ohne Absicht passiert sei. Der Alte hatte ihm an diesem Abend nicht das Auto geben wollen, und er wußte, daß sein Vater doch irgendwo stand, aber er habe ihn nicht töten wollen, nicht wirklich. Trotzdem ließ er seinen Fuß mehr oder weniger hinüberrutschen zum Gaspedal, weil er einfach stinksauer war. Ich brachte die Wahrheit aus ihm heraus. Und er wurde verurteilt wegen fahrlässiger Tötung.

Ich weiß noch, wie die Kollegen mir nach dem Verhör auf die Schulter klopften. Was war ich für ein Mann, daß ich stolz darauf war, einem sechzehnjährigen Jungen das Geständnis abzuringen, daß er seinen alten Herrn getötet hatte? Wenn ich nicht gewesen wäre, hätte dieses Kind sich im Lauf der Zeit allmählich einreden können, es sei wirklich ein Unfall gewesen. Er hätte lernen können, damit zu leben. Aber ich brachte ans Licht, was in diesem Sekundenbruchteil in ihm vorgegangen war, als sein Fuß von der Bremse aufs Gaspedal glitt. Ich legte dieses kurze, mörderische Geheimnis offen und schickte ihn deswegen ins Gefängnis – wofür ich wieder mal eine Belobigung kassierte.

Ich trank noch einen Schluck von dem miserablen Kaffee und schaute gespannt auf, als ein Wagen in verlangsamter Fahrt an Marys Haus vorbeifuhr. Er hielt allerdings nicht, und nach einem zweiten Sandwich war mir nicht zumute.

Ich dachte daran, wie die Kollegen aus Fairfax County mich riefen, um mit einer jungen Frau zu reden; sechsundzwanzig Jahre war sie alt, hatte drei Kinder in drei Jahren bekommen und das letzte erst nach der Scheidung von ihrem Ehemann. Das Baby ist in der Badewanne ertrunken, behauptete sie. Sie sei bloß schnell ans Telefon gelaufen und nicht mal eine halbe Minute weggewesen, aber das Baby sei wahrscheinlich ausgerutscht oder so, denn ...

Es gab so viele Menschen, deren Leben ich beeinflußt hatte, und die Erinnerungen daran bereiteten mir kein gutes Gefühl. Mary Gaetan schaltete das Licht aus, und ich verbrachte eine lange Nacht im Wald gegenüber ihrem Haus.

12

Er ist verrückt geworden, wahrhaftig verrückt.

Gelegentliche Anfälle sind ihm nichts Neues – als er diese Tramperin aufhackte, zum Beispiel. Er war total außer sich vor lauter Erregung, Jonathan nach so vielen Jahren zu sehen. Weil sie ihn ausgelacht hatte und sie die erste Frau war, mit der er seit acht Jahren zusammen gewesen war ... Aber diese Raserei war nur eine flüchtige Episode gewesen, aus der er wieder aufgetaucht war in die Normalität. In der nächsten Nacht hatte er mühelos seine Vorstellung – und zwar brillant, wie er fand – bei Jonathan liefern können. Diesmal scheint ihm jedoch der Rückweg versperrt. Er ist verloren, schlicht wahnsinnig.

Der Schmerz wühlt wie ein lebendiges Wesen in seinem Körper, in der Stichwunde in seinem Schenkel, dem entzündeten Schnitt über seiner Brust, und besonders grauenvoll foltert er mit gellenden Schreien seinen Kopf.

Er hat sämtliche Pillen genommen, die er fand, bis er schließlich aufstehen und zu den Schiebetüren torkeln konnte, um hinüberzuschauen zu dem dunklen Fenster, wo diese glückliche Familie wohnt. Dort schlafen alle friedlich; sicher lächeln sie sogar dabei, und das kleine Mädchen liegt zusammengekuschelt im gleichen Bett wie ihr Bruder. Er überlegt, ob es wohl im Schlaf auf ihn wartet.

Philip steht auf dem Balkon und konzentriert seine ganze Willenskraft auf sie, um sie zu zwingen, im Schlaf aus dem Bett aufzustehen, ihre Familie zu verlassen und zu ihm zu kommen, in sein Zimmer, in seine Arme, um ihm Gesellschaft zu leisten in diesem Wahnsinn, der ihn erfaßt hat. Schon oft hat er diesen Trick versucht, es hat nie funktioniert.

Schließlich kehrt er zum Bett zurück und weiß, daß er nicht schlafen wird, heute nacht nicht. Vielleicht schläft er nie wieder. Er betrachtet das Zimmer, das voller Blutflecke ist und fragt sich, wie er nur an sein Geld kommt. Freitag ist ausgeschlossen, wenigstens so viel ist ihm klar in seinem wirren Kopf. Das geht auf keinen Fall. Die Sache mit dieser Hure heute abend wird die Polizei mit der Tramperin in Verbindung bringen, und damit ist die Zeit ein weiterer Feind geworden, gegen den er kämpfen muß.

Morgen. Er muß das Geld morgen haben. Dann geht es gleich los nach Mexiko. Er kann es immer noch schaffen – vorausgesetzt sie hat sein Geld. Und wenn nicht, dann …

Er schließt die Augen und sackt langsam zusammen. NEIN! Nicht schlafen. Nein. Du wachst nie wieder auf, wenn du jetzt einschläfst.

Er hat Durst, und seine Zunge kreist in unkontrollierbaren Bewegungen über den Gaumen, es läßt sich einfach nicht abstellen. Verrückt.

Sie war verrückt. Das weiß er jetzt. Als Kind war es ihm nicht klar, aber heute weiß er es. Total übergeschnappt. Als man ihm sagte, sie sei gestorben, hat er nichts gefühlt. *Nichts.* Nicht mal Dankbarkeit dafür, daß sie ihm Jonathans Adresse gab und vorrechnete, wieviel Geld er verlangen sollte oder ihm erklärte, er könne wie ein König in Mexiko leben von hundert Dollar die Woche.

Er läßt sich aufs Bett fallen. Seine Augen brennen höllisch, und er blinzelt. Es müssen noch ein paar von diesen Pillen übrig sein, denkt er und durchsucht seine Taschen. Er findet die Polaroids, zwei Stück Seife, ein Bild, das er aus der Tasche der Hure mitgenommen hat. Seine vierzig Dollar sind auch wieder da.

Ehe er die Gasse verließ, fiel es ihm gerade noch ein. Diesmal war er nicht so vergeßlich wie bei der Tramperin. Er nahm das Geld aus der kleinen roten Handtasche der Hure und schmiß den restlichen Inhalt weg. Sie hatte selbst ein paar Scheine dabei, ordentlich gefaltet und mit einem rosa Plastikclip zusammengeheftet, die er ebenfalls einsteckte. Ein in Plastik eingeschweißtes Foto fiel ihm in die Hände. Es zeigte einen zweijährigen Jungen in einem Cowboykostüm mit Lederhosen, Fransenweste und zwei silbernen Revolvern, einem großen Westernhut und allem drum und dran.

Niedergeschlagen betrachtet er das Bild und denkt, daß sogar das Kind einer Hure es besser hat als er es je hatte. Das ist einfach nicht fair. Aber heute abend hat er für ein bißchen ausgleichende Gerechtigkeit gesorgt. Jawohl. Philip versucht zu schluchzen, doch es fehlt ihm die Kraft dazu.

Ihren Mund konnte er nicht anmalen, weil sie keinen mehr hatte, deshalb zog er mit dem Lippenstift nur Linien rund um ihre Augen, Linien, die wie Strahlen zu Stirn und Schläfen liefen und hinunter zu der Höhlung, wo ihr Mund gewesen war.

Auf dem Boden des Motelzimmers liegt neben der abgetrennten Hand die messingblonde Perücke der jungen Prostituierten. Er kann sich gar nicht erinnern, daß er sie mitgenommen hat. Woran erinnert er sich überhaupt? Das er rote Sonnenstrahlen um ihre Augen malte, daran erinnert er sich. »Jetzt hast du Sonnenaugen«, sagte Nancy immer, wenn sie sein Gesicht bemalt hatte und hielt ihm einen kleinen runden Spiegel hin, damit er sich anschauen konnte.

Und er erinnert sich auch an diesen plötzlichen Drang zu beißen. Er hieb seine Zähne in ihren Hals, und je fester er biß, desto überwältigender wurde der Drang.

In der Tasche steckt noch was. Laut schluchzend mustert er das Ding in seiner Hand. Hat er das wirklich getan? Natürlich, er sieht ja den Beweis. Ich hatte sie gewarnt, daß ich beißen muß.

Sie sah so rosig und flink aus, als er in ihrem Mund danach angelte, so wie ein erschrecktes Tier, das sich in seiner Höhle verbirgt. Jetzt ist sie grau geworden. Er hebt sie an die Lippen und weint, als seine verfärbten Zähne wieder das Fleisch spüren; der rasende Schmerz in seinem Kopf ist so stark geworden und tobt derart, daß sein Schädel ihn nicht mehr bändigen kann. Das faserige Ding schmeckt nach Tod.

Und es löst sich auf wie eine verlorene Seele in der Ewigkeit. Dicke Tränen rinnen über seine Wange. Nirgends gibt es in diesem wahnsinnigen Grauen Halt oder Trost, und er versinkt voller Angst. Vorbei, endgültig verrückt.

13

Alfred Allmächtig erschien Punkt sieben am Donnerstagmorgen mit heißem Kaffee und frischen Brötchen. Noch während ich berichtete, es sei nichts passiert, bog Marys kleiner grauer BMW aus der Garage. »Vielleicht ist die Geldübergabe an einen anderen Ort verlegt worden«, sagte Alfred, aber ich erinnerte ihn, daß sie gar nicht stattfinden konnte, weil Mary bisher nichts von ihrem Konto abgehoben hatte.

Anschließend beklagte ich mich, daß ich zu alt sei und zu verweichlicht für eine Nacht im Wald und solchen Blödsinn; Alfred konterte mit einer noch längeren Liste von Klagen – unbezahlte Überstunden wegen dieser Heimlichkeiten, Lands Rache, wenn er entdeckte, daß wir ohne sein Wissen das Haus beobachteten, und überhaupt sei es falsch, daß wir nicht die Polizei von Maryland informierten über unseren Verdacht, was diesen Lippenstiftmord anging, ganz egal wie verrückt oder unsicher diese Spekulationen auch sein mochten.

Ich versicherte Alfred, daß ich Land alles erzählen würde, sobald ich im Revier war.

»Das rate ich dir auch.«

»Ich habe doch gesagt, daß ich's mache.«

»Aber auch wirklich.«

»Warum fängst du dauernd damit an?«

»Weil du bei diesem Fall völlig unberechenbar bist, Teddy – deshalb. Einerseits willst du Mary vor Schwierigkeiten beschützen, in denen sie möglicherweise steckt, und gleichzeitig willst du sie überführen, weil sie dich angelogen hat. Ich habe kein gutes Gefühl dabei, mit jemandem zu arbeiten, der so durcheinander ist wie du.«

»Gib mir deine Wagenschlüssel.«

»Du sagst mir gleich über Funk Bescheid, sobald Land alles weiß.«

Ich nickte und streckte meine Hand aus.

»Falls du ihm nämlich bis Mittag nichts erzählt hast, rufe ich an und erzähl es ihm selbst.«

Ich stand weiter mit ausgestreckter Hand da.

Er gab mir die Schlüssel, und ich ging. In meinem Apartment nahm ich erst mal eine Dusche. Als ich das Wasser abstellte, läutete das Telefon, und ich rannte los, ohne mich abzutrocknen oder auch nur nach einem Handtuch zu greifen.

Es war Jo-Jo Creek. »Ich habe Sie gestern abend bestimmt ein dutzendmal angerufen«, schimpfte sie, ehe ich überhaupt zu Wort kam. »Haben Sie keinen Anrufbeantworter?«

»Ja, aber ich schalte ihn nicht ein.«

»Das ist gescheit.«

»Es hat so etwas Deprimierendes, wenn man die ganze Nacht weg war und genau weiß, daß kein einziger Mensch angerufen hat, weil keine Nachrichten auf dem Gerät sind. Es ist besser sich vorzustellen, daß …«

»Ich habe Neuigkeiten für Sie.«

Fröstelnd schaute ich mich um, ob etwas in Reichweite war, womit ich mich einigermaßen abtrocknen konnte.

»Teddy?«

»Ja?«

»Jonathan wird heute beerdigt.«

»Ich weiß.«

»Das ist auch nicht die Neuigkeit. Aber Mary war gerade bei mir. Ich habe sie noch nie so aufgeregt gesehen. Ehrlich, diese Frau ist ein Muster an Selbstbeherrschung, glauben Sie mir, aber heute morgen war sie völlig durcheinander, und ich denke, das liegt nicht nur an der Beerdigung. Ich soll nach dem Begräbnis mit zu ihr nach Hause kommen. Nur ich. Sie sagte, sie müsse mit mir reden, ganz privat, es sei sehr wichtig.«

»Werden Sie es tun?«

»Natürlich.«

»Was meinen Sie, worum es geht?«

»Das Geld.«

»Wieso?«

Jo-Jo schnaubte. »Wie ich schon sagte, hatte ich gestern bei

Geschäftsschluß die Bank angerufen, und es war noch nichts abgehoben worden.«

»Richtig.«

»Gegen fünf rief mich eine Bekannte aus der Bank zurück – deshalb habe ich übrigens den ganzen Abend versucht, Sie zu erreichen – und sagte, das Geld sei zwar nicht abgehoben worden, Mary habe sich allerdings telefonisch nach ihrem Kontostand erkundigt. Dabei hat man ihr mitgeteilt, daß im Lauf der letzten beiden Tage fast hundertfünfzigtausend Dollar überwiesen worden seien. Sie war offensichtlich völlig überrascht, und als sie fragte, wer das veranlaßt habe, hat man ihr gesagt, ich sei es gewesen.«

»Demnach will Mary jetzt herausfinden, wieviel Sie wissen.«

»Ja.«

»Aber sie hat Sie heute morgen nicht danach gefragt?«

»Nein. Sie wird sich keine Blöße geben und warten, bis Jonathan beerdigt ist.«

Ich versuchte zu überlegen, was das alles zu bedeuten hatte. Gleichzeitig kam ich mir ungeheuer lächerlich vor, so splitternackt und zitternd dazustehen.

»Und nun kommt die Bombe, Teddy.«

»Da ist noch was?«

»Jawohl! Mary entdeckte also, daß das Geld auf ihrem Konto liegt, aber die Bank war bereits geschlossen, und hundertfünfzigtausend Dollar lassen sich ja schlecht aus dem Geldautomaten nehmen. Deshalb ließ sie den Direktor ans Telefon holen und vereinbarte, daß ihr genau einhundertfünfundvierzigtausendsechshundert Dollar in Zwanzigern, Fünfzigern und Hundertern nach Hause geliefert werden. Klingt bekannt, was?«

»Also gibt es *doch* eine Übergabe.«

»Meine Bekannte hätte mir das natürlich gar nicht sagen dürfen, aber wir kennen uns seit Jahren, und sie teilt meine Ansicht über Mary. Jedenfalls hat sie mir weiter erzählt, daß der Direktor außer sich vor Schreck war über die Verantwortung für eine solche Lieferung an Bargeld, aber die Bank macht bedeutende Geschäfte mit der Gaetan-Company, deshalb stimmte er schließlich zu. Es wird Mary am Freitagmorgen um zehn gebracht.«

Ich sagte Jo-Jo, wir würden da sein, um die Übergabe zu verhindern.

»Glauben Sie nicht, daß ich ein prima Detektiv wäre.«

»Schon, aber Sie lassen sich besser irgendeine Entschuldigung einfallen, warum Sie heute nach der Beerdigung nicht mit zu Mary gehen können.«

»Warum?«

»Sie darf nicht erfahren, woher wir von der Geldgeschichte wissen und …«

»Glauben Sie etwa, ich sei so dumm und erzähle ihr, daß ich bei der Polizei war?«

»Nein, aber …«

»Nur wenn ich mich heute *nicht* mit ihr treffe, wird sie mißtrauisch, vielleicht sogar so mißtrauisch, daß sie die Übergabe abbläst.«

Das klang logisch. »Was werden Sie ihr sagen wegen …«

»Ich erzähle einfach, daß Jonathan mich am Montagmorgen angerufen und gebeten hat, dieses Geld auf seinem Konto zu deponieren, und außerdem sollte ich es niemandem gegenüber erwähnen. Ich werde sagen, daß er mir keinen Grund dafür genannt hat, daß es mich auch nichts anginge und ich niemandem davon erzählt habe. Immerhin habe ich es nicht mal *ihr* gegenüber erwähnt. Sie weiß, wie sehr Jonathan Diskretion schätzte. Wenn sie erst mal sicher ist, daß ich ansonsten völlig ahnungslos und nur die pflichtbewußte kleine Sekretärin bin, die tut, was ihr der Chef befiehlt, wird Mary morgen die Übergabe steigen lassen, und Sie können herausfinden, wem sie es gibt und warum. Vor allem, wie es dazu kam, daß Jonathan umgebracht wurde.«

»Ich weiß nicht, Jo-Jo. Die Sache könnte …«

»Mir kann überhaupt nichts passieren, falls es *das* ist, worum Sie sich Sorgen machen. Wer immer dieses Geld bekommt, wird nicht vor morgen um zehn auftauchen. Außer uns beiden wird niemand im Haus sein. Ich kann mit ihr umgehen, glauben Sie mir. Marys Methode ist mir nur zu gut bekannt, die süße Unschuld spielen, die einen großen starken Mann braucht, der ihr hilft. Genau das hat sie mit Jonathan veranstaltet und vermutlich auch bei Ihnen probiert. Auf mich hat das allerdings keine Wirkung.«

»Jemand wird das Haus beobachten, wenn Sie heute nachmittag bei ihr sind. Ich denke, wir versehen Sie mit einem Mikro, dann können wir nämlich, falls es doch etwas heikel wird …«

»Hereinstürzen und mich retten?«

»So ungefähr.«

»Haben Sie bereits ihre Vergangenheit überprüft?«

»Noch nicht.«

Jo-Jo schnaubte. Ich wollte etwas sagen, aber sie ließ mich nicht zu Wort kommen. »Ich garantiere Ihnen, Teddy, daß eine gründliche Durchleuchtung der kleinen Miß Mary sicher Interessantes zum Vorschein bringen wird. Ich habe damals ihre Zeugnisse überprüft, als sie sich um diesen Job bei uns bewarb. Nach der Highschool ging sie kurz auf ein College und dann sechs Monate auf eine Sekretärinnenschule. Mit zwanzig tauchte sie hier auf und heiratete mit einundzwanzig Jonathan. Nach meinem Geschmack lief das alles ein wenig zu glatt.«

»Viele junge Frauen verlassen das College und arbeiten danach als Sekretärinnen.«

»Jonathan war *sechsundvierzig*, als er sie heiratete.«

»Das ist auch kein Verbrechen, Jo-Jo.«

»Wenn es nach mir gegangen wäre, hätten wir sie überhaupt gar nicht erst eingestellt.«

»Nun, das war vor langer Zeit …«

»Überprüfen Sie sie, Teddy.«

»Das mache ich, sobald ich zur Arbeit komme. Ich muß jetzt auch langsam los. Sie haben mich aus der Dusche geholt. Ich hatte nicht mal die Chance, mich abzutrocknen oder ein Handtuch zu greifen.«

»Sie meinen, Sie sind *nackt?*«

Ich lachte.

»Na, dann ziehen Sie sich besser an und klemmen sich hinter Ihren Job, Detective Camel.«

Ehe ich dazu kam, etwas zu entgegnen, schnaubte sie und hatte aufgelegt.

Ich ließ mir vom Revier Melvin Kelvins Privatnummer geben und rief ihn gleich an. »Ich weiß, Sie hatten letzte Nacht Dienst, und es tut mir leid, Sie so früh zu stören, aber Sie könnten mir wirklich weiterhelfen mit Ihrem Computer.«

»Kein Problem, Teddy.«

»Ich möchte, daß Sie Mary Gaetans Vergangenheit so lückenlos wie möglich überprüfen.«

»Ich *wußte*, daß Sie und Alfred etwas vorhaben.«

»Was hat er Ihnen erzählt?«

»Kein Wort.«

»Na ja, es muß alles strikt unter uns bleiben. Haben Sie irgendwelche Probleme damit?«

»Überhaupt nicht.«

»Können Sie es gleich machen?«

»Wir wollten gerade in den Zoo. Ich habe es meiner Frau und meiner kleinen Tochter versprochen.«

Ich dachte an all die Ausflüge mit *meiner* Familie, die ich im Lauf der Jahre abgeblasen hatte, weil ich Wichtigeres zu tun hatte und sagte, er solle auf alle Fälle mit seiner Familie in den Zoo gehen. »Aber wenn Sie so am frühen Nachmittag Zeit hätten, wäre ich Ihnen wirklich dankbar.«

»Sicher, Teddy. Ich hatte sowieso vor, am Computer zu arbeiten. Wir haben immer noch nicht herausgefunden, woher diese Münzen stammen. Das wird eine ganz hübsche Arbeit – zwanzig Goldmünzen, einige davon wirklich wertvoll, und trotzdem gibt es absolut nirgends einen Hinweis, daß solche Münzen irgendwo gestohlen oder verloren worden sind. Ist schon seltsam. Haben Sie den kurzen Bericht letzten Abend im Fernsehen gesehen über die ehrliche Familie aus Iowa, die das kleine Vermögen in Goldstücken abgeliefert hat?«

»Nein. Hören Sie, ich brauche alles, was Sie über Mary Gaetan rausfinden können. Wo sie gelebt hat, welche Jobs sie hatte, wo sie zur Schule ging, ob sie schon mal verheiratet war oder irgendwelche Vorstrafen hat, schlichtweg alles. Sie finden ihren Mädchennamen, die Sozialversicherungsnummer und all das in der Gaetan-Akte.«

»Sie nehmen den Fall wieder auf?«

»Machen Sie das für mich, und ich werd's Ihnen nicht vergessen, okay, Melvin Kelvin?«

»Wenn Sie Alfred dazu bringen, daß er aufhört, mich Melvin Kelvin zu nennen, sind wir schon quitt.«

»Mache ich, Mel.«

Ich legte auf und zog mich an. Eigentlich wollte ich direkt zur Arbeit, aber ein Blick auf die Uhr zeigte mir, daß es erst viertel nach acht war. Land würde nicht vor neun im Büro sein – und nachdem ich die ganze Nacht aufgewesen war, konnte ich ein kleines Nickerchen wahrhaftig gebrauchen. Ich war gerade ins Schlafzimmer gegangen, als mir einfiel, daß ich besser nochmal Jo-Jo anrief und dafür sorgte, daß sie im Revier vorbeikam, ehe sie nach der Beerdigung zu Mary ging. Aber ob sie nun mit einem versteckten Mikro einverstanden war, wenn sie sich mit Mary traf oder nicht, das war dann bereits Lands Entscheidung – nicht meine.

Jo-Jo ging nicht an den Apparat, vielleicht war *sie* jetzt unter der Dusche. Deshalb hinterließ ich eine Nachricht auf ihrem Anrufbeantworter: »Jo-Jo, hier ist Teddy Camel. Ich bin inzwischen nicht mehr nackt, aber ich wette, Sie sind's. Rufen Sie mich doch gleich zurück, okay? Wenn Sie mich hier nicht mehr erreichen, bin ich in der Dienststelle. Es ist wichtig. Bis dann.«

Ich holte den Wecker aus meinem Schlafzimmer und stellte ihn auf neun, dann streckte ich mich auf der Couch aus. Einen Schuh streifte ich noch ab, ehe ich in einen tiefen, traumlosen Schlaf fiel.

Erst nachmittags um zwei kam ich wieder zu mir. Unmöglich, dachte ich und starrte auf die Uhr. Früher konnte ich mich zu einem Nickerchen hinlegen und total erfrischt exakt nach dreißig Minuten aufwachen. Aber jetzt hatte ich fast sechs Stunden geschlafen, sogar einen Wecker überhört, vermutlich auch Jo-Jos Anruf – und dazu noch das Gefühl, als sei ich halb besoffen.

Scheiße. Möglicherweise hatte Alfred, wie angedroht, bereits Land informiert, Jonathan Gaetan war inzwischen unter der Erde und Jo-Jo jetzt gerade bei Mary. Ich stützte einen Moment lang den Kopf in die Hände. Die herkömmliche Vorstellung ist, daß ein Detective seinen Fall in den Sand setzt, weil er die falschen Spuren verfolgt, Beweise übersieht, Persönlichkeitsrechte verletzt. Und was passierte mir? Ich versaute alles, weil ich verpennte. Bemitleidenswert – dieses Wort kam mir dabei wieder in den Sinn.

Ohne mich damit aufzuhalten, eine Krawatte umzubinden oder mir die Zähne zu putzen, stürzte ich aus dem Apartment.

Ich wußte sofort, daß etwas nicht stimmte. Die Kollegen schauten mich ganz merkwürdig an, und auf mein Nicken reagierten sie mit einem dünnen Lächeln, ehe sie sich hastig irgendwelchen Beschäftigungen zuwandten.

In meiner Nische traf ich zwei Detectives, die oft mit polizeiinternen Ermittlungen beauftragt waren. Sie durchsuchten gerade meine Schreibtischschubladen.

»Was gibt es den, Officers?« fragte ich lächelnd. Es sollte ein kleiner Witz sein – so lautet nämlich der Standardsatz, den man von jedem Bürger hört, der wegen einer Verkehrsübertretung angehalten wird. Die beiden Burschen lachten allerdings nicht. Einer deutete mit dem Kinn in Richtung von Lands Büro.

Scheiße. Alfred hatte also bereits ausgeplaudert, daß wir Marys Haus überwacht und von Jo-Jo Creek neue Informationen erhalten hatten. Jetzt war ich dran. *Ich wollte Ihnen heute morgen alles erzählen, Captain, aber ich habe leider verschlafen.*

Ich klopfte an seine Tür und öffnete, ohne abzuwarten. »Harv?«

Er winkte mich wortlos herein. Nachdem ich saß, stand er auf und rief eine Gerichtsschreiberin. Ich schaute schweigend zu, wie sie ihre Apparatur aufbaute – einen Kassettenrecorder und ein Mikrofon, das wie eine Sauerstoffmaske ihren Mund bedeckte, in das sie alles wiederholen würde, was wir sagten, um es später ins Schriftliche zu übertragen. Nachdem Land die Tür geschlossen hatte, fragte ich: »Was gibt es denn, Officer?« Auch er lachte nicht.

»Sie kennen Ihre Rechte, Sergeant Camel, also brauche ich nicht ...«

»Rechte? Harv, mir ist natürlich klar, daß Sie wütend sind, aber glauben Sie nicht, daß Sie ein klein bißchen übertreiben?«

Er warf mir einen grimmigen Blick zu und diktierte der Schreiberin Zeit und Datum, meinen vollen Namen, den Rang und die Nummer meiner Dienstmarke. »Dies ist eine Voruntersuchung bezüglich der Anschuldigungen ...«

»Anschuldigungen? Sie waren gestern nachmittag nicht da, aber ich wollte Ihnen gleich heute alles erzählen. Ich bin nur ein wenig zu spät dran, ich hab' ...«

»Einen Rausch ausgeschlafen?«

»Was?«

»Ich weise darauf hin, daß Sergeant Camels äußere Erscheinung vermuten läßt, daß er nicht diensttauglich ist. Er wirkt entweder angetrunken oder ist erst kürzlich aus einem Rausch aufgewacht. Seine Kleidung ist nicht korrekt, er trägt keine Krawatte, seine Augen sind blutunterlaufen und ...«

»Um Himmels willen, Harv.« Ich hatte gewußt, daß er sauer sein würde, aber das war doch lächerlich. »Fünf Minuten, und ich erkläre Ihnen ...«

»Geben Sie Waffe und Dienstmarke ab.«

Ich lachte.

»Auf den Schreibtisch damit, und zwar *sofort*, Camel!«

Ich fügte mich und fragte, ob er sich womöglich Sorgen mache, daß ich ihn erschieße und die Schreiberin als Geisel nehme. Er verzog keine Miene, und von ihr konnte ich nur ein paar seelenlose Augen und die monotonen Bewegungen ihrer Kinnlade hinter dieser schwarzen Maske sehen.

»Am gestrigen Morgen war Jonathan Gaetans Sekretärin, Miß Jo-Jo Creek, hier bei Ihnen, ist das korrekt?«

Ich nickte. »Ja.«

»Aber Sie haben mir keinerlei Meldung darüber gemacht, obwohl ich die Untersuchung des Selbstmords von Jonathan Gaetan leite, ist das korrekt?«

»Ja, aber ... kommen Sie schon, Harv, was soll das? Wie lautet denn Ihre grandiose Beschuldigung gegen mich?«

»Während Jo-Jo Creek bei Ihnen war, haben Sie ihr gegenüber gewisse, sexuell anzügliche Bemerkungen gemacht, ist *das* korrekt?«

Ich lachte wieder. »Nein, das ist *nicht* korrekt. Woher haben Sie diesen Unsinn?«

»Sie streiten ab …«

»Und ob ich das abstreite. Ich weiß nicht, woher Sie diesen Blödsinn haben, Captain, aber garantiert nicht von Jo-Jo Creek.«

Jetzt grinste die falsche Schlange. »Schwarz auf weiß«, sagte er und hielt ein Blatt Papier hoch. »Eine handschriftliche Beschwerde, von ihr persönlich hier abgeliefert.«

»Das glaube ich nicht.«

»Ich gebe Ihnen Kopien.«

»Das ist verrückt.«

»Ich habe noch nie eine Frau gesehen, die so durcheinander war.«

»Miß Creek?«

»Jawohl. Da haben Sie sich wirklich was geleistet, Camel.«

»Hat Sie Ihnen erzählt, warum sie gestern zu mir kam?«

»Ja. Sie sagte, sie habe sich nur erkundigen wollen, ob Jonathans Tod nach unseren Ermittlungen tatsächlich ein Selbstmord gewesen sei.«

»Harv, hören Sie doch mal für einen Moment auf, hier den Untersuchungsrichter zu spielen, ja? Ich könnte die Sache in fünf beschissenen Minuten aufklären, wenn Sie mich schlicht gefragt hätten, und nicht eine gottverdammte offizielle Untersuchung vom Stapel lassen würden.«

»Achten Sie auf Ihre Ausdrucksweise, Mister.«

Unglaublich.

»Ihre Zeugnisse und Ihr hohes Dienstalter werden Ihnen diesmal nicht aus der Patsche helfen, Camel.«

»Ich habe keinerlei sexuell anzügliche Bemerkungen ihr gegenüber gemacht – und das wissen Sie.«

»Vielleicht erinnern Sie sich nicht. Eventuell waren Sie gestern etwas angeheitert. Womöglich sind Sie es auch jetzt wieder.«

»Dann holen Sie doch den beschissenen Alkoholtester her, Harv, nur los.«

»Wie Miß Creek aussagte, hatte sie ursprünglich nicht vor, etwas zu unternehmen wegen dieses unsittlichen Antrags vom Mittwochmorgen. Aber seither haben Sie wiederholt in ihrer Wohnung angerufen und von ihr Sex verlangt. Trotz ihrer Warnung, daß sie sich an Ihre Vorgesetzten wenden würde, haben Sie die Anrufe nicht unterlassen.« Er schwieg einen Moment bedeutungsvoll. »Leugnen Sie etwa diese Beschuldigung ab?«

»Ja«, nickte ich lahm.

»Sie haben Miß Creek heute in aller Frühe angerufen und berichtet, daß Sie nackt seien und während des Gesprächs masturbierten.«

Ich lachte und merkte, wie mir plötzlich die Hitze ins Gesicht stieg. »Sie haben keine Ahnung, was Sie hier für ein Arschloch aus sich machen, Harv.«

»Ich? Das ist interessant. Streiten Sie auch ab, daß Sie ferner eine Nachricht auf ihrem Anrufbeantworter hinterlassen haben, wobei Sie besonders betonten, daß Sie *nicht* mehr nackt seien? Ehe Sie leugnen, Sergeant, sollte ich Ihnen mitteilen, daß Miß Creek mir die Kassette aus ihrem Anrufbeantworter gegeben hat.« Er hielt sie hoch. »Soll ich sie abspielen?«

Ich schüttelte den Kopf. Was steckte bloß dahinter? Natürlich bräuchte ich Land nur von dem Geld zu erzählen, wovon Jo-Jo ihm kein Wort gesagt hatte, um zu beweisen, daß ihre Beschwerde reines Theater war. Aber ich war nicht sicher, ob ich dieses As jetzt schon ausspielen sollte.

Salbungsvoll schwafelte er weiter, ich habe das Vertrauen eines Bürgers mißbraucht, ich sei so niederträchtig gewesen, eine wehrlose Frau sexuell zu belästigen, auch noch ausgerechnet an dem Tag, an dem ihr Chef beerdigt wurde und so weiter und so weiter. Als er eine Pause machte, um Atem zu holen, fragte ich, ob er fertig sei, und er meinte, was ich darauf zu sagen habe.

»Nur eins. Sie sind ein blöder Sack.« Ich beobachtete, wie die Augen der Schreiberin sich über ihrer Maske weiteten. »Haben Sie das, Schätzchen? Blöder Sack.«

»Ich denke, Ihre ganze Haltung beweist hinreichend Ihre

Verantwortungslosigkeit«, sagte Land ruhig. »Sie sind bis zur offiziellen Untersuchung dieser Beschuldigungen vom aktiven Dienst suspendiert.« Er entließ die Gerichtsschreiberin, brachte sie zur Tür und kehrte an seinen Schreibtisch zurück. »Teddy, Teddy, Teddy«, seufzte er. »Wir haben einige hervorragende Therapieprogramme für Alkoholiker, die ernsthaft davon loskommen wollen.«

»Lecken Sie mich doch.«

»Sie werden heilfroh sein, wenn Sie nur mit einer vorzeitigen Versetzung in den Ruhestand bei halben Bezügen davonkommen und es keine schlimmeren Konsequenzen gibt.«

»Sie können mich mal.« Ich hatte allerdings das Gefühl, daß ich höchstwahrscheinlich diese Debatte nach Punkten verlieren würde.

»Sie gehen jetzt nach Hause. Und hören Sie mir zu – keinerlei Kontakte mehr mit Jo-Jo Creek, weder persönlich noch telefonisch. Das ist ein Befehl. Sie wartet in ihrem Apartment auf meinen Anruf. Ich werde ihr versichern, daß ich mit Ihnen geredet habe und es keine Belästigungen mehr geben wird. Sie verstehen hoffentlich, was ich sage, Teddy.«

Ich saß nur da und schaute ihn wortlos an.

»Vielleicht kann ich sie überreden, diese Beschuldigungen etwas abzumildern.«

»Was ist mit meinem niederträchtigen Mißbrauch des staatsbürgerlichen Vertrauens?«

Er lachte. »Ich will Sie ja bloß aus meiner Dienststelle raushaben, Teddy, und nicht den kläglichen Rest Ihres Lebens ruinieren. Sie machen keinen weiteren Aufstand, mein Freund, und wir biegen es so hin, daß Sie stillschweigend und ohne einen Skandal in den Ruhestand überwechseln. Und jetzt entschuldigen Sie mich. In fünfzehn Minuten muß ich im Lions Club sein, um eine Rede zu halten.«

Ich stand auf. »Sie sind so ein himmelschreiendes Arschloch.«

Er lachte nur. »Montagmorgen um zehn ist die Anhörung. Sie sind pünktlich und nüchtern hier, klar?« Er lächelte noch mal flüchtig und beschäftigte sich mit irgendwelchem Papierkram.

Auf dem Parkplatz traf ich Alfred und brüllte sofort los. »Was zum Teufel treibst du hier! Du solltest doch Marys Haus beobachten.«

»Und du solltest mich mittags anrufen!« schrie er zurück.

»Entschuldige, mein *Freund*, aber …«

»Aber Scheiße! Vor einer halben Stunde kriege ich einen Funkspruch von Melvin Kelvin, daß er für dich Mary Gaetan durchleuchtet, und ob er jetzt damit weitermachen soll. Es habe sich nämlich herumgesprochen, daß Jo-Jo Creek eine Klage wegen sexueller Belästigung gegen dich eingereicht hat. Er will wissen, was los ist.«

»Ich auch. Ich bin gerade unterwegs zu ihr, um es herauszufinden.«

Alfred atmete tief durch. »Hast du gehört, daß es einen zweiten Lippenstiftmord gegeben hat? Diesmal hier im Distrikt. Man hat heute morgen die Leiche einer Nutte gefunden, die rund um die Augen mit Lippenstift beschmiert war, genau wie diese Ausreißerin in Maryland. Interessant ist, daß der Killer diesmal irgendeine Art Rasiermesser benutzt hat. Verstehst du? Das bestätigt doch nur den Zusammenhang zwischen den Lippenstiftsmorden und Jonathan. Weil das Bowiemesser in Gaetans Haus blieb, *mußte* der Mörder ein anderes nehmen.«

Was Alfred da erzählte, brachte mich völlig durcheinander. War Jonathan vom gleichen Täter umgebracht worden, der diese beiden anderen Morde begangen hatte? Warum? Wie paßte Mary in diese Theorie? Und wenn Jo-Jo so scharf darauf war, Mary zur Strecke zu bringen, weshalb dann diese fingierte Anklage gegen mich?

»Teddy? Teddy! Hör mir zu. Wir müssen jetzt auf den Tisch legen, was wir wissen – die Geschichte mit diesem Geld und überhaupt alles. Bei der Nutte letzte Nacht hat der Mörder die Zunge rausgerissen und mitgenommen. Außerdem hatte sie überall an ihrem Hals Bißspuren.«

»Jesus Christus, Alfred.«

»Das kannst du laut sagen. Ich gehe jetzt rein und sorge dafür, daß jemand anderer Marys Haus beobachtet, dann erzähle ich Land was wir wissen, und er kann entscheiden, wie er vorgehen will.«

Ich hatte keine Hemmungen, Alfred zu belügen. »Land ist bereits informiert.«

»Ehrlich?«

»Hab' ihm alles erzählt. Das Geld, die Überwachung, unsere Theorie über eine mögliche Verbindung zu diesem Mordfall in Maryland – alles. Er will, daß Melvin weitermacht mit der Überprüfung von Marys Vergangenheit. Ihr Haus brauchen wir nicht mehr beobachten, weil die Geldübergabe verschoben worden ist auf zehn Uhr morgen früh.«

»Woher weißt du …«

»Das erkläre ich dir später. Geh rein und hilf Melvin am Computer. Nimm alles, was ihr rausfindet, mit in dein Apartment. Ich komme nach, wenn ich mit Jo-Jo geredet habe.«

Er beäugte mich mißtrauisch. »Hast du es Land auch wirklich erzählt?«

»Er ist bereits unterwegs zu den Kollegen vom Morddezernat im Distrikt. Du brauchst dich nur um eine Sache zu kümmern – dem Computer ein paar Informationen zu entlocken.«

»Ich weiß nicht, Teddy. Du benimmst dich so verflucht seltsam, Mann.«

»Zehn Minuten bei Jo-Jo Creek, und ich habe sämtliche Antworten, die wir brauchen.«

Alfred nickte, aber in seinen braunen Augen konnte ich sehen, daß er immer noch mißtrauisch war.

14

Er ist in der Hölle.

Am eigenen Leib erlebt er, daß sich wahrhaftig Verwünschungen erfüllen und er alle Qualen der Hölle erleidet, körperliche Qualen und Torturen seines Verstands. Versager! Tölpel! So kreischt es unaufhörlich in ihm, und mehr als alles andere peinigt ihn diese teuflische Schlaflosigkeit! Wieder war er die letzte Nacht wach und auch heute den ganzen Tag. Er wagt nicht zu schlafen, denn wenn er in diesem Zustand ist, kommt immer die verrückte Frau zu ihm, zieht die Decke weg, um zu sehen, ob er steif ist, und wenn es so ist – o Gott. Ein kleiner Junge von zehn Jahren, dessen Körper auf den Druck einer vollen Blase reagiert hatte – was wußte er darüber? Wie hätte er es ihr erklären oder sich verteidigen können, wenn sie schreiend über seinem Bett gebeugt dastand und zu wissen verlangte, wovon er geträumt habe, mit wem er Unzucht getrieben habe in seinen Träumen – mit *deiner Schwester!* Ich schneide es ab, schrie sie dann, und ihre Augen, vom endlosen Weinen gerötet, blitzten. Jawohl – ich schneid's ab und befreie dich von der Wollust, die du von deinem ehebrecherischen Vater geerbt hast. Wie konnte er in seinem Alter wissen, daß alles Theater war und sie nur versuchte, ihn mit drastischem Nachdruck zu erschrecken durch ihr Geschrei: *O süßer gekreuzigter Jesus, gib mir die Kraft, es zu tun.* Natürlich glaubte er jedes Wort; er war bloß ein kleiner Junge, der in heilloser Angst und Verwirrung, was er nur getan hatte, bettelte und hoch und heilig versprach, es nie mehr zu tun. *Bitte, nicht abschneiden, bitte, ich will es nie mehr tun, Ehrenwort.*

Manchmal kam dann Nancy herein und warf sich über ihn, um ihn zu beschützen. Noch heute erinnert er sich an diese merkwürdige Mischung von Gefühlen, wenn sie ihn mit ihrem Körper bedeckte. Er war unendlich dankbar für ihre Hilfe, aber zugleich völlig verwirrt. Diese unbekannten

Gefühle bewirkten wieder genau das, was jedesmal die Frau herbeilockte und total verrückt machte. Als er älter wurde, war Nancy seltener zu Hause, und die Frau zerrte ihn aus dem Bett und zwang ihn, sich hinzuknien, um mit ihr beten. *Erlöse diesen Jungen, o Herr, von seiner Wollust, nimm von ihm die Befleckung seines Vaters. Bete mit,* schrie sie ihn an, *du kleiner Hurenbock, oder ich schwöre bei Gott, ich warte, bis du eingeschlafen bist, und dann komme ich rein, ich schwör's wahrhaftig, und schneide es ab, bete lauter!* Und er gehorchte, schrie genauso wie sie, betete die ganze Nacht und wurde erst durch den Morgen erlöst, wenn es Zeit war, zur Schule zu gehen.

Wochenlang nach einem solchen nächtlichen Schreckenserlebnis hatte er Angst einzuschlafen, gelobte stumm, nie wieder zu schlafen und wenn es sein mußte, für alle Zeit wach zu bleiben. Nur an seinem Lieblingsbaum auf dem Heimweg von der Schule döste er kurz und schaffte es, die ganze Nacht wachzubleiben. Einmal aber mußte er einfach wieder schlafen, und dann kam sie wieder, riß die Decke zurück, weckte ihn auf mit Schreien und Gebeten. Unter diesem Schreckensregiment lebte der Junge, bis er alt genug war und damit groß und stark genug, um sie abzuwehren, sie wegzustoßen und ihren Gott zu verfluchen, ihr direkt ins Gesicht hinein zu sagen, daß er Gott haßte und sie dadurch nur noch verrückter zu machen. Aber er war zu groß für sie, nur noch weinen konnte sie und ihn warnen, daß er mitsamt seinem Vater und seiner Schwester in die Hölle käme. O ja, alle drei würden in der Hölle hausen, während sie vom Himmel betend auf sie herabschaute. Er lachte sie aus. Wenn sie auf ihn im Himmel warte, sagte er, dann wolle er *gern* in die Hölle kommen.

Der Wunsch hat sich erfüllt in einem Motelzimmer sechs Meilen vor Washington.

Er kann sich inzwischen wieder bewegen, sein Gehirn registriert nicht mehr die Schmerzen in seinem Körper, und er hat entschieden, bis zur Dunkelheit zu warten. Dann wird er sein Geld holen und nach Mexiko aufbrechen. Jawohl, noch heute nacht geht es nach Mexiko.

Er sitzt auf dem Bett und erinnert sich, wie schlimm es

wurde, nachdem Nancy wegging und keiner mehr da war, der ihn vor der verrückten Frau beschützte. Nancy hatte versprochen, ihn zu holen, aber sie kam nie mehr.

Er denkt an seinen Zauberbaum, zu dem er Tag für Tag mit zwanghafter Besessenheit pilgerte, denn wenn er diesen Baum auf ganz bestimmte Weise berührte, eine Hand an einen Ast, die andere ... er glaubte aus tiefster Seele, wenn er auf seinem Heimweg von der Schule ein bestimmtes Ritual befolgte, sei er für diese Nacht vor ihr geschützt. Funktionierte es, bewies es ihm, daß er recht hatte. Wenn nicht, hatte er irgendwas falsch gemacht und mußte am nächsten Tag besser aufpassen.

Eines nachmittags entdeckte er einen Jungen, nicht ganz so alt wie er, der mit einem Taschenmesser an *seinem* Baum herumschnitzte. Er zerstörte den Zauber! Philip ging auf ihn los, nahm ihm das Messer weg, schlug ihn zu Boden und drohte, er würde ihn den Pimmel abschneiden. Die Angst in den Augen dieses Jungen elektrisierte Philip für sein ganzes Leben.

Genau das war von da an sein einziger Trost vor dem Entsetzen – die Fähigkeit, anderen Angst einzuflößen, die stark genug war, seine eigene zu bezwingen.

Hinter dem Baum zwang er ihn, die Hosen aufzumachen, spielte mit der Klinge an dem winzigen Penis herum und behauptete, er würde es wahrhaftig machen zur Strafe, daß er an seinem Baum herumgepfuscht habe, und der Junge bettelte genauso wie Philip nachts bettelte, *bitte, bitte tu's nicht!* Er lachte über ihn und behielt das Taschenmesser, sein erstes Messer.

Am Nachmittag kommt das Zimmermädchen des Motels mit ihrem Hauptschlüssel herein, nachdem sie keine Antwort auf ihr beharrliches Klopfen erhalten hat. Sie schaut zum Bett. Mit einer hastigen Entschuldigung verläßt sie rückwärts den Raum und läuft zum Geschäftsführer, dem sie von der großen blonden Frau in Zimmer 337 erzählt, die schluchzend, in eine schmutzige grüne Armeejacke gehüllt, auf dem Bett mit völlig verfilztem Haar sitze. Alles sei ungeheuer dreckig, außerdem rieche irgendwas entsetzlich, beinah wie verdorbenes Fleisch. Nein, das Gesicht der blonden Frau habe sie nicht gesehen, nur ihren Rücken und die breiten Schultern. Der Manager schaut in seinen Unterlagen nach und meint, daß das Zimmer 337 an einen Mann ohne Begleitung vermietet sei, eine Frau wohne dort sicher nicht, aber, na ja, das sei wohl kaum schwer zu erklären. »Lassen Sie dieses Zimmer heute einfach aus«, sagt er, und sie entgegnet, dieser Schweinestall mit dem unglaublichen Gestank müsse sowieso ausgeräuchert und desinfiziert werden. Keine zehn Pferde brächten sie noch mal dort rein.

Er hockt in diesem stinkenden Höllenloch, wartet auf die Dunkelheit, hat die blonde Perücke der Hure aufgesetzt und ihre abgetrennte Zunge in seine linke Hand gedrückt.

Die vielen Wunden auf seinem Körper haben sich entzündet, sein Blut ist voller Giftstoffe, er verbrennt, das Fieber hat ihm jede Fähigkeit zum Denken genommen. Nur nebelhaft kann er sich erinnern, was ihm Jonathans Frau am Telefon über das Geld und den Freitag gesagt hat. Welcher Tag heute ist, weiß er längst nicht mehr, nur eins weiß er – wenn es dunkel genug ist, wird er zu Jonathans Haus fahren und sich holen, was ihm gehört, egal wie. Er muß mal zum Klo, aber er kann sich einfach nicht aufraffen, bleibt kraftlos auf dem Bett sitzen und besudelt sich schluchzend.

Stunden später gelingt es ihm aufzustehen und zu den Balkontüren zu stolpern. Er sieht, daß es noch nicht dunkel ist. Die Dämmerung hat erst eingesetzt, und das ist viel zu hell für ihn, um sich gefahrlos da draußen in der Welt zu bewegen. Aus seiner Hölle späht er hinüber zum Swimmingpool und dem Parkplatz. Unten am Abhang stehen die drei grünen Müllkübel auf ihrer Betonrampe.

Es ist heiß. Wie ein bleischweres Gewicht lastet die fiebrige Schwüle des Sommers in Washington auf ihm. Viel zu heiß, denkt er, gottverdammt heiß, und da sieht er sie hinter den Müllkübeln hervorkommen.

Die Eltern beladen das Auto, um früh am Morgen aufzubrechen, wie der Vater es am liebsten mag. Sechs Stunden will er bis zum Mittagessen hinter sich haben. Inzwischen sind

Billy und Penny davongeschlichen, um nach weiteren Münzen zu suchen. Vielleicht haben sie noch einmal dieses Glück. Was für ein wunderbares Erlebnis war es, einen richtigen Schatz zu finden und von einem Polizisten befragt zu werden, der etwas Besonderes war, weil er keine Uniform, sondern einen normalen Anzug trug. Er hat gesagt, wenn der Eigentümer der Münzen ermittelt worden ist, erhalten sie bestimmt eine Belohnung, und wenn er nicht gefunden wird, dann gehört der Schatz für immer ihnen! Sogar im Fernsehen sind sie interviewt worden! Wenn das die Kinder zu Hause hören!

Nur hat der Vater ihnen ausdrücklich verboten, nochmal zu diesen Mülltonnen zu gehen, weil der Polizist bereits alles abgesucht habe und es keine Münzen mehr gebe, der Abfall ziehe bloß Ratten an. Eine sei neulich vielleicht an Pennys Knöchel vorbeigehuscht. Sie sollen dort bleiben, wo er sie sehen kann und nicht mehr zum Pool oder den Müllkübeln laufen.

Zuerst haben sie gehorsam oben auf dem Abhang gesessen, hin und her geschaut vom Auto zu diesen Mülltonnen, dann sind sie ein paar Schritte die Böschung hinunter, um dort das Gras nach Münzen abzusuchen, die man vielleicht übersehen hat. Stillschweigend näherten sie sich dabei immer mehr den Mülleimern.

Penny meint schließlich, daß sie besser zurückgehen sollten, aber genau in diesem Augenblick findet Billy bei dem mittleren Kübel einen Vierteldollar. Siehst du! Klar, es ist nur ein gewöhnlicher Vierteldollar, aber wenn der Polizist *den* nicht gefunden hat, hat er vielleicht auch Goldmünzen übersehen. Penny hat Angst. Sie denkt an die Ratte, die *nicht* bloß ihren Knöchel gestreift hat, egal was die anderen behaupten, sie hatte sie *gepackt*. Es wird langsam dunkel. Sie bleibt an einer Wand stehen, direkt bei den Doppeltüren, die ins Erdgeschoß des Motels führen, und will es ihrem Bruder ausreden, aber der meint, sie solle sich keine Sorgen machen, es dauere noch ewig, bis das Auto beladen sei. Wir sind wieder oben, ehe Mom und Dad was merken, hier, du hältst den Vierteldollar.

Philip verläßt das Zimmer. Den linken Arm hat er fest gegen seine Brust gedrückt, um den Schmerz dort zu bändigen. In der rechten Hand hält er das kleine Messer der Hure. Er läuft über Treppen und durch Gänge, um auf die andere Seite zu kommen. Dabei begegnet er einem Paar, das ihm eilig Platz macht und sich gegen die Wand drückt, damit er sie nur nicht berührt.

Jetzt hat er die andere Seite des Gebäudekomplexes erreicht und schlurft eine Rampe hinunter auf eine Doppeltür zu. Als er stehenbleibt, um sich auszuruhen, merkt er, daß ihm Haare ins Gesicht fallen. Er schaut auf und entdeckt die Perücke. Jetzt weiß er auch, warum dieses Paar ihm so hastig aus dem Weg ging. Er nimmt die Perücke ab und stopft sie in seine Tasche, ehe er leise schluchzend die Türen öffnet.

Ein Zehncentstück! »Hey, Penny, sieh mal ...« Aber Penny ist verschwunden. Wo steckt sie bloß? Sie stand doch vor einer Sekunde noch dort an diesen Türen. Billy schaut den Hügel hinauf. Sie kann nicht zum Wagen gelaufen sein, ohne daß er es gemerkt hat. »Penny?«

Jetzt wird er was erleben. Wenn sie Dad erzählt, wo sie gewesen sind, dann sitzt er in der Tinte, und es wird im gar nichts nutzen, daß er diese zwei Geldstücke gefunden hat.

»Penny?«

Langsam senkt sich die Dämmerung herab, und Billy bekommt plötzlich Angst. Sie wäre doch nie gegangen, ohne ihm etwas zu sagen. Vielleicht hat er nicht laut genug gerufen. »Penny!« Keine Antwort.

Er schaut auf die Doppeltür, wo sie eben noch war und bemerkt, daß sie einen winzigen Spalt breit offensteht. Dort ist sie hinein! Mädchen sind so dumm, sie wird sich bestimmt in den Gängen verlaufen und allein nie das Zimmer finden. Billy nimmt das Geldstück in die linke Hand und öffnet mit der anderen eine der Türen. Es ist finster da drinnen. »Penny?« flüstert er in die Dunkelheit. Ein Mann antwortet.

15

In angemessener Stimmung erreichte ich Jo-Jo Creeks Apartment und brannte darauf, ihr mit einer ausreichenden Portion Wut gegenüberzutreten, wie ich es immer tat, wenn ich einen Verdächtigen verhörte. Genau das ist der Schlüssel; man muß ihnen zeigen, daß man nicht einfach seinen Job macht, sondern es persönlich nimmt, sich immer mehr in Raserei steigern wegen der Lügen, bis man außer sich gerät und derart tobt, daß ein Kollege dich zurückhalten muß. Das konnte ich früher gut, wirklich gut.

Ich dachte mir, Jo-Jo würde ganz schön erschrocken sein, wenn ich plötzlich vor ihr stand – stocksauer über ihren Betrug und bereit, meinen Ärger an ihr auszulassen, obwohl Captain Land garantiert hatte, daß ich sie nicht mehr belästigen würde. Ja, ich dachte, ich wüßte genau, wie sich diese kleine Szene abspielen würde.

Aber ich lag total daneben. Jo-Jo öffnete, schaute mich stumm an, und in ihren Augen las ich lediglich Enttäuschung, als habe sie jemand anderen erwartet.

Es war direkt komisch. Da stand ich mit meiner Wut im Bauch, während sie nur die Schultern zuckte – wie bei einem alten Freund, der immer wieder zur falschen Zeit auftauchte und ständig über seine Mutter reden will. Sie drehte sich einfach um und ließ die Tür für mich offen.

Ich folgte ihr durch das große Apartment und war ziemlich überrascht, daß Jo-Jo solch eine schicke Wohnung besaß – ausgesprochen teure Möbel, in großen Silbervasen prangten geschmackvoll arrangierte Schnittblumen, Drucke von Gemälden Georgia O'Keefes hingen an den Wänden. Ich weiß nicht, was ich erwartet hatte, vielleicht daß sie in einem engen und spießig ordentlichen Apartment lebte mit einer Unzahl Katzen und Büchern. Nicht nur in dieser Hinsicht hatte ich sie falsch eingeschätzt.

Im Schlafzimmer, wohin ich ihr folgte, begann sie sofort

an den verschiedenen Koffern herumzuhantieren, die offen auf dem Bett lagen. Überall im Raum waren Kleider verstreut. Da meine Wut inzwischen verraucht war, wollte ich wenigstens sehen, ob ich sie zum Schnaufen bringen konnte. »Sie verreisen?«

Nichts. Jo-Jo benahm sich wie jemand, der gerade vom Arzt zurückgekommen war mit allen nur denkbaren schlechten Neuigkeiten. Ich setzte mich auf einen Stuhl und beobachtete, wie sie Kleider aus einem Koffer nahm und in einen anderen packte. »Warum tun Sie das?« fragte ich schließlich.

Sie warf mir nur stumm einen Blick zu, als sei *ich* derjenige, der *sie* enttäuscht hatte. Dann kramte sie nach einem Tempo und putzte sich die Nase.

Ich wiederholte meine Frage. Jo-Jo setzte sich aufs Bett und bearbeitete ihre gerötete Nase mit dem Taschentuch. »Sie sind wütend auf mich«, meinte sie schlicht.

»Ich wurde Ihretwegen suspendiert.«

Sie schwieg lange, ehe sie sagte: »Mary will am Montag mit Ihrem Captain reden, um alles wieder in Ordnung zu bringen.«

»Was hat Mary mit der Sache zu tun?«

»Werden Sie grob zu mir sein?«

Ich lachte. Was die ganze Sache noch verrückter machte, war der beinah hoffnungsvolle Ausdruck in ihren Augen.

»Mary wollte, daß Sie aus dem Weg sind«, verkündete Jo-Jo.

»Warum?«

»Haben Sie Captain Land von dem Geld erzählt?«

»Nein.«

Jo-Jo nickte. »Genau wie sie vermutete. Ich habe ihr immer wieder gesagt, wenn Sie Captain Land davon erzählten, sei ich dran, weil er dann natürlich wissen wollte, warum ich es nicht erwähnte, als ich diese Klage gegen Sie einreichte. Aber Mary kennt sich aus – sie wußte, daß Sie ihm nichts von dem Geld sagen würden.«

»Sie haben mich ja oft genug vor ihr gewarnt. Aber *Sie*. Ich dachte, wir beide stehen auf der gleichen Seite, Jo-Jo. Mir war die ganze Zeit klar, daß Mary mich angelogen hat, aber was, zum Teufel, ist Ihnen bloß eingefallen?«

»Ich weiß. Erst bringe ich Sie dazu, in diesem Fall weiter zu ermitteln, und jetzt habe ich dafür gesorgt, daß Sie kaltgestellt werden – es ist wahrhaftig Ihr gutes Recht, auf mich wütend zu sein.«

Ich fragte, was bloß mit ihr passiert sei.

»Alles mögliche. Fehlurteile, zu viel Emotionalität, nachdem ich viel zu lange alles in mich hineingefressen hatte, mir zu viel gewünscht hatte und tief verletzt war, als ich nicht bekam, was ich wollte. Ich glaube nicht, daß ich erklären kann ...«

Ich stand auf und trat gegen einen kleinen Tisch, daß er umkippte. »Ich pfeife auf solchen überspannten Psychokram, verdammt noch mal! Ihretwegen steht mir die Zwangsversetzung in den Ruhestand mit halben Bezügen bevor, also kommen Sie mir nicht mit irgendwelchem Mist, wie schwer es für Sie ist, das zu erklären. Ich will Antworten! Wer kommt sich morgen das Geld holen? Was hat das mit Jonathans Tod zu tun? Und wie, zur Hölle hat Mary Sie eingewickelt?« Ich ging hinüber zum Bett und packte sie am Arm. »Los jetzt, und keine Faxen.«

Wahrscheinlich wußte sie, daß meine ganze Vorstellung nur Theater war, denn Jo-Jo schaute zu mir auf, als habe sie endloses Mitleid mit uns beiden. Ihr beklagenswert schlichtes Gesicht mit dieser großen Nase wirkte so verheult noch schlimmer.

»Jemand aus Jonathans Vergangenheit will dieses Geld, und Mary zahlt, damit nichts an die Öffentlichkeit kommt und Jonathans guten Namen diffamiert. Sie will Sie aus dem Weg haben, weil sie Angst hat, daß Sie die Geldübergabe möglicherweise verderben, da Sie nicht so ›zugänglich‹ seien wie Ihr Partner. Diese Person wird gleich danach das Land verlassen, also ist am Montag alles vorbei. Ich habe eingewilligt, ihr zu helfen?«

»Mit diesen falschen Anschuldigungen gegen mich?«

»Ja.«

»Das ist wirklich fein – mich anschwärzen, damit Jonathans Name sauber bleibt.«

»Ja.« Jetzt war sie anscheinend bereit zu reden. »Nun, teilweise war das jedenfalls der Grund. Natürlich wollte ich nicht, daß Jonathans Ruf irgendwie in den Dreck gezogen wird, aber eigentlich muß ich zugeben, daß ich es vor allem tat, um Mary zu helfen.«

»Ich dachte, Sie haßten sie.«

»Hab' ich auch.«

Ich setzte mich wieder und rieb mein Gesicht. »Was soll das? Kommen Sie, Jo-Jo, reden Sie endlich mal Klartext. Ich hielt Sie für ganz vernünftig, praktisch und nüchtern – erzählen Sie mir, was hier los ist, bitte.«

»Wußten Sie, daß ich dabei war, als Jonathan sich in sie verliebte, daß ich buchstäblich sah, wie es passierte?«

Stöhnend stützte ich meinen Kopf in beide Hände. Für diese Scheiße war ich einfach zu müde.

»Mary hatte seit ein paar Monaten in unserem Büro gearbeitet, als sie irgendwie ein Geburtstagsessen für Jonathan organisierte. Normalerweise hielt er nichts von solchen Sachen wie Parties und Bürofeiern, was die Leute nur von der Arbeit ablenkte. Sie glauben, *ich* sei nüchtern? Dann hätten Sie erst mal Jonathan sehen sollen.«

»Langsam habe ich das Gefühl, wir seien uralte Kumpel.«

»Jedenfalls hat sie es irgendwie fertiggebracht, ihn herumzukriegen. Zu siebt trafen wir uns nach Büroschluß zum Dinner in einem Restaurant, Jonathan und ich, zwei der Vizepräsidenten mit ihren Frauen und Mary, allein, ohne Begleitung – echt gerissen das Ganze. Wann hat man schon mal von einer *Sekretärin* gehört, die eine Party für den Inhaber des Unternehmens arrangiert und sich auch noch selbst dazu einlädt? Aber das war typisch Mary, sie bekam immer ihren Willen. Wir alle wählten unsere Mahlzeiten sehr sorgfältig aus. Die beide Vizepräsidenten waren etwa in Jonathans Alter oder etwas darüber, und ihre Frauen solche magersüchtigen, spindeldürren Gestalten mit lederartiger Haut durch häufiges Tennisspielen und ständigen Ferien auf den Bermudas, deren einziger Lebenszweck war, dünn zu bleiben und Geld auszugeben. Sie bestellten Salate ohne Dressing, Gemüse ohne Butter, Perrier als Getränk, kein Dessert, und nicht mal Kaffee oder Tee wollten sie danach, nur etwas heißes Wasser – zur Verdauungsförderung, sagten sie und lächelten die ganze Zeit angespannt.«

»Das ist ja alles sehr interessant, aber die Eßgewohnheiten dieser Damen …«

»Oh, die Männer waren genauso – gedämpfter Fisch ohne Sauce und nur winzige Portionen vor lauter Sorge um ihre Herzen, den Cholesterinspiegel, den Salzgehalt. Ein wenig Weißwein nahmen sie, aber keine harten Getränke und hinterher koffeinfreien Kaffee. Wir waren alle *sehr* vorsichtig und pickten am Essen als sei es vergiftet oder wir zu empfindlich für eine wirkliche Mahlzeit, wie Invaliden, die sich vor dem Leben in acht nehmen müssen. Immerhin waren die Männer zumindest in dem Alter, wo einige ihrer Freunde bereits Herzattacken hatten. Sie gingen äußerst behutsam mit sich um, daß ihnen nur nichts passierte – die Angst vor dem Sterben, wissen Sie?«

»Ja.«

»Aber Mary!« Jo-Jo lächelte. »Mein Gott, sie bestellte die halbe Speisekarte, Krabben in dicker Sahnesauce, ein großes Steak, roh natürlich, gebackene Kartoffeln mit Butter *und* saurer Sahne – lauter schwere, gewürzte Speisen. Wir waren sprachlos. Dazu nahm sie Martinis vor dem Hauptgericht, und man konnte sehen, wie den Männern buchstäblich das Wasser im Mund zusammenlief, weil sie sich natürlich früher immer gern Martinis gegönnt hatten. Zum Steak trank sie Bier, direkt aus der Flasche mit fettigen Fingern und völlig unbekümmert.

Sie aß als sei es ein Privileg, hungrig zu sein, und Jonathan beobachtete sie so beifällig wie ein armes verwahrlostes Luder, das er von der Straße aufgelesen und zu einem Essen eingeladen hatte. Wissen Sie, mit dieser Befriedigung, die man dabei empfindet, wenn man sieht wie jemand etwas wirklich genießt. Es war nicht nur das Essen, sondern die ganze Art, wie Mary das Leben genoß.

Sie lieferte wahrhaftig eine eindrucksvolle Vorstellung; sie lachte, aß und rauchte, ohne auch nur erst um Erlaubnis zu fragen, sie tat es einfach. Es war, als wäre sie der einzige

Mensch an diesem Tisch, der wirklich so richtig lebendig war, verstehen Sie? Wir anderen trippelten behutsam durchs Leben und ganz auf Sicherheit bedacht, Mary dagegen galoppierte, fröhlich und unbekümmert. Sie trug ein tief ausgeschnittenes schwarzes Kleid, das sie wahrscheinlich von zu Hause mitgebracht hatte, um sich im Büro umzuziehen, ehe wir ins Restaurant gingen.

Ich trage ... wegen meiner großen Brüste trage ich Sachen, die das etwas herunterspielen, und ich beneidete Mary an diesem Abend, nicht um ihren Körper, sondern um ihre Einstellung dazu. Sie war stolz darauf, daß sie es sich leisten konnte, sich derart sexy zu präsentieren und gleichzeitig so unschuldig verspielt. Wann immer einer der Männer etwas sagte, was nur ein wenig anzüglich war, kicherte sie begeistert und hielt sich die Hand vor den Mund, was die Männer natürlich total entzückte. Die Frauen wurden immer eisiger. Wir fanden sie gewöhnlich und albern. Aber als ich die Gesichter der Männer sah ...

Nicht daß sie scharf auf sie waren, obwohl das ganz sicher insgeheim mitschwang. Vor allem wirkten sie *sehnsüchtig*. Sie waren schlicht gefesselt von ihrer ganzen Art, wie sie aß, redete, lachte vor Überraschung, so kindlich große Augen machte und ihnen mit diesem hingerissenen Interesse lauschte. Vielleicht erinnerten sie sich an die Zeiten, als sie selbst so essen konnten, als ihre Frauen sie mit solchem Interesse anschauten und über ihre Witze lachten. Mary repräsentierte die Zeit, oder vielmehr *war* für die Männer diese Zeit in ihrem Leben, als sie noch schneidig und robust waren und sich für unbesiegbar hielten, Martinis trinken und Steaks essen konnten und nicht mal einen Gedanken ans Sterben verschwendeten.

So wie Jonathan mich in dieser Nacht liebte, wußte ich, daß er an Mary dachte. Natürlich tat es weh, in diesem Moment zu erkennen, daß es Mary war, die er begehrte und sich nach ihrer Vitalität und Lebenslust sehnte wie nach irgendeinem Serum. Schon damals in dieser Nacht wußte ich alles. Er liebte mich als versuche er, irgend etwas zu beweisen – nicht mir, sondern sich selbst. Mir war klar, was passieren würde.«

Sie seufzte resigniert. »Und natürlich hatte ich recht. Er kam nicht wieder zu Verstand, wie ich gehofft hatte. Sie heirateten Hals über Kopf, und Mary machte ihn glücklich.«

Bis zum vergangenen Montagmorgen, dachte ich.

»Nach der Beerdigung fuhren wir heute zu ihr, nur wir beiden. Auf eine gewisse Weise war es beinah schmeichelhaft. Sie sagte, sie wisse von der Affäre, die Jonathan und ich vor ihrer Ehe hatten. Ich erklärte, es sei vorbei gewesen als sie heirateten, und sie erwiderte, auch das wisse sie. Mary war sehr höflich zu mir, sogar richtig bezaubernd. Sie gab zu, daß sie neidisch darauf gewesen war, wie Jonathan mich bewundert hatte und lobte mein Taktgefühl, meine Diskretion. Sie sagte, niemand auf der Welt würde ihn so sehr vermissen wie wir beide, und das stimmte natürlich. Wir saßen zusammen auf ihrer Couch, weinten und hielten uns in den Armen. Sie … Mary küßte mich.«

Als sie meinen Blick sah, nickte Jo-Jo. »Auf den Hals. Ich war so erschrocken, daß ich nicht wußte, was ich tun sollte, und dann streichelte ich plötzlich ihr Haar. Mary ist eine wunderschöne Frau. Sie erzählte, sie habe einmal in einer Zeitschrift gelesen, daß manche Frauen sexuell erregt sind nach einer Beerdigung, weil Sex eine Form der Lebensbejahung sei und sie sich unbewußt wünschten, gerade in einem solchen Moment das Leben neu zu bekräftigen. Ich meinte, es sei schon seltsam, daß wir hier zusammensäßen. Beide waren wir Jonathans Geliebte gewesen und wußten, was er im Bett gern gemacht oder gern gehabt hatte. Er war tot, aber *wir* waren zusammen, und obwohl er nie wieder eine von uns berühren würde, wußten wir beide, wie es mit ihm gewesen war. Mary fragte, ob ich mich noch daran erinnerte.«

Sie blickte gedankenverloren an mir vorbei. »Natürlich erinnerte ich mich an alles – wie er an meinen Brustwarzen saugte, seine Finger währenddessen in den Mund gleiten ließ, und ich dann seine Zunge, die Zähne und seine Finger gleichzeitig auf meinen Brustwarzen spürte. Ich schloß immer die Augen und stellte mir vor …«

Sie hob versonnen eine Hand an ihre Brust, aber dann

hielt sie plötzlich inne und ließ sie wieder in den Schoß sinken. Jo-Jo schaute mich an.

»Ich kann kaum glauben, daß ich Ihnen das erzähle. Aber mittlerweile pfeife ich auf meine vielgerühmte Diskretion. Mary sagte, ich habe wundervolle Brüste. Sie begann ihr Kleid aufzuknöpfen, und ich legte meine Hand … es war sehr erregend, und dann … sie bat mich, es so zu tun wie Jonathan. Ich war so durcheinander wegen allem, was diese Woche geschehen war. Jonathans Beerdigung hatte so viele Emotionen aufgewühlt. Ich hatte kaum aufgehört zu weinen, mein ganzes Make-up war verschmiert, und als sie ihre Brüste gegen mein Gesicht drückte, oder ich mich an ihre Brüste, ich bin nicht mehr sicher, wie es passierte – aber da gab ich nach. Mary hatte ihr Kleid geöffnet, und meine Tränen machten ihre Brustwarzen naß, ehe ich sie auch nur mit dem Mund berührte. Sie bat mich, sie so zu saugen wie Jonathan. Jetzt, wo ich es Ihnen erzähle, klingt das völlig verrückt, aber mir schien es vollkommen natürlich. Mary zog ihr Kleid herunter, ich knöpfte meine Bluse auf – und dann hatte es plötzlich überhaupt nichts mehr mit Jonathan zu tun. Ich denke, sie hat mich die ganze Zeit gewollt.«

Als ich aufstand und mich neben sie aufs Bett setzte, erhob sich Jo-Jo hastig und ging ein paar Schritte weg. Sie wandte mir den Rücken zu. »Sicher halten Sie es für unmöglich, daß so viel im Lauf eines Nachmittags passiert. Daß der Haß auf Mary und meine Entschlossenheit, ihr meine Mitschuld an Jonathans Tod zu beweisen, so völlig umschlug und es damit endete, daß ich Sie verrate, um ihr zu helfen. Aber Sie würden verstehen, wenn …« Jo-Jo wandte sich um. »Teddy, wenn Mary sich jemals mit ihrer ganzen Aufmerksamkeit auf Sie konzentrierte wie sie es an diesem Nachmittag bei mir tat, würden Sie es verstehen. Sie gibt einem das Gefühl, man sei etwas Besonderes, nicht nur mit Worten. Man vergißt alles andere, weil sie einen wie eine unglaubliche Kostbarkeit berührt, als könne sie ihr Glück kaum fassen. Wenn Sie das je erlebt hätten, würden Sie wissen, was ich meine.«

Ich entgegnete, das würde wohl nie geschehen, weil Mary zu viel Angst vor mir habe.

»Angst?«

»Sie weiß, daß man mich nicht anlügen kann, Jo-Jo und ihr ist klar, daß ich dadurch für sie gefährlich bin. Das ist der Grund, weshalb Mary Sie benutzt hat, um mich aus dem Weg zu schaffen.«

»Benutzt«, wiederholte sie nachdenklich.

»Nun ...«

»Es stimmt schon, benutzt hat sie mich. Aber Sie nicht, was?«

Ich hatte langsam genug von diesem Gerede, ich wollte Antworten, ohne mir noch weitere Monologe anhören zu müssen. »Wem zahlt Mary morgen das Geld?«

»Vielleicht haben Sie recht, daß sie Angst vor Ihnen hat. Nachdem sie mir die ganze Geschichte erzählt hatte, sagt sie, Sie seien der einzige, der alles verderben könnte. Deshalb habe sie vor, eine Klage gegen Sie einzureichen, weil Sie einfach in ihr Haus gekommen sind und sie erneut verhört haben. Aber sie hatte Angst, Captain Land mißtrauisch oder neugierig zu machen, was der Grund für Ihre Nachforschungen war. Also bot ich mich an ... so war es, Teddy, ich bot *freiwillig* an, Sie zu verraten. Ich schlug eine Beschwerde wegen sexueller Belästigung vor, und als Beweis könne ich diese Nachricht nehmen, die Sie auf meinem Anrufbeantworter hinterlassen hatten.«

»Das weiß ich alles, Jo-Jo. Mich interessiert jetzt nur eins – wer ist der Kerl, dem Mary das Geld geben will?«

»Nachdem ich meine Aussage für Captain Land niedergeschrieben hatte und heim wollte, um die Kassette zu holen, sagte ich, daß ich gern wieder zum Dinner zurückkommen würde, sobald ich bei Captain Land alles erledigt habe. Wir könnten den Nachmittag miteinander verbringen und gemeinsam etwas kochen, ich könnte sogar ein paar Sachen zusammenpacken und das Wochenende mit ihr verbringen, um ihr bei der Geldübergabe beizustehen.«

»Und?«

»Sie meinte nur, sie müsse allein sein, wir könnten uns ja mal nächste Woche zum Lunch treffen. Lunch! Wie klingt das?«

Ich zuckte die Schultern.

»Das ist genau dieser Standardsatz, den ein Mann sagt, nachdem er dich im Bett gehabt hat, aber nicht an einem Wiedersehen interessiert ist. Wir treffen uns mal zum Lunch. So ein Mittagessen ist nämlich unverfänglich. Ich sah deutlich in ihren Augen, was sie meinte – ein Rausschmiß.«

Jo-Jo kam zum Bett, auf dem ich saß. Sie nahm ein paar Kleider aus einem Koffer und sprach so leise, als flüsterte sie mir ein Geheimnis zu, das kein anderer hören sollte. »Jonathan war vorher schon mal verheiratet.«

»Tatsächlich?«

»Ja, und er hatte zwei Kinder.«

»Das hätten Sie mir bereits gestern sagen sollen.«

»Ich wußte es nicht! Eigentlich sollte ich Ihnen das auch jetzt nicht erzählen. Ich mußte es Mary versprechen, aber Diskretion gibt's bei mir nicht mehr. Ich bin wie das brave kleine Mädchen, das plötzlich beschließt, für schlichtweg jedermann die Beine breitzumachen. Wer ist der nächste? Es schert mich nicht länger.« Jo-Jo suchte nach einem neuen Taschentuch.

»Was hat Jonathans erste Ehe mit dem Geld zu tun?«

»Diese ganzen Jahre mit ihm, und ich hatte keine Ahnung, daß er verheiratet gewesen war! Das beweist nur, wie unglaublich dumm ich war.«

»Jo-Jo.«

»Er heiratete mit neunzehn, und sechs Jahre später machte sich seine Frau mit den Kindern davon und verschwand einfach. Komisch, was?«

»Komisch?«

»Jonathan war damals ein irrsinniger Schürzenjäger. Das war der Grund, warum sie ihn verließ. Es ist komisch, denn als ich ihn traf und für ihn zu arbeiten begann, ging er nicht mal mit einer Frau aus – daher auch diese Gerüchte, daß er angeblich schwul sei. Der wirkliche Grund war, daß er versuchte, Frauen aus seinem Leben zu streichen, so wie ein Alkoholiker, der um jede Bar einen großen Bogen macht. Jonathan mußte sich von Frauen fernhalten, damit er nicht noch mal sein Leben völlig ruinierte. Das alles wußte ich nicht, aber ich half ihm, auf dem richtigen Gleis zu bleiben. Ist das nicht komisch?

»Sie ahnten nichts von dieser ersten Ehe, aber Mary wußte Bescheid?«

»Ja. Jonathan hatte in Kalifornien gelebt. Seine Tochter war fünf, als seine Frau ihn verließ, der Sohn ein Jahr jünger. Nach einiger Zeit gab er es auf, sie zu suchen und kam hierher, wo er mit seiner Baufirma anfing. Wahrscheinlich wurde er irgendwann auch von seiner ersten Frau geschieden, ich weiß nicht genau, wie das alles lief, aber es war sein Sohn, der letzten Sonntag auftauchte. Philip.«

»*Sein Sohn?*«

»Ja.«

»Und für ihn ist dieses Geld?«

»Ja. Mary sagt, er ist verrückt. Er hat im Gefängnis gesessen.«

»In Kalifornien?«

»Ich nehme an.«

»Warum hat er eine derart merkwürdige Summe verlangt?«

»Er hat erklärt, daß er einhundert Dollar für jede einzelne Woche wolle, die Jonathan seine Familie im Stich gelassen habe – achtundzwanzig Jahre insgesamt, von seinem vierten Lebensjahr bis heute mit zweiunddreißig. Bei hundert Dollar die Woche ergibt das einhundertfünfundvierzigtausendsechshundert Dollar.«

»Das ist ja ein Ding.«

»Er hat erzählt, daß er mit dem Geld nach Mexiko will – und das ist natürlich ganz in Marys Sinn, wenn er das Land verläßt und es keinen weiteren Skandal gibt. Da bin ich übrigens einer Meinung mit ihr. Warum sollte irgend etwas davon an die Öffentlichkeit?«

»Und dieser so lange verschollene Sohn war es, der Jonathan fesselte und ihm diese Prellungen beibrachte?«

»Ja. Mary glaubt, er ist geistesgestört. Er habe Jonathan die Schuld an allem gegeben, was ihm, seiner Schwester und seiner Mutter an Schlimmem widerfahren sei und erzählt, daß Jonathans Tochter bereits als Teenager an einer Überdosis Drogen gestorben sei – und ich denke, das war es, was Jonathan das Herz brach. Erst da habe ich zum erstenmal verstanden, warum er sich umgebracht hat – nach einer so brutalen Konfrontation mit seiner Vergangenheit.«

Für mich machte es allerdings immer noch keinen Sinn. »Warum gab er sich daran die Schuld? Es war doch die Frau, die mit den Kindern auf und davon ist.«

»Weil es Jonathans Herumbumserei war, die sie dazu trieb. Und ein halbes Leben später findet er heraus, daß sein Sohn ein verrückter Ex-Sträfling und seine Tochter als Junkie gestorben ist.«

Wir saßen eine Weile schweigend da, ich auf dem Bett und Jo-Jo auf einem Stuhl. Sie drückte ein Taschentuch an ihr Gesicht und meinte schließlich, es sei jetzt ganz an mir, wie diese Sache enden würde. »Sie können morgen in Marys Haus warten, wenn Philip kommt, um sich sein Geld zu holen, und ihn verhaften wegen tätlicher Bedrohung Jonathans, oder wie immer man das nennt. Aber wegen Erpressung können Sie ihm nichts anhaben, weil Jonathan freiwillig diese Vereinbarung getroffen hat. Er dachte wohl, sein Sohn habe das Geld verdient.«

Mir schien das alles mehr als fraglich. Selbst wenn Mary um jeden Preis Jonathans Ruf schützen wollte, machte mich ihr Verhalten einfach mißtrauisch. Zuerst belog sie mich, anschließend verführte sie Jo-Jo dazu, bei der Verschwörung mitzumachen, und jetzt wollte sie sich noch selbst in Gefahr bringen, indem sie Jonathans verrückten Sohn morgen allein traf? Solche Sachen tut man vielleicht, um das Leben seines Ehemanns zu retten, aber nicht wegen seines guten Rufs. So was tut man viel eher, um den eigenen Arsch zu retten.

»Jo-Jo, vor achtundzwanzig Jahren hat sich das alles abgespielt. Damals war der Junge vier, die Tochter fünf, stimmt's?«

Sie nickte.

»Und Mary ist wie alt?«

»Sie war zwanzig, als sie in der Firma anfing, hat Jonathan ein Jahr später geheiratet, und sieben Jahre waren sie verheiratet.«

»Achtundzwanzig. Okay, damit wäre sie vier Jahre jünger als der Sohn und fünf Jahre jünger als die Tochter.«

»Und?«

»Es wäre gut möglich, daß sie einen von ihnen schon aus Kalifornien gekannt hat. Vielleicht hat sie die ganze Zeit über belastendes Material als Druckmittel gegen Jonathan in der Hand. Und das bedeutet, wenn der Sohn etwas ausplaudert, wird nicht nur Jonathans Ruf beschmutzt, sondern Mary *selbst* steckt plötzlich in Schwierigkeiten.«

»Mary hat nichts davon erwähnt, daß sie ihn kennt.«

»Das muß ja noch nichts heißen.«

»Selbstverständlich, ich habe schließlich nicht Ihr Talent zum Aufspüren von Lügen, nicht wahr?«

Ich schwieg.

»Warum verhaften Sie dann Mary nicht gleich? Und mich können Sie ja auch noch einbuchten wegen meiner falschen Beschuldigung gegen Sie. Verflucht, Teddy, Sie können uns alle miteinander ins Gefängnis stecken – aber das ändert überhaupt nichts. Jonathan *hat* Selbstmord verübt, und das Geld ist ein legitimes Geschenk oder eine Bezahlung, wie immer Sie es nennen wollen. Eine Menge ist passiert, was nicht ganz richtig war, und vielleicht sind auch ein paar Gesetze gebrochen worden, aber niemand wurde ermordet.«

Natürlich wußte ich es besser. Ich fragte Jo-Jo, ob Mary irgend etwas über das Messer erzählt hatte.

»Das Messer, das Jonathan benutzte?«

»Ja.«

»Nein, warum?«

»Hat der Sohn es mitgebracht?«

»Das hat sie nicht gesagt.«

»Könnte es Jonathan gehört haben?«

»Keine Ahnung.«

»Mary hat uns erzählt, daß er Messer sammelt und dieses Bowiemesser, mit dem er Selbstmord beging, aus seiner Sammlung stammen könnte.«

»Ich habe wirklich keine Ahnung.«

»Sie wissen nichts von einer solchen Sammlung?«

»Bis zum heutigen Tag habe ich mich als Expertin für Jonathan Gaetan betrachtet und hätte mit absoluter Sicherheit behauptet, daß er außer Goldmünzen nie irgend etwas gesammelt hat, aber jetzt? Ich wußte nicht, daß er vorher verheiratet war, also hat er vielleicht auch Messer gesammelt, war möglicherweise kahl und trug ein Toupet, ich kennen mich nicht mehr aus mit diesem Mann.«

»Wie war das – er hat Münzen gesammelt?«

»Ja, mexikanische Goldstücke.«

»Die hat er zu Hause aufbewahrt?«

»Ja. Jonathan war wie ein kleiner Junge damit. Dauernd erzählte er mir von seinen neuesten Stücken, wieviel er dafür bezahlt hatte und wieviel sie in zehn Jahren wert sein würden. Er sagte, es sei verrückt, sie nicht in einem Banksafe zu verwahren, aber er wollte einfach das Vergnügen genießen, sie herauszunehmen, wann immer ihm danach war, sie anzuschauen und ...«

»Hat er sie seinem Sohn gegeben?«

»Ich kann mir nicht vorstellen, daß Jonathan diese Münzen irgend jemandem gegeben hätte, aber wer weiß? Mary hat jedenfalls nichts davon erwähnt. Warum?«

Ich schüttelte den Kopf. »Hat sie gesagt, wo Philip sich aufhält?«

»Nein.«

»Sind Sie sicher? Das ist wichtig.«

»Bestimmt. Einmal hat er sie angerufen. Er wußte nicht mal von Jonathans Selbstmord, und Mary mußte ihm mitteilen, daß es ein paar Tage länger dauern würde, bis sie das Geld zusammen hat. Er sei deswegen regelrecht durchgedreht.«

Ich stand vom Bett auf. »Jo-Jo, ist Ihnen jemals der Gedanke gekommen, daß Mary unter anderem so versessen darauf ist, diesen Sohn auszuzahlen, damit er sich keinen Anwalt nimmt und Anspruch auf Jonathans Vermögen erhebt?«

»Nein.« Sie zuckte die Schultern. »Allerdings haben Sie vermutlich recht. Mary hat zweifellos daran gedacht.«

Ich musterte ihre Koffer. »Wohin wollen Sie?«

Sie erwiderte, sie wisse es nicht. »Ich denke, ich fahre einfach zum Flughafen und steige in die nächste Maschine, egal wohin, nur weit genug weg. Reichlich verwegen, nicht wahr?«

Ich lächelte und bemühte mich um einen ruhigen, mitfühlenden Ton. »Sie dürfen die Stadt nicht verlassen, das ist Ihnen doch klar, Jo-Jo? Zuerst müssen Sie mal Ihre Beschuldigung gegen mich zurückziehen, und dann brauchen wir Ihre komplette Aussage über Jonathans Sohn und diese ganze restliche Geldgeschichte.«

»Sobald Sie zur Tür raus sind, fahre ich – darauf gebe ich Ihnen mein Wort.«

»Ich könnte Sie auf der Stelle einbuchten.«

»Sie meinen wohl, Sie könnten einen Polizisten rufen, der *nicht* vom Dienst suspendiert ist und *nicht* den ausdrücklichen Befehl von seinem Captain erhalten hat, mir vom Leib zu bleiben, und *der* könnte mich dann einbuchten.«

Da hatte sie allerdings recht.

»Ich will Ihnen einen Rat geben, Teddy – machen Sie es wie ich, lassen Sie es einfach nur gut sein. Halten Sie wieder Ihre gewohnten Nickerchen am Schreibtisch und lassen Sie Mary die Sache erledigen. Sie ist zäh und kriegt am Ende doch ihren Willen, glauben Sie mir. Ihr einfach aus dem Weg zu gehen, ist das Beste.«

»Das kann ich nicht.«

»Ich habe einen Brief an Captain Land abgeschickt, ehe Sie herkamen, in dem ich ihm mitteile, daß meine Anschuldigungen gegen Sie von Grund auf ein großes Mißverständnis gewesen seien, daß ich in meiner Trauer um Jonathan verwirrt war und Sie nie irgendeine unschickliche Bemerkung mir gegenüber gemacht haben, daß Sie sich stets völlig einwandfrei und Ihrem Beruf entsprechend benommen haben und eine Belobigung erhalten sollten für Ihre Geduld mit einer hysterischen Frau wie mir. Mary hat versprochen, wenn Sie am Montag immer noch in der Patsche sitzen, würde sie alles tun, um es wieder in Ordnung zu bringen.«

»Ach ja, hat sie das?«

»Sie verstehen anscheinend gar nichts, Teddy.«

»Das habe ich in letzter Zeit schon öfter gehört.«

»Leute wie Jonathan und Mary, Leute mit Durchsetzungskraft und so viel Geld, machen solche Sachen ständig und zahlen, um ihre alten Fehler zu vertuschen. Sie wissen doch, wie das läuft.«

»Vielleicht diesmal nicht.«

Sie schnaufte. »Wie auch immer, mir ist das jedenfalls egal. Mich kümmert nicht, was mit Mary, mit Jonathans Sohn oder mit Ihnen passiert. Ich werde ins Flugzeug steigen und für den ersten die Beine breit machen, der mich anschaut.«

»Es tut mir leid, daß Ihnen das alles so ...«

»Mir tut es auch leid!« Sie begann wieder zu weinen. »Und Ihnen wird es am Ende genau wie mir ergehen, wenn Sie nicht von dieser Frau wegbleiben.«

»Ich muß herausfinden, was da läuft.«

Sie beugte sich über einen Koffer, nahm Kleider heraus und packte andere ein. »Das einzige, was ich herausfinden muß, ist, wer mich jetzt als nächster fickt. Darüber hinaus ist mir *einfach alles egal*.«

»Ja«, sagte ich und überließ Jo-Jo ihrer Packerei. »Ich kenne das Syndrom.«

16

Alfred öffnete die Tür seines Apartments und funkelte mich aus zusammengekniffenen Augen an. »Du hast Land überhaupt nichts erzählt?« rief er, als ich an ihm vorbei wollte, und wich keinen Millimeter von der Stelle. »Land war gar nicht bei den Leuten vom Morddezernat, du hast mich belogen – er war weg, um bei den Elks eine Rede zu halten.«

»Den Lions«, verbesserte ich.

»Mann, du behinderst in zwei verschiedenen Bezirken die Ermittlungen in Mordfällen! Kannst wirklich von Glück sagen, wenn dich das nicht den Kopf kostet.«

»Ich brauche eine Waffe.« Ich drückte mich an ihm vorbei. »Hebst du immer noch deine kleine Kollektion in dieser Kommode auf?«

Alfred rannte hinter mir her und packte meine Schulter. »Du bist verrückt! Dir eine Waffe zu geben, ist das letzte, was ich tun würde. Ich bin froh, daß Land dich suspendiert hat. Hast du verstanden, du Arschloch – ich bin froh, daß du keine Dienstmarke und keine Waffe mehr hast! Du bist ja gefährlich, Mann!«

Ich blieb ganz ruhig. »Außerdem muß ich wissen, wo diese Münzen gefunden wurden, mit denen Melvin Kelvin sich beschäftigt hat.« Als ich auf seine Hand schaute und anschließend in seine Augen, ließ er mich los. »Komm, beeil dich. Eine Waffe und den Fundort dieser Münzen.« Er stand sprachlos da. »Ich warte, Alfred.«

»Und ich warte, daß du auf allen vieren kriechst und anfängst zu bellen.«

Ich ging zur Kommode, und Alfred folgte mir. »Willst du nicht hören, was wir mit dem Computer rausgefunden haben?«

»Wenn du schnell machst. Ich hab's eilig.«

»Jonathan Gaetan war schon mal verheiratet, und er hat zwei Kinder.

»Ja, ich weiß. Einen Jungen und ein Mädchen.«

»Du hast es gewußt?«

»Natürlich. Ich bin schließlich Detective.«

»Was ziehst du hier ab, Teddy?«

Ich öffnete die unterste Schublade und fragte, ob die Pistolen noch alle funktionierten.

Er packte meinen Arm. »Jonathans Sohn hat gesessen, und das nicht nur einmal. Tatsächlich ist er gerade erst vor einer Woche rausgekommen nach einer achtjährigen Sitzung wegen tätlichen Angriffs mit einer Waffe.«

Das war mir natürlich neu, aber ich konnte es mir nicht verkneifen, Alfred nochmal zu verblüffen. »Ja, er war in Kalifornien im Gefängnis. Was hat Melvin Kelvins Zauberkasten sonst noch ausgespuckt?«

»Du kennst doch anscheinend sowieso sämtliche Antworten.«

Ich zuckte die Schultern und bückte mich, um eine Waffe auszusuchen.

»Okay«, meinte Alfred, »sag mir, wenn du es schon weißt. Der Sohn trägt den Namen Philip Jameson und ist die meiste Zeit seines Lebens im Gefängnis ein- und ausgegangen. Das letzte Mal war er dran, weil er über eine Frau in ihrem Wohnwagen hergefallen ist und drohte, ihr mit einem Metzgermesser die Titten abzuschneiden. Das allein macht ihn schon zu einem Bombentip für die Lippenstiftmorde.«

Ich richtete mich auf. »Dann hör mal zu, was ich herausgefunden habe. Als der junge Jonathan Gaetan noch verheiratet war und in Kalifornien lebte, hat er alles gebumst, was ihm in die Quere kam, und deshalb machte seine erste Frau sich mit den beiden Kindern davon. Jonathan hat nie wieder einen von ihnen gesehen bis Sonntagnacht, als der Sohn auftaucht und von Daddy hundert Dollar für jede einzelne Woche fordert, die Daddy in Philips Leben gefehlt hat, insgesamt achtundzwanzig Jahre.«

»Ich nehme an, das macht zusammen einhundertfünfundvierzig ...«

»Jawohl. Mary will ihm das Geld morgen früh um zehn geben. Jo-Jo wollte ihr helfen und hat diese blödsinnige Beschuldigung gegen mich erfunden, damit ich aus dem Weg bin und mich nicht einmische. Anscheinend wissen beide nichts von den Lippenstiftmorden oder einem möglichen Zusammenhang mit diesem verrückten Sohn. Sie versuchen nur, Jonathan Gaetans seliges Andenken so unbefleckt wie möglich zu halten. Sagst du mir jetzt, wo diese Münzen gefunden wurden oder nicht?«

»Halt mal, eine Sekunde.«

»Mann, ich hab's eilig!«

»Dann leck mich doch, von mir hörst du kein Wort.«

Ich bückte mich wieder und nahm aus der untersten Schublade einen großen Armeecolt in einem Schulterhalfter – dieses Ding würde jede brenzlige Situation mit einem einzigen Schuß bereinigen. Dann fiel mir ein, daß eine kleine Notfallversicherung nicht schlecht wäre, und ich suchte mir für diesen Zweck eine handliche silberne Achtunddreißiger in einem Kniehalfter.

»Wie wollte Mary denn *mich* aus dem Weg schaffen?« fragte Alfred. »Hat sie nicht gewußt, daß wir zusammenarbeiten und keine Angst, daß *ich* die Geldübergabe verderben könnte?«

»Ich glaube, sie nannte dich *zugänglich*. Mary war sicher, sie könnte dich mit ein paar hübschen Worten einwickeln, falls du aufgetaucht wärst.«

Er antwortete auf diese Beleidigung mit einer ebensolchen Bombe für mich – jedenfalls hoffte er das. »Melvin Kelvin ist gerade bei Captain Land und zeigt ihm die Computerausdrucke, um ihn zu überzeugen, daß wir eine Spur vom Lippenstiftmörder haben.«

Ich zuckte nur die Schultern. »Ich frage dich ein letztes Mal. Weißt du, wo diese Goldmünzen gefunden wurden?«

»Hör mal, du Idiot, wir haben *stundenlang* am Computer gearbeitet, weil *du* uns darum gebeten hast! Ahnst du überhaupt, was für eine Plackerei das ist, Daten und Aufzeichnungen zu überprüfen, die zwanzig oder dreißig Jahre zurückreichen? Durch Jonathans Sozialversicherungsnummer haben wir herausgefunden, daß er schon mal verheiratet war, und so stießen wir auf die Sozialversicherungsnummer seiner ersten Frau, danach ...«

Ich schaute ihn so ausdruckslos wie möglich an.

»Okay, du willst nichts hören, na gut. Aber du gehst nirgendwohin, vor allem nicht mit meinen Pistolen, falls du mir nicht sagst, was du vorhast. Wir vermuten, Philip hat irgendwie erfahren, daß Jonathan sein Vater ist. Vielleicht hat seine Mutter es ihm erzählt. Melvin Kelvin ist nur auf einen einzigen Vermerk über einen Besuch bei ihrem Sohn im Gefängnis gestoßen. Das war an seinem fünfundzwanzigsten Geburtstag. Aber egal wie er es herausgefunden hat, jedenfalls macht er sich gleich nach der Entlassung auf den Weg hierher, trifft irgendwie diese Ausreißerin und tötet sie, taucht bei Jonathan auf und bringt ihn um, und während er auf sein Geld wartet, ist ihm langweilig, und er fällt über diese Nutte her. Denkst du dir das auch so?«

»Beinah. Ich glaube nach wie vor, daß Jonathan Selbstmord begangen hat. Er hat freiwillig dafür gesorgt, daß Philip das Geld bekommt und sich anschließend umgebracht, weil Philip ihm erzählte, daß die Tochter schon als Teenager an einer Überdosis Drogen gestorben sei, was Jonathan wirklich den Rest gab.«

»Gut möglich. Die Tochter Nancy hatte ein paar Jugendstrafen, aber Melvin Kelvin konnte an diese Akten nicht rankommen. Er hat allerdings herausgefunden, daß sie in einem Krankenhaus ein Kind geboren hat; ein Vater war nicht verzeichnet. Sie gab es zur Adoption frei und verschwand danach, jedenfalls war nicht mehr über den Computer zu erfahren.«

»Ich muß jetzt *sofort* los. Ich fahre im Revier vorbei und sehe selbst in den Unterlagen nach, wer diese Münzen abgeliefert hat.«

»Was willst du denn dauernd damit?«

»Jo-Jo hat erzählt, daß Jonathan zwar keine Messer gesammelt hat, soviel sie wußte, allerdings jedoch Goldmünzen.«

Alfred schaute mit einem Ruck auf. »Und Philip hat sie mitgenommen und dann irgendwie verloren!«

Ich nickte.

»Warum hast du das nicht gleich gesagt? Zwei Kinder haben sie gefunden. Die Familie macht hier Urlaub und wohnt im Common-Wealth Motel an der Sixty-six.«

»Und da sind die Münzen gefunden worden?«

»Du denkst, Philip wohnt ebenfalls dort?«

»Es wäre sicher nicht verkehrt, mal nachzuschauen.«

»Ich komme mit.«

»Bist du bewaffnet?«

»Furzt ein fettes Baby?«

Auf dem Weg zu Alfreds Wagen fragte ich, warum er und Melvin Kelvin auch Jonathan überprüft hatten, wo es mir doch nur um Mary gegangen war.

»Weil wir nichts Interessantes über sie finden konnten, deshalb. Sie hat einen Highschoolabschluß gemacht in einem kleinen Ort bei San Francisco, ging einige Zeit aufs College, dann sechs Monate Sekretärinnenschule. Anschließend kam sie hierher und bekam einen Job in Jonathans Unternehmen. Sonst gab's nichts, absolut nichts.«

»Wie war nochmal ihr Mädchenname?«

»Wilson. Bei ihr ist alles sauber, Mann, bei Jonathan liegen die ganzen Geheimnisse.«

»Hm.«

»Was heißt hier: hm?«

»Die Tochter ist zwar tot, aber vielleicht hat Mary keine Lust, Jonathans Vermögen mit einem Sohn oder einer geschiedenen Ehefrau zu teilen, die nie eine Abfindung erhalten hat. Also belügt sie uns und will ihn auszahlen, weil sie auf diese Weise verdammt viel billiger davonkommt, als wenn sie einen großen Rechtsstreit darüber riskiert, was ihm möglicherweise gesetzlich zusteht.«

»Was aber jetzt alles keine große Rolle mehr spielt, nicht?«

Da hatte er allerdings recht.

Vom Auto aus forderte Alfred über Funk beim Revier Verstärkung an und nannte das Motel als Treffpunkt, da wir Grund zu der Annahme hätten, Philip Jameson dort zu finden. Er verlangte außerdem, daß man Captain Land und Melvin Kelvin benachrichtige, wohin wir unterwegs seien und weshalb. Anschließend meinte er zu mir, daß wir in fünf Minuten dort seien, und es noch lange dauere, bis die anderen kommen würden.

»Und?«

»Bist du ganz sicher, daß du es schaffst?«

»Mir geht's gut, alles klar, fahr zu.«

Obwohl der Motor sofort ansprang, drehte Alfred die Zündung ein zweites Mal, die Kupplung knirschte, und er fluchte. Als ich fragte, wie *er* sich fühle, brummte er: »Prima, was sonst.«

Sechzig Sekunden später rasten wir durch die Straßen, und ich gab zu, daß ich Angst hatte, nicht so sehr vor der Begegnung mit Philip als vielmehr davor, daß ich alles total versiebt hatte. Wenn ich gleich mit Jo-Jo Creeks Informationen zu Land gegangen wäre, hätte vielleicht jemand eine Verbindung zu Philip gesehen, *ehe* er diese Prostituierte tötete. »Das macht mich richtig fertig, daß ich an so einer Schweinerei schuld bin.«

Alfred widersprach nicht.

17

Billy müht sich verbissen, tapfer zu ein.

Er denkt an diesen triumphierenden Augenblick im letzten Sommer und wie stolz der Vater auf seinen Mut war. Mit aller Kraft denkt er daran, denn jetzt braucht er wirklich seine ganze Tapferkeit, als er völlig nackt auf dem Bett eines verrückten Mannes sitzt.

Im letzten Sommer waren er und sein Freund Jimmy zu zweit auf dessen Rad gefahren, es ging rasend schnell bergab, und plötzlich knallten sie in eine Hundehütte mit einem Blechdach. Beide hatte es schlimm erwischt, Billy trug eine klaffende Wunde am Knie davon, und Jimmys Unterarm war aufgerissen. Es war Samstag, die Väter waren zu Hause und packten ihre Söhne ins Auto, um sie schleunigst zur Notaufnahme zu bringen.

Dort ermahnte Jimmys Vater seinen Sohn, daß er vor all den Leuten bloß kein Theater machen solle, aber beim Anblick der Nadel begann er zu weinen und wurde ganz hysterisch. Er wehrte sich derart gegen den Arzt, daß drei Männer ihn festhalten mußten, ehe der Arm genäht werden konnte. Sein Vater brüllte ihn die ganze Zeit über an. »Reiß dich zusammen, sei nicht so eine gottverdammte kleine Heulsuse!« Aber das machte alles nur noch schlimmer.

Billy war der nächste. Sein Vater sagte nur ganz ruhig: »Versuch tapfer zu sein, Junge.« Und er war tapfer, sehr sogar. Es tat schrecklich weh, dieser erste Einstich, mit dem die Nerven rund um die Wunde betäubt wurden, damit er die Nadeln nicht spüren sollte, mit denen sein Knie zusammengenäht werden würde. Aber er fühlte es trotzdem, und sogar sehr! Billy zwang sich, nicht zu weinen, und je stärker der Schmerz wurde, desto fester drückte er die Hand seines Vaters. Ein paar Tränen liefen ihm über die Wangen, doch er weinte nicht wirklich, keinen einzigen Laut gab er von sich.

Solange sie in der Notaufnahme waren, machte der Vater

keine Bemerkung über seine Tapferkeit aus Rücksicht auf Jimmy und dessen Vater, aber als sie heimkamen, berichtete er triumphierend seiner Frau und Penny, wie tapfer Billy ohne zu weinen und ohne ein Wimpernzucken die ganzen zwölf Stiche hingenommen hatte. Er konnte einfach nicht aufhören, davon zu reden. Als er ihn auf den Arm nahm und sagte: »Ich bin stolz auf dich, Sohn«, hatte er Tränen in den Augen. Es war das erste Mal, daß Billy so was je gesehen hatte.

Jetzt brauchte er wieder seine ganze Tapferkeit. Nackt sitzt er auf einem dreckigen Bett, seine Schwester ist neben ihm und ebenfalls nackt, ein total verrückter Mann torkelt vor ihnen hin und her und redet dauernd von Sachen, die er nicht versteht. Bestimmt ist das tausendmal schlimmer als Stiche ins Knie, aber Billy versucht mit aller Kraft, auch jetzt tapfer zu sein, weil er will, daß sein Vater stolz auf ihn ist – und er ist sicher, daß sein Dad jeden Moment diese Tür eintreten wird und hereinstürzt, um sie vor diesem schrecklichen Mann zu retten. Der Vater kann alles, er ist mutig und weiß alles.

Nur mit den Monstern hatte er nicht recht. Vor ein paar Monaten hatte Billy dauernd schreckliche Alpträume von Monstern, die in sein Zimmer kamen, menschenähnliche Kreaturen mit Hundezähnen, die aus ihren Mäulern ragten. Es waren furchtbare Träume, und er schrie im Schlaf, daß sein Vater zu ihm lief, ihn im Arm hielt und versicherte, Monster gebe es keine. »Es gibt schlimmes im Leben, wie Unfälle – so wie mit deinem Knie – und Krankheiten. Manchmal leidet man sogar wegen Menschen, die man liebt, zum Beispiel, wenn deine Freunde in der Schule gemeine Sachen sagen, oder wenn Menschen sterben, wie Großmutter letztes Jahr, erinnerst du dich noch? Deshalb will ich nicht behaupten, daß du im Leben kein Leid erlebst, nur eines garantiere ich dir – Monster gibt es keine.«

Aber es gibt sie doch! Billy und Penny sind bei einem im Zimmer, einem Monster mit einer blonden Perücke, das dreckig und voller Blut ist. Er hält ein kleines Messer in der Hand, wedelt dauernd damit vor Billys Gesicht und droht, ihn in lauter kleine Stücke zu zerschneiden. Er riecht furchtbar, besonders wenn er näher kommt, und überhaupt stinkt das ganze Zimmer gräßlich. Aber am schlimmsten ist, daß dieses Monster sie gezwungen hat, sich auszuziehen. Billy hat schon von solchen Sachen gehört – zu Hause in ihrer Stadt wurde mal ein Mann verhaftet, weil er Pfadfinderjungen Geld gegeben hatte, damit sie ihre Hosen runterzogen und er Fotos machen konnte. Eindringlich hat man ihn und seine Schwester ermahnt, sich von niemandem, außer einem Arzt, berühren oder anschauen zu lassen – aber was tut man, wenn dich ein Monster packt, in sein Zimmer schleppt und droht, dich aufzuschneiden, falls du nicht die Kleider ausziehst und dich nackt auf das dreckige Bett setzt, damit er dich anschauen kann? Billy weiß, daß es falsch ist, aber er hatte keine Wahl. Penny klammert sich weinend an seinen Arm. »Billy«, flüstert sie dauernd mit verängstigter Stimme.

Die Augen des Monsters sind rot, seine Lippen und die Zunge bewegen sich unaufhörlich, es reißt den Mund auf und verzieht ihn komisch, die Zunge kreist an den Innenseiten der Wangen. Es redet und redet, aber das einzige Wort, das Billy versteht, ist *Mexiko*. Manchmal grinst das Monster, doch es ist kein Lächeln, sondern eher eine Grimasse, und Billy kann sehen, daß seine Vorderzähne abgebrochen und braun sind.

Aber das schrecklichste ist sein Schluchzen, ein grausiger blökender Laut, bei dem Billy zitternd muß.

Er fragt sich voller Angst, woher all dieses Blut auf den Kleidern dieses Kerls kommt. Vielleicht hat er schon andere Kinder hier im Zimmer gehabt, sie in Stücke geschnitten, wie er es ihm angedroht hat, und dann ihre Leichen vergraben, ehe er nach neuen Kindern zum Schlachten auf die Suche ging. Und das sind er und Penny! *Wo ist Dad?* Wenn er nicht so verzweifelt darum kämpfte, tapfer zu sein, würde Billy auf der Stelle laut nach seinem Vater schreien.

Das Monster bleibt plötzlich vor ihnen stehen. Seine Kinnlade bewegt sich rasch hin und her, die Zunge stößt heraus und schlüpft wieder hinein, und er sieht Penny und Billy an, ohne sie richtig wahrzunehmen. »Ihr zwei mögt glänzende

Münzen, was?« Dann schluchzt er, als sei er ganz überwältigt vor Verzweiflung.

Billy und Penny schauen sich erschrocken an. Ganz plötzlich haben sie verstanden. Zum erstenmal seit dieser Mann sie gepackt hat, verstehen sie warum. Er ist wütend, weil sie seine Münzen genommen haben. Sicher hat er sie verloren und glaubt, sie hätten sie gestohlen. In Billy keimt eine kleine Hoffnung, und er wagt es, zu reden.

»Wir haben alle Münzen der Polizei gegeben.« Sein Mund ist schrecklich trocken und seine leise Stimme zittert.

Das Monster kniet sich vor Billy, der mit beiden Händen seine Genitalien bedeckt.

»Ich schwör's bei Gott, Mister, wir haben Ihr Geld nicht gestohlen.«

»Hier wird nicht bei Gott geschworen, du kleiner Scheißer.«

Billy schluckt. »Sie brauchen bloß zur Polizei zu gehen und kriegen sie wieder.«

»Zur Polizei!« Er schluchzt.

»Wirklich«, versichert Billy so ernsthaft wie er nur kann. »Der Polizist hat gesagt, wenn der Besitzer auftaucht, bekommt er alle Münzen zurück. Wir haben sie nicht gestohlen, wir haben sie doch bloß gefunden.«

Penny flüstert ihm etwas zu, daß sie auch keinen Lohn wollten. Mit einer Hand hält sie den Arm ihres Bruders fest, die andere hat sie zwischen ihre Beine gedrückt.

»Der Polizist hat gesagt, wir würden vielleicht eine Belohnung von dem Besitzer bekommen«, erklärt Billy, »aber wir wollen gar nichts, wirklich, Sie kriegen einfach alle Ihre Münzen wieder und lassen uns dann gehen, ja?«

Philip stiert lange Zeit ins Leere, seine Augen funkeln trübe, sein Mund steht offen. Dann richtet er ganz plötzlich wieder seine Aufmerksamkeit auf die Kinder und verkündet, er habe *gewollt*, daß sie die Münzen finden. »Ich wußte, daß ihr zwei gierige kleine Scheißer seid, aber das ist mir egal, weil ich bekommen habe, was ich wollte.« Er lehnt sich zu Penny und berührt ihr Knie mit einem Finger.

»*Billy*«, bettelt sie, als ob er etwas dagegen tun könne.

Beim Aufstehen gibt Philips rechtes Bein nach. Fluchend

liegt er auf dem Boden, und sein Messer zuckt durch die Luft. Billy späht zur Tür. Hat das Monster vorhin abgeschlossen? Billy erinnert sich nicht. Ob sie es schaffen können? Wenn er Pennys Hand nimmt und sie losrennen, ehe er sie erwischt, die Tür aufreißen und den Gang hinunterflüchten, bevor er …

Aber Philip hat sich bereits auf Hände und Knie gestützt und greift nach einem Stuhl, an dem er sich hochzieht. Er wirbelt herum, um zu sehen, wie sie auf seinen Sturz reagiert haben. Schwitzend und mit zornrotem Gesicht starrt er sie an. Vor diesem Mann nackt zu sein ist schlimmer als zehntausend Stiche im Knie.

Er humpelt zum Bett und setzt sich neben Penny, so daß sie zwischen dem Monster und ihrem Bruder ist, und als er wieder ihre bloße Schulter berührt, flüstert sie erneut flehentlich den Namen ihres Bruders. »Billy.«

Der Mann zieht etwas aus seiner Tasche, während er dem Mädchen über das Haar streichelt. »Ich nehm' dich mit mir nach Mexiko«, murmelt er wie zu sich selbst. »Meine kleine jungfräuliche Braut, du lebst mit mir in Mexiko.« Versonnen wickelt er eine Haarsträhne um seine Finger. »Das wird dir gefallen, nicht wahr, dort meine kleine Prinzessin zu sein, ja?«

Genauso nennt ihr Vater sie manchmal – meine kleine Prinzessin. Sie wendet sich verzweifelt zu Billy. »Wo ist Dad?«

»Du meinst, dein Daddy wird euch retten?« Diese verrückte Zunge schlängelt hastig zwischen den aufgeplatzten Lippen hervor. »Ich hoffe, das tut er. Ich hoffe, verdammt noch mal, er versucht es, weil ich ihn nämlich ausnehme wie einen Fisch, sobald er reinkommt, und dann wollen wir mal sehen, was für ein Held Daddy ist, wenn er im Zimmer rumtorkelt und über seine Därme stolpert.«

Schluchzend packt das Monster sie am Haar und reißt ihren Kopf nach hinten, daß ihr erschrockenes Gesicht ihm zugewandt ist, und mit dem roten Lippenstift, den er aus seiner Tasche gezogen hat, beschmiert er ihren Mund. Penny weint haltlos.

Das Monster stößt sie zurück aufs Bett. Billy beobachtet erstarrt, wie das Monster strahlenförmige Linien um Pennys entsetzte Augen zieht, auf ihre Wangen runde Kreise malt, und jetzt erkennt er, daß dieses Schluchzen in Wahrheit eine schreckliche Art von Lachen ist.

Penny wehrt ihn schließlich mit aller Kraft ab und klammert sich wieder an ihren Bruder.

»Mein kleines Püppchen«, sagt Philip träumerisch und tätschelt sie zärtlich. »Mein kleines mexikanisches Puppenmädchen.«

Mühsam steht er vom Bett auf. »Nicht mehr viel Zeit. Ist langsam dunkel draußen.« Sein Mund öffnet und schließt sich mehrmals. »Ich hol das Geld, und dann fahren wir beide nach Mexiko.« Er berührt Pennys Schenkel. »Willst du sehen, wie hübsch du bist?«

Sie schüttelt den Kopf und drängt sich noch dichter an Billy. Der Lippenstift auf ihrem Gesicht beschmiert seinen Arm.

Der Mann preßt beide Hände an seine Schläfen und murmelt etwas von wahnsinnigen Schmerzen. Obwohl Billy deutlich die Worte hört, weiß er nicht, wessen Schmerz er meint.

Philip streift die Perücke ab, wirft sie quer durch das Zimmer und kratzt sich am Kopf. Er torkelt zum Kühlschrank, öffnet ihn, schaut lange hinein und knallt dann die Tür so fest zu, daß sie wieder aufprallt. »Nichts Kaltes zu trinken mehr da«, sagt er traurig. »In dieser beschissenen Hitze nicht mal was … Mexiko, in Mexiko, da gibt es immer eine feine Brise vom Ozean her.« Er stolpert hastig zu Penny. »Du willst mit mir nach Mexiko fahren, nicht wahr, kleines Puppenmädchen?« Er fleht sie förmlich an.

Aber Penny schüttelt den Kopf, ohne ihn anzuschauen.

»Wie wär's, wenn ich dein Gesicht noch ein bißchen mehr bemale, ja?« fragt er und schwenkt den Lippenstift. Er wirkt beinah wie betrunken. Leise schluchzend beginnt er, Linien auf ihre Wangen zu zeichnen.

Sie schüttelt immer noch ihren Kopf, der an Billys Arm geschmiegt ist. »Nein, nein.«

Philip reißt sie von ihrem Bruder weg und drückt sie aufs Bett. Penny hält instinktiv beide Hände zwischen ihre Beine, das Monster packt ein Knie und zieht an ihren Händen, immer fester und wilder. Er kniet sich auf den Boden, sein Kopf nähert sich ihr – bis Billy so laut schreit wie er nur kann. »*Nicht!*« Und dann versetzt er dem Monster mit geballter Faust einen wütenden Schlag an den Kopf.

Philip rappelt sich hoch und mustert den Jungen so verblüfft, als sei ein Möbelstück plötzlich lebendig geworden und auf ihn losgegangen. Aber sein Erstaunen verschwindet schnell. »Du kleiner Scheißer«, grinst er fast fröhlich. »Warte mal, ich hab' was, das ich dir zeigen will.« Er beginnt das Zimmer zu durchsuchen, schiebt mit Fußtritten den herumliegenden Abfall beiseite, kramt unter Pizzaschachteln, schluchzt, murmelt und flucht.

»Billy!« Penny schluchzt flehentlich den Namen ihres Bruders. Ganz bestimmt steht etwas Schreckliches einem Jungen bevor, der so tapfer ist, ein Monster zu schlagen.

Philip kann einfach nicht finden, wonach er sucht. Er stapft zurück zu Billy und schlägt ihm auf die Hand, die er über seine Genitalien hält. »Ich hab' eine Idee.« Sein Gesicht kommt ihm so nahe, daß der Junge beinah würgen muß und es ihm die Kehle zusammenzieht. »Wie würde es dir gefallen, pimmellos aufzuwachsen, he?« Das Monster schluchzt heftig.

Billy weint nicht wirklich – er gibt keinen einzigen Laut von sich – aber über sein Gesicht laufen Tränen. Eine ungeheure Hoffnungslosigkeit hat ihn gepackt. Nie im Leben wird sein Vater es rechtzeitig schaffen, ihn zu retten, davon ist er nun überzeugt.

»Du kommst jetzt mit mir.« Philip greift seinen Arm. »Ins Bad, Rotzlöffel. Ich werde dich richtig schön herrichten.«

Penny klammert sich mit beiden Händen an ihren Bruder und weint hemmungslos.

»Hey, kleines Puppenmädchen, wein doch nicht. *Dich* nehme ich ja mit nach Mexiko.« Aus seiner Tasche zaubert er einen winzigen roten Apfel und reicht ihn ihr. »Seife. *Ehrlich*, riech nur mal dran. Seife«, wiederholt er, als biete er ihr etwas ganz wunderbares.

Penny stößt das Geschenk zurück. Das Monster nimmt eine zerschlissene Reisetasche und wandert durchs Zimmer, stopft Kleider hinein, murmelt etwas von Geld und Mexiko, läßt einen Gürtel auf dem Boden liegen, hebt dafür ein Stück Seil auf, bleibt stehen und kramt noch einmal in den Taschen seiner Jacke. Dabei findet er ein paar Fotos, die er verwirrt mustert, ehe er sie wieder einsteckt. Er schaut hinüber zu Billy. »Du weißt, was dir blüht, Bürschchen? Warte mal, was passiert, wenn ich diese Lust zu beißen kriege.« Wieder das grausige schluchzende Lachen.

Philip läuft weiter im Zimmer herum und stopft allerlei in die zerbeulte Tasche. Als er sich beim Fernsehgerät bückt, ruft er plötzlich: »Da ist sie ja.«

Begeistert hält er Billy dieses Ding dicht vors Gesicht, und der Gestank ist weit schlimmer als der Atem des Monsters – eine schwarze, faulende Hand.

»Ich habe sie ihr abgeschnitten«, flüstert er. »Du hättest hören sollen, wie sie mich angebettelt hat, genau wie du betteln wirst, wenn ich dich in diesem Badezimmer habe, nur hat ihr das gar nichts genützt – und dir nützt es auch nichts, du kleiner Scheißer. *Ich mache einen Puppenjungen aus dir.*«

»Billy, Penny!«

Mit einem Schlag erfüllt neue Hoffnung das Zimmer, denn da war gedämpft, aber unverkennbar die wundervoll vertraute Stimme der Mutter.

»Billy! Penny!« Obwohl die Fenster geschlossen und die Vorhänge zugezogen sind, gibt es keinen Zweifel: sie ist dort unten auf dem Parkplatz und ruft nach ihnen.

»Billy! Penny!«

Ihre Stimme klingt nicht besorgt, noch nicht.

Das Monster eilt zum Fenster und späht hinaus, dann dreht es sich grinsend zu den nackten Kindern um. »Ich habe euch schon lange beobachtet, die ganze beschissene glückliche Familie, wie ihr euch dauernd abknutscht und zusammen spielt. O ja, ich habe euch beobachtet, aber du bist noch längst nicht zu Hause, Bürschchen. Wir zwei haben erst eine Verabredung in diesem Badezimmer dort.« Er hat wieder das Messer mit der dreieckigen Klinge in der

Hand und deutet auf die grüne Tür. »Komm schon, Puppenjunge.«

Billy schaut zum Bad und fragt sich, was dort drinnen ist – die Leichen von Kindern, die das Monster bereits getötet hat? So macht er das, denkt Billy. Er bringt sie ins Bad und zerschneidet sie in der Wanne.

Philip kommt näher und flüstert ihm ins Ohr: »Ich bin der Schrecken.«

Er stößt den Jungen vom Bett auf den Boden. Penny schreit seinen Namen.

Mit den schweren Motorradstiefeln schiebt er ihn auf die grüne Tür zu. »Rein da mit dir, mach schon.« Er tritt ihn so fest, daß Billy aufsteht. »So ist es brav, Puppenjunge, geh schön da rein.«

Aber Billy hält sich mit beiden Händen am Türrahmen fest und stemmt die Füße auf den Boden. »Penny!« brüllt er voller Angst, »zieh dich an, Penny!« Und schließlich weint er wirklich, weil er nicht anders kann, die Angst ist zu groß. Es tut ihm leid, daß sein Dad enttäuscht wäre, aber er kann einfach nicht mehr.

Penny gleitet vom Bett und beginnt sich hastig anzuziehen. Das Monster tut nichts um sie daran zu hindern, sondern nickt statt dessen. »Das ist brav, zieh du dich schon mal für die Reise an, Puppenmädchen. Beweg deinen Arsch da rein!« befiehlt er Billy und versetzt dem Jungen einen Stoß.

»Billy! Penny!«

Jetzt klingt die Stimme der Frau verängstigt.

Und Billy sieht eine Chance für seine Schwester, denn wenn er mit diesem Monster in das Badezimmer geht und es lange genug dauert, was auch immer ihn dort drinnen erwartet, dann sind vielleicht Mom und Dad inzwischen so besorgt, daß sie die Polizei rufen – und wenn dieser grauenvolle Mann Sirenen hört, wird er weglaufen.

»Penny! Billy!«

Dad! Jetzt ruft auch *er* nach ihnen. Nun wird es nicht mehr lange dauern.

»Hey, Billy«, sagt Philip spöttisch. »Ich habe keine Zeit für

Mätzchen, klar? Du gehst entweder in dieses Badezimmer, oder ich schlitz dir und deiner Schwester die Kehle auf und laß euch beide hier auf dem verdammten Boden ausbluten. Wär das nicht ein Spaß, wenn Mommy und Daddy euch so finden?«

Billy weiß, daß er es tun muß – es ist die einzige Chance für seine Schwester – und er bemüht sich wirklich, tapfer zu sein, aber lieber, heiliger Jesus, er *will nicht* in dieses Badezimmer!

Das Monster drückt die kalte verfaulende Hand auf seinen nackten Rücken und ihn überläuft eine Gänsehaut. Er weint jetzt richtig, er kann nicht anders.

»Billy! Penny! Penny! Billy!«

Der Junge löst seinen Griff am Türrahmen und macht den ersten zögerlichen Schritt in das dunkle Bad. Er versucht wirklich, ganz tapfer zu sein.

18

Alfred bog auf den Parkplatz des Motels ein und raste fast in eine Gruppe von Leuten, die um einen Streifenwagen herumstanden. Die beiden uniformierten Beamten blickten mit finsteren Gesichtern von ihren Notizbüchern auf.

»Ich hätte gewettet, daß wir die ersten hier wären.«

»Keine Ahnung, wie sie uns überholt haben«, erwiderte Alfred.

»Wer sind diese Burschen?«

»Ein paar neue Leute. Ich weiß die Namen, nur im Moment kann ich mich ...«

»Hören wir mal, was los ist.« Aber ich konnte die Autotür nicht aufkriegen. »Ich muß dauernd daran denken, daß es meine Schuld ist, wenn er noch jemanden umgebracht hat.«

»Du bleibst einfach hier sitzen und reißt dich zusammen. Ich sehe mal, was Sache ist.«

Er stapfte hinüber zu der Gruppe, sprach mit den beiden Polizisten und kam wieder zum Wagen. Sein Gesicht versetzte mich sofort in Alarmbereitschaft.

»Was ist?«

»Komisch, sie wissen überhaupt nichts von Philip Jameson. Vor zehn Minuten hat man sie hergerufen wegen zwei Kindern, die vermißt werden.«

»Vermißte Kinder! Sind es die, die neulich die Münzen gefunden haben?«

Alfred lief nochmal zurück und redete kurz mit den beiden. »Ja, es sind die beiden«, berichtete er. »Eine Familie Hammermill aus Iowa, dort drüben sind die Eltern. Sie packten gerade ihre Sachen ins Auto, und die Kinder sollten in Sichtweite bleiben, aber als sie fertig waren, konnten die Eltern sie nicht mehr finden. Billy und Penny Hammermill, ein Junge von neun und ein Mädchen von sieben. Wir haben die Beschreibung, was sie trugen und so weiter. Seit ungefähr einer halben Stunde sind sie vermißt.«

Mein Puls raste, und ich hatte alle Mühe zu atmen.

»Teddy?«

»Okay ... schaffen wir erst mal die Leute vom Parkplatz. Sofort! Sie sollen alle auf ihre Zimmer. Du informierst ... wie heißen sie?«

»Die Uniformen? Terry und ...«

»Mach ihnen klar, weshalb wir hier sind, und ich höre mal im Büro, ob irgend jemand, auf den Philips Beschreibung paßt, letzte Woche eingezogen ist. Hast du eine Kopie dabei?«

Alfred zog den Computerausdruck aus seiner Tasche und reichte ihn mir. Ich lief los zum Büro des Motels, wo ich einen hageren Zwanzigjährigen mit dicker Brille und schlechter Haut fand. Er beobachtete vom Fenster aus das Treiben auf dem Parkplatz. »Was gibt's da draußen?«

»Sind Sie der Portier?«

»Ja. Wer sind Sie?«

Automatisch griff ich in meine Tasche, aber dann fiel mir ein, daß ich ja keine Dienstmarke mehr hatte. »Ich suche jemanden, der sich vielleicht irgendwann in den letzten sechs Tagen hier eingetragen hat. Männlicher Weißer, zweiunddreißig, zirka einsachtzig groß, neunzig Kilo schwer, braunes Haar, graue Augen«, las ich vom Computerausdruck. »Was war da noch? Ach ja, seine Vorderzähne sind abgebrochen. Wohnt hier so jemand?«

Er war unsicher, ob er antworten sollte. »Sind Sie Detective?«

Ich nickte. »Der Kerl, nach dem wir suchen, hat wahrscheinlich ein kalifornisches Kennzeichen.«

»Könnte ich Ihre Dienstmarke sehen?«

Ich schlug mein Jackett zurück und zeigte ihm die große Fünfundvierziger. »Falls Sie sich an jemanden erinnern, auf dem diese Beschreibung paßt, rücken Sie besser augenblicklich mit der Sprache raus, mein Junge, weil ich keine Zeit habe für irgendwelche Faxen.« Es klang wie aus einem schlechten Film, aber es brachte ihm zum Reden.

»Zimmer drei-drei-sieben.«

Ich mußte mit offenem Mund atmen, um genug Luft zu bekommen.

Wie ein Fremdenführer am Ende einer arbeitsreichen Woche rattert er: »Sie gehen hier am Büro vorbei durch die Tür, dann nach rechts, zwei Treppen hoch und ein Stück den Korridor hinunter, dann sehen Sie das Zimmer.«

»Gibt es nur diese eine Tür?«

»Ja. Er hat einen Balkon, der auf den Parkplatz und den Pool hinausgeht, aber da kann man nicht runter, das ist zu hoch.«

»Ein Hinterausgang?«

»Aus dem Zimmer?«

»Nein! Sie haben doch gerade gesagt, daß es nur eine Tür hat. Los, raus damit. Gibt es einen Hinterausgang, der zum Korridor ...«

»Ja!« rief er mit überschnappender Stimme. »Den Bürgersteig am Parkplatz entlang, am Pool vorbei und dann durch die Doppeltür hinten am Gebäude. Zwei Stockwerke hoch, ein Stück den Korridor runter, dann liegt das Zimmer links von Ihnen, wenn Sie auf diesem Weg kommen.«

»Wissen Sie, ob er da ist?«

Der Junge schüttelte den Kopf. »Was hat er getan?«

»Her mit dem Hauptschlüssel.«

Er gab ihn mir. »Hat das was mit diesen Münzen zu tun, die die Kinder gefunden haben?«

Ich antwortete nicht und lief los. Alfred und die uniformierten Polizisten erwarteten mich bereits mit gezückten Pistolen. »Ihr beide lauft herum zum Hintereingang. Alfred und ich gehen vorne rein.« Ich informierte sie kurz über das Notwendigste. »Aber wenn ihr vor uns dort seid, wartet ihr im Korridor. Wir brauchen unbedingt Verstärkung.«

Alfred sagte, er habe noch mal über Funk Unterstützung angefordert. »Melvin Kelvin und Land sind ebenfalls unterwegs.«

»Dann vorwärts.«

Wir waren gerade im Gebäude, als jemand hinter uns herkam. Erschrocken zog ich die Fünfundvierziger und legte auf den Kerl an.

Alfred hielt mich zurück. »Es ist der Vater der Kinder, Mr. Hammermill.«

In seinen Augen stand nackte Angst. »Was ist los? Warum sind Sie alle bewaffnet? Wissen Sie, wo meine Kinder sind?«

Ich sagte, er solle in seinem Zimmer warten. »Aber gehen Sie jetzt nicht über den Parkplatz. Bleiben Sie hier.«

»Sie wissen etwas, stimmt's? Bitte ... fangen Sie keine Schießerei an, wenn meine Kinder ...«

Ich drängte ihn gegen die Wand. »Bleiben Sie hier und bewahren Sie Ruhe, verstanden?«

Er nickte stumm. Die Panik auf seinem Gesicht verstärkte nur noch meine Nervosität.

Wir eilten die Treppe hoch. Mein Herz hämmerte derart, daß mein ganzer Brustkorb schmerzte, und ich dachte, es sei eine verdammt schlechte Zeit für einen Herzanfall. Im zweiten Stock erwarteten uns schon die beiden Polizisten. Ich brauchte einen Moment, um Atem zu holen.

»Jesus, Teddy, du siehst auch, als ob du gleich umkippst.«

»Ich bin okay.«

Wir gingen den Gang entlang zum Zimmer drei-drei-sieben.

»Ich trete die Tür ein«, meinte Alfred. »Alles fertig?«

Ich deutete auf den Hauptschlüssel. Die anderen warteten, daß ich öffnete, aber ich konnte mich nicht rühren. Ich wußte einfach nicht mehr, wie ich es anstellen sollte, mit der Fünfundvierziger in der Hand aufzuschließen ... leg ich sie weg und schließe mit der rechten Hand auf, oder kann ich das auch mit links? Ich war einfach wie gelähmt.

»Komm schon, Partner«, sagte Alfred leise. »*Teddy*.«

»Ja«, erwiderte ich hastig. »Ja.« Ich spürte, daß die drei zunehmend nervöser wurden. Meine Unsicherheit machte sie verlegen. Ich hatte nur ein paar Sekunden gezögert, aber es kam allen wie eine Ewigkeit vor.

»Camel!«

Den Korridor entlang stolzierte Captain Harvey Land in seiner ganzen Autorität auf uns zu. Melvin Kelvin trabte hinter ihm her.

»Halt, Camel.«

Mit der linken Hand schob ich den Schlüssel ins Schloß

und stieß die Tür auf. Gefolgt von Alfred und den beiden anderen stürzte ich hinein.

Das ganze Zimmer stank. Ich überflog das Durcheinander aus verstreuten Abfällen und umgestürzten Stühlen, aber ich suchte weniger nach Philip Jameson als nach den beiden Kindern.

Land tönte, ich sei solange suspendiert, bis *er* mich vom Gegenteil unterrichte, außerdem sei ich nicht berechtigt, eine Waffe …

Ich achtete nicht weiter auf ihn und öffnete die Tür zum Bad. Irgendein warnendes Gefühl sagte mir, auf der Hut zu sein. Die anderen drängten sich hinter mich und versuchten zu sehen, was ich dort erblickte.

Alfred fragte, was los sei, und Land befahl schroff, ich solle aus dem Weg gehen.

Ich trat ins Badezimmer, sperrte hinter mir ab und kniete mich auf den Boden. Die Waffe legte ich zur Seite, weil sie mir bei dieser Geschichte absolut nichts nutzen würde.

19

Penny hat sich fest entschlossen, überhaupt nicht mehr zu denken.

Neben diesem furchtbaren Mann, der unaufhörlich vor sich hin murmelt, Gas gibt und dann wieder abrupt auf die Bremse tritt, sitzt sie in einem Auto.

Sie will heim zu ihren Eltern und endlich wissen, was mit Billy geschehen ist. Das alles ist viel zu gewaltig für ihren siebenjährigen Verstand – entführt zu werden von einem Verrückten, der sie ganz mit Lippenstift bemalt hat, sehen zu müssen, wie Billy in dieses Bad geschleppt wird und der verrückte Mann allein herauskommt, die Angst, was er jetzt mit ihr macht, und ob er wirklich bis nach Mexiko fährt. So schrecklich weit weg werden ihre Eltern sie nie mehr finden. Diese ganzen Fragen und Ängste sind zu viel für Penny, deshalb sitzt sie stumm und reglos auf ihrem Platz und beschließt, überhaupt nicht mehr zu denken. Sie betet nicht, weint nicht, schaut nicht mal aus dem Fenster, weil sie ihre ganze restliche Willenskraft braucht zu dieser einen Anstrengung: nicht mehr zu denken.

In Philips Kopf dagegen wirbeln nur so die Gedanken – an Mexiko, ob man ihn erwischt, und daß bei ihm nie etwas klappt.

Dabei war der Plan wirklich simpel: quer durch das Land direkt zu Jonathan fahren und verkünden, daß er sein Sohn ist, ihm die ganze schmutzige Geschichte erzählen, besonders von Nancy, das Geld verlangen, nach Mexiko fahren und dort wie ein König leben. Ein wirklich simpler Plan. Doch dann hat ihn diese Tramperin in Maryland ausgelacht, Jonathan wurde umgebracht, das Geld war nicht rechtzeitig bereit ... fluchend tritt er auf das Gaspedal, bis ihm einfällt, daß er nicht riskieren darf, wegen Geschwindigkeitsüberschreitung angehalten zu werden. Er bremst ab, geht runter auf fünfzig und denkt daran, daß bei ihm wieder einmal alles schief gelaufen ist.

Es hätte allerdings klappen können, trotz dieser Tramperin und dieser Hure in Washington. Bei keinem der Morde besteht für ihn irgendeine Gefahr, davon ist Philip überzeugt. schließlich gab's nie Zeugen. Die beiden schwarzen Jungen haben ihn nicht in sein Auto einsteigen sehen, und deshalb gibt's keine Möglichkeit, ihn aufzuspüren. Die Bullen wissen nicht, wo er gewohnt hat, und Mary hat keinen Grund, ihn zu verraten, weil er Jonathan nicht umgebracht hat. Das weiß er beinah sicher.

Nein, obwohl so vieles schiefgelaufen ist, hätte er es schließlich doch noch geschafft und wie ein König in Mexiko leben können, bis das heute abend passierte.

Diese verdammten Kinder und ihre ewig glücklichen Eltern, die sind daran schuld. Jetzt ruft man die Bullen, um die kleinen Bastarde zu suchen, und schließlich kommt jemand in sein Motelzimmer, findet den Jungen – und dann wissen sie Bescheid. Natürlich wird man schleunigst eine Fahndung nach diesem Auto herausgeben. Selbst wenn man ihn schnappt und er das Mädchen als Geisel benutzt, wie weit kann er kommen? Bis nach Mexiko bestimmt nicht, so viel ist Philip in seinem gequälten Verstand jedenfalls klar – jetzt schafft er es nicht mehr bis dorthin.

Wie lange wird es dauern, bis sie den Jungen finden? Angenommen, die Bullen sind gerade im Motel. Eine Durchsuchung sämtlicher Zimmer dauert – vielleicht eine Stunde? Wenn sie unten anfangen und sich bis nach oben durcharbeiten …

Gottverdammt, diese Hitze! Er schwitzt. Es ist zu heiß, um klar zu denken, er ist wütend, alles tut ihm weh, und dann diese entsetzliche Müdigkeit. Wie lange ist es her, daß er geschlafen hat? Ewig lange. Wie ist das bloß gekommen, daß alles so daneben ging? Er weiß es nicht mehr, an die Einzelheiten kann er sich schon nicht mehr erinnern.

Ich weiß nicht mal, wohin ich fahre, murmelt er und fährt einfach nur. Einen neuen Plan müßte ich mir ausdenken oder am besten sofort umdrehen, zu Jonathans Haus fahren und mir von dieser Hure, die mich dauernd am Telefon ausgelacht hat, mein Geld holen. Erst besorg ich's ihr ordentlich, und dann geht's nach Mexiko. Wenigstens hätte ich das Geld. Warum bin ich nicht gleich vom Motel aus dorthin, fragt er sich, und dann fällt es ihm wieder ein. Weil sie gesagt hat, er habe Jonathan umgebracht, und wenn das wahr ist, warten die Bullen dort auf ihn – nur ist er fast sicher, daß es gar nicht stimmt. Er hat Jonathan nicht getötet.

Gas geben, abbremsen.

Worüber wollte er gerade nachdenken? Die Bullen im Motel, ja, wie lange wird es dauern, bis eine Fahndung nach diesem Auto raus ist? Eine Stunde, die brauchen sie garantiert, um sämtliche Zimmer zu durchsuchen. Falls sie nicht oben anfangen und sich nach unten durcharbeiten. Falls ihn nicht jemand gesehen hat, wie er mit dem Mädchen weggegangen ist. Er schaut zu ihr hinüber.

Penny ist in ihrer Ecke zusammengeschrumpft, hat den Kopf an die Tür gedrückt, ist ganz still und will nie mehr denken.

Es ist alles aus, wenn ihm kein neuer Plan einfällt. Dieses Auto muß er loswerden! Genau das hätte er gleich tun sollen. Wenn er sich dieses Auto vom Hals schafft und ein anderes organisiert, haben die Bullen keine Chance, ihn zu finden. Zwei, drei Autos rasch hintereinander klauen, und dann ist er vielleicht schon weit genug weg, bis sie herausgefunden haben, was für eins er fährt. Wie weit ist weit genug? Philip überlegt, aber er weiß es nicht. Wenigstens hat er jetzt einen neuen Plan, was ihn einigermaßen beruhigt: zuerst mal runter vom Highway und ein neues Auto auftreiben.

Er fährt an einem Schild vorbei, das in zwei Meilen die nächste Abfahrt ankündigt. Prima! Er gibt Gas, beschleunigt und bremst ab, aber als er das nächste Hinweisschild erreicht, auf dem die Abfahrt in einer Meile Entfernung angekündigt wird, sieht er im Rückspiegel plötzlich dicht hinter sich blinkende Lichter.

Er schaut auf den Tacho – erst sechzig. Das ist also nicht der Grund. Aber warum dann dieses Signal?

Vor fünf Minuten oder höchstens zehn hat er mit dem Mädchen das Motel verlassen, deshalb können die Bullen sein Zimmer noch nicht gefunden haben. Was jetzt? Es einfach riskieren? Nein, nein, ganz ruhig, befiehlt er sich, es ist bloß eine Verkehrskontrolle, bleib ruhig. Aber nur mit äußerster Mühe gelingt es ihm. Er ist starr von Anspannung, als er das Tempo verlangsamt und an den Straßenrand fährt. Auf gar keinen Fall will er wieder ins Gefängnis, nicht jetzt, wo dieses königliche Leben in Mexiko so dicht vor ihm liegt – verfluchte Scheiße, nein!

Die Bullenkarre parkt hinter ihm, und der Polizist gibt sein Kennzeichen durch, um zu sehen, ob im Computer irgendwas über diesen Wagen gespeichert ist. Das ist der kritische Moment, denn wenn er jetzt die Meldung über ein Kidnapping kriegt, ist der Teufel los. Er wird Verstärkung rufen, oder es vielleicht auch auf eigene Faust versuchen, indem er ihn mit gezogener Waffe zwingt, auszusteigen und die Hände über den Kopf zu halten.

Aber wenn es nur eine Verkehrskontrolle ist, wird der Bulle ans Fenster kommen und bloß seinen Führerschein sehen wollen.

Warte erst mal ab, sagt sich Philip, warte einfach ab. Dabei haßt er nichts so sehr wie eine solche Warterei, die ihn förmlich zerreißt. Er preßt so fest er kann eine Hand an die Schläfe.

Da, jetzt steigt er aus. Im Rückspiegel kann Philip ihn sehen. Er hat zwar die Hand am Pistolengriff, die Waffe aber nicht gezogen, und *er kommt nur ans Fenster*. Seine Lampe leuchtet auf, er kommt dicht an den Wagen – ganz normal wie bei einer Verkehrskontrolle.

Philip weiß, daß er dort steht, direkt neben dem Auto, ein Stückchen hinter dem Fenster. Er will sich nicht umdrehen und ihn sein Gesicht sehen lassen, denn nach einem Blick darauf würde er die Waffe ziehen. Krampfhaft erstickt er ein Schluchzen und wartet.

Penny dreht sich auf ihrem Sitz um. Ein Polizist! Wenn ihr euch mal irgendwo verlauft, hat der Vater gesagt, als sie in diese Ferien aufbrachen, sucht einfach einen Polizisten in Uniform und bittet ihn um Hilfe. Das hier ist ein Polizist in Uniform!

»Darf ich Führerschein und Zulassung sehen, Sir?«

Ein bißchen näher, denkt Philip, nur ein kleines bißchen. Er umklammert das Messer in der rechten Hand – aber der Polyp kommt einfach nicht dichter ans Fenster, er steht außer Reichweite neben dem Auto.

»Polizist!« schreit Penny. »Polizist!«

Philip schaut fast erschrocken auf. Er ist so außer sich vor Wut, daß er am liebsten sofort zustechen würde, um dieses kleine Luder endgültig zum Schweigen zu bringen.

Unsicher und mißtrauisch zieht der Polizist seinen Revolver und bückt sich, um ins Wageninnere zu schauen, was mit diesem Mädchen los ist. Warum schreit sie so? Er leuchtet ihr ins Gesicht. Da stimmt was nicht – überall dieses Rot.

»Krankenhaus«, sagt Philip. Er schaut weiter nach vorne und wagt nicht, ihn anzusehen, noch nicht. »Ich muß mein kleines Mädchen ins Krankenhaus bringen, sie hat einen Unfall gehabt!«

Der Polizist kommt zum Fenster auf der Fahrerseite, bückt sich und schaut hinein.

»Billy ist im Badezimmer!« schreit Penny. »Billy ist noch im Bad!«

Er versteht nicht.

»Gottverdammt, Mensch!« ruft Philip. »Sie sehen doch, daß sie blutet, Mann, können Sie nicht sehen, daß sie verletzt ist!«

Das ist tatsächlich Blut, denkt der Polizist und beugt sich dichter heran, gerade weit genug, um einen Fehler zu machen.

Blitzschnell packt Philip ihn am Hemd, hakt seinen Daumen in den Kragen, und es gelingt ihm, ihn ins Wageninnere zu ziehen. Sein Hut fällt herunter, und er versucht, an seinen Revolver zu kommen, aber da er mit den Schultern im Fenster steckt, hat er keine Chance.

»Helfen Sie mir!« schreit Penny in sein Gesicht, das jetzt fast das Lenkrad berührt. Gleichzeitig hat Philip die rechte Hand gehoben. Die kleine Klinge saust über die Kehle des Mannes, und das Blut schießt in einem Schwall über Philips Schoß.

»O Scheiße, o Scheiße«, schluchzt er in hellem Entzücken, als habe er gerade eine Flasche Champagner geöffnet, die jetzt übersprudelt. Er hält den Polizisten weiter am Hemd fest.

Draußen auf dem Asphalt scharren dessen Beine wie in einem irrwitzigen Tanz. Er stemmt beide Hände gegen den Wagen in dem vergeblichen Versuch, sich zu befreien.

Seine Augen sind so verdreht, daß nur noch das Weiße zu sehen ist, sein Mund steht offen, die Zunge ist vorgestreckt.

»O Scheiße, o Scheiße«, kichert Philip immer wieder, während das heiße Blut seine Hose durchweicht und das Auto mit einem eigentümlichen Geruch erfüllt.

Penny schließt die Augen und wendet den Kopf ab. Beide Hände preßt sie an die Ohren, damit sie nicht diesem furchtbaren Röcheln zuhören muß. Sie sinkt auf die Knie und kauert sich in der Ecke gegen die Beifahrertür gedrückt zusammen. Wieder nimmt sie sich fest vor, daran zu denken, nichts mehr zu hören und nichts mehr zu sehen.

Schluchzend schüttelt Philip den Polizisten am Hemd, betrachtet das ganze Blut, das sich in einer Pfütze auf dem Sitz zwischen seinen Beinen sammelt und lacht laut und begeistert über seinen Erfolg.

Als frischgebackener Vater wurde ich gelegentlich um drei Uhr morgens wach mit einem bleischweren Gewicht auf dem Herzen und dem Gefühl irgendeiner unbestimmten Gefahr, die meiner kleinen Tochter drohte. Was es war, weiß ich nicht, ich habe es nie herausgefunden. Vielleicht haben alle Väter solche Träume. Das schlimmste an diesem Anblick, der sich mir in der kleinen schmutzigen Toilette des Motels bot, war, daß ich erlebte, wie der Alptraum Wirklichkeit geworden war, die Gefahr und das Entsetzen konkrete Gestalt angenommen hatten.

Er war nackt, hatte überall rote Flecken auf dem Körper, saß gefesselt auf dem ovalen Toilettensitz, hatte die Augen weit offen und war viel zu verstört, um zu sprechen. Irgendwas ragte obszön zwischen seinen Beinen empor.

Ein Seil war um seine Schenkel geschlungen, um die Knie und die Knöchel, seine Hände waren hinter dem Rücken zusammengebunden. Mit offenem Mund schaute er mich reglos an wie ein Hase auf einen Hund starrt und keine Fluchtmöglichkeit mehr sieht. Ich musterte fassungslos dieses Ding zwischen seinen Beinen, diese schwarze Hand, deren faulende Finger um die Genitalien des Jungen geschlungen waren, als habe sie sich aus dem Abfluß hochgereckt und ihn gepackt.

Benommen schüttelte ich den Kopf. Mit solcher Scheiße wollte ich nichts mehr zu tun haben. Ich war zu alt dafür und zu weich. Ich wollte heim und schlafen und nichts mehr wissen von diesen beschissenen Alpträumen, die in Wirklichkeit geschehen.

Soweit ich sah, war der Junge nicht ernstlich verletzt. Die roten Flecken waren kein Blut, sondern Lippenstift, aber auf meine idiotische Frage, ob er okay sei, antwortete er nicht. Er saß da und starrte mir unverwandt entgegen, als sei ich der nächste, der ihm etwas antun wolle.

Ich nahm mein Taschenmesser und klappte es auf. Er begann ruckhaft den Kopf zu schütteln. Es war herzzerreißend, und mir fiel einfach nicht sein Name ein.

Es klopfte leise an die Badezimmertür, beinah höflich klang es, als sei jemand da draußen, der die Örtlichkeit benutzen müsse und fast schüchtern drängte, doch voran zu machen. Dann erinnerte ich mich an den Namen des Jungen.

»Billy! Ich bin Polizist, ein Detective, verstehst du? Ich schneide dir jetzt diese Fesseln durch, okay?«

Keine Reaktion, nur dieser starre Blick aus den entsetzten Augen.

Ich fing mit den Fesseln um seine Knöchel an, danach die um seine Knie, und anschließend löste ich behutsam das Seil um seine Schenkel. Sofort spreizte er die Beine und ließ die abgetrennte Hand in die Toilette fallen. Wir starrten beide ins Wasser hinab – und dann schauten wir uns an.

Ich hob ihn hoch und schloß den Deckel, ehe ich ihn umdrehte und das Seil durchschnitt, mit dem seine Hände hinter dem Rücken gebunden waren. Das Messer in meiner Hand zitterte, und ich setzte mich sicherheitshalber auf den Wannenrand, bevor ich noch umkippte. Billy blieb regungslos stehen, hielt die Hände vor seinem Unterleib verschränkt, hatte den Blick abgewandt und versuchte angestrengt, nicht zu weinen.

»Camel! Gottverdammter Kerl!« Das Klopfen an der Badezimmertür war nicht mehr höflich, sondern ein kräftiges Hämmern mit der Faust. »Wenn Sie da drinnen Spuren versauen«, rief Captain Land, »geht's Ihnen schlecht.«

Ich sagte Billy, daß der Kerl, der da so schreie, mein Boß sei. Er wollte nach seinen Kleidern greifen, die unter dem Waschbecken lagen. »Machen wir erst diesen Lippenstift ab, ehe du dich anziehst, okay?« Ich ging zum Waschbecken und ließ Wasser laufen, bis es warm war, nahm ein halbwegs sauberes Handtuch und feuchtete es an.

Ich kniete auf dem Boden und winkte ihn zu mir. Billy kam nur widerstrebend näher. Was Land gerade gesagt hatte, ließ mich einen Moment zögern, während ich dort auf den Knien hockte, um alles durchzudenken.

Philip Gaetan hatte diese Lippenstiftmorde begangen und diesen Jungen genauso bemalt wie die beiden Frauen, die er getötet hatte. Je nachdem, wie der Fall sich entwickelte, könnte die Zeichnung auf Billys Gesicht vielleicht der entscheidende Beweis für Philips Verbindung mit den Morden sein – in diesem Fall dürfte ich den Jungen nicht anrühren, bis wir einige Fotografien von ihm hatten.

Aber es wäre nicht richtig, die Badezimmertür zu öffnen und ihn so vor den anderen Polizisten und seinen Eltern zu präsentieren, nackt und bemalt wie ein Ritualopfer.

»Camel!« Land trat gegen die Tür.

Außerdem war die Hand in der Toilette für jedes Gericht Beweis genug. Ich fand ein kleines Stück Seife in der Form eines Apfels und rieb damit über das Tuch, während ich Land zurief: »Ich befrage gerade den Jungen. Bin in einer Sekunde fertig.«

»Ist er in Ordnung?« kam Alfreds Stimme.

»Ich glaube ja.«

Land meldete sich wieder. »Camel, wenn Sie da drinnen Mist bauen und unsere Chancen auf eine Verhaftung ruinieren, krieg ich Sie am Wickel, das schwöre ich Ihnen.«

»Netter Kerl, was?« meinte ich zu Billy und rieb mit dem Handtuch sein Gesicht ab.

»Camel!« plärrte Land, aber dann verkündete er ganz sachlich, er würde die Tür eintreten, ich solle dafür sorgen, daß die Kinder aus dem Weg seien.

Kinder? Ich rief Alfred zu: »Laß ihn nicht rein, Alfred, hörst du? Noch nicht.«

Draußen begann eine Auseinandersetzung. Ich verstand nicht jedes Wort, aber ich hörte, wie Land Alfred mitteilte, daß *er* jetzt ebenfalls suspendiert sei.

Als ich mit dem Gesicht fertig war, gab ich Billy das Handtuch. »Mach weiter und wisch den Rest ab.«

Er drehte sich etwas von mir weg und rieb heftig an den Lippenstiftzeichnungen auf seinem Oberkörper und den Beinen. Leise begann er zu weinen. Je fester er rieb, desto mehr weinte er, je mehr er weinte, desto fester rieb er.

»*Dieser Bastard*«, flüsterte ich.

Alfred klopfte. »Teddy, wie geht es dem Mädchen?«

Billy richtete sich auf und schaute mich an. Zum erstenmal sprach er. »Haben Sie Penny nicht gefunden?«

»Deine Schwester?«

»Ich dachte, Sie hätten ihn schon gefangen und Penny gefunden.« Seine Stimme war voller Panik.

Jesus, das Mädchen hatte ich ganz vergessen.

»Er nimmt sie mit nach Mexiko! Das hat er gesagt. Er will mit ihr nach Mexiko.«

Ich ging zur Tür. »Alfred! Er ist mit dem Mädchen weggefahren. Schickt jemanden runter ins Büro und gebt eine Suchmeldung raus.«

»Melvin Kelvin kümmert sich bereits darum, Teddy. Hey, Kumpel, hier draußen wird's langsam ein bißchen happig. Die Eltern des Jungen warten im Flur. Kannst du ihn jetzt nicht rausbringen?«

Als ich Billy anschaute, fragte er, ob er sich zuerst anziehen könne. »Klar«, nickte ich und erklärte Alfred, wir seien in fünf Minuten draußen. Ich setzte mich wieder auf den Wannenrand.

»So dumm wäre ich früher nicht gewesen«, sagte ich zu Billy, der seine Unterhosen und die Jeans anzog. »Faul und dumm. Ich hätte gleich eine Meldung über den Wagen dieses Kerls rausgeben sollen, noch ehe ich überhaupt hierher kam, und hätte dich sofort nach deiner Schwester fragen müssen.« Er streift sein T-Shirt über den Kopf und setzte sich neben mich, um Socken und Schuhe anzuziehen. Ich legte eine Hand auf sein Bein. »Was dieser Irre mit dir gemacht hat, das vergißt du am besten ganz schnell. Ich weiß nicht, weshalb es solche Verrückte gibt. Ich weiß nicht, weshalb sie so geworden sind und warum sie diese Dinge tun, aber du mußt ganz fest versuchen, dich davon nicht durcheinanderbringen zu lassen.«

Er zuckte die Schultern und band seine Schnürsenkel.

Eine Frage blieb noch, vor der ich mich beinah selbst fürchtete. »Hat er auch irgendwas anderes mit dir gemacht?« Keine Antwort. »Du verstehst, was ich meine, Billy?« Ich mußte es wissen, weil mir seine Eltern genau diese

Frage stellen würden. »Hat er dich da unten angefaßt, hat er ...«

»Nein!« Es klang so heftig, als wolle er mir klarmachen, daß ich kein Recht hatte zu fragen.

Ich entschuldigte mich. »Ich mußte das wissen, mein Junge. Deine Eltern hätten sonst nämlich sicher darauf bestanden, daß du von einem Arzt untersucht wirst.«

»Er hat mich nicht so angefaßt wie Sie meinen. Nur als er mich mit Lippenstift bemalt hat.«

Ich erkannte noch immer, wenn jemand die Wahrheit sagte, und in diesem Fall war ich zum erstenmal heilfroh und mehr als erleichtert darüber. Er war jetzt fertig angezogen, aber wir saßen weiter auf der Wanne. Billy wartete darauf, daß ich ihm sagte, es sei Zeit zu gehen. Worauf *ich* wartete, wußte ich nicht.

Plötzlich kam seine ruhige Stimme. »Er hat meine Kleider hier reingeworfen und gesagt, ich könnte mich anziehen, wenn ich die Fesseln runterhabe. Aber sie waren zu fest. Er hat gesagt, er hat keine Zeit mehr, um das zu tun, was er machen wollte. Er hat gesagt, er würde ihn abschneiden – aber er hatte keine Zeit mehr.«

»Der Kerl ist krank, ein Monster. Wir werden ihn schon erwischen, und du brauchst dir nie wieder über ihn Sorgen zu machen, nie wieder.« Jeden Moment erwartete ich, daß jemand an die Tür klopfte und rief, die fünf Minuten seien vorbei. »Ich habe diese Narbe auf deinem Knie gesehen. Ist mal genäht worden, was?«

Er nickte.

»Hast du dich beim Ballspielen verletzt? Oder bist du von einem Baum gefallen?« Plötzlich wußte ich, worauf ich wartete und warum ich immer noch zögerte – einfach um zu sehen, wie es war, neben einem kleinen Jungen zu sitzen und mit ihm zu reden, so wie ich es nie mit meinem Enkel erlebt hatte.

Billy erzählt, er sei vom Rad gefallen.

»Vom Fahrrad?«

»Mit Jimmy, das ist mein Freund. Wir sind zusammen diesen Hügel runtergefahren, und er kam nicht an die Bremsen.«

Ich hätte ihn gern weiter gefragt – was für ein Tag es gewesen sei, als er zusammen mit seinem Freund Jimmy diesen Hügel hinunterfuhr, welche Farbe das Rad hatte und ob es auch einen Aluminiumkorb vorne hat, ob die Sonne geschienen habe, wer ihn ins Krankenhaus brachte, wieviel Stiche es gewesen waren und ...

»Werden Sie ihn fangen, ehe er mit Penny in Mexiko ist?«

»Darauf kannst du dich verlassen. Danach wandert er für den Rest seines Lebens ins Gefängnis. Du und deine Schwester braucht euch nie wieder wegen ihm Sorgen zu machen.«

Er begann sich die Augen zu reiben. »Es war meine Schuld, ich wollte gern nochmal da runter und nach Münzen suchen. Dad hat gesagt, wir sollten dort bleiben, wo er uns sehen kann, aber ich dachte, vielleicht sind da unten noch mehr Münzen. Deshalb hat er uns entführt, wissen Sie – es waren seine, und er dachte, wir hätten sie gestohlen. Dad wird furchtbar wütend auf mich sein.« Er weinte wieder.

»Nein, dein Dad wird überhaupt nicht wütend sein. Es war nicht deine Schuld, niemand hat Schuld außer dieser Irre mit dem Lippenstift. Es waren nicht mal seine Münzen, er hatte sie jemand anderem gestohlen.«

»Was?« fragte Billy.

Sollte ich sagen: seinem Vater? Nein, darauf wollte ich mich nicht einlassen. »Irgendeinem reichen Kerl.«

»Ich hoffe, Sie bringen ihn um!«

»Na ja, dazu könnte es vielleicht tatsächlich kommen.«

Endlich ertönte das Klopfen, das ich erwartet hatte. »Bist du jetzt soweit?«

»Ja.« Billy hatte fast aufgehört zu weinen.

Ich strich ihm mit beiden Händen das Haar glatt. Am liebsten hätte ich ihn an mich gedrückt und geküßt, aber das würde den Jungen nur verwirren und erschrecken. »Hast du einen Großvater?«

Er nickte. »Zwei.«

»Wie nennst du sie?«

»Was?«

»Grandpa, Granddad ... Opa ...«

»Einfach Grandpa. Grandpa Morris und Grandpa Hammermill.«

»Ich hatte als Kind nur einen Großvater. Er lebte auf einer Farm. Jetzt ist er schon lange tot. Ich nannte ihn immer Opapa. Wahrscheinlich findest du, das ist ein ganz schön idiotischer Name für einen Großvater, was?«

Er zuckte die Schultern.

Wieso kam mir bloß dieses ganze Zeug in den Sinn? Ein Glück, daß niemand außer dem Jungen mich hörte. Ich erzählte ihm, daß ich einen Enkel habe. »Er ist aber schon viel älter als du. Siebzehn. Er lebt in Florida.« Jesus. »Ich denke, wir gehen jetzt besser, was?«

Er nickte. »Nennt er Sie Opapa?«

Ich schüttelte den Kopf. Jemand klopfte wieder. »Fertig, mein Junge?«

»Ja, Sir.«

Als ich die Tür öffnete, wollte Land sofort auf mich los, dann erblickte er den Jungen hinter mir. »Bist du okay, Billy? Deine Eltern warten im Flur auf dich.« Er winkte einem der Beamten, der die Hammermills hereinbrachte.

Die Mutter weinte und flüsterte unaufhörlich den Namen ihres Sohns, während sie vor ihm kniete, ihn an sich drückte und immer wieder sein Gesicht betrachtete. Der Mann beugte sich über sie und schlang die Arme um Frau und Sohn. Er schaute zu mir – in seinen Augen stand genau diese eine Frage.

»Es ist alles in Ordnung«, versicherte ich. »Der Kerl hat ihn etwas mit Lippenstift bemalt, ihm die Kleider ausgezogen, ihn gefesselt und bedroht – aber er hat ihn nicht körperlich verletzt.«

Der Mann nickte. Seine Frau stand auf und fragte ängstlich nach ihrer Tochter.

Land wollte etwas sagen, aber ich unterbrach ihn. »Es läuft schon eine Fahndung nach dem Mann, der sie mitgenommen hat, und ich bin ganz sicher, wir haben ihn in den nächsten Minuten. Er wird auch ihr nichts tun.«

»Woher wollen Sie das wissen?« rief sie und wirkte genauso verzweifelt wie Jo-Jo vor ein paar Stunden.

»Zunächst mal hatte er gar nicht die Zeit dazu. Die ersten beiden Polizisten waren schon hier, direkt nachdem er weg ist, und wahrscheinlich ist er seither pausenlos gefahren, weil er so weit wie nur möglich kommen will. Wir werden ihn vermutlich bald auf einem der Highways erwischen.«

»Wohin will er mit ihr?«

»Mexiko!« rief Billy. Alles schaute ihn an. »Das hat er gesagt. Er will sie mit nach Mexiko nehmen.«

Die Eltern begannen aufgeregte Fragen zu stellen. Ich mischte mich schnell ein. »Sämtliche Polizisten in jedem einzelnen Bezirk hier in der Gegend und alle Streifenwagen sind in Alarmbereitschaft. Wir wissen, was für ein Auto er fährt. Er wird nicht weit kommen.«

Captain Land, der genug von meiner Rolle als Wortführer hatte, begann Befehle auszuteilen und schickte einen Beamten mit Billy und seinen Eltern in ihr Zimmer. »Lassen Sie sich eine umfassende Aussage von dem Jungen geben, ich komme in ein paar Minuten nach.« Als sie gegangen waren, wandte er sich an Alfred und mich.

»Ich weiß nicht mal, wo ich anfangen soll«, fauchte er. »Camel, ehe Sie diese Leute beruhigt haben mit der angeblichen Großfahndung, die Sie irgendwie aus dem Badezimmer raus organisiert haben, sagten Sie, der Junge sei mit Lippenstift bemalt gewesen. Das macht unseren Mann zum Hauptverdächtigen in diesen Mordfällen. Aber das Gesicht des Jungen war sauber, oder irre ich mich? Sie wollten ihn so nicht seinen Eltern zeigen, ist mir klar. Sehr ehrenwert, aber gleichzeitig sehr dumm. Wenn Sie uns die Chance versaut haben, diesem Kerl die Lippenstiftmorde …«

»Schauen Sie mal ins Klo, Captain.«

»Ins Klo?«

»Ja, da drin liegt eine abgetrennte Hand – von der Ausreißerin, die in Maryland umgebracht wurde. Wir werden keinerlei Schwierigkeiten haben, ihm diese Morde nachzuweisen.«

Land war einen Moment sprachlos, und es dauerte etwas, bis er sich wieder gefangen hatte und weiterpolterte. »Ihr gesamtes Verhalten in diesem Fall kann man nicht mal mehr als unprofessionell bezeichnen, Camel. Es ist schlicht kriminell. Und Sie können Ihren Arsch drauf wetten, daß ich Sie deswegen drankriege.«

Ich zuckte die Schultern.

Dann war Alfred an der Reihe. »Und Sie, Detective Bodine, ich dachte, wir hätten ein Abkommen getroffen? Sie haben so treuherzig in meinem Büro gesessen und geschworen, daß die Zeiten vorbei sind, wo Sie Cowboy gespielt haben, daß Sie mit Detective Kelvin arbeiten würden, haben Besserung gelobt und daß ich stolz auf Sie sein würde. Deshalb gab ich Ihnen noch mal eine Chance, und wie zeigen Sie Ihre Dankbarkeit? Indem Sie mir vor den Augen anderer Polizisten offen Widerstand leisten und mich daran hindern, diese Tür einzutreten, damit ich Camel davon abhalten kann, Beweise zu vernichten! Mein Lieber, Ihnen geht es ganz genauso an den Kragen wie Ihrem alten Saufkumpan hier. Das ist das einzig gute Resultat bei diesem ganzen Mist, daß ihr beiden Idioten nicht mehr länger Polizeibeamte spielen werdet.« Er schwieg um seinen Worten Nachdruck zu verleihen. »Hat einer noch irgendwas zu sagen?«

Alfred und ich schauten uns an. Eigentlich nicht.

»Ich habe bereits unsere Leute von der Spurensicherung angerufen«, sagte Land, »aber die Chance, daß sie noch was brauchbares in diesem Zimmer finden, sind jetzt …«

Melvin Kelvin stieß die Tür ein. »Captain! Draußen auf dem Highway ist ein Polizist getötet worden, kaum fünf Meilen von hier. Jemand, den er angehalten hatte, hat ihm die Kehle durchgeschnitten. Sie haben die Beschreibung des Wagens und sogar das Kennzeichen – es paßt! Es ist unser Mann, der Kerl, der in diesem Zimmer gewohnt hat!«

Ich fragte Melvin, ob etwas von einem kleinen Mädchen erwähnt worden sei.

»Ich weiß nicht. Jesus Maria, ich gab gerade unsere Fahndung durch, als sie mir erzählten, daß sämtliche Kollegen in Maryland, Virginia und dem Distrikt bereits nach dem Typ suchen. Sie bitten uns um alle verfügbaren Leute.«

»Wann ist es passiert?« fragte Land.

»ich weiß nicht, kann noch nicht lange her sein, ein paar

Minuten erst. Die Staatspolizei von Virginia steht regelrecht Kopf. Ich habe ihnen gesagt, wir hätten Grund zu der Annahme, daß der Kerl in diesem Wagen ebenfalls für die Lippenstiftmorde verantwortlich ist. Sie sollen sofort den Einsatzleiter anrufen, Captain, um sich abzusprechen. Jedem Revier wird ein besonderer Sektor zum Streifefahren zugeteilt. Ein solches Höllentheater habe ich noch nie gehört über Funk, Mensch, es klingt, als sei da draußen ein Krieg im Gange.«

Land wirkte erschrocken. »Sie beide sind vorübergehend wieder in Dienst gestellt. Nehmen Sie Bodines Wagen und fahren Sie auf der Stelle los. Sobald ich den Sektor weiß, den wir kontrollieren sollen, sage ich es über Funk durch. Kelvin, geben Sie ihnen eine Beschreibung des Wagens. Sie fahren mit mir. Vorwärts, wir rufen von unterwegs das Revier an.«

Wir eilten die Treppe hinunter. Land und Melvin Kelvin hasteten davon; ich ging mit Alfred zu seinem Wagen, stieg aber nicht ein.

»Mach voran«, drängte er.

Ich schüttelte den Kopf.

»Was ist denn?«

»Da draußen ist eine ganze Armee von Polizisten auf der Suche nach diesem Kerl. Wenn er irgendwo steckt, wird man ihn auch finden. Ein alter Detective mehr oder weniger spielt dabei keine Rolle.«

»Teddy!«

»Fahr du nur, Kumpel.«

Er startete den Motor und ließ ihn aufheulen. »Steig ein, Teddy.«

»Bei Verfolgungsjagden wird mir nur schlecht.«

Sein Gesicht war fahl. »Daß ich diese Badezimmertür für dich blockiert habe, das war das letzte Mal, Teddy. Das absolut letzte Mal. Wir zwei sind fertig miteinander, hörst du? Fertig! Jetzt steig in dieses verdammte Auto!«

Ich schüttelte wieder den Kopf und ging. Mit einem wüsten Fluch raste Alfred davon.

Ich stand auf dem Parkplatz, bis Billys Vater auftauchte

und wissen wollte, was los sei. »Die beiden Beamten haben meinen Sohn befragt, da kommt plötzlich dieser junge Detective herein, sagt dann irgendwas zu Ihnen, und alle rennen davon.«

»Sie kommen gleich wieder.«

»Es geht um den Mann, der unsere Tochter hat, nicht wahr? Sie haben ihn gefunden.«

»Wir haben eine gute Spur, aber erwischt haben wir ihn noch nicht.« Ein Taxi hielt vor dem Motel, aus dem ein Paar ausstieg. »Hören Sie, ich muß dieses Taxi kriegen. Bleiben Sie in Ihrem Zimmer, es kommt sicher noch mal jemand, um mit Ihnen zu reden.«

»Meine Frau und ich möchten Ihnen danken. Billy hat uns erzählt, wie Sie ihn saubergemacht haben.«

Das Taxi wollte anfahren, und ich winkte. »Ich muß los.«

Hastig stieg ich ein, aber dann saß ich nur schweigend da und war unsicher, was ich als nächstes tun sollte. »Wohin?« fragte der Fahrer schließlich.

Ich überlegte, welche Wahrheiten wohl am Ende ans Licht kommen würden, wenn man Jonathans Sohn erwischt hatte und ihn zum Reden brachte. Der Fahrer drehte sich um und schaute mich an. »Hey, Mann – wohin?«

Ich nannte ihm Marys Adresse.

21

Philip ist froh, daß er Penny hat.

Er hatte das Mädchen mitgenommen, weil er sie so gern haben wollte, weil er ganz besessen war von ihr und der Familie, aber nun hat sich alles geändert. Das Adrenalin in seinen Adern klärt ihm den Kopf, vertreibt die dumpfe Müdigkeit und läßt ihn die Schmerzen vergessen. Nur ein Gedanke beherrscht ihn jetzt noch: Flucht. Und dafür *braucht* er Penny. Das Raubtier ist zur Beute geworden. Er wird gejagt, es ist wieder das alte Spiel – er gegen die Bullen, ein Spiel, das er schon oft gespielt hat, bloß werden sie diesmal nicht gewinnen, diesmal nicht. Und Penny ist ihm ganz nützlich. Dieser Streifenpolizist hätte sich nie zum Fenster hereingebeugt, wenn Penny nicht gewesen wäre. Sie wird ihm auch weiterhin nützen.

Philip fährt durch Wohnviertel und hält Ausschau nach einem geeigneten Auto. Lange wird es nicht dauern, bis sie diesen toten Bullen auf dem Highway finden – und dann werden sie wie die Wilden nach ihm suchen. Philip weiß, wie sie sind, wenn einer von ihnen getötet worden ist. Deshalb muß er schnell ein neues Auto auftreiben und sich überlegen, wie er seins verstecken kann.

Vielleicht sollte er zu einem Einkaufszentrum fahren und es dort unter all den anderen auf dem Parkplatz abstellen, mit Pennys Hilfe die Aufmerksamkeit einiger Kunden anlocken und einen Wagen klauen. Wie spät ist es? Sind jetzt noch die Supermärkte geöffnet? Und wenn er einen stiehlt, dessen Besitzer es sofort anzeigte, wissen die Bullen gleich Bescheid und sind weiter hinter ihm her. Nein, er braucht einen anderen Plan. Er hält an einem Stoppschild, um nachzudenken.

Im Wageninnern lastet der salzige Geruch des Bluts. Er streckt seinen Kopf aus dem Fenster, um die Nachtluft einzuatmen. Ganz ruhig. Penny ist auf ihrem Sitz zusammengekauert. Sie hat kein Wort mehr gesagt, seit sie bei diesem Polizisten um Hilfe gerufen hat.

Seine Waffe steckt in Philips Hosenbund. Er hat den blutenden Körper im Fenster festgehalten, bis keine anderen Fahrzeuge auf der Straße zu sehen waren, und ihn dann hinter den Streifenwagen geschleppt. Seine Augen standen weit offen, und er blutete immer noch. Vielleicht dauert es eine Weile, bis jemand anhält, um nachzusehen, warum der leere Streifenwagen dort mit blinkenden Lichtern steht. Vielleicht dauert es eine Weile, bis andere Polizisten losgeschickt werden, um nachzusehen, warum ihr Kollege sich nicht mehr über Funk meldet. Vielleicht dauert es eine Weile, bis dieser Mord mit dem Jungen in Verbindung gebracht wird, den sie inzwischen sicher gefunden haben.

Diese hoffnungsvollen Spekulationen werden von einer Sirene unterbrochen, die bedrohlich nahe klingt, dann hört er zwei weitere etwas entfernt und noch eine, nur ein paar Straßen weit weg. Ein dutzend Echos klingen wie heulende Hunde aus verschiedenen Richtungen durch die Nacht. Jedes Heulen ruft andere herbei, bis die Dunkelheit erfüllt scheint von diesen Hunden, die ihn suchen.

Philip umklammert das Lenkrad, als ein Polizeiwagen mit kreischenden Reifen direkt an ihm vorbeischießt. Im Rückspiegel sieht er blitzende Lichter über eine andere Kreuzung rasen, alle in Richtung Highway. Sie haben den Bullen gefunden – und bald werden sie zurückkehren, um langsam die Straßen dieses Wohngebiets zu durchstreifen auf der Suche nach ihm. Dann wissen sie genau, was für einen Wagen ich fahre und auch, daß ich eine Waffe habe. Sie werden deshalb keinerlei Risiken eingehen, nicht bei einem bewaffneten Bullenmörder. Sie werden schießen, sobald sie mich sehen und später behaupten, es sei Notwehr gewesen.

Er schaut hinüber auf die stumme Penny. Aber wenn sie wissen, daß ich das Mädchen habe, schießen sie nicht.

Langsam fährt er weiter und überquert die nächste Kreuzung. Er hat keine Zeit, einen Parkplatz zu finden, er muß hier ein Auto stehlen und einfach hoffen, daß der Besitzer es nicht gleich merkt und die Bullen seins nicht finden, wenigstens ein paar Stunden lang nicht, denn solange braucht er mindestens, um aus dieser Gegend wegzukommen um noch eine Sache zu erledigen, ehe er sich endgültig davonmacht. Dieses ganze Sirenengeheul klingt beinah, als sei irgendein Angriff auf die Stadt im Gange, und sie warnten vor einem umherstreifenden Feind, vor Gefahr, vor Tod, Verderben und Krieg. Bei einigen Häusern, an denen Philip vorbeikommt, stehen Leute draußen auf der Veranda und spähen in die Dunkelheit, um zu sehen, was los ist in dieser Nacht und warum so unzählige Sirenen heulen.

Er überquert eine Kreuzung, schaut nach links und sieht einen Polizeiwagen bedrohlich langsam durch die Straßen fahren. Der Suchscheinwerfer beleuchtet die geparkten Autos, ein zweiter Bulle überprüft die Autos auf seiner Seite mit einer Taschenlampe. Philip biegt nach rechts ab, fährt einen Block weit, wendet dann nach links. Auch hier taucht kurz darauf langsam ein Streifenwagen auf und verschwindet wieder, auch hier werden beide Seiten der Straße abgeleuchtet.

Er atmet tief und hastig, fährt weiter, biegt ab – viel Zeit bleibt im jetzt nicht mehr. Unaufhörlich überlegt er, was er tun soll, wenn sie ihn sehen, die Lichter auf ihn richten und ihm befehlen auszusteigen. Ihnen das Mädchen zeigen, ja, aber selbst wenn sie ihn weiterfahren lassen und nicht gleich schießen, werden sie ihm einfach folgen, ihn umzingeln und auf ihre Chance warten. Die Zeit ist auf ihrer Seite, und sie sind in der Überzahl. Er schwitzt, aber seine Nervosität verhindert wenigstens, daß er diese Müdigkeit oder die Schmerzen registriert.

Da! Er ist an einem Haus vorbeigekommen, wo gerade die Garagentür geöffnet wurde. Philip stoppt, schaut prüfend nach hinten und fährt rückwärts zur Auffahrt. Einen Moment lang wartet er auf der Straße. Das Haus ist dunkel, ein alter Mann steht in der erleuchteten Garage und hat eben das Tor aufgeschoben, jetzt geht er zu seinem Wagen und will aufschließen.

Er hat Philips Auto nicht bemerkt, bis er in die Auffahrt biegt und in der Doppelgarage direkt neben dem brandneuen Buick des alten Mannes parkt. Etwas unsicher lächelt er ihm entgegen, wahrscheinlich denkt er, es sei ein Bekannter, der ihn gesehen und ganz impulsiv zu einem kleinen Schwätzchen angehalten hat. Immer noch lächelnd, kommt er um den Buick herum.

Philip lehnt sich zu Penny. »Fang an zu heulen, als ob dir was wehtut.« Doch Penny sitzt einfach nur da und weigert sich, ihn überhaupt wahrzunehmen. Grob kneift er sie in den Bauch. Penny schreit auf und beginnt wirklich zu weinen, auch wenn es eher verängstigt klingt.

Philip steigt aus. Das Lächeln des alten Mannes erstarrt zu einer entsetzten Grimasse beim Anblick all dieses Bluts. Philip schaut an sich herab und merkt, daß der Alte hinaus auf die Straße rennen will. Hastig beginnt er zu reden.

»Sie müssen uns helfen, Mister, mein kleines Mädchen ist verletzt, und mir ist das Benzin ausgegangen.«

Mißtrauisch zögert der Mann. Er erkennt, daß dort tatsächlich ein weinendes kleines Mädchen sitzt – und was ist das auf ihrem Gesicht? Blut? »Guter Gott, was ist passiert?«

»Sie hat sich mit einem Küchenmesser geschnitten«, sagt Philip und schaut wieder auf seine besudelte Kleidung. »Sie sehen doch, ich bin ganz voll Blut. Ich war unterwegs zum Krankenhaus, aber ich wußte, daß ich's nicht schaffe, hatte einfach nicht mehr genug Benzin. Da sah ich Ihr offenes Garagentor. Können Sie uns fahren?«

Er ist achtundsechzig Jahre alt, ein lebhafter kleiner Kerl in senfgelben Hosen, weißem Leinenhemd und einem Strohhut. Vor zwei Jahren ist er an Weihnachten auf dem Parkplatz eines Einkaufszentrums überfallen worden. Irgendein junger Bursche stellte ihm ein Bein, zog ihm die Brieftasche aus der Hose und klaute außerdem noch beide Taschen mit Weihnachtsgeschenken. Man hat ihn nie erwischt; solche Typen kommen immer davon. Seither hat ihm ständig sein Rücken zu schaffen gemacht, und er ist ein mißtrauischer Mann geworden.

»Sie verblutet!« ruft Philip und späht hinaus auf die Straße. Er muß dafür sorgen, daß dieses Garagentor zu ist, ehe einer der Streifenwagen vorbeikommt.

Der alte Mann reckt den Hals, um sich noch mal Penny anzusehen, die aufgehört hat zu weinen und wieder in einer Ecke kauert. Irgendwie kommt ihm die Sache einfach komisch vor. Heutzutage kann man nicht genug auf der Hut sein. Dieser Kerl sieht schrecklich abstoßend aus mit dem ganzen Blut, den wilden Augen und seinem wirren Haar. Vielleicht ist das irgendeine Falle? Man hat schließlich schon von solchen Tricks gehört, bei denen ein Dieb ein Kind benutzt, um sich Zugang ins Haus zu verschaffen, ehe er einen niederschlägt und dann alles ausräumt.

Aber was ist, wenn das Mädchen wirklich verletzt ist, am Ende noch in diesem Auto stirbt, und ihr Vater überall erzählt, daß sie noch leben könnte, wenn man sie rechtzeitig ins Krankenhaus gebracht hätte, nur sei ihm das Benzin ausgegangen und der Mann, den er um Hilfe bat, wollte aus purem Mißtrauen nicht helfen? Es wäre für ihn schrecklich, wenn seine Freunde diese Geschichte hörten.

Philip überlegt, ob er sich einfach auf ihn stürzen und tiefer in die Garage ziehen soll, um endlich das Tor zu schließen. Aber der Alte wirkt so ängstlich, daß er jeden Moment imstande ist, davonzurennen. Philip sieht es schon kommen, wie erneut alles schiefgeht, er ihm hinaus auf die Straße folgt, es einen Kampf gibt, lautes Geschrei, Lichter gehen in den Häusern an, und schon sind die Bullen da. Nein, sagt er sich, bleib ganz ruhig. Lock ihn näher ran.

»O mein Gott!« ruft er und beugt sich in den Wagen. »Sie stirbt! Halt durch, Penny, wir schaffen es, wir bringen dich ins Krankenhaus, halt durch, Liebling!«

In ihrem Sitz zusammengekauert, schaut sie ihn verständnislos an.

»Sie hat das Bewußtsein verloren! Können Sie nicht wenigstens einen Rettungswagen rufen?«

Der alte Mann weiß, was er zu tun hat. In einem solchen Notfall muß man einfach helfen, selbst wenn dieser Kerl wirklich äußerst merkwürdig ist. Dauernd schaut er hinaus auf die Straße und scheint völlig überdreht, aber nicht so wie ein Mann, der außer sich ist, weil sein Kind gerade stirbt. Der alte Mann erinnert sich, wie seine eigene Tochter direkt vor dem Haus angefahren wurde und sich ein Bein brach, als sie zwölf war …

»Was ist?«

Natürlich wird er das Richtige tun. »Legen Sie sie in meinen Wagen«, sagt er. »Mein Name ist Charlie Warren. Ich fahre sie in die Notaufnahme.«

Perfekt. Philip geht zur Beifahrertür, öffnet und beugt sich dicht zu Penny, wobei er ihr befiehlt, ganz still zu sein. »Sie ist tot!« ruft er.

»Gott, nein.« Erschrocken eilt Charlie Warren herbei. Er bedauert, daß er so mißtrauisch war und nicht gleich geholfen hat – aber dann steht er an der offenen Tür und sieht deutlich, daß das kleine Mädchen ganz lebendig ist. Das Zeug auf ihrem Gesicht scheint eher rote Farbe zu sein, sie hat die Augen geschlossen, die Hände über ihre Ohren gepreßt – genauso benahm sich seine eigene Tochter immer am vierten Juli beim Knallen der Feuerwerkskörper. Tot ist das kleine Mädchen eindeutig nicht.

»Arschloch«, murmelt Philip, packt ihn aufschluchzend am Hemd und drückt ihn auf den Betonboden. Er zieht den Revolver aus seinem Hosenbund. »Rühr dich nicht, oder ich blas' dir dein blödes Hirn raus.« Dann rennt er zum Eingang, wirft einen letzten Blick auf die Straße und schließt das Tor. Jetzt kann er sich entspannen.

Ich wußte es, denkt Charlie.

»Gib mir die Wagenschlüssel.«

Beinah erleichtert hält der alte Mann die Hand mit den Schlüsseln hoch. Immerhin will er einfach bloß das Auto stehlen, mehr nicht. Und ich bin ja versichert.

»Du wolltest uns nicht helfen, was?« fragt Philip und versetzt ihm einen Tritt in die Rippen. Der Alte reagiert nicht. »Steh auf, du Kacker.«

Er hat einige Mühe, auf die Füße zu kommen, klopft sich die gelben Hosen ab und hält den Blick abgewandt.

»Wir nehmen jetzt deinen Wagen, aber ich will nicht, daß du ihn vor morgen mittag als gestohlen meldest. So viel Vorsprung brauchen wir wenigstens, okay?«

Charlie nickt. Er hat Tränen in den Augen. Wenn dieser

Drecksack vor zwanzig Jahren versucht hätte, mir so was anzutun …

»Du gibst mir dein Wort, daß du vor morgen mittag nicht die Bullen rufst?«

»Ja, ja«, sagt er mit zitternder Stimme. Hätte dieser Kerl keine Kanone, würde ich selbst heute noch …

Philip lehnt am Wagen und kratzt sich mit dem Revolverlauf im Gesicht. »Schau mich an. Woher weiß ich, daß du nicht vorher die Bullen rufst, he?«

Am meisten erschreckt Charlie der höhnische Ton in der Stimme des jungen Mannes, der jetzt gar keine Eile mehr hat und es offenbar genießt, sich über ihn lustig zu machen. »Ich tu's wirklich nicht, ich verspreche es.«

»Oh, du *versprichst* es, wie fein! Was glaubst du, was mir schon alles versprochen worden ist«, zischt er. »Ich weiß sehr gut, was Versprechen wert sind. Wohin wolltest du?«

»Wieso wohin?« fragt Charlie verwirrt.

»Ja, Alterchen, du wolltest doch gerade mit deinem Auto wegfahren. Wohin warst du unterwegs? Erwartet dich jemand?«

»Ich wollte was zu essen holen. Meine Frau ist verreist. Ich koche nicht gern für mich allein, es schmeckt nie so richtig, wenn man selbst kocht.«

»Reichlich spät für einen alten Knacker wie dich, um bloß zum Abendessen auszugehen. Schleichst dich wohl davon zu irgendeinem schwarzen Flittchen, solange die Frau weg ist, was? Wolltest du mal sehen, ob so eine junge Möse dir altem Sack noch einen Ständer verschafft, ja?« Philip schluchzt.

»Nein, natürlich nicht«, fährt Charlie empört auf. Wenn je einer seiner Söhne so mit ihm geredet hätte, wären ein paar hinter die Löffel fällig gewesen. »Ich wollte zu Denny's, der ist vierundzwanzig Stunden geöffnet. Manchmal kann ich nicht schlafen. Bitte, nehmen Sie schon meinen Wagen und lassen Sie mich in Frieden.«

Aber Philip genießt das Spielchen richtig. »Demnach erwartet dich keiner heute nacht. Wenn deine Alte anruft und du dich nicht meldest, denkt sie, du schläfst.«

»Sie hat heute abend schon angerufen. Unsere Tochter kriegt ihr erstes Baby. Meine beiden Söhne haben jeder zwei Kinder, und dies wird unser fünfter Enkel. Meine Frau hilft dort, das hat sie bei den anderen auch gemacht, ganz egal, wohin sie fahren mußte oder welche Jahreszeit es war, sie …«

»Schon gut. Hör mir zu. Ich nehme dein Auto, aber ich brauche eine Woche Vorsprung, also wartest du sieben Tage, ehe du es als gestohlen meldest. Okay?«

Charlie nickt eifrig. »Ja, ja, natürlich.«

Philip versetzt ihm einen kräftigen Stoß gegen die Brust; er torkelt mehrere Schritte zurück und fällt zu Boden. »Lügner!« kreischt Philip. »Dauernd *belügen* mich alle, mein ganzes verfluchtes Leben lang. Meinst du, ich hätte dir geglaubt, daß du dein Auto nicht vor morgen mittag als gestohlen meldest? Und wir wissen beide, daß du erst recht nicht eine geschlagene Woche wartest. Sobald ich weg bin, rennst du ins Haus, schließt alle Türen ab und heulst den Bullen am Telefon vor, daß ein böser Mann dein hübsches neues Auto geklaut hat. Und mir willst du die Hucke vollügen. Du wirst keine Stunde warten. Lügen, Lügen, Lügen.« Er tritt ihm in den Rücken.

Charlie beginnt zu weinen. »Was soll ich denn sonst sagen? Ich verstehe nicht, was Sie wollen!«

Genau das hat Philip gewollt, das gefällt ihm – diese Angst zu sehen, bei anderen das Entsetzen zu erzeugen, das sein eigenes Leben erfüllt hat. »Ich *weiß* schon, wie ich dafür sorgen kann, daß du keine Anzeige machst.« Er steckt den Revolver in seinen Hosenbund. Aus seiner Jackentasche zieht er das Messer mit der kleinen dreieckigen Klinge. »Jawohl, ich *weiß*, wie ich dich dazu bringe, daß du dein Wort hältst.«

Charlie tastet über den Boden und versucht mühsam, auf die Knie zu kommen. »Bitte.«

»*Bitte*«, höhnt Philip.

»Tun Sie mir nichts vor Ihrem kleinen Mädchen, lassen Sie es nicht dabei zusehen.«

»Ach, die hat Schlimmeres gesehen.«

Doch Penny sieht gar nichts. Die Beifahrertür steht zwar offen, aber sie hat die Augen fest geschlossen und hält sich die Ohren zu.

»Wer sind Sie?« fragt Charlie.

Philip tritt hinter ihn, stößt seinen Hut vom Kopf und packt ihn an einem Ohr.

»Gegrüßet seist du, Maria, voll der Gnade«, beginnt Charlie, »der Herr ist mit dir ...«

»Ja, ja«, kichert Philip und fährt rasch mit der Klinge quer über den faltigen Hals des alten Mannes.

Penny preßt ihre Hände noch fester auf ihre Ohren, aber trotzdem hört sie diese Laute, genauso wie bei dem Polizisten – gurgelnd und erstickt. Mit aller Kraft versucht sie, nicht daran zu denken.

Philip schaut fasziniert zu. Charlie kriecht auf dem Boden herum, eine Hand umklammert seinen Hals in dem vergeblichen Bemühen, das Blut zurückzuhalten. Entsetzen steht in seinen Augen, der Mund schnappt auf und zu, aber es kommt nur Blut, keine Worte. Sein ganzes weißes Hemd ist bereits durchtränkt. Philip ist das Schauspiel schließlich leid. Er tritt ihn gegen den Kopf, bis er auf dem Rücken liegt, und schiebt den alten Mann, der immer noch an seinem eigenen Blut würgt, unter den Wagen.

Jetzt hat Philip es eilig. Er zieht Penny aus dem Auto und verfrachtet sie in den Buick. Dabei entdeckt er einen Liter Öl, den er über den blutbefleckten Boden gießt. Die Dose läßt er fallen, damit es aussieht, als sei dort nur etwas verschüttet worden. Aus einem Regal nimmt er eine Plane und bedeckt damit seinen Wagen, dann lauscht er einen Moment, ob Charlie noch lebt. Es ist alles still.

Philip schaut sich in der Garage um. *Perfekt. Jetzt habe ich Zeit. Bleibt nur noch eins zu tun. Bis morgen wird keiner den Alten vermissen, und das gibt mir reichlich Zeit für das, was ich noch zu erledigen habe.*

Er steigt in den Wagen. Nur was ist mit Penny? Die Bullen suchen zwar nicht nach einem nagelneuen Buick, aber nach einem Mann, der ein kleines Mädchen gekidnappt hat, und wenn sie Penny sehen, besonders mit diesem Lippenstift auf ihrem Gesicht ...

Tatsache ist, daß er sie gar nicht mehr braucht.

22

»Ich glaube kaum, daß ich Sie hereinlassen kann«, sagte Mary etwas unsicher, als liege die Entscheidung nicht ganz bei ihr.

»Bemühen Sie sich nicht.« Ich schob die Tür mit meiner Schulter auf und trat ein.

»Ich rufe Captain Land.«

»Wollen Sie die Nummer?«

Sie ging zum Telefon auf dem Tischchen im Korridor und redete kurz mit jemandem. »Man kann ihn nicht erreichen«, meinte sie anschließend zu mir, »aber ich habe eine Nachricht hinterlassen. Wenn Sie verschwinden, ehe er zurückruft, sage ich ihm nichts.«

Ich schwieg.

»Mein Mann ist heute beerdigt worden, und die ganze Woche über haben mich Reporter gehetzt. Ich finde, allein der ganz normale Anstand ...«

»Was trinken Sie?«

»Scotch«, erwiderte sie automatisch mit einem Blick auf das Glas in ihrer Hand.

»Prima.«

Sie seufzte resigniert. »Dann kommen Sie.«

Wir gingen ins Wohnzimmer. Mary setzte sich auf die Couch dem Kamin gegenüber und deutete zur Bar in der Ecke. Eine schwere Karaffe aus geschliffenem Kristallglas war mit einer goldbraunen Flüssigkeit gefüllt. Ich goß drei Finger breit über ein paar Eiswürfel in einem gedrungenen Cocktailglas, dann schlenderte ich zum Kamin und schaute sie an.

»Prost.« Ich nahm einen Schluck, ohne den Blick von ihr zu wenden. Erstklassiges Zeug.

Mary war mit einem roten Morgenrock bekleidet, den sie fest verknotet hatte. Man brauchte aber nicht viel Fantasie, um sich vorzustellen, daß sie nichts weiter darunter trug.

»Wissen Sie was? Philip wird morgen nicht auftauchen, um sein Geld zu holen.«

Sie wollte etwas entgegnen, aber dann änderte sie ihre Meinung, griff statt dessen nach einer Zigarette und fragte, ob ich in offizieller Funktion hier sei.

»Meine Suspendierung ist aufgehoben, falls Sie darauf anspielen.«

»Suspendierung?« meinte sie ganz unschuldig.

Ich nickte. »Wir können diese Spielchen treiben so lange Sie wollen, Mary, mir ist es recht. Ehe die Nacht vorbei ist, kommt sowieso alles heraus.«

»Sie mögen mich nicht, stimmt's?«

»Da ist was dran«, nickte ich, stellte mein Glas auf den Kaminsims und ging hinaus in den Korridor, um das Revier anzurufen. Man hatte bisher weder Philip noch das kleine Mädchen gefunden, aber es gab Meldungen, nach denen sein Wagen in einem Wohngebiet direkt am Highway sei, westlich von der Stelle, wo der Streifenpolizist getötet worden war. Philip flüchtete demnach weiter und würde hier nicht auftauchen. Ich kehrte ins Wohnzimmer zurück und berichtete Mary, daß alles nach ihrem Freund suche.

»Nach welchem Freund?«

Ich schwieg.

Sie nahm einen hastigen Zug von ihrer Zigarette und drückte sie gleich wieder aus. »Eigentlich bin ich froh, daß Sie hier sind, Teddy.«

»Wahrhaftig?«

Sie spielte mit ihrem Glas. »Möchten Sie, daß ich Ihnen noch mal einschenke?«

Ich schüttelte den Kopf.

Mary stand auf und ging zur Bar. »Wirklich nicht?«

»Wirklich.«

Sie brachte trotzdem die Karaffe mit dem Scotch herüber zum Kamin und stellte sich so dicht neben mich, daß wir uns fast berührten. »Ich weiß alles über Sie.«

»Ach ja?«

»George hat mir alles erzählt. Mein Anwalt.«

»Ja, ich kenne George.«

Sie ging wieder zur Couch und setzte sich mit angezogenen Beinen. »George meint, Sie seien ausgebrannt.«

»Kann sein.«

»Er sagt, daß Sie früher mal ein wirklicher Teufelskerl waren und den Ruf hatten, ein menschlicher Lügendetektor zu sein.«

»Dieses Talent hat mich noch immer nicht vollständig verlassen.«

»Und das ist der Grund, warum Sie hier sind.« Mary nippte an ihrem Drink. »Um bei mir den Lügendetektor zu spielen.«

»Das habe ich bereits getan, zuerst in Lands Büro und später, als Alfred und ich hier waren. Sie haben beide Male gelogen.«

»Ich weiß, warum Sie so besessen von mir sind.«

»Ich bin nicht von Ihnen besessen, ich will bloß wissen, was Sonntagnacht passiert ist und welche Verbindung Sie zu Philip haben.«

»Als Sie gestern mit Ihrem Partner hier waren, haben Sie gesagt, Sie wollten mir helfen, mich beschützen, Sie dächten an mich wie an eine Tochter, wissen Sie noch?«

»Ich weiß.«

»Da haben Sie mich also angelogen?«

»Wenn Ihnen nach Wahrheit zumute ist, will ich Ihnen ein bißchen was erzählen. Jonathans Sohn war Sonntagnacht hier, aber Sie haben es verschwiegen und uns angelogen. Das heißt, Sie sind verantwortlich dafür, daß Philip eine Frau getötet hat und heute abend noch einen Polizisten. Außerdem hat er einen kleinen Jungen mißhandelt und dessen Schwester gekidnappt. Die fünfzehnjährige Ausreißerin habe ich dabei gar nicht mitgezählt, die er umgebracht hat, ehe er am Sonntag bei Ihnen auftauchte. Ihre Lügen – und die Tatsache, daß ich Sie deckte – sind an diesen Morden mit schuld, Mary.«

Sie wirkte erschrocken. »Haben Sie ihn schon verhaftet?«

»Noch nicht. Ich habe Ihre Nummer hinterlassen und kriege Bescheid, sobald sie ihn haben.«

Mary begann zu weinen. »Man kann mir doch nicht anlasten, was Jonathans Sohn getan hat.«

»Und ob. Beihilfe zum Mord.«

Sie brauchte eine ordentliche Dosis Scotch und eine weitere Zigarette, bis sie meine Worte verdaut hatte. Ihre Stimme bebte. »Ich muß George anrufen.«

»Nur zu. Aber ich bin nicht gekommen, um Sie zu verhaften, falls Sie sich darum Sorgen machen. Das überlasse ich Captain Land und den anderen, die sicher sofort hier sind, sobald sie Philip erwischt haben und er zu reden anfängt. Wenn Sie schon meinen, die Belästigung durch Journalisten in den vergangenen Tagen sei eine Qual gewesen, dann warten Sie mal ab, bis die gesamte Story herauskommt. Man wird Sie durch sämtliche Medien schleifen, Mary. Und dann, ja, dann haben Sie ganz gewiß Georges Beistand nötig, aber im Moment brauchen Sie keinen Anwalt, Mary. Ich will einfach nur die Wahrheit hören, das ist alles.«

Sie betupfte ihre Augen. »Was immer ich Ihnen erzähle, bleibt rein privat?«

Ich schaute sie nur schweigend an.

»Wie wundervoll muß es sein«, sagte Mary plötzlich ganz ruhig, »mich in meinem Lügengewebe zu fangen und jetzt … ich weiß auch, woher Sie Ihre Informationen haben. Jo-Jo hat sich an Ihrer Schulter über die böse Mary Gaetan ausgeweint.«

»Ja, ich habe heute abend mit ihr geredet.«

»Das wußte ich.«

»Sie haben sie wirklich ganz schön fertiggemacht.«

Mit einem erbitterten Schnauben stand sie auf und nahm unsere Gläser hinüber zur Bar. Sie warf Eiswürfel hinein, kam wieder zu mir zum Kamin und schenkte Scotch ein. »Hat sie Ihnen erzählt, daß sie meine Freundin sein wollte?«

»Sie sagte, Sie hätten sie verführt.«

»Und Sie haben ihr geglaubt?«

Ich nickte.

»Dann sind Ihre Fähigkeiten als Lügendetektor miserabel. Wahrscheinlich hat sie auch behauptet, es sei meine Idee gewesen, diese Beschuldigung gegen Sie zu erheben, was?«

Ich suchte nach Worten.

»Tatsache ist, daß ich versucht habe, es Jo-Jo auszureden,

weil ich fand, es würde alles nur komplizieren. Aber sie war wild entschlossen, mir beizustehen und mich zu retten. Jo-Jo ist lesbisch.«

»Blödsinn.«

»Ach wirklich? Haben Sie sie überprüft? Haben Sie mit irgendwelchen Leuten geredet, die mit ihr und Jonathan in den Anfangsjahren gearbeitet haben? Damals machte Jo-Jo keinen Hehl aus ihrer Veranlagung und scherte sich nicht darum, wer es wußte. Jonathan hat sie gebumst, weil er durch Frauengeschichten schon zu oft sein Leben in ein Chaos gestürzt hatte, und er meinte, bei ihr bestünde keine Gefahr, in sie würde er sich nie und nimmer verlieben und sich dabei zum Narren machen.«

»So wie es ihm bei Ihnen erging.«

»Unsere Beziehung war gut.«

»Wenn Jo-Jo lesbisch ist, wie kam es dann, daß sie es mit Jonathan getrieben hat?«

»Das, mein lieber Teddy, kann ich Ihnen auch nicht sagen«, entgegnete Mary betont sarkastisch. »Die gute alte Jo-Jo hat's wohl gern zweigleisig. Außerdem erlaubte Jonathan ihr, sich in die Firma einzukaufen, und ich nehme an, Jo-Jo fand, sie seien nicht nur geschäftlich ein gutes Team, sondern hoffte, daß Jonathan sie vielleicht heiraten würde und sie ihre Tage als Lesbe abhaken könnte. Sie halten mich anscheinend für so was wie ein verschlagenes Spinnenweibchen, das die tugendhafte und vormals lesbische Miß Creek verführt und seiner Herrschaft unterworfen hat. Aber so war es ganz und gar nicht.«

»Okay, wie war es dann?«

Mary schaute mich fest an, doch dann wandte sie abrupt den Blick ab. »Es war alles ein ziemliches Durcheinander. Wir saßen auf der Couch und redeten über Jonathan, hielten uns in den Armen und weinten. Ich bemerkte, daß ihre Hand von meiner Schulter hinuntergeglitten war. Jo-Jo berührte meine Brüste. Nach dieser ganzen Woche und der Beerdigung war ich so am Boden zerstört, daß ich gar nicht wußte ... ich sagte nicht, sie solle aufhören. Dann küßte sie mich plötzlich und öffnete mein Kleid. Die Tatsache, daß ich sie nicht zurückstieß, nahm Jo-Jo wahrscheinlich als Zeichen, daß ich einverstanden sei. Dabei kam ich erst viel später wieder richtig zu mir, als sie bereits verkündete, sie würde ein paar Sachen zusammenpacken, um das Wochenende mit mir zu verbringen. Sie meinte, es wäre kein Problem, eine Klage gegen Sie einzureichen und Sie damit bis nach der Geldübergabe aus dem Verkehr zu ziehen. Es ist wirklich wahr, Teddy, ich weiß nicht, warum ich mich von ihr antatschen ließ, aber es ging allein von Jo-Jo aus, nicht von mir. Genauso war diese Klage ihre Idee, nicht meine. Ist es nun die Wahrheit oder nicht – was meldet Ihr Lügendetektor?«

Ich war unsicher, mit Gewißheit konnte ich es nicht sagen. Ich hatte Jo-Jo geglaubt, aber jetzt glaubte ich Mary ebenso. Mein Talent ging anscheinend flöten. »Was für eine Verbindung gibt es zwischen Ihnen und Philip?«

»Er ist mein Stiefsohn.«

»Kommen Sie, Schluß mit dieser Scheiße.«

»Ich sage die Wahrheit, Teddy.« Sie ging wieder zur Couch, setzte sich und zündete eine neue Zigarette an, wobei sie sich weit genug vorbeugte, daß ich unter ihrem Mantel die nackten, weißen Brüste sehen konnte.

»Diese Nacht am Sonntag war die schlimmste Nacht meines Lebens. Niemand kann auch nur ahnen, wie grauenvoll es war. Es gibt doch solche Momente, an die man sich bis in sämtliche Details für den Rest seines Lebens erinnert. So wie damals, als Präsident Kennedy ermordet wurde. Ich war in der zweiten Klasse, und die Direktorin kam weinend ins Zimmer, um es uns mitzuteilen. Jede Einzelheit dieses Augenblicks ist in meinem Gedächtnis eingebrannt. Das gilt sicher für jeden – man kann sich exakt daran erinnern, wo man war und was man gerade tat, als man die Nachrichten hörte. Und diese Sonntagnacht besteht für mich aus tausenden solcher Momente, an die ich mich bis in alle Einzelheiten für den Rest meines Lebens erinnern werde.

Philip war völlig verrückt, dauernd schlug er auf Jonathan ein, und der gab sich schließlich total auf, als er hörte, daß seine Tochter schon im Teenageralter an Drogen gestorben sei. Das hat ihm wirklich das Herz gebrochen – ich werde nie den Ausdruck in seinen Augen vergessen, *niemals*. Jonathan hat sich umgebracht aus diesem Schuldgefühl heraus, das er seiner Tochter gegenüber empfand, weil er früher so hemmungslos herumgehurt hat. Seine Frau erwischte ihn eines Tages sogar mit ihrer eigenen Schwester im Bett. Aber nachdem sie sich mit den Kindern davongemacht hatte und er sie nicht finden konnte, kam er hierher und wurde ein reicher Mann. Es ist eine schmutzige kleine Geschichte, Teddy, und ich gebe zu, ich habe versucht, sie zu vertuschen. Doch das ist die einzige Schuld, die mich trifft. Ich habe nur zu verhindern versucht, daß jemand herausfindet, weshalb Jonathan so beschämt war, daß er sich umbrachte.«

Ich war fast sicher, daß sie die Wahrheit sagte, aber ich bohrte trotzdem weiter. »Sie kannten Philip schon aus Kalifornien.«

Mary schüttelte den Kopf, und als ich in ihre Augen schaute, wurde ich plötzlich unsicher. »Wenn Jonathan seither keinen Kontakt mehr mit seiner Familie hatte, dann hat er sich auch nicht von seiner Frau scheiden lassen – und das bedeutet, daß Sie möglicherweise keinen Pfennig von seinem Vermögen bekommen. So denke ich mir die Sache nämlich, Mary. Sie wollten mit Ihren Lügen verheimlichen, daß Philip hier war und ihm das Geld geben, weil andernfalls für Sie das Risiko bestand, alles zu verlieren.«

»Was wissen Sie schon.«

»Anscheinend genug.«

»Armer Teddy. Ihre Frau verläßt Sie wegen eines anderen Mannes, Ihre Tochter verweigert seit Jahren jeden Kontakt mit Ihnen, Sie werden zu einem armseligen Schreiberling in Ihrer Dienststelle – aber jetzt wollen Sie sich zum Held aufspielen, indem Sie mich bloßstellen, was?«

»George hat ein verdammt großes Maul.«

»Ich sagte doch, ich weiß alles über Sie. Ein Jammer, daß Sie *Ihre* Hausaufgaben nicht genausogut gemacht haben. Jonathan hat sich vor zehn Jahren scheiden lassen.«

»Aber …«

»Er wurde immer wohlhabender, und seine Anwälte fanden es bedenklich, daß es da irgendwo noch eine Ehefrau gab. Also engagierten sie jemanden, um sie aufzuspüren und regelten alles einvernehmlich.«

»Und die beiden Kinder?«

»Die Tochter war damals bereits tot, und Jonathans Frau wußte nicht, wo der Sohn war.«

»Lebt sie noch?«

»Nein, sie ist vor sieben oder acht Jahren gestorben.«

»So um die Zeit, als Sie und Jonathan heirateten.« Es war nur eine Vermutung.

»Ich will Ihnen was sagen, Teddy – Sie haben absolut nichts in der Hand. Ich bekomme das Vermögen, weil ich seine rechtmäßige Ehefrau bin. Seinen Sohn wollte ich auszahlen, um Jonathans Ruf zu schützen – und kein Mensch wird mich dafür ins Gefängnis bringen.«

Da hatte sie vermutlich recht.

»Sie sind doch nur so verbissen hinter mir her, weil Sie Frauen hassen – wegen allem, was Ihre eigene Ihnen angetan hat. Erinnere ich Sie an Ihre Frau, ist das der Grund?«

»Blödsinn, Sie sind jünger als meine Tochter.«

»Ach ja, stimmt. Natürlich, ich erinnere Sie an Ihre Tochter, die einen Sohn hat, den Sie noch nie gesehen haben. Sind Sie überrascht, daß ich das ebenfalls weiß?«

Das war ich allerdings.

»Der einzige Unterschied zwischen den dunklen Flecken in Ihrer Familiengeschichte und denen bei Jonathan ist, daß es in Ihrem Fall nie sehr geheim war. Wie heißt Ihr Enkel?«

Ich nannte seinen Namen.

»Und Sie haben nie auch nur am Telefon mit ihm geredet?«

»Ich habe es ein paar Mal versucht, aber meine Tochter ...«

Aus irgendeinem Grund begann ich Mary zu erzählen, daß ich den Jungen gern getroffen hätte, als er noch jung genug war. Um mich Opapa zu nennen, so wie ich meinen Großvater nannte; bis ich mir plötzlich maßlos idiotisch vorkam und verlegen schwieg.

Marys Stimme klang sanft. »Jonathan hatte keine Chance, sich wieder mit seiner Familie zu versöhnen, aber Sie haben es noch.«

»Meine Tochter will nicht mal mit mir reden.«

»Dann fahren Sie runter nach Florida und suchen Ihren Enkel auf eigene Faust. Sie sind schließlich Detective.«

Ich fühlte mich allerdings überhaupt nicht wie einer.

Sie kam zu mir an den Kamin. »Ich habe nichts Schlechtes getan, nicht wirklich.«

Ich zuckte die Schultern und wandte den Blick ab. Mary legte eine Hand an meine Taille. »Bleiben Sie bei mir, bis man Jonathans Sohn gefangen hat, ja?«

Ich nickte.

»Wollen Sie noch einen Drink?«

Besser nicht, ich winkte ab.

»In meinem Schlafzimmer ist ein Telefon. Sie könnten mit nach oben kommen und dort auf den Anruf warten.«

Ich schaute sie nur verständnislos an.

»Sie wissen, wo das Schlafzimmer ist?«

Ich nickte.

»Dann warte ich oben auf Sie, okay?«

Okay, sagte ich.

23

Er ist wieder da.

Philip steht unter einem Baum und betrachtet auf der anderen Straßenseite das Licht im oberen Stock. Trotz dieser zermalmenden Schmerzen, die in ihm toben, überkommt ihn ein Triumphgefühl: *sie ist daheim.* Er schluchzt auf und drückte ihre Hand.

Teddy Camel hat sich auf einer Couch im Wohnzimmer ausgestreckt und sinkt allmählich in einen Halbschlaf. Er hat ein paarmal im Revier angerufen und gehört, daß Philip Jameson noch nicht festgenommen worden ist. Man nimmt an, daß er doch irgendwie durchgerutscht war, ehe die Straßensperren errichtet waren. Die Suche wird weiter nach Westen ausgedehnt.

Philip lehnt seinen Kopf an den Baum. Er ist unendlich müde, aber er darf nicht einschlafen, noch nicht. Denk an was anderes – wie du sie alle überlistet hast.

Ja, das war einfach klasse! Er ist direkt an Bullenautos vorbeigefahren, hatte das Lenkrad umklammert, atmete abgerissen vor Angst und wegen dieses ungeheuren Drucks in seiner Brust – und dann die Erlösung, dieses überwältigende Glücksgefühl, es hierher geschafft zu haben, ohne daß man ihn erwischt hat.

Philip schluchzt.

Ehe er die Garage des alten Mannes verließ, hatte er sich Hände und Gesicht an einem Waschbecken gesäubert. In einem Medizinschrank darüber fand er einen Kamm und brachte sein Haar in Ordnung, musterte sich im Spiegel und entschied, daß er ganz normal aussah bis auf die Augen. Er entdeckte Aspirin, schluckte sechs Tabletten ohne Wasser und steckte die Flasche ein. Rückwärts manövrierte er den neuen Buick aus der Garage und hielt kurz an, um das Tor zu schließen, ehe er losfuhr in eine Richtung, die ihn von diesen Sirenen wegführte.

Zwei Absperrungen sah er unterwegs, aber sie waren auf anderen Straßen und nicht auf seiner Strecke. Er vermied die Hauptstraßen, beachtete strikt die vorgeschriebene Geschwindigkeit und blickte stur geradeaus. Niemand hielt ihn an. Sogar zwei Streifenwagen passierte er, aber keiner hielt ihn an! Jawohl, überlistet hat er sie, was nur beweist, daß ...

Jesus, wie weh das tut. Jetzt, wo die Anspannung der Flucht vorbei ist, sind die alten Schmerzen mit voller Wucht wieder da. Seine Augen jucken und brennen, nachdem er in den letzten Tagen kaum geschlafen hat, und scheinen das Dröhnen in seinem Kopf noch zu verstärken, der zu zerspringen droht. Benommen starrt er zum Haus, wartet darauf, daß die Lichter im Schlafzimmer ausgehen und drückt ganz fest die Hand.

Auf der Couch in diesem Haus beweist Teddy Camel wieder einmal seine erstaunliche Fähigkeit, überall und selbst unter den widrigsten Umständen zu schlafen. Er läßt seine Gedanken treiben und überlegt, wie er sich nur in so vielerlei Hinsicht derart irren konnte. Genau der richtige Zeitpunkt, mein Talent zu verlieren, denkt er. Alle logen ihn an und kamen damit durch.

Während Camel in den Schlaf sinkt, arbeitet sein Gehirn weiter. Er weiß, er müßte wachbleiben, bis Philip eingefangen ist, aber ein Traum beginnt ihn wegzutragen: auf einem kleinen Kahn treibt er mit dem Strom dahin, irgendwo weit entfernt kommen gedämpfte Laute aus einem Motorenraum.

Jonathan Gaetan hatte zwei Kinder. Philip ist zweiunddreißig, und wenn die Tochter Nancy noch lebte, wäre sie dreiunddreißig – ein Jahr jünger als meine Tochter, denkt Camel. Mary ist achtundzwanzig. Selbst wenn sie und Jonathans Kinder die gleiche Highschool in Kalifornien besucht hätten, wären sie nicht *zusammen* in der Highschool gewesen, dafür ist Mary zu jung. Warum will ich sie also immer noch mit Jonathans Kindern in Verbindung bringen, warum versuche ich ständig, ihr irgendwas anzuhängen? Vielleicht hat sie recht, und ich will, seit meine Frau und Margaret mich verlassen haben, ständig von neuem beweisen, daß Frauen die Lügner sind.

Ich weiß nicht, denkt Camel und läßt sich mit diesen Gedanken weiter auf dem Fluß dahintreiben, ich weiß es einfach nicht. Er driftet in den Schlaf ab, während der Maschinenraum tief in seinem Kopf automatisch weiterarbeitet.

Philip dagegen bekämpft energisch sein Verlangen nach Schlaf und seine Schmerzen – er hat einen nagelneuen Plan.

Sobald das Licht im Schlafzimmer erlischt, wird er ins Haus gehen, sie aufwecken und sein Geld holen. Dann wird er bis Tagesanbruch warten, Jonathans Mercedes nehmen und den Buick in der Garage lassen. Denn selbst wenn die Bullen inzwischen den alten Mann mit der aufgeschlitzten Kehle gefunden haben, suchen sie nur nach einem Buick und nicht nach einem Mercedes.

Außerdem wird er sich etwas Passendes unter Jonathans Sachen aussuchen – einen hübschen Anzug, ein sauberes weißes Hemd. Wenn er so angezogen ist und einen schwarzen Mercedes fährt, werden die Bullen ihn niemals anhalten. Ganz Daddys Junge, denkt Philip und schluchzt.

Dann braucht er bloß noch drei- oder viermal auf dem Weg nach Mexiko das Auto zu wechseln, und zwar ganz legal. Er kann sich neue Wagen *kaufen*, Geld hat er dann ja jede Menge. So klappt das hundertprozentig und problemlos, und er hat endlich ein einziges Mal in seinem Leben etwas mit Erfolg geschafft.

Als die Lichter auf der anderen Straßenseite erlöschen, greift Philip sofort mit einem zufriedenen Schluchzen nach der Pistole in seinem Hosenbund.

24

Philip verläßt den Wald und hält weiter Pennys Hand fest.

An der Straße wartet er kurz und schaut sich mißtrauisch nach Anzeichen für eine Falle um. Jetzt darf nichts mehr schiefgehen, nicht so dicht vor dem Ziel. Er versucht, eilig die Straße zu überqueren, aber er kann nicht rennen, die Stichwunde in seinem rechten Bein tut viel zu weh. Gebückt hastet er hinüber, dann an der Garage vorbei und weiter nach hinten. Dort bleibt er stehen, um sich auszuruhen. Bis auf den Grund seiner wahnsinnigen Seele spürt er diese grenzenlose Müdigkeit.

Er lehnt den Kopf gegen die Garagenwand, schließt die Augen und döst tatsächlich sofort ein. Pennys Hand hält er weiter fest.

Als Philip mit einem Ruck aufwacht, kippt er vornüber und stürzt auf die Knie. *Scheiße.* Er rappelt sich hoch. Wie konnte mir das passieren, und wie lange war ich weg? Höchstens ein paar Sekunden, eine Minute vielleicht, aber ich muß vorsichtig sein, sagt er sich, sonst komme ich nie nach Mexiko.

An der Rückseite des Hauses prüft er das Kellerfenster, das er letzten Sonntag aufgestemmt hat, aber heute ist es versperrt. Mit dem kleinen Messer in seiner Tasche kann er es sicher nicht aufkriegen. Er probiert, die Fenster im Erdgeschoß zu öffnen, auch sie sind alle verschlossen. Um die Geräusche zu dämpfen, drückt er einen Zipfel seiner Jacke gegen die Scheibe und schlägt mit der Pistole gegen das Glas, fester und immer fester, bis es zerspringt. Dann bricht er genügend Stücke heraus und greift hinein um das Fenster zu öffnen.

Im Haus findet er schnell den breiten Korridor. Unten an der Treppe bleibt er stehen und lauscht.

Teddy Camel liegt keine zehn Meter von Philip entfernt. Er träumt von seiner Tochter und diesen Momenten, die Mary

Gaetan erwähnt hat, wo eine schlimme Nachricht so unerwartet kommt, daß man die kleinsten Einzelheiten dieses Augenblicks für den Rest seines Lebens nie mehr vergißt. Wie damals, als seine Frau ihm sagte, Margaret sei schwanger und sie würden ihn beide verlassen. Es sei leicht, einen Mann anzulügen, der nie zuhöre und sich um nichts kümmere, hatte sie gesagt – daran wird er sich in allen Details immer erinnern.

Teddy erlebt im Traum, wie er das letzte Mal seine Tochter gebadet hat. Sie war noch ein Kleinkind, aber er meinte, es gehöre sich langsam nicht mehr, daß er das Mädchen bade, dafür sei sie zu alt. Linda hatte nur gutmütig über seine Verwirrung gelacht.

Die exakten Einzelheiten eines Telefongesprächs kommen ihm als nächstes im Halbschlaf in den Sinn – als seine Tochter ihn auf der Arbeit anrief und sagte: »Daddy, ich habe schlimme Neuigkeiten.« Der Präsident sei in Texas erschossen worden. Obwohl Teddy und die ganze Welt es seit Stunden wußten, versuchte sie, es ihm so behutsam wie möglich beizubringen.

Und jetzt will sie nicht mal einen Anruf von ihm entgegennehmen oder ihm einen Schnappschuß von seinem Enkel schicken, der nun schon richtig erwachsen ist und zu alt, um ihn Opapa zu nennen, falls sie sich doch noch irgendwann einmal treffen sollten.

Teddy rollt auf die Seite und sinkt tiefer in den Schlaf.

Unten an der Treppe zum ersten Stock meint Philip, daß er sich das leise Geräusch sicher nur eingebildet hat. Er hat ja lange genug das Haus beobachtet. Nirgends waren Autos geparkt, kein einziger Bulle streifte herum. Sie haben mich nicht mit Jonathan in Verbindung gebracht, sie wissen nicht, daß ich hier bin, geh nur weiter – mach schon.

Er schleicht im ersten Stock durch den Korridor und verharrt an der offenen Badezimmertür. Es brennt kein Licht, aber das große Fenster über der Wanne erhellt den Raum genügend, um zu sehen, daß er leer ist und keiner hier auf ihn lauert. Die nächste Tür rechts ist ihre, ruhig jetzt, es ist fast geschafft …

»Ich muß ins Bad.«

Erschrocken bleibt Philip stehen und schaut auf Penny herab, als habe er vergessen, daß er sie die ganze Zeit mit sich herumgeschleppt hat. Bis jetzt war sie vollkommen stumm und folgte ohne die geringste Gegenwehr, selbst als er sie durch dieses Fenster ziehen mußte.

Es dauert einen Moment, bis er sich von der Überraschung erholt hat, daß diese stumme Kreatur plötzlich spricht, aber dann hält er ihr hastig den Mund zu. »Sei still«, flüstert er und nimmt seine Hand weg, um zu sehen, ob sie gehorcht.

»Ich *muß* aber mal«, flüstert sie wieder und tritt von einem Bein auf das andere. »Ich *muß*.«

Verärgert sagt Philip, sie soll in die Hosen machen.

»*Das* kann ich nicht«, entgegnet sie empört und deutet auf die Badezimmertür. »Da rein.«

»Verdammt«, murmelt er. Wäre er doch bloß seinem Instinkt gefolgt und hätte sie bei dem alten Mann in der Garage gelassen. Schließlich *braucht* er sie gar nicht mehr.

Aber als Penny an seiner Hand zieht, gibt Philip nach.

Warum hat er sie nur mitgenommen und sie nicht vorne im Buick auf den Boden gelegt, unter einer Decke versteckt und ihr befohlen, keinen Laut von sich zu geben, sonst würde er sie doch noch töten? Warum all diese Mühe, wo er sie überhaupt nicht mehr braucht? Es war nicht etwa Feigheit, nein, er hätte leicht ihre kleine Kehle durchschneiden können … aber warum hat er es nicht getan?

Weil er sie immer noch gern mit nach Mexiko nehmen will.

Nur geht das nicht. Die Bullen werden wie verrückt nach einem Mann mit einem kleinen Mädchen suchen. Es war dumm, Penny mitzunehmen. Aber er will nicht allein fahren, das ist es …

Nimm Mary mit! Zu dritt könnten wir als Familie durchgehen, nach einer Familie würde man nie und nimmer suchen, und der Gedanke, eine richtige Familie zu haben, gefällt Philip.

Im Bad schließt er die Tür zum Korridor, ohne vorher Licht zu machen. »Los, geh schon«, flüstert er. »Du brauchst kein Licht zum pinkeln.« Erst als sie versucht, ihre kleine Hand aus seinem Griff zu befreien, merkt er, daß er sie immer noch fest umklammert hält.

Philip läßt sie los und gibt gleichzeitig seine dummen Träume auf, mit Penny und Mary nach Mexiko zu fahren, als seien sie eine ganz normale Familie. Er hat nur eine Chance, es zu schaffen – wenn er beide hier läßt und wie immer allein weiterzieht. Mit durchgeschnittenen Kehlen wird er sie hier im Haus lassen, das ist sicher.

Penny steht an der Toilette, schaut zu ihm und wartet. »Ich kann nicht«, verkündet sie schließlich. »Ich kann nicht, wenn jemand dabei ist.«

Er reibt sich die Schläfen. »Ich lasse dich jedenfalls nicht allein.« Leise kriecht er zur Tür zum Schlafzimmer, öffnet sie vorsichtig und sieht, daß Mary dort in dem großen Bett schläft. Er schließt die Tür sorgfältig und wendet sich zu Penny.

Sie steht immer noch am gleichen Fleck, tritt von einem Fuß auf den anderen und hält sich wimmernd den Unterleib. »Ich *muß* ganz dringend«, fleht sie.

»Dann mach.«

»Nicht wenn einer zuschaut.«

»Ich schaue nicht zu.«

»Ich kann aber nur allein.« Sie blickt auf die Tür zum Korridor.

Er schüttelt den Kopf.

»*Bitte.*« Penny weint leise.

»Wenn du jemand aufweckst …«, warnt Philip sie beunruhigt. Er schaut sich um. »Hör mal, ich geh in die Wanne und ziehe den Vorhang zu, damit ich dich nicht sehen kann, aber dann machst du endlich voran und pinkelst. Und hör mir zu, kleines Fräulein, wenn du versuchst wegzulaufen, kannst du wirklich was erleben, verstanden?«

Penny nickt.

Er geht zur Wanne und steigt hinein. »Ich zieh jetzt den Vorhang zu. Denk dran, was ich dir gesagt habe.«

Sie nickt wieder.

Ärgerlich überlegt Philip, ob er nicht einen Fehler begeht.

Er wartet und lauscht, aber er hört nichts. »Was ist?«

»Ich *versuch's*.«

»Bist du auf dem Topf?«

»Wo?«

»Bist du auf der Toilette?«

»Ja.«

»Dann mach voran und pinkel.«

»Will ich ja.« Stille. »Ich kann aber nicht, wenn jemand mit mir redet.«

Philip murmelt etwas vor sich hin.

»*Pst*.«

Das ist verrückt, denkt er und setzt sich in die Wanne. Noch immer ist nichts zu hören. Er streckt sich schließlich aus und flüstert Penny noch einmal zu, sie solle sich beeilen.

»Pst«, sagt sie wieder.

Er flucht mürrisch.

Die große Badewanne ist beinah wie ein Bett. Philip liegt da, wartet und lauscht, schaut durch das Fenster und sieht die Sterne. Seine Augen werden so schwer, daß er sie einfach nicht mehr offenhalten kann. Trotz all seiner Willenskraft kann er nicht länger widerstehen und das bleischwere Gewicht abwehren, das sich auf ihn senkt. Die Augen fallen zu, und er hat keine Kraft mehr, gegen den Schlaf zu kämpfen, der ihn bereits erfaßt hat.

25

Alfred Allmächtig hält ein gutes Stück von Marys Haus entfernt an und schaltet die Scheinwerfer ab. Doch statt auszusteigen sitzt er da und überlegt.

Teddys Weigerung, bei der Verfolgungsjagd mitzumachen, hätte ihn gleich mißtrauisch machen sollen. Er ist vielleicht seit Jahren ausgebrannt, aber ein Feigling ist er nicht.

Bis vor einer Stunde war er zu beschäftigt damit, seinen Sektor zu patrouillieren, um über Teddy nachzudenken, aber als immer deutlicher wurde, daß der Typ ihnen entwischt war, begann Alfred sich zu fragen, welches Spiel Teddy da trieb. Und plötzlich wußte er es! Er war zu Mary gefahren um dort auf den Killer zu warten.

Jetzt sitze ich hier, denkt Alfred, und bin wieder drauf und dran, meinen Arsch für ihn zu riskieren, nachdem ich *geschworen* habe, daß die Geschichte in diesem Motel das absolut letzte Mal war, daß ich meine Karriere wegen ihm aufs Spiel setze. Er schaut auf das Funkgerät. In zwanzig Minuten muß er sich in seinem Sektor melden. Dieser verdammte Kerl.

Alfred trommelt mit den Fingern auf dem Lenkrad. Ich sollte wirklich nichts ohne Rückendeckung unternehmen, aber ich muß nachsehen, ob er hier steckt, ob Mary in Ordnung ist – und dann schleunigst zurück, ehe Land merkt, daß ich ohne Erlaubnis weg bin. Scheiße.

Er steigt aus, geht die Straße hinunter und bleibt vor dem großen Haus stehen. Nirgends brennt Licht. Vielleicht hat er sich geirrt. Vielleicht ist Teddy einfach heimgegangen, Mary schläft friedlich, und Philip Jameson hat sich irgendwo meilenweit weg verkrochen. Alfred entschließt sich, die Umgebung zu überprüfen.

Mit der Taschenlampe in der linken Hand, dem Revolver in der Rechten, geht er um das Haus herum und sieht sofort das eingeschlagene Fenster. *Scheiße!* Jetzt ist ihm alles klar:

Philip ist tatsächlich hierher zurück, ist ins Haus eingebrochen, hat Teddy und Mary gefunden, beide getötet ...

Laut Vorschrift müßte er zu seinem Wagen und eine Meldung durchgeben, aber statt dessen klettert er durch das offene Fenster und beleuchtet hastig den Raum – eine Bibliothek.

Das Adrenalin rast in seinem Körper, aber er hat mehr Angst, Leichen zu entdecken als mit Philip zusammenzutreffen. Trotzdem bewegt sich Alfred ruhig und überraschend flink. Er verläßt die Bibliothek und findet sich im Korridor wieder. Sämtliche Türen auf beiden Seiten sind geschlossen; die Leichen – oder Philip – können überall sein.

Auf der Couch, die ihm die Sicht in den Korridor versperrt, ist Teddy Camel plötzlich aufgewacht durch eine Botschaft, die ihm dieser Maschinenraum tief in seinem Kopf übermittelt hat. *Er weiß es.*

Nur – was soll er jetzt tun? Nach oben rennen, Mary aufwecken und mit der Wahrheit konfrontieren? Und dann? Was ist, wenn sie die Decke zurückschlägt und ihn nackt und bereitwillig in ihr Bett einlädt?

Mein Gott, denkt er, es kann nicht wahr sein, aber es ist so. Einen Moment lang reagiert er auf diese Erkenntnis wie stets, seit er fünfzig wurde: er tut nichts.

Der einzige Grund, warum er sich schließlich überhaupt bewegt, ist nur die große Fünfundvierziger, die ihm die ganze Zeit in die Rippen drückt. Er verschiebt den Halfter und stützt sich auf einen Ellbogen.

Alfred hat gerade den Durchgang zum Wohnzimmer erreicht, als er etwas zu hören glaubt. Er knipst die Taschenlampe aus, damit er nicht zur Zielscheibe wird und richtet seinen Revolver auf die Rückwand der Couch gegenüber dem großen Kamin. Angespannt wartet er, daß Philip sich zeigt.

Während er nach dem Lichtschalter tastet, hört er oben das gedämpfte Rauschen einer Toilettenspülung. Wenigstens klingt es so.

Er schleicht zurück in den Flur und lauscht – nichts mehr. Was jetzt? Hat er sich dieses Geräusch im Wohnzimmer nur eingebildet, ist Philip da drinnen – oder ist er oben und pinkelt?

Alfred eilt die Treppe hoch, öffnet Türen, leuchtet durch die Zimmer und kommt schließlich zum Bad. Seine Taschenlampe erfaßt sofort eine schmale Gestalt, die auf der Toilette sitzt.

Er hält den Revolver in Bereitschaft und schaltet das Deckenlicht ein. Es ist das kleine Mädchen. Ihr Gesicht ist bemalt, die Jeans hängen um ihre Knöchel, winzige rote Tennisschuhe baumeln ein paar Zentimeter über dem Boden. Alfred legt einen Finger an die Lippen, und das Mädchen nickt, daß es verstanden hat.

Er kauert sich zu ihr vor die Toilette. »Ich bin Polizist«, flüstert er. »Ist noch ein anderer Detective hier bei dir? Weißt du, ganz normal angezogen, nicht in Uniform?«

Sie schüttelt den Kopf.

»Der Mann, der dich und deinen Bruder im Motel in sein Zimmer geschleppt hat – ist der hier?«

Penny nickt langsam.

»Okay, Mädchen, ich bringe dich jetzt raus zu meinem Wagen. Bist du fertig?«

Ihr Blick geht von Alfreds vernarbtem Gesicht zu dem geschlossenen Duschvorhang hinter ihm, ehe sie hastig wieder in seine Augen schaut.

»Penny?« Alfred dreht sich prüfend um, aber da ist nichts. »Weißt du, wo der böse Mann jetzt ist?«

Eine winzige, kaum hörbare Stimme haucht: »Ja.« Sie deutet über seine Schulter. In diesem Moment wird der Duschvorhang zur Seite gerissen, und Alfred sieht eine erschreckende Gestalt, die eine blonde Perücke trägt, aus der Wanne springen.

Er versucht gleichzeitig, die Waffe zu heben und mit seinem Körper das Mädchen abzuschirmen, doch noch ehe er sich in der Hocke ganz umgedreht hat, ist Philip auf ihn, und versetzt ihm mit dem Revolver einen kräftigen Schlag gegen die Stirn. Er fällt rückwärts zu Boden, Philip springt auf seine Brust und hämmert immer wieder wuchtig gegen Alfreds Kopf, bis er sich nicht mehr wehrt und schließlich regungslos daliegt.

Schluchzend vor Aufregung zieht Philip das Messer aus seiner Tasche – aber ehe er ihm die Kehle durchschneiden kann, rennt Penny an ihm vorbei.

Sie will nicht mehr! Sie hat gesehen, wie ein Polizist getötet wurde, und ein alter Mann mit aufgeschlitzter Kehle sterbend unter ein Auto gezerrt wurde – mehr will sie nicht sehen!

Sie ist von der Toilette geschlüpft, hat die Hosen hochgezogen, die sie einfach mit einer Hand festhält, und rennt vorbei an dem verrückten Mann, der auf dem großen Polizisten sitzt.

Hastig will Philip sie packen, aber sie entwischt. »Scheiße!« Er springt auf und läuft hinter ihr her. Es ist Zeit, endgültig für Ruhe zu sorgen; sie hat ihm Mühe genug gemacht und nutzt ihm außerdem nichts mehr.

»Philip?«

Er fährt herum. Eine Gestalt steht an der Tür, die ins Schlafzimmer führt – Jonathans Frau. Unter dem roten Bademantel, den sie nur hastig übergeworfen hat, sieht er ihren nackten Bauch die langen Beine und das dunkle Dreieck zwischen den gebräunten Beinen.

Mit dem kleinen Messer in der Hand geht er grinsend auf sie zu.

»Philip«, sagt sie wieder, und diesmal ist es keine Frage.

26

Teddy Camel steht schußbereit unten an der Treppe, als Penny heruntergerannt kommt. Um ein Haar hätte er abgedrückt. In letzter Sekunde löst er den Finger vom Abzug und senkt den Lauf. Seine Knie zittern vor Entsetzen über diesen Fehler, der ihm beinah passiert wäre, und er greift nach dem Geländer.

Sie bleibt ein paar Stufen vor ihm stehen. »Ich will nach Hause.«

Das Mädchen bietet einen bizarren Anblick mit ihren mühsam hochgehaltenen Jeans und den grellrot bemalten Gesicht. Ihr Name fällt ihm ein. »Penny. Wer ist da oben, Kind?«

Sie schaut ängstlich zurück, als rufe womöglich schon ihre Antwort diesen Mann herbei.

Camel folgt ihrem Blick. »Penny, ich bin Polizist, bitte sag's mir. Wer hat dich hergebracht?«

»*Er* war das.«

Camel braucht nicht zu fragen, wen sie meint. »Wo ist er?« flüstert er und versucht, sich keine Panik anmerken zu lassen. »Du mußt mir sagen, wo er ist. Irgendwo da oben?«

Penny seufzt. Sie will nicht sagen, wo der verrückte Mann ist, denn wenn dieser Polizist hinaufläuft, wird es ihm nur genauso gehen wie dem anderen. Er soll ganz einfach tun, worum sie ihn bittet: sie nach Hause bringen. Ein Polizist bringt dich immer nach Hause, wenn du ihn darum bittest, das hat ihr Vater gesagt.

»Penny? *Penny.* Dieser Mann, dieser böse Mann, wo ist er jetzt?«

Sie deutet langsam die Treppe hoch. »Aber geh lieber nicht nachsehen. Er hat es wieder getan.«

»Was getan?«

»Bringst du mich jetzt heim?«

»Ja!« Er zwingt sich, nicht ungeduldig zu werden, sie hat wahrhaftig heute nacht genug hinter sich. »Penny, hat er dich verletzt? Hat er irgendwas Schlimmes mit dir gemacht?«

»Mit *mir* nicht.«

»Ehe ich dich heimbringe, muß ich dafür sorgen, daß dieser Mann niemand anderem mehr was tut.« Camel denkt an Mary.

»Aber du bringst mich besser *erst* nach Hause.« Sonst komme ich nie mehr heim, denkt Penny, weil er mit *dir* dasselbe macht wie mit dem anderen.

»Ist eine Frau oben bei ihm?«

Sie seufzt wieder. »Da kam ein Polizist, als ich auf dem Klo war. Ich hab' Wasser laufen lassen, weil das manchmal hilft, wenn ich nicht kann. Er hat gesagt, er würde mich heimfahren, aber dieser Mann hatte sich in der Badewanne versteckt.«

»Ein anderer Polizist? War er in Uniform? War er wie ein Polizist angezogen, oder hatte er …«

Penny weiß, was eine Uniform ist. »Er hatte normale Sachen an. Sein Gesicht …« Sie berührt Camels Gesicht, ihre kleinen Finger streichen so sanft über seine Wangen, daß ihn eine Gänsehaut überläuft.

»Du meinst, er hatte Narben?«

»Er ist tot«, sagt sie leise. Dann wird ihre Stimme heftiger. »Genau wie die anderen, und deshalb mußt du mich zuerst heimbringen!«

»Tot?« Alfred Allmächtig tot? »Bist du sicher?«

Penny nickt. »Und der Polizist mit der Uniform auch, der zum Auto kam auf dem Highway, und der Mann in der Garage auch – und du bist dann auch tot, wenn du rauf gehst!«

»Okay, okay.« Er drückt ihr beruhigend die Schultern. »Du mußt mir jetzt zuhören, Penny. Hör mir gut zu.« Er nimmt sie an der Hand und geht zu einem Tisch, auf dem ein Telefon steht. Ein Schrei von Mary unterbricht ihn.

»Ich weiß nicht, wer *das* ist«, sagt Penny und drängt sich hinter ihn.

Mary. Camel läßt ihre Hand los und läuft zur Treppe. »Du mußt für mich anrufen, Penny.« Er versucht es ihr in aller Eile zu erklären. »Nimm den Hörer ab und wähle neun-eins-eins, sag deinen Namen und daß ein Polizist getötet worden ist und dann bleib einfach dran.«

»Ich weiß die Adresse nicht.«

»Brauchst du nicht. Man kann einen Notruf immer zurückverfolgen. Bitte, ruf schnell an, dann läufst du nach draußen und versteckst dich.«

»Ein Polizist hat uns mal in der Schule erklärt, wie man das macht, und er hat gesagt, man muß die Adresse wissen, damit …«

»Penny!« Camel ist bereits halb oben. Er beugt sich über das Geländer. »Ruf einfach an, Kind«, wiederholt er in stiller Verzweiflung. »Neun-eins-eins, sag was passiert ist und daß ein Polizist in Schwierigkeiten ist, die Adresse mußt du nicht wissen.« Als Mary wieder aufschreit, dreht sich Camel um und stürmt die restlichen Stufen hinauf.

Penny weiß, was da oben passieren wird mit der Frau, die dort schreit und mit dem Polizisten, der ihr helfen will. Sie hat es die ganze Nacht erlebt.

Statt anzurufen beschließt Penny, sich zu verstecken. Aber nicht draußen, wie der Polizist gesagt hat, im Dunkeln ist es zu gruselig. Sie geht langsam den Korridor entlang, bis sie eine kleine Tür entdeckt, die zu dem Raum unter der Treppe führt. Genau richtig! Bei ihrer Großmutter gibt es auch so eine kleine Tür, und wenn sie mit Billy Versteck spielt, verkriecht er sich manchmal dort. Penny hat es nie gewagt, weil an einem solchen Ort sicher lauter Spinnen sind. Sie öffnet und späht hinein. Als die Frau oben wieder aufschreit, zieht sie den Kopf ein und schlüpft in den dunklen Raum. Egal, ob es hier von Spinnen wimmelt, ob es Mäuse oder sogar Geister gibt, nichts kann so schrecklich sein wie alles andere, was heute nacht geschehen ist. Penny kriecht zwischen Schachteln hindurch und findet ein Versteck hinten in einer Ecke des Lagerraums. Sie ist fest entschlossen, nicht mehr rauszukommen. Sogar wenn ein Polizist sie ruft, in Uniform oder nicht – sie will sich nicht mehr von der Stelle rühren, außer ihr Daddy selbst ruft sie.

Teddy ist oben im Flur stehengeblieben und drückt sich flach gegen die Wand neben der Badezimmertür. Drinnen brennt Licht. Er versucht ruhiger zu atmen, aber es gelingt ihm nicht. Keuchend macht er sich zum Angriff bereit.

Mit beiden Händen die schwere Fünfundvierziger umklammert, springt er durch die offene Tür. Auf dem Boden liegt eine Gestalt, und er weiß, ohne auf das Gesicht zu schauen, wer es ist. Aber er hat keine Zeit, nach Alfred zu sehen und sich zu überzeugen, ob Penny recht hatte. Es sieht ganz so aus. Er rührt sich nicht, und überall auf diesen teuren Kacheln rund um seinen Kopf ist Blut. Teddy Camel preßt die Lippen zusammen.

Nach Atem ringend schleicht er durch das Bad und stößt mit einem Tritt die Tür ins Schlafzimmer auf, die Waffe im Anschlag und jederzeit bereit zu schießen.

Philip und Mary sind auf der anderen Seite des Betts. Er hat sie am Haar gepackt und drückt mit der anderen Hand eine kleine dreieckige Klinge gegen ihren Hals. Marys Bademantel hat sich geöffnet, ihre Brüste sind entblößt, die Brustwarzen wirken dunkelrot in dem Licht, das aus dem Bad dringt. Die Haut ihres Körpers ist gebräunt bis auf die schmalen Bikinistreifen.

»Das Miststück sagt, sie hat mein Geld nicht«, verkündet Philip, als sei damit alles erklärt.

Teddy versucht, ihn mit seinem Blick zu fixieren. »Ich bin Polizist. Laß diese Frau los.«

»Fick dich doch selber«, erwidert Philip fast fröhlich. Was jetzt, überlegt Camel. Wenn Penny angerufen hat, müßten in ungefähr zehn Minuten gut fünfzig Polizisten auftauchen – nur weiß er nicht, ob er ihn noch zehn Minuten hinhalten kann. »Das ganze Haus ist umstellt, Philip.«

»Woher kennst du meinen Namen?« fragt er wütend. »Was ist das für eine Scheiße, daß jedermann meinen Namen kennt?«

»Ich gehöre zu den Polizisten, die hinter dir her gewesen sind und dich bis hierher verfolgt haben. Dieser Kollege im Bad war nur der erste im Haus, dann kam ich rein. Draußen stehen noch ein dutzend mehr, und jede Menge Streifenwagen sind unterwegs – es ist alles vorbei, Philip.«

»Schwachsinn!« Er zieht Mary zum Fenster. »Ich sehe keine Bullen da draußen. Du willst mich reinlegen!«

»Will ich nicht.« Teddy folgt ihren Bewegungen mit dem

Lauf der Automatik und versucht, sich nicht von dem Entsetzen auf Marys Gesicht ablenken zu lassen. Er weiß, daß er kein Meisterschütze ist und nicht garantieren kann, daß er Philip trifft, ohne sie zu gefährden. Ich muß ihn hinhalten, denkt er. Die anderen sind unterwegs. Wenn Penny angerufen hat … »Philip! Sobald Verstärkung kommt, greifen die Kollegen an. Wenn du das Messer aufs Bett wirfst und die Frau losläßt, kommst du wenigstens noch lebendig hier raus.«

Er lacht nur und zieht Mary zurück zum anderen Ende des Betts. »Bist du nicht ein bißchen alt für diese Ramboscheiße, Opa?«

Stimmt, denkt Camel.

»Du und dieser große Typ da im Bad, ihr seid die einzigen, hab' ich recht? Man hat euch hergeschickt, um das Haus zu überprüfen, stimmt's? Den großen Kerl hab' ich schon erledigt, jetzt bring ich dich noch um, Opa, und *dann* marschiere ich hier raus, und zwar ganz lebendig.«

Zu Camels Entsetzen beginnt die Waffe in seinen Händen zu zittern. »Wenn das Haus gestürmt wird, geht das nicht ohne Schießerei ab. Die Frau spielt keine Rolle, einen Polizistenmörder wie dich will man unter allen Umständen haben. Aber falls du sie losläßt, gehe ich mit dir nach unten und sorg dafür, daß du nicht erschossen wirst – das ist die einzige Chance.«

»Bockmist!« kreischt Philip. »Du bist es, der dran ist, Arschloch, und ich bin's, der dich erledigt!«

Warum droht er dauernd, mich zu töten, denkt Teddy. Ich habe schließlich die Waffe auf *ihn* gerichtet. »Machen wir einen Handel, Philip.«

»Scheiß auf deinen Handel! Und hör auf, meinen Namen zu sagen.«

»Gib die Frau frei, und du kannst gehen. Ich werde nicht versuchen, dich aufzuhalten.«

»Ha! Ich laß die Frau los, und du erschießt mich, glaubst du, ich wüßte das nicht? Ich bin ja nicht dumm!«

»Sicher, ein Dummkopf hätte nie eine solche Flucht geschafft wie du, trotz all dieser Bullen, die hinter dir her waren. Aber du hast es gepackt, du bist ihnen glatt entwischt, nicht?«

»Astrein sogar, du Scheißer!«

»Was willst du also mit der Frau? Sie hält dich nur auf. Laß sie gehen und verschwinde, nur so kommst du durch.« Camel wünscht, er könnte Mary irgendein Zeichen geben, daß sie sich fallenlassen soll, einfach in den Knien einknicken und sich flach hinwerfen, damit er ein freies Schußfeld hat. Aber selbst wenn sie verstünde, es ginge gar nicht, überlegt er, solange sie diese Klinge an der Kehle hat.

»Ich will dir sagen, wie das hier abläuft, Opa. Ich schneide dieser Hure den Hals durch, dann töte ich dich, und *dann* spaziere ich hier raus – wie gefällt dir dieser Plan, he?«

Er ist offensichtlich noch nicht so ganz entschlossen, denkt Camel, sonst hätte er es längst getan. Jedenfalls versucht er, sich das einzureden. »Sobald du einen Finger rührst, blase ich dir das Hirn raus, verlaß dich drauf. Was meinst du, was eine Fünfundvierziger aus dieser Entfernung für ein Loch macht?« Die große Automatik zittert in seiner Hand, denn allmählich beginnt er zu bezweifeln, daß Penny angerufen hat. Wie soll er diesen Kerl davon abhalten, Mary zu töten?

Philip schaut sich verwirrt um. Er blickt zu Teddy, der ihn über den Lauf der Waffe im Visier hat, und bemerkt plötzlich, wie die Waffe zittert. Er schluchzt. »Leck mich, Alter. Hörst du, leck mich! Hier sind nur wir beide, du und ich, stimmt's? Und dir zittern die Hände Mann, weil niemand sonst in diesem Haus ist, der dir hilft, nur du und ich, stimmt's?«

»Ja.«

»Ich wußte es! Du hast mich angelogen, Scheißkerl.«

»Aber das ist keine Lüge, *Philip* – sobald du einen Finger rührst, blase ich dir den Kopf weg. Laß das Messer fallen!«

Teddy ist verblüfft, als er wortlos gehorcht. Das Messer fliegt aufs Bett – aber blitzschnell ist er hinter Mary in Deckung gegangen, hat einen Revolver gezogen und auf ihn gerichtet. Das alles ging so rasch, daß er keine Chance hatte zu reagieren.

Philip schluchzt.

Das war's dann, denkt Camel – und nun?

Mary ist wie erstarrt. Sie hat mit beiden Händen Philips linken Arm gepackt, der um ihren Hals liegt, und will oder kann keinen Fluchtversuch riskieren. Sie öffnet einige Male stumm die Lippen, als wolle sie sprechen und zögere im letzten Moment.

Teddy ist klar, daß ihm niemand zu Hilfe kommt. Das kleine Mädchen war zu verängstigt, um anzurufen. Ich kann nicht auf ihn schießen, weil Mary im Weg ist, und nichts hindert ihn daran, mich abzuknallen. Es ist aus. Und mit dieser Erkenntnis überkommt ihn eine Art resignierte Ruhe; die Fünfundvierziger hört auf zu zittern. »Was machen wir jetzt, Philip. Uns gegenseitig umlegen?«

»Ich hab' gesagt, ich will nicht, daß jeder dauernd meinen Namen sagt.«

»Wie willst du dann genannt werden?«

»Du sollst dein Maul halten, das ist alles, was ich will.«

»Dann los, Philip. Geh von der Frau weg, damit wir uns gegenseitig erschießen können, darauf läuft es doch hinaus.«

»Ich habe eine bessere Idee. Wirf deine Waffe aufs Bett, und dann denke ich mal darüber nach, ob ich dich leben lasse oder nicht.«

»Kann ich nicht.« Gib niemals deine Waffe her, das ist das alte Gebot.

»Gut.« Philip hebt den Revolver und richtet ihn direkt auf Camels Gesicht. Dann spannt er den Hahn.

Teddy erkennt, daß er wirklich schießen will, deshalb vergißt er sämtliche Gebote und tut das Unvermeidbare: er wirft die Fünfundvierziger aufs Bett.

»Haha!« schluchzt Philip. »Ha! Und jetzt, du Arschloch, was ist jetzt! Ich will's dir sagen, aus ist's, du hast nichts, keine Waffe, keine anderen Bullen, die dir helfen, einfach nichts!« Er jubelt beinah.

Bei Teddy löst sich überraschenderweise jede Anspannung. Er richtet sich auf und läßt die Arme sinken, alles ist ihm nun aus der Hand genommen, und er fühlt sich ganz gelöst.

»Sagen Sie es ihm, Mary.«

»Was«? fragt Philip. »Ist es das Geld? Du hast das Geld

doch und hältst mich nur hin, ja? Ist es das, Miststück?« Er schüttelt sie, daß ihr Kopf hin und her fällt. »Prima Titten, was?« meint er und streicht über ihre Brüste. »Ich hab' sie schon gründlich befühlt in der ersten Nacht, als ich hier war. Sie wollte damals unbedingt mit mir ficken.«

»Nein«, sagt Mary und starrt Camel an.

»O doch, das wollte sie, es so richtig ordentlich mit mir treiben, aber ich will keine gebrauchte Pussy von meinem alten Herrn, ich wollte bloß das, was mir zusteht, mein Geld.«

»Du weißt doch«, erwidert sie mühsam mit erstickter Stimme, »das Geld wird morgen früh hergebracht, wie ich es am Telefon versprochen habe.«

»Aber soviel Zeit haben wir nicht. Bis dahin kann ich nicht warten, stimmt's, Opa?«

»Nein.« Teddy Camel schaut auf die beiden Menschen, die sein Leben in ihren Händen halten – Philip, dem es jeden Moment einfallen kann, ihn zu erschießen, und Mary, die es verhindern kann. »Mary, sagen Sie es ihm«, drängt er.

Philip richtet wieder den Revolver auf ihn. »Was redest du da dauernd? Was soll sie mir erzählen?«

»Sie muß es selbst sagen, mir würdest du nicht glauben.«

»*Was denn?*«

Mary schüttelt den Kopf.

»Bescheißt euch doch alle beide.« Philip versetzt ihr einen Stoß, daß sie aufs Bett fällt, wobei er ihren Bademantel festgehalten hat, so daß sie plötzlich nackt ist.

Er blickt zwischen ihnen hin und her. »Ihr zwei versucht hier irgendein verdammtes Ding mit mir abzuziehen, aber ich falle nicht drauf rein.« Dann schluchzt er ein paarmal und grinst. »Los, Opa, runter mit den Klamotten – ich will zusehen, wie du sie fickst. Mach schon! Ich geb dir eine Chance, im Sattel zu sterben!« Er schluchzt begeistert. »Hast du gehört, Arschloch, ausziehen!«

Teddy Camels Antwort klingt ganz ruhig, er hat nichts zu verlieren. »Fick dich selbst, Philip.«

»Hey, ich warne dich.« Er hat immer noch den Revolver auf Camels Gesicht gerichtet.

»Nein!« ruft Mary.

»Ihr glaubt, ihr steht am Ende da und lacht über mich, bescheißt mich um mein Geld, lügt mir vor, das Haus sei umstellt – mir langt's, ehrlich! Denkt mal an Jonathan. Der hockte hier und wurde steinreich und lachte sich schief darüber, wie er meine alte Dame sitzengelassen hat, aber jetzt lacht er nicht mehr, was? Nach dieser Nacht wird überhaupt niemand mehr über mich lachen, hört ihr, *niemand!*«

»Nein«, stimmt Camel zu, »keiner wird mehr über dich lachen nach dieser Nacht.«

»Darauf kannst du Gift nehmen. Ich muß jetzt bloß noch entscheiden, wer von euch zuerst dran ist.«

Mary hat die Hände vors Gesicht geschlagen, ohne sich um ihre Nacktheit zu kümmern.

Philip zögert. Das Problem ist, jemand mit einer Kanone zu töten ist nicht so ganz sein Ding, er hat sich immer an Messer gehalten. Damit hat er Erfahrung, mehr als jemand ahnt, und es juckt ihn in den Fingern, sich Mary auf diese Weise vorzunehmen. Er will zusehen, wie die Klinge einen roten Streifen über ihre Kehle zieht, die Wärme ihres Bluts auf seinen Händen fühlen, sich über das Entsetzen in ihren Augen freuen, wenn sie diesen letzten Tanz vollführt – aber er kann nicht gleichzeitig ihre Kehle durchschneiden und den Bullen in Schach halten. Also muß er ihn zuerst erschießen. Einfach nur abdrücken, sagt er sich. Hast ja schon auf ihn angelegt – jetzt bloß noch den Finger durchdrücken.

Mary greift plötzlich nach ihm. »Puppenjunge«, fleht sie.

»Das reicht!« schreit er. »Du bist zuerst dran, du Miststück!« Er richtet die Waffe genau zwischen ihre Augen. »Keiner nennt mich so«, sagt er, und es klingt fast wie eine Entschuldigung.

»Tu's nicht.« Camel ist überrascht, daß Mary noch immer schweigt, statt ihr Leben zu retten. »Erschieß sie nicht, Philip, sie ist deine Schwester.«

Er hält regungslos die Waffe gegen ihre Stirn, und seine Lippen versuchen, eine Frage zu formen. Wovon, zum Teufel, redet er – meine Schwester? Nancy ist tot, und die da ist Jonathans Frau. Das ist ein ganz mieser Trick, bestimmt.

»Du willst doch nicht deine Schwester umbringen, Philip.«

»Was schwafelst du da?«

»Als du fünfundzwanzig wurdest«, sagt Teddy hastig, »hat deine Mutter dich im Gefängnis besucht, dir erzählt, wer dein Vater ist, wo er lebt, daß er reich sei und du etwas von seinem Geld verdienst. Daran erinnerst du dich, nicht wahr, Philip, was deine Mutter dir an diesem Tag im Gefängnis erzählt hat und wie sie dir die Idee eingab, hierher zu kommen und dein Geld zu holen? Nancy ist nicht tot. Genau wie dich hat deine Mutter auch Nancy an *ihrem* fünfundzwanzigsten Geburtstag aufgestöbert und ihr das gleiche erzählt. So kam sie auf der Suche nach ihrem Vater her, genau wie du.«

Mary schließt die Augen. »Nein.«

Philip tritt einen Schritt zurück, nimmt den Lauf von ihrer Stirn und starrt sie an.

»Siehst du es nicht?« drängt Teddy. »Kannst du nicht sehen, wer sie ist? Erinnerst du dich nicht, wie deine große Schwester ausgesehen hat, erkennst du nicht, daß es Nancy ist?«

Philip geht noch einen Schritt zurück und senkt den Revolver. »Das kann nicht sein. Sie ist tot. Wenn sie Nancy wäre ... man kann nicht seinen eigenen Vater heiraten.« Aber er starrt gebannt in ihr Gesicht.

Kaum merklich hebt Teddy den rechten Fuß, zieht ganz allmählich das Knie an und versucht, an die Achtunddreißiger in dem Knöchelhalfter zu kommen. Dabei wendet er keinen Blick von Philip. »Vor acht Jahren kam sie hierher, um ihren Vater zu sehen genau wie du, vielleicht auch, um etwas Geld zu verlangen wie du, Philip, aber statt dessen verliebte sie sich in Jonathan.«

»Nein!« Mary öffnet die Augen und schaut wild von einem zum anderen.

»Du hast ihn nicht geliebt?« fragt Philip ruhig.

»Doch! Ich habe ihn geliebt. Mehr als irgend jemanden in meinem Leben habe ich ihn geliebt.«

»Bist du das?« Philip streckt ihr den Bademantel hin; sie

nimmt ihn und drückt ihn an ihren Körper. »Aber ich verstehe nicht ...« Plötzlich erinnert er sich an die Polaroids; er sucht in seinen Taschen, zieht sie heraus und hält sie wie aufgefächerte Karten in der Hand. Um seine Lippen spielt ein leichtes Lächeln. »Ich hab' mir die hier immer wieder angeschaut«, sagt er wie zu sich selbst. »Ich wußte, daß mich irgendwas an diesen Bildern stört.«

Endlich hat Teddy es geschafft und in quälender Langsamkeit die Waffe gezogen. Er richtet sich auf und hält die rechte Hand an der Seite, wo niemand die Pistole sieht. Philip hat keinen Blick mehr für ihn, so beschäftigt ist er mit den Polaroids.

»Du bist es wirklich, ja?« fragt er wieder. »Nancy?«

»Ich konnte es dir nicht sagen.«

»Du hast ihn *geheiratet?*«

»Ich konnte es niemandem erzählen.«

»Ich dachte, du seist tot.«

»Das Mädchen, das ich früher war, als wir bei Mom lebten, ist tot. Ich bin jetzt eine andere.«

»Aber du bist Nancy, nicht wahr?«

»Es tut mir leid, Philip.«

»Du hattest es *versprochen!* Du hast gesagt, du würdest mich nicht bei ihr lassen, ganz egal wie – du hast versprochen, du würdest zurückkommen und mich holen. Ich hab' gewartet und gewartet. Deshalb dachte ich, daß Mom recht hatte, als sie mir erzählte, du seist tot. Ich wußte doch, daß du mich holen kommen würdest, wenn du noch lebst. Immer habe ich gewartet ...«

»Ich hab's versucht! Aber mein Leben war so ein Durcheinander. Bis ich mich wieder gefangen hatte, warst du im Gefängnis.«

»Nancy?« wiederholt er, als könne er es immer noch nicht glauben. »Ich hätte dich nie so behandelt ... wenn ich gewußt hätte, daß *du* es bist, Nancy, ich wäre doch nie so gemein zu dir gewesen in dieser Nacht neulich. Du hättest es mir sagen sollen.«

»Ich konnte nicht. Ich konnte es niemandem sagen.«

Er nickt.

»Es tut mir leid, daß ich nicht gekommen bin und dich geholt habe, bitte glaub mir, wie unendlich leid mir das tut.«

»Ich glaube dir«, sagt er mit ernster Stimme. »Wenn du gekonnt hättest, wärst du bestimmt gekommen – das weiß ich. Ich bin einfach froh, daß du nicht tot bist. Ich dachte, alle seien tot – du, Mom, Jonathan. Aber du lebst.«

Mary streckt ihre Hand aus, und Philip ergreift sie. Ein wenig unsicher berühren sie sich und halten einander fest.

»Ich habe ihn nicht umgebracht, oder?« fragt er. »An fast alles erinnere ich mich, was in dieser Nacht … ich hab' ihn doch nicht getötet?«

»Nein.«

»Aber du hast es gesagt.«

»Du warst es nicht, Puppenjunge, wirklich nicht.«

»Du warst es.«

»Nein, diese Fotos waren es.«

»Komm schon, Nancy, *du* hast ihn umgebracht, hab' ich recht?«

Sie schaut lange in sein Gesicht, ehe sie nickt.

Camel, der auf der anderen Seite des Betts steht, weiß nicht, warum er sich das alles anhört, statt ihn sofort zu erschießen, bevor Philip sich wieder gefangen hat. Aber er ist zu fasziniert von der Wahrheit, die er da hört, um zu handeln.

»Ich wollte es nicht«, sagt Mary. »Ich habe versucht, ihn zu *retten*.«

»Aber statt dessen hast du ihn getötet.«

»Ja.« Sie beginnt zu weinen. »*Ja*.«

»Nicht, Nancy, ist doch alles gut, weine nicht, ich habe auch ein paar Leute umgebracht. Du siehst, wir sind im gleichen Boot, es ist ganz okay.« Seine Stimme klingt jetzt wie die eines Kindes. »Ich kümmere mich um dich, es ist egal, was du getan hast, du bist meine Schwester.«

»Ich wollte dir das Geld geben, damit du nach Mexiko kannst, aber ich hatte Probleme, an das Konto heranzukommen. Ich habe dich nicht angelogen mit dem Geld, Puppenjunge.«

»Klar.«

»Ich wollte, daß du es schaffst, aber du hast dich selbst in einen derartigen Schlamassel gebracht.«

»Ist schon gut, Nancy. Das braucht uns jetzt alles nicht mehr zu kümmern. Hör zu, sobald dieses Geld da ist, fahren wir beide zusammen nach Mexiko! Sie werden uns nie kriegen. Du hättest die ganzen Bullen heute nacht sehen sollen. Ich bin direkt zwischen ihnen durch. Wir können in Mexiko *untertauchen!*«

»Aber diese Menschen, die du getötet hast.«

»Ach, das ist doch egal!« Philip strahlt. Er hält die Hand seiner Schwester, und alles Entsetzen, alle Angst scheint verschwunden; er wirkt glücklich. »Ich beschütze dich, Nancy.«

»Du mußt dich stellen, das ist der einzige Weg. Ich engagiere die besten Anwälte und …«

Sie verstummt bei der Veränderung auf seinem Gesicht. Seine Miene verdunkelt sich wieder, er wirft einen Blick zu Teddy. »Du machst dir Sorgen wegen dieses Bullen, stimmt's?« Philip nickt. »Ich verstehe, Nancy. Weil er hier ist, glaubst du, wir müßten aufgeben. Aber du brauchst dir keine Gedanken zu machen. Ich hab' doch gesagt, Nancy, ich kümmere mich um alles.« Er betrachtet die Waffe und überzeugt sich, daß sie entsichert ist. »Adios, Mutterschänder.« Er legt an.

Doch Teddy Camel ist schneller, reißt in einer flüssigen Bewegung die Achtunddreißiger hoch und feuert.

Philip torkelt zurück, stürzt und versucht wieder aufzustehen, aber dann bricht er auf dem Teppich zusammen. Arme und Beine zucken wild, und er stößt unverständliche Laute aus.

Mary sitzt wie erstarrt auf dem Bettrand, hat den Bademantel an ihre Brust gedrückt und hält immer noch die Hand ausgestreckt, die ihr Bruder umfaßt hatte.

Teddy Camel kann sich auch später nie daran erinnern, den Schuß gehört zu haben, nur an die Laute erinnert er sich, die darauf folgten: Philip gurgelt und würgt, seine Hände und Füße scharren über den Teppich, und erst als er sich nicht mehr rührt, beginnt Mary zu schreien.

27

Obwohl Philip ein häßliches rotes Loch mitten in der Brust
hatte, hielt ich die Achtunddreißiger weiter auf ihn gerichtet
und beförderte den Revolver mit einem Tritt von ihn weg.
Dann beugte ich mich zu ihm, um mich zu überzeugen ob er
tot war. Ich nahm den Revolver und schaute zu Mary hin.

Sie saß auf dem Bettrand, hielt den Mantel an ihren Körper gedrückt und wimmerte nur noch leise. Es war keine
Zeit, sich mit ihr abzugeben. Ich rannte ins Bad und kniete
mich neben Alfred. Mit Erleichterung spürte ich das starke,
regelmäßige Schlagen seines Pulses unter meinen tastenden
Fingern. Ich machte es ihn mit ein paar Handtüchern so bequem wie möglich und lief nach unten, um einen Rettungswagen zu rufen und Penny zu suchen.

Im Korridor rief ich ihren Namen, aber es kam keine Antwort. Ich telefonierte mit dem Revier und bemühte mich,
ganz sachlich zu berichten, was passiert war – daß ich Philip
Jameson erschossen hatte, den mutmaßlichen Lippenstiftmörder, daß mein Partner bewußtlos sei und eine Ambulanz
brauche. Nachdem ich aufgelegt hatte, schaute ich auf die
Uhr: 4.35 morgens. In zehn Minuten würde in diesem Haus
der Teufel los sein.

Ich rief erneut nach Penny, aber sie war offensichtlich zu
verängstigt, um zu antworten. Wir würden eine Suche orga-
nisieren müssen, sobald genug Männer da waren. Ich lief
wieder die Treppe hoch und schaute nach Alfred, dessen
Puls weiter kräftig zu schlagen schien.

Im Schlafzimmer fand ich Mary, die neben Philip auf dem
Boden kniete. Sie war nackt und wiegte seinen Kopf in ihrem Schoß. »Ziehen Sie sich was an, um Himmels willen.«

Mary stand auf und nahm ihren Bademantel. »Warum
mußte das alles nur so passieren«, weinte sie und suchte
nach einer Zigarette. Sie entdeckte ein Päckchen auf dem
Nachttisch, aber es war leer. »Haben Sie eine Zigarette?«

Ich schüttelte den Kopf.

Sie sank aufs Bett und strich sich mit der Hand durch das Haar. »Wenn die anderen kommen, werden Sie ihnen vermutlich erzählen, wer ich bin.«

»Was glauben Sie?« Ich musterte Philip, und das Loch in seiner Brust erschien sogar noch häßlicher. Aus seiner Jakkentasche ragte etwas, das aussah wie eine billige blonde Perücke. Ich nahm ein Laken vom Bett und warf es über ihn.

»Armer Philip«, seufzte Mary.

»Sie haben wohl nie damit gerechnet, daß er hier auftaucht, was?«

»Teddy? Es braucht doch keiner die Wahrheit über mich zu erfahren.«

»Was soll das heißen?«

»Ich meine, Ihre Untersuchung wird gewisse Fakten zu Tage bringen, daß Jonathan vorher schon mal verheiratet war, zwei Kinder hatte – und natürlich, daß Philip sein Sohn war. Aber wer außer Ihnen weiß, daß ich die Tochter bin?«

»Keiner. Mir war das selbst bis heute nacht nicht klar.« Ich setzte mich neben sie.

Mary versuchte zu lächeln. »Sehen Sie? Und sonst muß es keiner wissen.« Sie nahm meine Hände und drückte sie in ihren Schoß. »Wozu denn großartig enthüllen, wer ich bin, das ist doch ohne Bedeutung.«

»Wegen Ihrer Lügen sind Menschen ermordet worden.«

»Nein! Philip hat diese Morde begangen, nicht *ich*. Selbst wenn ich Ihnen von Anfang an alles berichtet hätte, kann niemand garantieren, daß Sie ihn vorher verhaftet und es damit verhindert hätten. Dieses Mädchen in Maryland hat er getötet, ehe er überhaupt hierher kam, und ich wußte nicht mal, wo er wohnte. Warum soll ich bestraft werden für das, was mein Bruder getan hat, ein Bruder, den ich achtzehn Jahre lang nicht gesehen habe!«

»Sie sind unglaublich.«

»Ich könnte Sie glücklich machen, Teddy, das könnte ich wirklich.« Sie nickte eifrig, und ihre grauen Augen schimmerten feucht.

»So wie Sie Jonathan glücklich gemacht haben?«

»Das habe ich auch! In all den Jahren, die wir verheiratet waren, habe ich ihn zu einem glücklichen Mann gemacht.«

»Philip haben Sie gesagt, Sie hätten ihn getötet.«

»Nein. Daß er herausfand, wer ich war, hat Jonathan umgebracht! Das Geheimnis hat ihn getötet, so habe ich das gemeint.«

Ich löste meine Hände aus ihrem Griff und stand auf. »Sie könnten nicht mal die Wahrheit sagen, wenn Ihr Leben davon abhinge.«

»Im Moment hängt mein Leben davon ab, denn wenn Sie verraten, wer ich bin, Teddy, dann bringe ich mich um, das schwöre ich – ich mache es genauso wie Jonathan.«

»Das können Sie alles Captain Land erzählen, Mary. Er ist in ein paar Minuten hier mit einer Menge Leute, die liebend gern hören werden ...«

»Wissen Sie was? Ich behaupte einfach, als Philip am letzten Sonntag hier auftauchte und Geld verlangte, sei es das erste Mal gewesen, daß ich ihn je gesehen habe. Ich werde sagen, daß ich absolut nichts von irgendwelchen Morden wußte und nur versucht habe, Jonathans Ruf zu schützen und mich selbst, damit er mir nichts antut.«

»Und schlichtweg die Tatsache verschweigen, daß Sie zufälligerweise Jonathans Tochter sind, was?«

»Ganz genau, Teddy.«

»Das ist doch idiotisch. Sie haben aktenkundige Jugendstrafen, Ihre Fingerabdrücke sind gespeichert, und es wird ein Kinderspiel sein zu beweisen, wer Sie sind.«

»Das ist mir klar.«

»Was soll das also?«

»Das soll heißen, daß ich es Ihnen überlasse, Teddy. Ich vertraue darauf, daß Sie es *nicht* erzählen.«

Ich stand da und schüttelte nur den Kopf.

»Was ist?« fragte sie mit gezwungenem Lächeln.

»Sie sind einfach unglaublich.«

»Ich bin überzeugt, daß Sie es nicht erzählen, Teddy, weil Sie genau wissen, daß es nichts bringt, mich zu ruinieren. Außerdem sind Sie der einzige, der das tun könnte, weil es niemand sonst weiß, Jo-Jo nicht und ...

»Und die beiden, die es herausgefunden haben, Jonathan und Philip, sind tot, stimmt's?«

»Bitte, Teddy, *bitte.*« Sie vergaß ihren Bademantel festzuhalten. »Ich könnte nicht weiterleben, wenn es herauskäme. Das Ganze wird sowieso schon schlimm genug, aber wenn jeder weiß, daß ich Jonathans Tochter war ...«

»Ich soll für Sie lügen, und Sie schütteln glücklich und zufrieden wie eh und je diesen ganzen Mist einfach ab, ja?«

»Das alles werde ich nie vergessen können, sondern für den Rest meines Lebens mit mir herumschleppen.«

»Blödsinn! Sie haben doch nicht das geringste bißchen Schuldbewußtsein, das haben Sie noch nie gehabt.«

»Das ist nicht wahr!« Sie stand auf und kam zu mir.

»Wenigstens haben Sie einen handfesten Anspruch auf Jonathans Vermögen, da Sie seine Tochter und seine Frau sind. Um Geld für Anwälte brauchen Sie sich jedenfalls keine Sorgen zu machen.«

»Was, in Gottes Namen, habe ich Ihnen denn getan?«

»Mich angelogen.« Ich schaute auf die Uhr. »Die Zeit ist sowieso vorbei. Probieren Sie es bei Captain Land.«

»Ich gehe nicht ins Gefängnis! Auch wenn Sie verraten, wer ich bin, ins Gefängnis gehe ich bestimmt nicht. Ich habe die Polizei belogen, ja, aber nur weil ich von Philip bedroht wurde. Niemand wird mich deswegen gerichtlich belangen.«

»Wie wäre es mit Inzest?«

»Deshalb wird man mich nicht verurteilen.«

»Ich sage aus, daß Sie versucht haben, mich zu bestechen.«

»Was? Zu bestechen? Wollen Sie etwa darauf hinaus, Teddy? Sie glauben, als ich meinte, ich könne Sie glücklich machen, habe ich an eine Bestechung gedacht? Ein freier Fick und eine halbe Million Dollar – wäre das der Preis?«

Ich überlegte.

»Sie *werden* mein Geheimnis bewahren, Teddy.«

»Wirklich?« Ich lächelte.

»Ja. Weil Sie nicht mein Leben genauso ruinieren wollen, wie Sie das Leben Ihrer Tochter ruiniert haben.«

Aus der Entfernung hörten wir Sirenen. »In ungefähr dreißig Sekunden wissen Sie, wozu ich fähig bin.«

»Bitte!« Sie begann wieder zu weinen, schlang die Arme um meinen Hals und versuchte mich zu bewegen, in ihr Gesicht zu schauen. »Ich habe nicht gewollt, daß irgend jemand zu Schaden kommt. Ich schwöre bei Gott, bitte, schauen Sie mich an, Sie wissen, daß ich die Wahrheit sage. Die Dinge gerieten einfach außer Kontrolle, Philip war verrückt, ich habe doch bloß, Gott, Teddy, ich wollte einfach nicht, daß man es herausfindet. Können Sie das nicht verstehen? Das müssen Sie doch verstehen!«

Ich versuchte mich aus ihrer Umklammerung zu befreien.

»*Teddy*«, bettelte sie.

Je näher die Sirenen klangen, desto verzweifelter wurde Mary. »Hören Sie, bitte, Teddy, wenn Sie Geld wollen, gebe ich Ihnen, was Sie verlangen, nennen Sie nur die Summe.«

Ich packte ihre Handgelenke. »Ich muß nach unten.«

»O Gott, bitte, Teddy!« Sie hatte sich losgerissen und hing mir wieder am Hals. »Ich erzähle Ihnen alles, das ist es, was Sie wollen, nicht wahr? Sie wollen alle Einzelheiten wissen, wie es genau passierte, warum ich es tat, was ich dabei dachte, ja, ich erzähle Ihnen alles, und dann können Sie entscheiden, ob das so verwerflich war, ob ich solch ein schlechter Mensch bin. Anschließend können Sie mich von mir aus ruinieren, den lieben Gott spielen, es ist mir egal. Aber bitte, Teddy, geben Sie mir wenigstens die Chance, Ihnen zu erzählen, was passiert ist, was wirklich passiert ist – die Wahrheit.«

Inzwischen hatten die Sirenen das Haus erreicht. »Zu spät, Mary.« Ich mußte mit Gewalt ihre Arme lösen und schob sie von mir. Mary fiel auf den Bettrand und sank neben ihren Bruder zu Boden.

»*Bitte*«, flehte sie, als ich das Zimmer verließ.

28

Ich öffnete die Eingangstür und erwartete, in ein ganzes Heer von Gesichtern zu schauen, aber statt dessen sah ich mich Auge in Auge mit der einsamen, jungenhaften Gestalt von Melvin Kelvin. In der Auffahrt luden zwei Sanitäter eine Trage aus einer Ambulanz.

»Hat Land meine Nachricht nicht erhalten?«

Er nickte nur und hielt die Tür für die Sanitäter auf. Wir gingen nach oben und luden Alfred, der immer noch bewußtlos war, auf die Trage. Ich schwieg, bis der Rettungswagen abgefahren war und ich mit Melvin wieder an der Eingangstür stand. »Dann verraten Sie mir doch mal, wo, zum Teufel, die anderen alle stecken.«

Verlegen suchte er nach einer Antwort, die nicht allzu beleidigend klang. »Captain Land wollte die Meldung nicht eher durchgeben, bis sie bestätigt worden ist.«

»Bestätigt? Was ist da zu bestätigen? Wollen Sie Philip einen Spiegel an den Mund halten?«

Der Junge schwieg klugerweise.

»Dann will ich mal sehen, wie Sie das bestätigen«, meinte ich auf dem Weg nach oben.

»Der Captain dachte, na ja, Sie wissen schon, bei dem ganzen Streß, unter dem Sie gestanden haben, nach allem, was diese Woche passiert ist ...«

»Er hat wohl Angst, ich hätte endgültig auch den letzten Rest Verstand verloren, ja? Oder vielleicht hat er gedacht, ich sei betrunken und habe bloß aus Langeweile angerufen, oder um einen kleinen Jux zu treiben, was?«

Melvin Kelvin bemühte sich, ganz sachlich zu antworten. »Mehr als hundert Leute sind noch immer da draußen auf der Suche nach diesem Kerl, Teddy. Wenn Captain Land eine derartige Aktion abbläst und verkündet, daß einer seiner Männer den Verdächtigen getötet hat, will er natürlich vorher sichergehen, daß er alles richtig verstanden und man nicht etwa im Revier was durcheinandergebracht hat.«

»Ach ja.« Ich führte den Wunderknaben ins Schlafzimmer. Mary hatte ihre Zigaretten gefunden. Sie saß auf einem Stuhl am Fenster und rauchte, ohne uns zu beachten. »Im Revier was durcheinandergebracht, so ein Blödsinn«, schnaufte ich.

»Ich folge nur meinen Anweisungen, Teddy.«

»Dann machen Sie mal.« Ich zog das Laken von Philips Körper.

Er nahm wahrhaftig ein Fahndungsfoto aus seiner Tasche und verglich es prüfend mit dem Gesicht des Toten, ehe er nickte wie ein Schiedsrichter auf der Rennbahn, der ein Fotofinish bestätigt – Teddy Camel gewinnt mit einer Nasenlänge.

»Zufrieden?«

Melvin Kelvin wiederholte, daß er nur Captain Lands Anweisungen befolge. »Er sagte, wenn Sie ihn tatsächlich erschossen hätten, solle ich ihn zuerst eindeutig identifizieren, ehe ich es meldete.«

»Und was glauben Sie?«

»Er ist es, natürlich, er ist es. Gratuliere, Teddy – wie ist es passiert?«

»Ja, wahrhaftig«, sagte Mary, ohne aufzuschauen. »Gratuliere ganz herzlich.«

»Mrs. Gaetan?« fragte Melvin Kelvin, als besinne er sich gerade erst auf seine gute Erziehung, und ging zu ihr. Sicher zu einem freundlichen Händedruck.

Ich nahm ihn am Arm und führte ihn in den Korridor. »Das kleine Mädchen …«

»Richtig! Danach sollte ich Sie ja auch fragen.«

Ich verkniff mir eine Bemerkung. »Sie versteckt sich irgendwo im Haus oder draußen, ich weiß nicht genau. Wahrscheinlich ist sie völlig verängstigt. Sie machen sich jetzt auf die Suche nach ihr – rund ums Haus und auch im Wald auf der anderen Straßenseite. Ihr Name ist Penny.«

»Ich weiß, ich weiß«, nickte er eifrig und zog seinen Dienstrevolver.

Ich wartete einen Moment, ehe ich fragte: »Was haben Sie vor, Junge, sie zu erschießen?«

Er wurde rot und steckte mit einem verlegenen Grinsen den Revolver wieder in den Halfter. »Entschuldigung, Teddy. Wir sind alle ziemlich nervös. Sie können sich nicht vorstellen, wie es da draußen zuging.«

»Hier war's auch ziemlich interessant.«

»Erzählen Sie mir, was geschehen ist.«

»Zuerst suchen Sie das Mädchen.«

»Gleich, ich will nur noch Meldung an Captain Land machen.«

»Nein!« sagte ich so scharf, daß Melvin Kelvin zusammenfuhr.

»Sie suchen das Mädchen und rufen *dann* Ihren übervorsichtigen Captain an.«

»Ich kann nicht«, jammerte er. »Er wartet am Funkgerät; ich soll mich sofort melden, wenn ich herausgefunden habe, was es mit Ihrer Geschichte auf sich hat.«

»Tatsache ist, Detective, solange hier keiner mit einem höheren Dienstgrad auftaucht, habe ich die Verantwortung, und meine Befehle lauten, zuerst suchen Sie das Mädchen und danach rufen Sie Captain Land an. Wenn Sie diesem Befehl nicht folgen und dem Kind passiert etwas, sind Sie dran.«

»Er wird außer sich sein.«

»Mein Guter, ich bringe immer die Kollegen in Schwierigkeiten, hat Ihnen das Alfred nie erzählt?«

»Nein.«

Mit sanfter Gewalt führte ich Melvin Kelvin den Korridor entlang. »Finden Sie das Mädchen – und seien Sie behutsam mit ihr, ja? Denken Sie daran, was sie durchgemacht hat. Danach können Sie Land informieren, so lauten Ihre Befehle, Mel.«

Er nickte. Ich kehrte zurück ins Schlafzimmer und nahm Mary an der Hand. »Suchen wir uns irgendeinen Platz zum Reden, wo keine Leiche auf dem Boden liegt.«

Als wir die Tür in einem der anderen Schlafzimmer hinter uns geschlossen hatten, sagte ich ihr, daß wir wegen eines kleinen Mißverständnisses noch ein wenig Zeit hätten. Wenn sie mir also ihre Geschichte erzählen wolle, würde ich zuhören – solange es die *Wahrheit* sei. »Beim ersten Anzeichen, daß Sie mich belügen, verlasse ich dieses Zimmer.«

»Die Wahrheit? Etwa so wie dieses kleine Mißverständnis, eine solche Wahrheit?«

Ich schaute sie nur möglichst ausdruckslos an.

»Ich habe gesehen, wie Ihr junger Kollege Philips Identität überprüft hat. Man hat nicht geglaubt, daß Sie ihn wirklich erschossen haben. Ihre eigenen Leute vertrauen Ihnen nicht. Man dachte, Sie hätten vielleicht den falschen erwischt. Diese Geschichte mit dem Mißverständnis ist gelogen, nicht wahr?«

Ich zuckte die Schultern.

»Sehen Sie, *jeder lügt.*«

Mary zog den Bademantel fester um sich, als fröstele sie. »Was ist das für ein kleines Mädchen, von dem Sie geredet haben?«

»Eines der Kinder, die Philip aus einem Motel entführt hat.«

»Sie ist die ganze Zeit hier im Haus gewesen?«

Ich nickte. »Hören Sie, Mary, wir haben nicht ewig Zeit, denn sobald dieser Detective Penny findet, ruft er Land her.«

Sie nahm eine Zigarette. »Woher wußten Sie es, wenn ich fragen darf?«

»Man kann mich nicht anlügen, das sehen Sie doch.«

»Natürlich, Ihr berühmtes, wundervolles Talent.« Mary lächelte gekünstelt.

»Mir wurde alles klar, als ich unten war, nachdem Sie ins Bett gegangen waren.«

»Das habe ich auch nicht verstanden. Wie sind Philip, dieses kleine Mädchen und später Ihr Partner alle an Ihnen vorbeigekommen? Nur aus dem Grund, weil ich wußte, daß Sie unten waren, konnte ich überhaupt schlafen. Ich dachte, ich sei sicher, aber Sie haben eine halbe Armee durchmarschieren lassen.«

»Na ja, das passiert mir immer, wenn ich einen Fall ausknoble. Die totale Konzentration läßt mich alles andere vergessen. Ich lag auf der Couch, ließ irgendwie meine Gedanken treiben …«

»Totale Konzentration? Sie meinen wohl eher, daß Sie weitergetrunken haben, nachdem ich ins Bett ging, und Sie so betrunken waren, daß Sie eingeschlafen sind?«

»Ich habe *geschlafen*, okay? Aber selbst da habe ich mich noch mit Ihnen beschäftigt, Mary. Wissen Sie, ich konnte einfach nicht begreifen, warum Sie so viele Risiken eingegangen waren – nur wegen Jonathans Ruf. Da stimmte etwas nicht. *Sie* mußten irgendwie persönlich drinhängen. Dann fiel mir ein, was Sie über diese schreckliche Nacht erzählt hatten, und daß Sie es Ihr Leben lang nicht mehr vergessen könnten, genauso wie damals beim Mord an Kennedy, als Sie in der zweiten Klasse waren. Aber das bedeutete, Sie mußten wegen ihres Alters gelogen haben, denn mit achtundzwanzig wären Sie erst zwei Jahre alt gewesen, als Kennedy erschossen wurde. Ich erinnerte mich plötzlich, wie meine Tochter mich an diesem Tag anrief, die damals in der zweiten oder dritten Klasse war. Womit Sie so ungefähr in ihrem Alter sind, vierunddreißig.«

»Dreiunddreißig«, verbesserte Mary.

»Jedenfalls war das der Schlüssel. Sie waren keine zwanzig, als Sie hierher kamen und in Jonathans Firma zu arbeiten begannen, sondern fünfundzwanzig. Genauso alt war Philip gewesen, als Ihre Mutter ihn im Gefängnis besuchte, um ihm von seinem Vater zu erzählen. Und in diesem Alter war Jonathan gewesen, als Ihre Mutter ihn verließ. Von da aus war der Rest nicht mehr schwer.«

»Das Schlechteste von mir zu denken, meinen Sie.«

»Ja. Und jetzt reden Sie.«

Mary sprach ohne Emotion. »Ich war fünf, als Mom mit uns verschwand, und Philip vier. Jonathan mit ihrer eigenen Schwester im Bett zu erwischen, hat sie regelrecht um den Verstand gebracht. Sie war ein echter Fall für die Psychiatrie. Und ihr ganzer Wahnsinn richtete sich gegen Philip, wahrscheinlich weil er ein Junge war, ein potentieller Wüstling und Ehebrecher wie sein Vater. Ständig kam sie nachts in sein Zimmer, bedrohte ihn und verlangte zu wissen, ob er gerade unreine Gedanken habe. Kein Wunder, daß er so geworden ist wie er war. Ich habe versucht, ihn zu beschützen, aber seit ich vierzehn war, blieb ich die meiste Zeit von zu Hause weg.«

»Und wo lebten Sie?«

»Bei jedem Kerl, der mich für die Nacht mitnahm.«

»Diese Schulzeugnisse sind gar nicht Ihre, stimmt's?«

Sie schüttelte den Kopf. »Ich habe nicht mal die Highschool abgeschlossen. Damals traf ich ein Mädchen, das zusammen mit seinem Freund verschwinden wollte, der von der Polizei gesucht wurde wegen … spielt ja keine Rolle. Ich übernahm ihre Sozialversicherungsnummer, ihren Namen und benutzte ihre Zeugnisse aus der Highschool und dem College, als ich mich in diese Sekretärinnenschule einschrieb. Und dorthin ging ich nur aus einem einzigen Grund – um einen Job in Jonathans Firma zu bekommen. Ich hatte das alles ganz genau geplant, nachdem meine Mutter mich aufgestöbert und mir gesagt hatte, wer mein Vater war.«

»Der letzte amtliche Bericht über Sie, den wir fanden, war der über Ihren Krankenhausaufenthalt bei der Geburt des Kindes. Damals waren Sie sechzehn. Im Alter von fünfundzwanzig tauchten Sie hier auf. Was haben Sie in diesen neun Jahren dazwischen gemacht?«

Ich sah ihr an, daß sie nicht gern antwortete, aber keinen Ausweg sah. »Hab' mit verschiedenen Typen gelebt, angeschafft, Kokain genommen, Heroin geschnupft – alles was so dazugehörte, damit ich bloß nicht wieder nach Hause und zu dieser verrückten Frau mußte. Allerdings habe ich Philip gelegentlich besucht.«

»Und versprochen, Sie würden ihn retten.«

Mary nickte. »Aber nachdem ich das Baby zur Adoption freigegeben hatte, beschloß ich zu verschwinden. Ich war so oft bei Razzien mitgenommen worden, hatte so oft eine Überdosis erwischt, daß ich dachte, wenn irgend jemand versuchte, mich ausfindig zu machen, würde man auf die polizeilichen Unterlagen stoßen und wahrscheinlich annehmen, ich sei irgendwo gestorben und die Leiche ist nie aufgetaucht. Möglichkeiten gab's ja genug – Selbstmord, Überdosis, ermordet von irgendeinem Kerl. Mom hat mich nur aus dem Grund gefunden, weil sie sich nicht mit amtlichen Nachforschungen aufhielt, sondern sich persönlich auf die Suche machte und mich auf dem Strich entdeckte – der Alptraum jeder Mutter, was? Sieht die eigene Tochter auf der Straße anschaffen. Das bestätigte ihre ganzen irrsinnigen Ansichten über Jonathans bösen Einfluß.«

Mary verharrte in beinah starrer Reglosigkeit. Die Asche an ihrer Zigarette wurde immer länger. »Als ich noch unter meinem richtigen Namen lebte, hatte ich zwei Abtreibungen. Bei der dritten Schwangerschaft war ich mehr oder weniger fest mit einem Kerl zusammen, jedenfalls wußte ich, wer der Vater war. Aber der Bastard ließ mich im siebten Monat sitzen, und da war's zu spät. Hätte ich das Baby behalten, dann hätte ich mich mit diesen ganzen Ämtern und Behörden herumschlagen müssen. Ich mußte es zur Adoption freigeben, weil ich mich nicht mal um mich selbst kümmern konnte. Nicht mal mein eigenes beschissenes Leben kriegte ich soweit in den Griff, um meinen Bruder zu retten – wie, zum Teufel, sollte ich ein Kind aufziehen? Bereits im nächsten Jahr hatte ich wieder eine Abtreibung.«

»Jesus, ich dachte, Sie seien ein Profi.«

Sie drückte mit einer wütenden Bewegung ihre Zigarette aus. »Ich trieb's ohne, Teddy – genau wie Ihre Tochter es gemacht hat.«

»Lassen Sie das, ja? Von Anfang an haben Sie versucht, mich mit diesen Anspielungen weichzukochen, aber das läuft nicht. Ich meinte nur, Herrgott, hatten Sie keine Angst, von Jonathan ein Kind zu bekommen?«

Sie schaute zu mir auf; ihre grauen Augen schimmerten naß und zornig. »Gehen Sie zur Hölle, Teddy. *Sie* sind derjenige, der dauernd Verbindungen zieht zwischen mir und Ihrer Tochter, das mußte ich Ihnen nicht erst einreden. Was ist los, immer noch scharf auf sie?«

»Ich könnte Sie …«

»Na bitte, das paßt ja. Immerhin haben Sie doch gesagt, Sie dächten an mich wie an eine Tochter.«

Ich ging auf sie zu mit genau dem gleichen Gefühl wie an diesem Sonntagnachmittag, vor achtzehn Jahren, als ich meine Frau geschlagen hatte. Aber dann beugte ich mich nur dicht zu ihr und machte es auf die billige Tour. »Dieses Kind, das Sie damals weggegeben haben – war es ein Junge?

271

Er müßte inzwischen erwachsen sein. Dann könnten Sie ihn ja ausfindig machen und den Kreis schließen. Sie wissen schon – den Vater heiraten und den Sohn ficken.«

Sie schlug mich ins Gesicht, und ich lachte – nach all diesen Jahren benahm ich mich wieder so abgebrüht und fies wie früher.

Wir liefen wortlos einige Zeit im Zimmer hin und her und setzten uns schließlich wieder.

Marys Stimme klang so ruhig, daß ich mich zu ihr beugen mußte. »Vor zehn Jahren begingen Jonathans Anwälte einen strategischen Fehler, als sie meine Mutter ausfindig machten, um mit ihr die Scheidung auszuhandeln. Sie hatte immer angenommen, daß der ehebrecherische Hurenbock – so bezeichnete sie ihn stets, nie hat sie Philip oder mir seinen richtigen Namen gesagt ... Mom ging einfach davon aus, er sei irgendwo untergekrochen und gestorben. Sie war fest überzeugt, Gott würde nie zulassen, daß er lebte und auch noch ein erfolgreicher Mann wurde. Sie willigte in die Scheidung ein gegen eine monatliche Zahlung, die wegfallen würde, wenn sie je ihre Ehe mit Jonathan publik machte.

Den Anwälten gegenüber behauptete sie, daß sie nicht wisse, wo wir Kinder seien, vielleicht wollte sie auch mit uns noch ein Geschäft machen. Denn Mom wußte genau über Philip und mich Bescheid. Was für einen besseren Weg gab es, um Rache an dem Ehebrecher zu nehmen, als seine Kinder auf ihn zu hetzen, vor allem da sie sah, was aus uns geworden war – eine Drogensüchtige und ein Sträfling. Sie wartete jeweils bis zu unserem fünfundzwanzigsten Geburtstag, ehe sie mit ihren Informationen über Daddy auftauchte. Wahrscheinlich dachte sie, wir seien bis dahin verdorben genug. Fünfundzwanzig war nämlich das Alter, in dem Jonathan die Schandtat mit seiner Schwägerin beging.

Ich kann mir Mom in diesen letzten Jahren vorstellen, wie sie unablässig und inständig um alles Schlimme für Jonathan betete. Sie muß ganz berauscht von dem Gedanken an all die Schwierigkeiten gewesen sein, die Philip und ich ihm verursachen würden, wenn wir auf seiner Schwelle erschienen. Sie hat nicht mehr erlebt, was für ein durchschlagender

Erfolg ihr Plan wurde. Aber Sie müssen zugeben, Teddy – meine Mutter hat letzten Endes gewonnen, nicht wahr?«

»Ja.« Ich wartete und bevor sie weiterredete, fragte ich: »Sie kamen hierher, um Geld von ihm zu verlangen?«

Sie nickte. »Aber ich war ein wenig vorsichtiger als Philip. Ich wollte in seiner Firma arbeiten, damit ich seine Vermögensverhältnisse abschätzen konnte. Ich hatte vor, wesentlich mehr Geld zu fordern als Philip es tat. Es war ein absolut irres Gefühl, Jonathan gegenüberzustehen und dieses Geheimnis zu haben und zu wissen wer er war und er keine Ahnung davon hatte. Ich war natürlich darauf vorbereitet, ihn zu hassen. Immerhin war mir das mein ganzes Leben lang beigebracht worden. Mom erzählte uns täglich, daß der Grund, warum wir dauernd umherzogen und so arm seien, allein seine Schuld sei.

Aber ich schmeichelte mich bei ihm ein und benahm mich, als sei er ein wahres Gottesgeschenk. Diese Rolle zu spielen war ich schließlich gewohnt, eine leichte Rolle, auf die alle Männer reinfallen. Ich lernte ihn ziemlich gut kennen. Einmal arrangierte ich eine Geburtstagsparty für ihn und einige andere Leute. Er machte sich gewöhnlich nichts aus solchen Sachen, aber ich brachte ihm bei, sich zu amüsieren. Dann beging ich einen riesigen Fehler. Er lud mich zum Dinner ein, und ich stimmte zu. Danach machten wir einen Spaziergang, er hielt meine Hand und brachte mich schließlich heim. An der Tür zu meinem Apartment ließ ich mich von ihm küssen. Das war der Fehler. Bis dahin hätte ich jederzeit sagen können: hör zu, Jonathan, ich muß dir etwas erzählen. Ich bin deine Tochter Nancy. Dann hätten wir alles regeln und irgendeine finanzielle Übereinkunft treffen können.

Doch wie sagt man einem Mann, daß man seine Tochter ist, *nachdem* er dich geküßt hat, nachdem du deine Lippen geöffnet und seine Zunge gespürt hast – wie sagt man *dann:* ich bin deine Tochter? Überhaupt nicht. Aber an diesem Abend dachte ich, okay, du hast es versiebt, jetzt mußt du dir einen Anwalt nehmen, der alles weitere ganz nüchtern und sachlich regelt, denn selbst kannst du es ihm unmöglich noch sagen. Ich wollte die Arbeit aufgeben, ohne ihm je wieder gegenüberzutreten, und er mochte sehen, wie er mit seinen Alpträumen wegen dieses Kusses fertig wurde. Aber am nächsten Tag ging ich doch ins Büro.«

»Warum?«

»Vermutlich weil es unglaublich faszinierend war, dieses Geheimnis zu haben. Ich genoß es richtig, wie Jonathan mit mir flirtete und Jo-Jo mich mit Blicken erdolchte, weil ich auf ihrem Territorium wilderte – das gefiel mir ganz besonders. Es war alles so erregend, daß ich wie verhext war. Und allmählich verliebte ich mich in ihn ...« Mary stand auf und kam zu mir.

»Bitte, versuchen Sie das zu verstehen. Ich hätte nie gedacht, daß ich es mal irgend jemandem erklären müßte, aber jetzt ist es sehr wichtig für mich, daß Sie es verstehen. Wenn man fünfzehn Jahre alt ist, und die Kerle reichen dich auf Parties von einem zum anderen, fehlt es dir an Zärtlichkeit. Ich meine, ich ging einfach mit jedem ins Schlafzimmer, der nett zu mir war. Er brauchte nur zu sagen, ich sei hübsch, und er möge mich wirklich, schon fing ich an mir auszumalen, daß er die Liebe meines Lebens sein könnte, mein Ritter, der mich mitnehmen würde in ein glückliches Leben bis in alle Ewigkeit. Die Tatsache, daß wir nicht mal unsere Namen kannten oder ich auf der gleichen Party bereits mit jemand anderem gebumst hatte, spielte keine Rolle, *dieses* Mal war es wahre Liebe. Also ging ich mit diesem neuen Typen ins Schlafzimmer und tat, was immer er von mir verlangte, versuchte mit ganzer Hingabe, ihn zufriedenzustellen, und dann verschwand er wie alle anderen vorher. Es reichte nicht mal zu einem Kuß auf die Wange. Ich zog mich an, ging wieder raus und stand herum, bis der nächste auftauchte, der mir sagte, daß er mich gleich bemerkt habe, daß ich wunderschöne Augen habe, und ich dachte, okay, *dieser* ist aber wirklich der Richtige, folgte ihm, und so weiter und so weiter.«

Mary räusperte sich und legte eine Hand auf meine Schulter. »Wenn man mit vierzehn und fünfzehn ein solches Leben führt und mit sechzehn professionell anschaffen geht, in einem Alter, wo sich die meisten Mädchen noch mit Zweifeln quälen, ob sie ihrem Freund erlauben sollen, ihre kleinen Titten anzufassen, Herrgott, ein derartiges Leben ist so leer und ohne jeden Funken Zärtlichkeit, es ist eine einzige Öde. Selbst am Sex ist nichts Aufregendes, man versteht das ganze Riesengetue nicht und treibt es schlicht mit jedem.«

Ich nahm ihre Hand.

»Jonathan gab mir meine Unschuld zurück, Jonathan und das Geheimnis, das ich hatte. Allein schon seine Berührung erregte mich, und als er mich küßte – obwohl ich wußte, wer er war und wie falsch es war – fing ich an zu zittern, mir wurde glühendheiß, und ich errötete wahrhaftig – ja, *ich!* Er sagte immer, ich sei die erste Frau, mit der er je ausgegangen sei, die wirklich noch rot werden könne. Der arme Jonathan hielt mich für die letzte Jungfrau in Amerika, so ängstlich und nervös war ich. Vor allem das hat ihn bezaubert, wissen Sie, die Tatsache, daß ich es nicht nur vortäuschte, ich *war* wirklich nervös, ängstlich und spröde. Aber ich ließ alles geschehen, und als wir uns schließlich liebten … ich werde mich auch an diese Nacht für den Rest meines Lebens erinnern. Ich weinte, und Jonathan tröstete mich. Wahrscheinlich dachte er, daß er sich diesem armen jungen Ding aufgezwungen habe, das keine Erfahrung mit solchen Sachen hatte. Er entschuldigte sich sogar und versuchte mich zu überzeugen, daß alles in Ordnung sei, daß es etwas Wunderschönes sei, was wir getan hatten. Ich heulte mir die Augen aus und konnte ihm nicht sagen, warum, und als wir uns das zweite Mal in dieser Nacht liebten, hatte ich Orgasmen wie nie zuvor in meinem Leben, dieser wahnsinnige Reiz einer so verbotenen Sache … ich schrie, krallte mich an ihn und versank in großen, rollenden Wellen von Ekstasen …«

Als ich den Kopf schüttelte, drehte Mary sich um und ging sich eine Zigarette holen. »Nachdem wir das erste Mal zusammen geschlafen hatten, war die große Frage, ob ich fähig wäre, mein Geheimnis zu bewahren. Bestand irgendeine Möglichkeit, daß Jonathan es herausfinden könnte? Verstehen Sie, rein biologisch war er mein Vater, aber es war ja nicht so, als hätte er mich aufgezogen, wir unser Leben als Vater und Tochter zusammen verbracht und dann plötzlich eine Liebesbeziehung angefangen. Ich trennte irgendwie meinen

Vater, diesen Mann, den meine Mutter jeden einzelnen Tag verdammte, von Jonathan, der jemand ganz anderer war, obwohl es ihn natürlich gleichzeitig deshalb so erregend für mich machte, daß er *tatsächlich* mein Vater war – ergibt das für Sie überhaupt irgendeinen Sinn, was ich da rede?«

»Ich glaube schon.«

»Wir liebten uns. Ich sehe Ihnen an, daß Sie schockiert sind, aber es ist die Wahrheit. Jonathan und ich liebten uns – und ich hatte Todesangst, mein Geheimnis könne herauskommen und das einzig Gute zerstören, das mir je passiert war. Ich grübelte stundenlang darüber nach, ob irgend jemand es *jemals* herausfinden könnte. Meine Mutter natürlich – das war klar, aber sie war die einzige, soweit ich es beurteilen konnte. Sie starb, als ich etwa ein Jahr in Jonathans Büro arbeitete.«

»Das muß kurz nach ihrem Besuch bei Philip im Gefängnis gewesen sein, wobei sie ihm ebenfalls erzählte, wer sein Vater war.«

»Das wußte ich natürlich nicht. Damals konnte ich nur daran denken, daß ihr Tod die letzte Barriere zwischen mir und Jonathan beseitigte. Wir hätten sonst schon früher geheiratet. Niemand anderer konnte wissen, wer ich war. Das Mädchen, dessen Name ich angenommen hatte, war tot. Mom war der einzige Mensch, der die Wahrheit über mich und Jonathan kannte, und ich konnte dieses Risiko nicht eingehen. Aber mit ihren Tod ...«

Sie schaute mich an.

»Bitte, Teddy, es ist mir wirklich wichtig, daß Sie es verstehen. Als ich es das erste Mal zuließ, daß Jonathan mich berührte, mich küßte, passierte es einfach so, ja, aber danach habe ich sehr viel über die ganze Sache nachgedacht, und glauben Sie mir, ich hätte ihn nie geheiratet, wenn ich zu dem Schluß gekommen wäre, es bestünde auch nur der Hauch einer Möglichkeit, daß er oder irgend jemand sonst es je herausfinden würde. Solange es *mein* Geheimnis war, das ich mit ins Grab nehmen würde, wem schadete ich damit? Niemand, absolut niemandem. Sie finden, es ist falsch, was ich getan habe, ich weiß es nicht. Vielleicht war die

Wahrheit an sich nicht falsch, nur daß sie herauskam, das war ganz eindeutig falsch.«

»Was haben Sie ihm von Ihrer Vergangenheit erzählt?«

»Ich sagte, sie sei ziemlich abwechslungsreich gewesen.« Sie wandte sich zum Aschenbecher, klopfte die Asche ihrer Zigarette ab und schaute wieder zu mir. »Sie lachen nicht?«

Ich schüttelte den Kopf.

»Jonathan hat nie nach Einzelheiten gefragt. Ich habe ihm erzählt, ich hätte einige heillos unglückliche Affären hinter mir und von Männern nichts mehr wissen wollen, und das sei auch der Grund, warum ich so unsicher und ängstlich gewesen sei, und er erzählte mir von seiner ersten Ehe. Sie können sich nicht vorstellen, was ich durchmachte, als ich hörte, wie sehr er seine Kinder geliebt hatte und es ihn fast zum Wahnsinn trieb, daß sie ihm weggenommen wurden und er sie nie wiedergesehen hatte.«

»Warum hat er dann nicht versucht, Sie und Philip zu finden?«

»Er sagte, er habe damals für einen Privatdetektiv nicht genug Geld gehabt, und als er es sich hätte leisten können, waren Philip und ich bereits über zwanzig. Jonathan hielt es für sinnlos, sich zu diesem Zeitpunkt in unser Leben zu drängen.«

Ich schnaubte.

»Tut mir leid, daß keiner von uns Ihren moralischen Maßstäben entspricht.«

»Na ja, ich …«

»Schon gut. Im Grunde ignorierten Jonathan und ich die Vergangenheit, wir konzentrierten uns auf die Gegenwart und machten einander glücklich. Und es war wundervoll. Ja, ich habe ihn glücklich gemacht, das kann mir keiner jemals wegnehmen.

Ehe ich kam, lebte er einzig und allein für seinen Beruf, aber ich brachte ihm bei, das Leben zu genießen. Wir reisten, wir gingen auf Parties.«

Mary hielt inne und schüttelte den Kopf. »Reisen, auf Parties gehen – das klingt so hohl, und das ist es auch überhaupt nicht, was ich meine. Wir machten einander glücklich, weil wir uns liebten, und wir wären sogar glücklich gewesen, wenn Jonathan keinen Pfennig gehabt hätte.«

Ich sagte nichts.

»All die kleinen Dinge, die wir füreinander taten – das ist es, was wichtig war. Die albernen Geschenke, kleine, unbedeutende Gesten, die liebevollen Notizen, die wir uns schrieben und für den anderen an den Badezimmerspiegel hefteten, unter die Kaffeetassen legten im …« Mary unterdrückte ihre Worte. Entweder waren diese Erinnerungen zu schmerzlich, oder sie wollte sie nicht ausgerechnet *mir* erzählen.

»Ich habe Jonathan glücklich gemacht, das ist der springende Punkt. Und er schenkte mir eine völlig neue Existenz, ich konnte den ganzen Schmutz der Vergangenheit abstreifen und hatte zum ersten Mal in meinem Leben Gründe, mich selbst zu respektieren. Ich nahm Unterricht, wissen Sie, und lernte alles mögliche, angefangen von Malerei und wie man ein Haus einrichtet bis zum korrekten Benehmen bei offiziellen Einladungen. Wir waren sogar im Weißen Haus zum Essen.«

Ich lachte.

»Ja, ich weiß, das ist alles sehr komisch für Sie, aber …«

»Es ist nicht komisch.«

»Zuerst war Jonathan ein wenig verlegen wegen unseres Altersunterschieds, und natürlich hielt er mich für fünf Jahre jünger als ich in Wirklichkeit war, aber wir redeten niemals darüber – es war ein Problem, das ausschließlich andere Leute mit unserer Ehe hatten, wir nicht. Jonathan wollte übrigens tatsächlich Kinder, aber bei dieser letzten Abtreibung, die ich nach dem Baby gehabt hatte, ist … na ja. Sie werden mir wahrscheinlich nicht glauben, Teddy, aber es war das *Geheimnis*, das die Ehe so wundervoll machte und buchstäblich garantierte, daß ich mich nie langweilte. Sie kennen diese ungeheure Wirkung, Teddy, mehr als alle anderen Leute, nicht wahr? Darin liegt die Wurzel Ihres berühmten Talents, ist es nicht so? Sie sind besessen davon. Geheimnisse haben eine magische Kraft. Wissen Sie noch, wie das als Kind war, wenn man Freunde miteinander flüstern sah? Man wurde ganz verrückt. Sie hatten ein Geheimnis und man selbst nicht. Allein diese Tatsache erhöhte sie irgendwie, gab ihnen eine gewisse Macht, eine Art von Magie. Ich habe einmal eine Untersuchung gelesen, in der es hieß, daß angeblich in einem Viertel aller Ehen wenigstens einer der Partner ein Geheimnis habe, das die Ehe zerstören würde, falls es herauskäme. Ich fand das faszinierend, daß es überall so viele Menschen gab, die mit gefährlichen Zeitbomben lebten – genau wie ich.«

»Und dann taucht Philip auf, und Ihr schönes Geheimnis ist futsch.«

»Nein!« Mary schüttelte erbittert den Kopf, daß ich offensichtlich immer noch nicht verstand. »Ich habe doch gesagt, ich hatte keine Angst vor ihm, weil er nicht wußte, wer ich war und mich nicht erkannte. Es waren so viele Jahre vergangen, und unsere Mutter hatte ihm erzählt, ich sei tot. Die ganze Sache wäre trotzdem letzten Endes gut ausgegangen, wenn Jonathan sich nicht umgebracht und Philip in aller Ruhe auf sein Geld gewartet hätte und dann nach Mexiko verschwunden wäre.«

»Was lief also falsch?«

»Alles.« Sie spielte mit ihrer Zigarettenpackung, überlegte anscheinend, ob sie eine neue anzünden sollte und warf das Päckchen angewidert auf den Tisch. »Es war eine schreckliche Macht. Philip überschüttete Jonathan mit den wüstesten Beschimpfungen, erzählte ihm, unter welchen Umständen und wie erbärmlich wir gelebt hatten, während er hier ein Vermögen scheffelte, und schließlich verkündete er ihm, daß seine Tochter tot sei. Ich wußte gleich, wer Philip war, weil ich dieses schluchzende Lachen erkannte; das hatte er schon als Junge gehabt. Er hat behauptet, ich hätte es mit ihm treiben wollen, aber das ist eine Lüge. Ich habe ihn ein bißchen geneckt, um zu zeigen, daß ich keine Angst vor ihm hatte. Das machte ich auch wieder, als wir drei Tage später miteinander telefonierten. Ich versuchte, ihn durcheinanderzubringen, damit er mir nichts tun würde.«

»Aber heute abend wollte er Sie sogar töten. Warum haben Sie es ihm selbst dann nicht erzählt?«

»Ich konnte nicht! Sie halten mich für einen Menschen ohne Moral, der alles tut, solange die Chance besteht, damit durchzukommen, und vielleicht haben Sie recht. Aber es gab einen absolut unantastbaren Punkt in meinem Leben – dieses Geheimnis zu bewahren. Ich hätte zugelassen, daß er mich tötet oder Sie, vielleicht sogar Jonathan, und trotzdem niemals verraten, wer ich bin. Das ist der Grund, warum ich nicht zur Polizei gehen konnte.«

»Aber Jonathan fand es doch heraus, nicht wahr?«

Sie preßte eine Hand gegen den Mund und starrte zu Boden.

Ich schaute auf die Uhr. »Viel Zeit ist nicht mehr übrig, Mary. Selbst wenn Melvin Kelvin dieses Mädchen nicht findet, wird er Land anrufen.«

Sie nickte, ohne aufzuschauen. »Jonathan war … Sie können sich vorstellen, wie er sich fühlte, als ihm so brutal die schlimmsten Fehler seines Lebens ins Gesicht gebrüllt wurden, und dazu mit einem derartigen Haß. Er war einverstanden, Philip das Geld zu geben, und er verschwand schließlich. Ich versuchte Jonathan wieder aufzurichten, aber er war am Boden zerstört. Ich hatte ihn noch nie so gesehen, so schwach und voller Selbstverachtung. Ich sagte ihm, daß es völlig sinnlos sei, sich wegen vergangener Fehler mit Schuldgefühlen zu quälen. In dieser Hinsicht bin ich Expertin. Aber es nutzte nichts. Er redete unablässig über seine Tochter, was für ein süßes kleines Mädchen sie gewesen sei, wie sehr er sie geliebt habe, daß er sie hätte retten können, wenn er nur intensiver versucht hätte, sie zu finden. Es brach mir wirklich das Herz, daß er sagte, er sei jetzt überzeugt, er käme dafür in die Hölle, daß er sein kleines Mädchen auf diese Art sterben ließ. Er verdiene es nicht, mit mir glücklich zu sein, nachdem er anderen so viel Leid verursacht habe. Alles sei von Grund auf seine Schuld, und wenn er den Mut hätte, würde er sich den Pimmel abschneiden, genau wie Philip es verlangt hatte.«

»Philip hatte das verlangt?«

»O ja, er gab eine gute Vorstellung in dieser Nacht.«

»Und das ist der Grund, warum Jonathan es getan hat?«

Mary nickte, aber dann schaute sie mich plötzlich an. »Ich wollte Sie gerade belügen, Teddy, aus ganzer Seele wünschte ich mir, ich könnte sagen, ja, deswegen hat Jonathan sich umgebracht – aber das stimmt nicht, jedenfalls nicht ganz. Als ich diese Selbstzerfleischung keine einzige Minute länger aushalten konnte, nahm ich sein Gesicht in meine Hände und zwang ihn, mich anzuschauen ... ich sagte, deine Tochter ist eine glückliche Frau, verheiratet mit einem wundervollen Mann, der sie liebt, jetzt hör auf damit! Das war alles, aber es genügte. Er verstand sofort. Nur ich selbst konnte mein Geheimnis verraten, und obwohl ich nicht frei und offen erklärte, ich sei Nancy, wußte Jonathan Bescheid. Vielleicht erkannte er plötzlich das Gesicht seines kleinen Mädchens in meinem wieder, oder möglicherweise hatte die ganze Zeit über etwas in seinem Unterbewußtsein gearbeitet, er wußte es jedenfalls, und als erstes begann er wegen dieser blödsinnigen Fotos loszubrüllen.«

»Fotos?«

Sie nahm vier Polaroids aus der Tasche ihres Bademantels und reichte sie mir. Ich erinnerte mich, daß Philip sich Polaroids angeschaut hatte, bevor ich ihn erschoß. Vor lauter Eile, nach Alfred zu schauen, hatte ich die Bilder vergessen, und Mary hatte sie offensichtlich aufgehoben, als ich sie mit Philips Leiche allein ließ.

Sie waren nicht direkt pornografisch, sondern zeigten Mary in vier amateurhaften erotischen Posen, gekleidet wie ein Schulmädchen in einem schwarzen Trägerrock, mit weißer Bluse, Kniestrümpfen und schwarzen Lackschuhen. Ihr Haar war mit breiten Bändern zu zwei Zöpfe geflochten, und sie hielt einen Teddybär in der Hand.

Auf einem Bild war die weiße Bluse geöffnet, Mary schaute in gespielter Überraschung an sich herab und kniff sich in die linke Brustwarze. Auf dem zweiten Bild hielt sie den Rock hoch und zeigte ihre weiße Unterwäsche. Die beiden anderen Fotografien waren Variationen des gleichen Themas; Mary schaute entweder unschuldig überrascht oder schmollend drein und wirkte im ganzen wie eine überreife und allzu demonstrativ auf sexy gemachte Lolita.

»Es war einfach ein Scherz«, sagte sie, »ein kleines Spiel, das Jonathan und ich ... er machte sie gleich nach unserer Heirat vor sieben Jahren. Verglichen mit dem, worauf manch andere Männer stehen, waren Jonathans Fantasien doch reichlich zahm. Ich wußte nicht mal, daß er diese Bilder behalten hatte. Philip fand sie in seinem Schreibtisch und machte ein großes Theater damit. Er warf ihm vor, er sei nichts als ein geiler alter Bock – und sein Schwanz habe mehr Probleme verursacht als er wert sei, Jonathan solle ihn am besten abschneiden, und so weiter und so weiter. Ich nehme an, für Jonathan waren diese Fantasien doch mehr als ich vermutete. Wahrscheinlich hob er aus diesem Grund die Bilder all die Jahre auf, nahm sie aus seinem Schreibtisch und schaute sie an, wenn er allein war. Möglicherweise spielte tief in seinem Unbewußten die Vorstellung mit, ich sei seine Tochter, die er zu guter Letzt doch noch glücklich machte. Das war *sein* Geheimnis, ein Geheimnis, wogegen nichts zu sagen war, solange alles nur Wunschträumerei war. Aber als er herausfand, daß er seine Fantasien *lebte,* daß er wirklich seine Tochter geheiratet hatte, wurden Philips ganze Anschuldigungen plötzlich grauenvoll wahr.«

Ich steckte die vier Polaroids in die Tasche meines Jakketts.

»Ich war so durcheinander in dieser Nacht. Einerseits war ich bis ins Innerste entsetzt, daß ich mein Geheimnis verraten hatte, aber gleichzeitig wollte ich auch wieder, daß Jonathan es wußte, ja, ich nehme an, so war es. Ich liebte ihn so sehr und sah, wie ungeheuer er litt. Vielleicht hoffte ich – es ist dumm, ich weiß – aber irgendwie dachte ich, daß es uns einander sogar noch näher bringen würde, nicht nur einfach Mann und Frau zu sein, sondern zugleich Vater und Tochter, weil ...« Sie schüttelte den Kopf.

»Nachdem ... nachdem Jonathan erkannt hatte, wer ich wirklich war, wurde er ganz ruhig. Er sprach nicht mehr über diese Polaroids, und es war kein weiteres Wort aus ihm herauszukriegen. Es war unheimlich. Ich redete und redete, alles könne doch noch gut werden, Philip habe nicht erraten, wer ich sei, niemand sonst in der Welt wüßte es, und es könnte unser gemeinsames Geheimnis bleiben. Wir bräuchten bloß Philip das Geld zu geben, dann würde er sich für alle Zeit aus dem Staub machen und wir könnten genauso weiterleben wie bisher.«

»Was hat er gesagt?«

Sie schwieg.

»Mary?«

Immer noch keine Antwort. Dann räusperte sie sich. »Jonathan ... wollte, daß ich es abstritt. Er sagte, es ist nicht wahr, du bist nicht meine Tochter, du bist meine Frau. Du kannst nicht meine Tochter sein, weil du meine Frau bist. Ich versuchte zu erklären, wie es passiert war, und da brach er innerlich zusammen. ›Lüg mich an.‹ Er wiederholte es immer und immer wieder und flehte geradezu: ›Lüg mich an.‹ Ich konnte es nicht verstehen, wir beide kannten schließlich die Wahrheit, aber Jonathan bettelte unaufhörlich: ›Belüg mich, lüg mich an.‹«

Jonathan Gaetan hatte sich umgebracht, weil er nicht mehr die Wahrheit verdrängen konnte wie bisher – und Mary ihn nicht anlügen wollte.

Es klopfte an der Tür, und Melvin streckte den Kopf herein. »Es tut mir leid, Teddy. Ich habe das Mädchen nicht gefunden, aber ich konnte nicht länger warten. Ich habe Captain Land angerufen.«

Ich sagte, es sei okay. »Gehen Sie schon nach unten, ich komme gleich.«

Mary wollte wissen, was ich tun würde. Ihr Gesicht war bleich, und die Hände hielt sie so fest zusammengepreßt, daß ihre Knöchel weiß waren. »Werden Sie es erzählen?«

Ich wußte keine Antwort darauf.

»Sie werden es sagen, nicht wahr? Es ist so eine Art Ehrensache bei Ihnen, nicht?«

Ich stand nur da und schaute sie an.

»Ja«, nickte Mary. »Ich verstehe.«

29

Harvey Land war der erste, der nach oben kam. Ich verließ Mary und führte ihn ins Schlafzimmer, damit er sich anschauen konnte, was passiert war.

Land war sogar für sein Eidechsengrinsen zu müde und fragte, ob ich diesen alten Witz kenne über die Schwiegermutter, die in einem brandneuen Cadillac eine Klippe hinunterstürzt. »Genauso gemischt sind meine Gefühle über diese Schießerei.«

»Wieso?«

»Daß wir den Lippenstiftmörder erwischt haben, ist großartig, Teddy. Aber wenn wir den offiziellen Bericht über den gesamten Fall vorlegen, wird es jede Menge höchst unangenehmer Fragen geben. Vor allem, warum wir den Kollegen in den anderen Bezirken nicht mitteilten, daß wir eine Verbindung zwischen Jonathan Gaetan und den Lippenstiftmorden sahen. Klar, *ich* habe niemanden informiert, weil ich es selbst nicht wußte – womit ich wie der letzte Idiot dastehe.«

»Wir *haben* auch nicht in diese Richtung ermittelt, Captain, jedenfalls nicht bis heute abend. Wir kamen erst darauf, nachdem Melvin Kelvin und Alfred bei dieser Computerüberprüfung die Sache mit Jonathans Sohn herausfanden. Anschließend habe ich mit Jo-Jo Creek geredet – gegen Ihre Befehle, ja, tut mir leid – und erfuhr, daß Jonathan Goldmünzen sammelte, was uns zu dem Motel führte. Das alles kam erst *heute abend* heraus, Harv. Und sobald Sie Bescheid wußten, haben Sie die anderen informiert, stimmt's?«

»Ja.«

»Sämtliche Nachforschungen bis dahin waren reine Spekulation meinerseits. Ich ging lediglich diesen Vereinbarungen nach, die Jonathan wegen des Gelds getroffen hatte, kurz bevor er sich umbrachte, das ist alles.«

»Warum haben Sie mir nichts davon gesagt?«

»Drücken wir es einfach mal so aus – in gewisser Weise bin ich nur *Ihrem* Riecher gefolgt.«

»Meinem Riecher?«

»Ja. Mary war Ihren von Anfang an verdächtig, weshalb Sie mich ja zur Befragung in Ihr Büro riefen. Sie haben die Ermittlungen über Jonathans Tod als Selbstmord abgeschlossen, weil es tatsächlich ein Selbstmord *war*. Aber als Jo-Jo mit diesen neuen Informationen kam, dachte ich: *was würde Captain Land jetzt von dir verlangen?* Und die Antwort war – untersuche die Sache und laß ihn dann wissen, was du herausfindest. Also *befolgte* ich Ihre Befehle, Ihre unausgesprochenen Befehle. Irgendwie.«

»So ein Blödsinn.« Aber er grinste jetzt. »Allerdings könnten wir's so hindrehen. Bis wir wußten, daß Philip Jameson in diesem Motel wohnte, war er bereits verschwunden, und wir gaben sofort eine Fahndung heraus. Richtig?«

Lüg mich an. »Völlig richtig, Captain.«

Er nickte ernsthaft. »Sie werden noch heute nacht Bericht erstatten müssen.«

»Dachte ich mir.«

»Und alle hohen Tiere werden dabeisein wollen.«

»Okay. Haben Sie was von Alfred gehört?«

»Er kommt wieder auf die Beine. Ich habe auf dem Weg hierher mit dem Krankenhaus telefoniert. Ist Mary in Ordnung?«

»Ja. Sie wartet in einem Schlafzimmer auf der anderen Seite des Korridors.«

»Ich werde jemand hochschicken, der bei ihr bleibt. Melvin sagte, daß das Mädchen immer noch nicht gefunden worden ist.«

»Haben Sie eine Suche nach ihr veranlaßt?«

Land nickte. »Sie werden unten mit einer ganzen Wagenladung Fragen überfallen werden, Fragen, auf die nicht mal ich selbst die Antworten weiß. Jonathans geheime erste Ehe, sein Sohn, der hier aus dem Nichts auftaucht, das Geld – werden Sie in der Lage sein, alles zu erklären?«

»Ja.«

»Warum ist Mary nicht gleich zu uns gekommen? Und was sollten diese Anschuldigungen Jo-Jo Creeks gegen Sie?«

»Das erzähle ich alles gleich, wenn wir unten sind, okay?«

»Sicher, Teddy?«

»Keine Sorge, Captain. Wir werden alle miteinander als Helden dastehen.«

»Dann gehen wir.«

Er führte mich nach unten. Im Korridor und im Wohnzimmer wimmelte es von Männern aus unserer Dienststelle, von Streifenbeamten, hohen Tieren aus den umliegenden Bezirken, FBI-Agenten. Sie verstummten alle mit einem Schlag. Land führte mich durch die Menge zum Kamin und sagte, daß ich eine Zusammenfassung des Falls geben würde, natürlich ganz inoffiziell, aber weil alle so hart gearbeitet hätten, verdienten sie …

Ein Aufruhr im Flur unterbrach ihn. Der Vater des kleinen Mädchens bahnte sich den Weg zu uns herein und verlangte zu wissen, wo seine Tochter sei. Ehe ihm irgend jemand antworten konnte, begann er ihren Namen zu rufen.

Zwei Polizisten packten ihn, aber noch bevor sie ihn zur Tür drängen konnten, tauchte Penny aus dem Lagerraum unter der Treppe auf und rannte zu ihm. Er riß sie hoch und drückte sie fest an sich.

Penny griff nach seinen Ohren und zog daran. »*Daddy!*«

»Was ist, Schatz?«

»Ich will *sofort* heim.«

Alles lachte.

Nachdem Penny und ihr Vater gegangen waren, richteten sich sämtliche Blicke wieder erwartungsvoll auf mich. Ich schaute hoch zur Decke – dorthin, wo Mary ebenfalls wartete. Ein kleiner dunkler Fleck war auf dieser ansonsten so makellos weißen Fläche – ein Fingerabdruck, den Maler hinterlassen hatten oder vielleicht eine lauernde Spinne, jedenfalls *irgend etwas* Kleines und Dunkles. Ich heftete meinen Blick auf diesen Punkt und erzählte die Story so gut ich konnte.

30

Etwas mehr als zwei Jahre sind vergangen seit dieser Nacht, und ich bin jetzt seit achtzehn Monaten pensioniert. Obwohl mir noch ein paar Punkte gefehlt hatten, wurde mir der Anspruch auf volle Bezüge zuerkannt. Bei einem Helden legt man die Vorschriften großzügiger aus.

Und ich hatte recht gehabt mit meiner Vorhersage, als ich zu Land sagte, daß wir alle als strahlende Sieger aus dieser Geschichte hervorgehen würden. Alfred Allmächtig, der verwundete Held, wurde zum Lieutenant befördert und ist jetzt ein Musterdetective und Computerfachmann.

Captain Harvey Land, der meine Geschichte zurechtbog, bis es aussah, als hätte ich auf seinen ausdrücklichen Befehl hin und unter seiner persönlichen Überwachung an dem Fall gearbeitet, verließ die Polizei ein paar Monate nach mir. Seine Firma für Objekt- und Personenschutz hat ihn zu einem reichen Mann gemacht; er lebt heute in Bethesda, Maryland.

Und ich erhielt einen neuen Spitznamen. Offenbar hatte die Kugel, mit der ich Philip erschoß, ihn direkt mitten ins Herz getroffen rein durch Zufall, das ist klar. Es ging viel zu schnell, und so zielsicher, um absichtlich einen derartigen Treffer zu landen, bin ich wahrhaftig nicht. Aber mit reichlich Aufhebens über mein fortgeschrittenes Alter und der Tatsache, daß ich den Killer ganz allein gestellt hatte und so weiter, zitierte die *Washington Post* einige nicht näher benannte Kollegen, die mich als den alten Herzschuß-Camel bezeichneten. Und das wurde mein neuer Spitzname.

Was soll's, mein Alter gilt sowieso nicht mehr. Man *kann* mich anlügen. Das erwies sich im letzten Frühjahr, als Lieutenant Bodine und sein Partner Sergeant Kelvin, mich darum baten, mit einem jungen Mann zu reden, den man im Verdacht hatte, mehrere Joggerinnen vergewaltigt zu haben. Der Junge leugnete es, und obwohl ich das bewährte Schauspiel vollführte und alle Antennen meines Lügendetektors ausfuhr, konnte ich unmöglich sagen, ob er log oder nicht. Ich witterte einfach nichts, absolut nichts. Vier Monate später wurde er bei dem Versuch, sein viertes Opfer zu vergewaltigen, festgenommen.

Aber ich hatte schon vorher geahnt, daß ich dieses Talent nicht mehr besaß – lange bevor Alfred Allmächtig und Melvin Kelvin mich riefen.

Ich lebe in einer billigen Hütte auf vier Morgen Land in der Gegend des Northern Neck von Virginia und verbringe die meiste Zeit damit, ein kleines Blockhaus zu bauen. Warum ich es in meinem Alter und bei meinem Mangel an Besuchern für nötig halte, ein neues Haus zu bauen, ist eine gute Frage. Vielleicht, um etwas zu tun, solange ich da bin, um etwas zu hinterlassen, wenn ich nicht mehr bin. Ich habe ein paar Angebote für Aushilfsjobs bei einigen Polizeistellen in der Gegend, und möglicherweise mache ich das auch irgendwann mal. Seit einiger Zeit gehe ich mit einer Imbißköchin aus, die hier in einer Raststätte arbeitet, und habe den Entschluß gefaßt, mir meinen Tick mit diesen reichen Klassefrauen, die einem nur endlose Probleme bereiten, aus dem Kopf zu schlagen und mich umzustellen auf die eher praktischen, die dir, wenn alles andere danebengeht, wenigstens ein anständiges Sandwich machen können.

Wir trafen uns seit ein paar Monaten, und als wir schließlich soweit waren, daß man miteinander ins Bett geht, sagte sie ein ziemlich einstudiertes Sprüchlein auf und bat mich, behutsam und verständnisvoll mit ihr zu sein. Obwohl sie fünfundvierzig sei und zweimal verheiratet gewesen wäre, sei sie relativ unerfahren auf sexuellem Gebiet und deshalb richtig schüchtern und nervös, was das ›Liebemachen‹ anginge. Dann drängte sie mich runter, bis ich flach auf dem Rücken lag und stieg an Bord. Ich beobachtete interessiert, wie sie nur so lange innehielt, um zu spucken und mich einzuschmieren, ehe sie gekonnt im Ziel landete. Sie war genauso geschickt bei der Sache wie sie Pfannkuchen herumwarf während des morgendlichen Hochbetriebs zur Frühstückszeit im Rasthaus.

Unerfahren?

Wenn schon, es kümmert mich nicht. Ich stelle ihr keine Fragen, und sie erzählt mir keine Lügen. So läuft das von jetzt an.

Sie entschuldigt sich dauernd, daß sie nach Bratfett rieche und behauptet, sogar stundenlange parfümierte Schaumbäder seien dagegen wirkungslos. Ich sage, sie rieche gut, und wir beide glauben es. Manchmal kommt sie nach der Arbeit zu mir heraus, um zu sehen, wie ich mit dem Blockhaus vorankomme und fragt, ob sie mir etwas zu essen herrichten soll. Ich meine dann immer, das sei sicher das letzte, wonach ihr nach acht Stunden in der Küche zumute sei, und sie behauptet jedesmal, für mich Essen zu machen sei doch etwas ganz anderes und ein richtiges Vergnügen, also lautet meine Antwort stets: »In diesem Fall wäre ein Sandwich mit gebratenen Eiern großartig.«

Die Presse spielte den Gaetanskandal ordentlich hoch mit Geschichten auf den Titelseiten über uns Polizeihelden, und die *Washington Post* berichtete groß über Jonathans ›geheime‹ erste Ehe, die geistige Labilität seiner geschiedenen Frau, die Vereinbarung, die seine Anwälte mit ihr aushandelten, und was Jonathans Sohn, der Lippenstiftmörder, entsetzliches verursacht *und* erlitten hatte. Ein Artikel erwähnte auch das immer noch ungelöste Geheimnis um Jonathans Tochter, die als Teenager verschwand und nie wieder auftauchte.

Aber es ist ja nun mal so: jeden Morgen erhalten die Leute eine nagelneue Zeitung voller Geschichten, die nie zuvor gedruckt worden sind, frische Skandale, Morde, die gerade in der vergangenen Nacht passiert sind, Geheimnisse, die zum allerersten Mal enthüllt werden. Ziemlich bald war die Gaetanstory ein alter Hut.

Mary hatte recht. Sie wurde nie angeklagt wegen ihrer Falschaussage über die Umstände von Jonathans Selbstmord; sie hat genug durchgemacht, meinten die Leute. Immerhin hat sie nur versucht, den guten Namen ihres Ehemanns zu schützen. Zu der Zeit, in der diese ganzen Klatschgeschichten erschienen, war Mary in Europa.

Sie war die beste Lügnerin der Welt, eine so gute, daß sie mein Talent als Lügendetektor ruinierte. Was Jo-Jo Creek anging, hatte Mary mich ebenfalls belogen, um ein weiteres Beispiel zu nennen. Ich hörte mich schließlich tatsächlich bei einigen Leuten um, die früher mit ihr und Jonathan gearbeitet hatten, als das ganze Unternehmen Gaetan nicht mehr als eine Baubude war, und erfuhr, daß Jo-Jo keine Spur von lesbisch sei. Sie war einfach eine Frau, die in ihren Chef verliebt war. Damit war klar, daß *Mary* die Verführerin gewesen war und Jo-Jo am Tag von Jonathans Beerdigung gekonnt manipuliert hatte, bis sie so durcheinander war, daß sie alles für Mary getan hätte.

Jo-Jo verkaufte ihre Anteile an der Gaetan-Company und zog als recht wohlhabende Frau wieder nach Oklahoma. Letzten Winter las ich einen Artikel über sie im *People-Magazin*. Jo-Jo hatte einen Studenten geheiratet, der gerade seinen Abschluß an der Universität von Oklahoma gemacht hatte und fünfzehn Jahre jünger ist als sie. *People* schrieb nicht nur über sie, weil sie in den Gaetanskandal verwickelt war, sondern auch, weil sie ein weiteres Beispiel dieses neuartigen Phänomens war, daß zunehmend ältere Frauen jüngere Männer heiraten. Es hieß, sie seien glücklich miteinander, und das Foto zeigte eine rundum strahlende Jo-Jo.

Niemand klagte sie an wegen der falschen Beschuldigung, die sie gegen mich erhoben hatte. Sie hat ja nur versucht, Mary zu helfen und Jonathans guten Namen zu schützen. Sie hat genug durchgemacht, sagten die Leute.

Im letzten Sommer steckte ich ein Bündel von Zeitungsausschnitten, die bewiesen, was für ein Held ich auf allen Titelseiten gewesen war, in einen Umschlag und schickte ihn an meinen Enkel unter der Adresse meiner Tochter. Zehn Tage später kam er, ungeöffnet in einen größeren Umschlag gesteckt, zurück.

In diesem Sommer ziehe ich gerade mit Kreuzhacke und Spaten einen Graben, um eine Wasserleitung zu legen, annähernd dreißig Meter lang und einen knappen Meter tief, damit sie ausreichend weit unterhalb der hiesigen Frostgrenze verläuft, wie die Leute mir versichert haben. Die gleichen Leute meinten allerdings auch, daß es am gescheitesten wäre, einen Bagger zu holen, der den Graben in ungefähr einer Stunde aushebt. Und ich gebe zu, am Anfang war es tatsächlich ein allzu ehrgeiziges Unternehmen für einen Mann mit meinem beschränkten Enthusiasmus, aber langsam ist es zu einem Job geworden, bei dem du am Ende jedes Tages deinen Fortschritt in Zentimetern und Metern messen kannst – und das ist schon was.

Als ich hörte, daß Mary aus Europa zurückgekehrt war und wieder in ihrem Haus lebte, schickte ich drei dieser Polaroids ab und schrieb in einem Begleitbrief, daß ich das vierte verloren hätte. Was ist schon eine weitere Lüge zwischen Mary und mir? Geantwortet hat sie nie.

Die einzige Post für mich kommt heutzutage sowieso von Alfred und anderen alten Freunden. Sie benutzen immer meinen neuen Spitznamen – lieber Herzschuß – in diesen Briefen, die allmählich seltener werden, und obwohl es mich nicht weiter stört, glaube ich, sie ahnen gar nicht, wie passend er ist – er trifft genau meinen Zustand.

Ich verstehe nicht, wie irgend jemand einen Menschen töten kann, besonders aus solcher Nähe wie ich, ohne davon selbst bis ins Innerste getroffen zu sein. Die ganze Szene läuft immer wieder vor mir ab. Ich sehe ihn vor mir mit diesem häßlichen Loch in seiner Brust, und jedesmal wird mir klar, wie endgültig und unwiderruflich ein solcher Vorfall ist. Er hatte es vielleicht verdient, aber die Tatsache, daß *ich* es war, der ihn tötete, machte es mir unmöglich, je wieder eine Waffe zu tragen. Und das war ein Grund so gut wie jeder andere, daß ich frühzeitig pensioniert wurde. Ich war es leid, Menschen zu verletzen, mit Waffen oder auf andere Weise.

Warum ich Marys Geheimnis bis heute für mich behielt, lag nicht an irgendwelchen Bestechungen; es gab keine, weder sexueller noch finanzieller Art. Allerdings hatte es auch nicht viel zu tun mit Ritterlichkeit. Ich war einfach viel zu getroffen, um es zu erzählen. Ich hatte endlich erkannt, daß sämtliche Geheimnisse, die ich in meinem Leben aufgedeckt hatte – ein Junge, der seinen Vater überfuhr, eine Frau, die ihr Baby ertrinken ließ, die Schwangerschaft einer Tochter, die Affäre einer Ehefrau – nie ein Leben gerettet oder irgend jemandem in seinem Elend geholfen hatten. Die Enthüllung hatte stets nur noch mehr Leid verursacht. Und Marys Geheimnis zu verraten, hätte nicht die Alpträume verhindert, die Penny und Billy sicher noch heute haben, es hätte keinen der Menschen wieder ins Leben zurückgebracht, die Philip getötet hatte. Ich will keine Geheimnisse mehr haben, und ich will auch keine mehr von anderen hören.

Ich weiß nicht, ob Mary damit recht hatte, daß es nicht die Geheimnisse sind, die Schaden zufügen, sondern erst die Aufdeckung, aber ich bin überzeugt, daß Jonathans letzter Wunsch genau so und nicht anders lautete. Lüge mich an, *bitte*.

EPILOG

Sie fragt, ob er absolut sicher sei.

»Ganz sicher«, erwidert der Privatdetektiv. »In dieser roten Badehose auf dem grünen Handtuch dort, kein Zweifel. Er war nicht weiter schwer zu finden.«

Sie nickt und nimmt aus ihrer Strandtasche einen Streifen Kaugummi, wickelt ihn aus und steckt ihn in den Mund. Dabei heftet sich ihr Blick auf den Jungen in der roten Badehose. Als erinnere sie sich ganz plötzlich, daß der Privatdetektiv noch neben ihr steht, entläßt sie ihn mit der Bemerkung, daß sie Anweisungen in seinem Büro hinterlegt habe für einen Bonus, der ihm ausgezahlt werden soll. Er dankt ihr und geht zum Parkplatz, wo er bei seinem Wagen wartet.

Mit Zeigefinger und Daumen nimmt sie den Kaugummi aus dem Mund und läßt ihn in einen Papierkorb fallen, ehe sie über den Strand schlendert. Ein Stück unterhalb des Jungen, etwas näher zum Ozean hin, breitet sie ein großes Handtuch aus. Danach streift sie den kurzen Bademantel ab, der knapp bis unter die Taille reichte. Genau darauf hat der Detektiv gewartet.

Er beobachtet sie bewundernd, bis die Frau sich hingesetzt hat, dann steigt er ein und fährt los, wobei er abwechselnd daran denkt, wie hoch wohl der versprochene Bonus sein wird und was für einen umwerfenden Anblick sie in diesem schwarzen Bikini bot. Obwohl es keiner dieser winzigen Dinger aus Schnüren war, die wirklich nur gut an *Mädchen* aussahen, war er zu knapp, um etwas zu verbergen, und was er zeigte, war genau das, was er gehofft hatte.

Der Junge in der roten Badehose hat sie ebenfalls beobachtet. Er ist in diesem Alter, in dem eine reifere Frau ganz besonders verlockend ist, vor allem wenn sie so schön ist wie diese. Aber seine Fantasien sind rein theoretisch, denn er ist nicht der Typ, der einfach losgeht und versucht, mit ihr ins

Gespräch zu kommen. Er ist schüchtern und hält sich für zu hager, um sich Illusionen zu machen. Man braucht sie ja nur anzuschauen, sie ist viel zu schön mit diesem vollen, rötlich-braunen Haar, den langen, perfekt geformten Beinen und den rotlackierten Zehennägeln. Sie hat sich auf den Bauch gedreht und das Oberteil ihres Bikinis geöffnet. Als sie sich auf die Ellbogen stützt, um ein Buch zu lesen, rutscht es hinunter, so daß er die sanften Rundungen ihrer Brüste sehen kann. Eine gewaltige Unruhe packt ihn.

Aber dann geschieht das Unvermeidliche, es nähert sich ihr dieser große und gutgebaute blonde Kerl in einem derart knappen Badeslip, wie ihn der Junge im Leben nicht tragen würde. Er hat einen Ausdruck für solche Burschen: ein typisches Exemplar der Gattung Profibock. Er kauert sich auf ein Knie, um mit der Frau zu reden, die ihm den Kopf zuwendet, aber ansonsten nicht ihre Position verändert. Nach einem Wortwechsel, den der Junge nicht hören kann, schlendert der Typ weiter zu einigen Mädchen, die sich auf einem Badetuch zusammendrängen. Sie tragen alle diese Tangabikinis und haben ihn die ganze Zeit mit ihren Blicken verfolgt. Verstohlen kichernd lauern sie nun aufgeregt auf seine Annäherung.

Nachdem er die erfolgreiche Landung des Profibocks unter dieser albernen Mädchenschar bemerkt hat, wendet sich der Junge wieder der Frau zu. Fast erschrocken merkt er, daß sie ihn direkt anschaut und ihm beinah verschwörerisch zulächelt, als wolle sie sagen: *was für ein Affe!* Er lächelt zurück. *Ja, das finde ich auch.*

Trotzdem kommt ihm gar nicht in den Sinn, aufzustehen und sich ihr zu nähern, jetzt sogar noch weniger, da er nicht in die gleiche Kategorie wie dieser Kerl eingereiht werden will.

Innerhalb von zwanzig Minuten geschieht es noch zweimal, daß sich gutaussehende junge Männer an sie heranpirschen und versuchen, mit ihr ins Gespräch zu kommen. Ich wette, jeder fängt mit dem gleichen Spruch an, denkt der Junge höhnisch – was liest'n da so Interessantes? Aber alle ziehen nach ein paar Sekunden wieder ab, und die Frau lächelt ihm jedesmal kläglich zu. Und je höher sie sich auf die Ellbogen stützt, desto mehr werden ihre Brüste sichtbar, bis kaum noch die Brustwarzen bedeckt sind. Er hat das Gefühl, sein ganzer Körper steht in Flammen.

Nachdem auch der nächste Bock wieder abgeblitzt ist, nimmt der Junge allen Mut zusammen und ruft, während sich vor Verlegenheit sein Gesicht wie bei einem Sonnenbrand rötet: »Es ist doch wirklich eine Schande, daß man Sie nicht in Ruhe Ihr Sonnenbad genießen und lesen läßt, ohne dauernd …« Aber der Satz ist viel zu lang für diese Entfernung, und die Frau unterbricht ihn, indem sie den Kopf schüttelt und eine Hand an ihr Ohr legt.

Was jetzt, fragt er sich. Ihm stockt der Atem, als sie sich aufsetzt und ihr Oberteil festhält, daß es gerade so eben *doch* nicht völlig herunterrutscht und ihm die ganze atemberaubende Schönheit enthüllt. Sie befestigt mit einer Hand den Bikini und winkt ihn lächelnd zu sich.

Es wirkt fast rührend komisch, wie der Junge sich wahrhaftig umschaut, um sicherzugehen, daß sie ihn meint und nicht irgendeinen anderen, der vielleicht hinter ihm sitzt und dem am Ende die ganze Zeit schon ihr Lächeln und die Einladung gegolten hat. Aber hinter ihm ist niemand. Also steht er auf, versucht lässig, seine roten Boxershorts geradezuziehen, und geht, mit gestrafften Schultern und ohne sie anzuschauen, die wenigen Meter über den Strand. Die Frau findet seine linkische Befangenheit beinah schmerzlich anrührend.

Er sinkt auf die Knie in den Sand, ein gutes Stück von ihrem Handtuch entfernt.

Sie hebt fragend die Augenbrauen. »Was haben Sie gesagt?«

»Oh, ich habe nur, wissen Sie, diese ganzen Kerle, ich meinte nur, es ist eine Schande, daß jemand wie Sie, eine Frau, na ja, daß eine Frau nicht einfach allein an den Strand kommen kann und lesen und sonnenbaden und so, ohne alle fünf Minuten angemacht zu werden von einem eitlen Profibock.«

»Einem was?!«

»Oh.« Er lächelt. »So nenne ich sie immer, diese Strandcasanovas.«

Sie lacht, und er verliebt sich in die winzigen Linien, die dabei rund um ihre Augen tanzen und dem Gesicht eine Lebendigkeit und Ausdruckskraft geben, daß ihm diese Frau zehntausendmal schöner und interessanter erscheint als irgendeines der drallen Collegegirls, der er jeden Tag sieht. Sie hat irgendwas gesagt, das er nicht mitbekam, weil er völlig verloren war in diesen grauen Augen.

»Verzeihung?«

»Ich sagte, gegen eine solche Bezeichnung hätten sie garantiert nicht mal etwas einzuwenden – Profibock.«

»Ja.« Als er merkt, daß er wie ein Idiot unaufhörlich nickt, reißt er sich zusammen. »Hey, was lesen Sie da Interessantes?« Verdammt, stöhnt er, das ist nicht wahr – jetzt rede ich genau den gleichen Mist.

»Einen traurigen Roman.« Sie zeigt ihm den dunkelblauen Einband. »Kennen Sie ihn?«

»Nein. Ich habe nicht viel Zeit, so was zu lesen.«

Sie fragt ihn, ob der Student ist.

»Merkt man, was?«

Sie lacht wieder, und es wirkt so herzlich. In ihren Augen liegt eine solche Fröhlichkeit, daß er sich wie ein Genie an geistreicher Brillanz fühlt, der Oscar Wilde des Strands.

»Ich muß zugeben, ich habe Sie nicht gerade für einen New Yorker Börsenmakler auf Urlaub gehalten – und danke Gott dafür, daß Sie keiner sind.«

»Ja.« Er lächelt und nickt.

»In welchem Jahr sind Sie?«

»Im – im vorletzten«, sagt er und befördert sich um eine volle Stufe höher, während er sich gleichzeitig fragt, ob er es hätte riskieren sollen, noch ein Jahr draufzulegen. »Da drüben im College, wissen Sie«, erklärt er und dreht sich um, als könne er ihr den Campus vom Strand aus zeigen. Saublöd!

»Wenn ich gewußt hätte, daß hier in der Nähe ein College ist, hätte ich mir wahrscheinlich nicht gerade dieses Strandstück ausgesucht. Da ist die Konkurrenz von neunzehnjährigen Studentinnen zu groß.«

»Ehrlich, Sie sind es, die den anderen Konkurrenz machen, und wie!«

»Ach was«, lächelt sie und schlägt tatsächlich die Augen nieder.

Er zuckt die Schultern, und sein Gesicht wird noch um etliches röter.

»Wie heißen Sie?«

Er nennt seinen Namen und fragt nach ihrem. Die Frau antwortet, und lügt ihn damit an.

Er streckt seine Hand aus, und sie lächelt wieder. Dieses freimütige Strahlen blendet ihn regelrecht, und er ist unfähig, noch irgend etwas zu denken. Benommen schüttelt er ihre Hand, als hätten sie gerade einen Versicherungsvertrag abgeschlossen.

»Spüren Sie es?« fragt sie.

»Was?«

»Schauen Sie sich jetzt nicht um, aber von allen Seiten beobachtet man Sie. Können Sie nicht die Blicke spüren?«

»Man beobachtet mich?«

»Natürlich. Wann immer eine Frau ganz allein ist, an einem Strand wie hier oder in einer Bar. Es ist ein richtiger Zuschauersport zu erraten, wer abgeschossen wird und wer gewinnt – und im Moment beobachten alle Sie in der Erwartung, wie *Sie* abschneiden.«

»Ja.« Reiß dich zusammen, verflucht er sich, du mußt dir schon was besseres einfallen lassen. »Machen Sie hier Ferien?« Das war wahrhaftig äußerst brillant, winselt er innerlich.

Aber sie antwortet nicht auf seine Frage, sondern schlägt statt dessen vor: »Warum geben wir den Gaffern nicht anständig was zu sehen?«

»Wie denn?«

»Sie holen Ihre Sachen, ich packe meine zusammen, und dann gehen wir Hand in Hand davon. Glauben Sie, das wird die aufgeblasenen Typen einschrumpfen lassen?«

»Mensch, und wie!«

Genauso machen sie es. Die Berührung ihrer Hand ist aufregender als irgend etwas, an das er sich erinnern kann, und

297

es beobachten sie *tatsächlich* alle. Mit einem stolzen Grinsen registriert er die Blicke.

Sie lädt ihn zum Dinner ein, darauf besteht sie, um ihn zu belohnen, daß er sie vor den Attacken dieser Kerle gerettet hat. Noch nie zuvor hat er derart die Aufmerksamkeit einer Frau gespürt, sowie sie ihn an diesem Abend damit überschüttet. Sie lacht über seine Witzeleien und nickt andächtig, wenn er von ernsthaften Themen spricht, und der Junge kann einfach nicht aufhören, in ihre Augen zu starren. Hingerissen und atemlos beobachtet er, wie sie den Tisch verläßt, um zur Damentoilette zu gehen. Sie trägt ein schwarzes Kleid mit Spaghettiträgern, die enganliegend die Formen ihres Körpers betont – eine richtige Frau. Dieses unglaubliche Glück macht ihn derart benommen, daß er nicht mal versucht zu überlegen, wodurch ausgerechnet *er* das alles verdient hat.

Nach neunzig Minuten hat er das Gefühl, als ob sie sich seit Jahren kennen und eine gemeinsame Geschichte haben. Er fühlt sich erstaunlich wohl in ihrer Gegenwart und benimmt sich nicht mehr linkisch und ungeschickt. Statt dessen wünscht er sich insgeheim Gelegenheiten, bei denen er sich ihr beweisen könnte – wildgewordene Drogenhändler stürmen waffenschwingend herein, und er geht mit bloßen Händen auf sie los, wird erschossen, ehe er sie überwältigt hat, liegt blutend mit einem tapferen Lächeln in ihrem Schoß ...

Er bietet ihr seinen Arm, als sie das Restaurant verlassen. Sie muß sich um die Rechnung gekümmert haben bei ihrem Ausflug zur Toilette, denn es wird ihm keine vorgelegt, und der Kellner dankt ihnen überschwenglich auf dem Weg zur Tür. Das Schweigen zwischen ihnen ist nicht die Spur peinlich, während sie Arm in Arm den Strand entlangschlendern. Eine geschlagene Stunde dauert ihr Spaziergang, ehe er den Mut zusammengebracht hat, sie zu küssen.

Er ist vollkommen aufgewühlt. Das alles ist so ungeheuerlich, daß er sich nicht mal seinen Zimmergenossen gegenüber damit brüsten kann, nein, er wird alles ganz allein für sich behalten.

Noch während es geschieht, schwelgt er bereits in der Erinnerung an diese Begegnung und diese Zeit, wo er eine wunderschöne Frau am Strand traf und mit ihr zum Dinner ausging.

Und die Nacht mit ihr verbrachte.

Sie ist sehr behutsam mit ihm umgegangen, es geschah wie von selbst und ganz natürlich – sie flüstern zusammen und lächeln viel – und für den Rest seines Lebens wird er sämtliche Frauen und alles, was sich zwischen ihm und einer anderen zuträgt, messen an dieser Frau und dieser Nacht.

Am nächsten Morgen hat er sich entschieden. Jawohl, seine akademische Laufbahn kann problemlos eine Woche versäumten Unterrichts vertragen. Sie fahren davon in ihrem kirschroten Sportwagen. Ein solcher Jubel erfüllt den Jungen bis ins Innerste, daß er diese kleinen boshaften Stimmen in seinem Gehirn überhört, die flüstern: *Warum?*

Es ist eine gemächliche Fahrt, die vier Tage und drei Nächte dauert, und schließlich erzählt ihm diese Frau, daß sie möchte, daß er etwas für sie tut. Er hört sie an und ist einverstanden, ja, sicher, natürlich.

Am Nachmittag des vierten Tages biegt sie auf eine Landstraße ein und hält. »Denk daran, was ich dir gesagt habe. Er kann niemals herausfinden, daß ich es war, die dich hergebracht hat – oder irgend etwas von dem, was zwischen uns geschehen ist.«

»Ich weiß.«

»Es tut mir leid, daß ich so geheimnisvoll bin, aber …«

»Keine Sorge, ich kann ein Geheimnis für mich behalten.«

Sie lächelt und streichelt sein Gesicht.

Er möchte ihr sagen, ›ich liebe dich‹, aber er tut es nicht, er lehnt sich noch nicht mal zu ihr hinüber, um sie zu küssen, sondern steigt einfach aus und geht davon, ohne zurückzuschauen – wobei er findet, daß ihm diese Haltung in ihren Augen den Anstrich eines romantischen Helden gibt.

Während er auf das surrende Motorengeräusch des abfahrenden Wagens lauscht, nähert er sich der Hütte und klopft, aber es antwortet niemand. Er überquert den Hof und entdeckt hinter der Hütte einen Mann, der einen Graben aushebt.

Als der Mann aufschaut, blitzt Mißtrauen in seinen Augen auf, doch sein Ausdruck glättet sich rasch wieder. Er lächelt und fragt den Jungen, wie lange er schon da steht.

»Bin gerade gekommen. Ich hatte zuerst an die Tür geklopft.«

Der Mann klettert aus dem Graben und wischt sich mit dem Ärmel über die Stirn. Er ist schmutzig, und sein Hemd ist voller Schweißflecken. »Was kann ich für dich tun, mein Junge?«

»Ich bin von Florida hergekommen, um mit dir zu reden. ich dachte, es sei mal an der Zeit, daß wir uns kennenlernen.«

Sekundenlang herrscht Schweigen. »David?«

Mit vorsichtigen Schritten gehen sie aufeinander zu. Der Mann blickt zögernd auf seine schmutzigen Kleider und überläßt es dem Jungen, die erste Bewegung zu machen. »Geh direkt hin, leg beide Arme um ihn und drück ihn ordentlich, okay?« Darum hat sie ihn gebeten, und so macht er es. Der Mann fragt sich, ob es tatsächlich wahr ist, daß er hier steht, diese starken Arme um sich spürt – und wenn nicht, denkt Teddy Camel, dann bitte, mein Junge, dann lüg mich einfach weiter an.

Etwas linkisch, aber mit allem Bemühen um Ernsthaftigkeit halten sie sich in den Armen, und Teddy wiederholt noch einmal diesen Namen. »David.«

»Opa«, entgegnet der Junge, wie sie es von ihm gewünscht hat.

Jetzt, erst jetzt beginnt Teddy Camels verwundetes Herz zu rasen, schlägt schneller und schneller, befreit und erfüllt von diesem Traum, der Wirklichkeit geworden ist.

Danksagung

Ein riesiges Dankeschön an Robert Dattila, der zehn Jahre lang mit weisem Rat redlich meine Interessen vertreten hat, an David Rosenthal im Hinblick auf seine Gerissenheit, und an Arabel Martin für die Rettung meines Lebens.

Thomas Harris

Beklemmende Charakterstudien von unheimlicher Spannung
und erschreckender Abgründigkeit halten den Leser von der
ersten bis zur letzten Seite gefangen. Ein neuer Kultautor!

Seine Romane im
Heyne-Taschenbuch:

Roter Drache
01/7684

Schwarzer Sonntag
01/7779

Das Schweigen der Lämmer
01/8294

Wilhelm Heyne Verlag
München

Robert Ludlum

»Ludlum packt in seine Romane mehr an Spannung als ein halbes Dutzend anderer Autoren zusammen.«

Die Matlock-Affäre 01/5723
Das Osterman-Wochenende
01/5803
Das Kastler-Manuskript
01/5898
Der Rheinmann-Tausch
01/5948
Das Jesus-Papier 01/6044
Das Scarlatti-Erbe 01/6136
Der Gandolfo-Anschlag
01/6180
Der Matarese-Bund 01/6265
Das Parsifal-Mosaik 01/6577
Der Holcroft-Vertrag 01/6744
Die Aquitaine-Verschwörung
01/6941
Die Borowski-Herrschaft
01/7705
Das Genessee-Komplott
01/7876
Der Ikarus-Plan 01/8082
Das Borowski-Ultimatum
01/8431
Der Borowski-Betrug 01/8517

Wilhelm Heyne Verlag
München

Stephen King

»Stephen King kultiviert den Schrecken ... ein pures, blankes, ein atemloses Entsetzen.« SÜDDEUTSCHE ZEITUNG

Richard Bachmann
(Pseudonym von Stephen King)
Sprengstoff
01/6762

Todesmarsch
01/6848

Amok
01/7695

Wilhelm Heyne Verlag
München